Zeitverschiebung

1939 – 1958 Man ließ uns keine Pause

Ulrich Leuschner

2019

Henrich Editionen

Ulrich Leuschner
Zeitverschiebung. 1939 – 1958 Man ließ uns keine Pause.

ISBN 978-3-96320-040-3

1. Auflage

Titel-Bildquelle: www.commons.wikimedia.org

Gesamtherstellung und Verlag:
Henrich Druck + Medien GmbH, Frankfurt am Main
Layout: Henrich Druck + Medien

www.henrich.de

Für Maria, zur Erinnerung an ihre Familie

Wer immer durch diese Zeit ging
– oder vielmehr gejagt und gehetzt wurde – wir haben wenig
Atempausen gekannt – hat mehr Geschichte miterlebt
als irgendeiner seiner Ahnen.

Stefan Zweig.
Die Welt von Gestern, Erinnerungen eines Europäers.

Für Nina von

[illegible]

2. Juni 2022

Zu diesem Buch

Mirjam bekommt von ihrem Vater einen schottischen Pullover geschenkt, der mit einer britischen Lieferung in den sowjetischen GULag in Karelien gelangt ist, in dem er 1941 inhaftiert war. Sie trägt ihn täglich voller Stolz in der Schule, bis sie die Geschichte hört, wie der Pullover von Karelien nach Frankfurt kam.

In einem Karton finden sich Dokumente, persönliche Briefe und Fotos, die über den mütterlichen Teil der Familie berichten, deren Weg vom Ghetto in Arbeits- und Konzentrationslager führt, bis sie alle auf dem Weg nach Kanada in Deutschland Station machen, natürlich nur vorübergehend, im Land, das sie eigentlich nie betreten wollten, in dem sie dann aber endgültig bleiben. Kinder und Kindeskinder, die hier aufwachsen, lassen Deutschland unmerklich zur neuen Heimat werden.

Der Text stützt sich auf mündliche Berichte und Dokumente. Einige waren nur noch schwer zu entziffern, weshalb sie vom Autor neu gefasst wurden. Worte über Krakau während der Kriegs- und Nachkriegszeit stammen von Isabel Röskau-Rydel, „Deutsche Geschichte im Osten Europas, Galizien Bukowina Moldau", Siedler, 1999 und von Marta Kijowska „Krakau, Spaziergang durch eine Stadt", DTV, 2005. Wenige Notizen wurden dem Werk „Das Deutsche Reich und der Zweite Weltkrieg", DVA, 1979 – 2008, entnommen. Alles andere sind die Erlebnisse der behandelten Personen, denen sich jede Kleinigkeit wie mit einer spitzen Nadel eingraviert hat.

Frankfurt am Main, 2019

Nach dem Krieg

„Anda, wie hieß die Stadt am Don mit „L"? „Rostow" kam ungerührt die Antwort von Aja Horowitz, genannt Anda, aus Krakau, seiner Ehefrau. Sie hat die Geschichten ihres Mannes Zygmunt schon tausendmal gehört und wusste genau, wo er sich mit seinen Gedanken befand, also beantwortete sie ihm die Frage wahrheitsgemäß. Anda sollte eigentlich Anna heißen. Der Standesbeamte, der den Namen protokollieren musste, war aber der Meinung, dass Anna derzeit in Polen jedes Dienstmädchen hieße und sie daher Hannah heißen müsste. Also nannte man sie Hannah. Aus Hannah wurde Anda, die Familie machte dann aus Anda schnell Aja, und den Namen behielt sie bis zu ihrem Tod.

Zygmunt Horowitz, genannt Muś, war in seiner Jugend sportlich, jetzt, in fortgeschrittenem Alter, korpulent, oder besser gesagt dick und schwerfällig wie ein großer Bär und wohnte mit Aja, die in den letzten Jahren eher füllig als dick geworden war, aber dennoch auf ihren Krückstock nicht verzichten mochte, in Frankfurt am Main in einer kleinen Dreizimmerwohnung hinter der Alten Oper, im dritten Stock, ohne Aufzug. Typische Architektur der fünfziger oder sechziger Jahre.

Die Wohnung war vollgestellt mit übergroßen und unschönen Möbeln, teils aus Plastik, teils mit lederartigen Kunststoffüberzügen, alles Imitationen. Auf einem Sideboard und in einem Hängeregal hatten sich Porzellanelefanten, zwei Bleisoldaten ohne Farbe, ein langer Holzlöffel, einige kleine Familienfotos, nicht größer als Passbilder, zwei Zinnbecher, Einrichtungsgegenstände einer Puppenküche, eine Stoffpuppe und viele andere Kostbarkeiten versammelt. Man nannte das Setzkasten. Fast jede nach Bescheidenheit riechende Wohnung hatte damals einen Setzkasten.

Ein zweites etwas kleineres Zimmer war durch eine Unmenge von Stoffresten und Stoffballen aller Art unbewohnbar gemacht worden, denn Aja liebte zu schneidern, zumindest allen Zubehör und besonders Stoffe für diese Kunst zu sammeln. Das war ihr Arbeitszimmer, ihr Atelier. In der Mitte dieses Raumes ahnte man einen Tisch, über den die buntesten Stoffbahnen ausgerollt waren, die an den Seiten bis auf den Fußboden hinabfielen und diesen noch weiter mit einfarbigen oder auffällig geblümten Streifen und Rollen bedeckten. Die Küche ähnelte in ihrer Enge einem Flugzeugcockpit, und weil Aja nichts wegwarf, war sie vollgestellt mit originalverpackten oder bereits geöffneten Lebensmittelschachteln, -flaschen und -büchsen, und wegen des ungeschickterweise in der Mitte der Küchenwand angebrachten übergroßen Durchlauferhitzers wurde der ohnehin schon kleine Raum auch noch optisch halbiert. Dazu kam noch ein Schlafzimmer, dessen Kleiderschrank Generationen von Sommer- und Wintersachen enthielt, die selbst noch zwischen Schrankdach und Zimmerdecke gestapelt waren. Irgendwo zwischen diesen Schichten von gebügelten Tischdecken, Servietten, Handtüchern aller Art und Bettwäsche hatte sie ihr Erspartes versteckt, den Ort wollte sie aber nicht verraten, den Zeitpunkt würde sie noch festlegen, bevor sie stirbt.

Aja war eine resolute Dame, die in Gesellschaft genau bestimmte worüber gesprochen wird und wie das Gespräch zu enden hat. War Einvernehmen zwischen den Gesprächspartnern nicht zu erzielen, dann fand sie schnell eine Lösung, immer die richtige, da sie immer die ihre war. Muś rührte das wenig, er fügte sich klaglos und fand in seiner teddybärartigen Behäbigkeit auch bald zu seinen Lieblingsthemen, den „scheenen pollnischen Frrauen“ und dem „Spiritus“, was wiederum Aja sofort auf den Plan rief, um ihrer Ehehälfte klar zu machen, dass diese Geschichten doch nun schon jeder kennt, da er immer und immer wieder nur dasselbe erzählt, und dass doch niemand mehr diese ollen Kamellen hören möchte. Zygmunt, du wirst jetzt alt, war ihr letztes Wort.

Mein schottischer Pullover

Mirjam liebte ihn über alles, ihren schottischen Pullover, dieses ziemlich farblose, grau-braune, kratzende, aus dicker Wolle irgendwelcher schottischen Hochlandschafe hergestellte Stück. Ein Rollkragenpullover, sicher für einen britischen U-Boot-Kapitän gedacht, den das dicke Ding im Nordmeer an die Heimat erinnern sollte. Man könnte sagen, er war ihr mindestens ein oder zwei Nummern zu groß, er schlabberte so richtig an ihr rum. Die Ärmel waren viel zu lang, zumindest immer einer der beiden, und an den Schultern hing er stets irgendwie an einer Seite runter, entweder nach rechts oder nach links, jedenfalls musste sie immerzu an ihm rumzupfen.

Sie war damals gerade sechzehn Jahre alt und ging noch zur Schule, ein Gymnasium für Mädchen, und dort wurde sie um ihn beneidet. Maßlos, wie sie an den verstohlenen Blicken ihrer Mitschülerinnen sah, und besonders effektvoll war das schöne Stück, wenn sie die lange Kette mit den walnussgroßen Holzperlen darüber trug. Die Lehrer sahen das zwar ungern, weil die dunkelgrünen Kugeln oft aneinander schlugen und dabei hölzern klapperten, was eigentlich aber nur die gespannte Stille während irgendwelcher langweiligen Klassenarbeiten menschlicher, etwas freundlicher gestaltete. Aber was sollten sie sagen, sie konnten nichts sagen, und so steigerte die Kette die Freude am gemütlichen Pullover ins Unermessliche. Sie war stolz und fühlte sich in ihm daher auch richtig wohl, man kann sagen, sie wohnte in ihm, er war ihr Wohnpullover, ihr Zuhause.

Sicher, er war nicht mehr ganz neu. Schon als sie ihn beim Suchen im Kleiderschrank ihrer Mutter Karola zufällig unter anderen Pullovern, Twinsets und Jacken aufgestöbert hatte, erschien er ihr alt und getragen. Aber gerade das war es ja, was ihn sofort interessant machte, was sollte sie mit dem neuen Zeug, das man relativ preiswert in jedem Kaufhaus kaufte, nein, dieser Pullover, der hatte was, der hatte genau das, worum man sie in der Schule beneiden würde. Die Farbe, na ja, toll war sie nicht, aber irgendetwas an dem Stück sprach sie an, es war, als flüsterte es, zieh mich mal an, ich könnte dir gefallen und mach dir nichts aus den etwas abgeschabten, im Laufe der Zeit dünn gewordenen Ellenbogen, das hat Flair, du wirst sehen, das gibt dir etwas. Sonst bin ich in Ordnung, keine Löcher, nichts Gestopftes, Motten hatten mich übersehen, also bitte.

Warum hatte sie ihn noch nie entdeckt? Richtig, es war ja nicht ihr Schrank, den sie hier durchsuchte. Eigentlich wollte sie was ganz anderes. Sie hielt ihn sich nur mal kurz an, ja, gut, dann zog sie ihn schnell mal über, toll, sie wollte ihn nicht mehr ausziehen, aber sie tat es und legte ihn wieder zusammen und in den Schrank zurück, allerdings nicht mehr in die hinterste, sondern in die vorderste Reihe und auch ganz oben auf, dass jeder gleich sah, dass er Interesse erregt hatte. Und dann würde man sie fragen, und dann würde sie sagen, er sei doch noch ganz schön und sie wollte ihn für zu Hause haben. Wie sehr sie ihn wirklich begehrte, musste ja nicht jeder gleich wissen.

Wäre sie Cäsar gewesen, den sie schon durchgeackert hatten, hätte sie leicht abgewandelt gesagt: ich kam, sah und er siegte, denn zwei Tage später gehörte er bereits ihr, nachdem sie sich zunächst noch anhörte, dass man so alte Klamotten heute nicht mehr trägt, dass man sich doch Besseres leisten könne, einfach gepflegter wäre und was denn die Leute von uns denken sollten.

Zum Schein stimmte sie sofort zu, sie wollte ihn ja nur zu Hause tragen, aber dann trug sie ihn zum Bäcker nebenan, auf die Post, zum Schuster und schließlich auch in der Schule, und damit wurde er zum Renner, er wurde zum durchschlagenden Erfolg. Die erwähnte Holzkette hatte sie sich für drei oder vier Mark vom eigenen Taschengeld im Kaufhof gekauft, sie fand nämlich, dass der Pullover das einfach verdiente und so war ihr keine einzige Mark zu schade dafür.

Als sich ihre Mutter nach paar Wochen daran gewöhnt hatte, dass der Kratzpullover zum Lieblingsstück avanciert war, sie trug ihn jetzt fast täglich, fragte Mirjam sie mal, warum sie das Prachtstück noch nie gesehen hätte, wo es her stammte und wer es getragen hätte. Viel wusste Karola auch nicht dazu, ja, es stammt wohl von deinem Vater, meinte sie, von Alfred, er hat ihn schon in Polen getragen, nach dem Krieg natürlich, wir hatten damals ja nichts, nein, halt, das war seine Schwester, deine Tante Aja. Die Tante hat ihn dann wohl irgendwann zurückgegeben, viel getragen hat sie ihn jedenfalls auch nicht, ich kann mich zumindest nicht daran erinnern. Aber wenn er dir so gut gefällt, dann geh doch rüber und frage sie. Sie weiß sicherlich mehr als ich.

Und so ging sie und fragte und erfuhr, dass ihn Alfred, ihr Vater, aus dem Krieg mitgebracht hatte. Damals sei er in einem russischen GULag in Karelien interniert gewesen, und als man sich in Usbekistan wieder traf, hätte er ihn ihr geschenkt. Sie habe ihn aber kaum getragen, er war ihr zu groß, und so ging das gute Stück in Krakau wieder an ihn zurück, ja, und jetzt könnte sie sich nur noch wundern, dass er immer noch existiert. „Was willst du mit ihm tun, gib ihn doch in die Kleidersammlung oder wirf ihn weg, er taugt nichts mehr. Dass Karola so etwas überhaupt noch aufhebt", meinte sie und schüttelte ihren silber-weißen Kopf, „ich dachte, er sei schon über alle Berge."

Mirjam wusste zwar, dass ihre Familie väterlicherseits im Krieg irgendwo in Asien gesteckt hatte, aber viel erzählt hatte bisher keiner. Also kramte sie ihren Schulatlas hervor, suchte nach Karelien, das sie nicht fand, das aber irgendwo bei Finnland oder Russland liegen musste, und als sie es hatte, wanderte ihr Finger nach Südosten, nach rechts unten, denn dort musste irgendwo Usbekistan sein. War es aber nicht. Sie fand es drei Seiten später, mit den großen Städten Taschkent und Samarkand und dahinter große braune Gebirgszüge, Altai-Ketten, Talas Alatau las sie, Alexander Gebirge. Das war interessant und sie wollte mehr wissen, was war in Karelien, wie kommt man nach Usbekistan, mitten im Krieg und wieder zurück nach Krakau?

Also ging sie bei nächster Gelegenheit erneut zu Tante Aja, fest entschlossen so viel wie möglich, nein alles, über ihre Erlebnisse im Zweiten Weltkrieg zu hören. Sie wollte jetzt nicht nur den abenteuerlichen Weg ihres Wohnpullovers erforschen, sondern auch das Schicksal der Familie, die es doch für richtig und offenbar auch wichtig erachtet hatte, ihr wolliges Stück bis nach Westdeutschland mitzuschleppen.

Doch schnell stellte sich heraus, an einem Abend war das nicht zu erledigen, die Geschichte war viel zu lang und so dauerte es schon ein, zwei Besuche, ehe Tante Aja überhaupt ins Reden kam, ehe sie aus den Tiefen ihrer Erinnerungen noch das eine oder andere ihres Lebens ans Tageslicht brachte, ehe sie ihr Ehegesponst Zygmunt, den ja alle immer nur Muś nannten, zum Schweigen gebracht hatte, ihm dann aber wieder das Wort überließ, denn vieles wusste wiederum er viel besser, und so entwickelte sich vor ihr ganz allmählich eine Geschichte, wie sie sie noch nicht mal geahnt hatte, ein riesiges Gemälde, ein Kolossalgemälde, in hellen und dunklen Farben. Ein Gemälde, so wild wie die Amazonenschlacht von Peter Paul Rubens, so laut wie Turners Schlacht vor Trafalgar und so grausam wie Picassos Guernica.

Interessant war auch die Art, wie ihr die beiden ihr Leben erzählten. Aja sprach eher leise im leicht singenden Tonfall, räusperte sich ab und zu oder hüstelte etwas, lehnte sich im Sessel zurück, um gleich wieder nach vorne gebeugt fortzufahren, sie ließ sich nie unterbrechen, Zwischenfragen wurden nicht gestattet, mit einem Seitenhieb brachte sie Muś kurz zum Schweigen, was ihn aber überhaupt nicht störte, bis sie meinte, „nu' Zygmunt, nu' sag du auch mal was, du weißt doch immer alles besser“, und zu ihr gewandt, „er weiß oft alles, auch was es gar nicht gab, aber da gewöhnst du dich dran“. Und dann erzählte Zygmunt, ein Bariton mit etwas rauher, kratziger Stimme, langsam, schwerfällig und nie irgendwie erregt, aber schon nach wenigen Sekunden war wieder Aja dran, danach wieder Muś, wie Tennisbälle flogen die Worte jetzt hin und her und nach zwei oder drei Stunden waren zwei der Gesprächsteilnehmer total erschöpft, Muś und sie, Aja nie.

„Er weiß also gar nichts mehr, Zygmunt, warum wirfst du alles durcheinander?“, waren ihre letzten Worte, und Muś brummelte.

Erst nach vielen Wochen ergab sich ein Bild, tatsächlich ein Kolossalgemälde, das im Folgenden beschrieben wird.

Aja, Alfred, Muś und andere

Aja Horowitz war in Krakau als Kind der jüdischen Familie Beckmann geboren worden. Ihrer Geburtsurkunde, ausgestellt vom I. Standesamt in Krakau, entnimmt man neben den üblichen Daten über das Neugeborene, dass ihre Eltern mit den Vornamen Mojzesz und Scheindla hießen, während sie in allen anderen Schriftstücken als Maurycy und Salomea aufgeführt sind, also mit der polonisierten Variante. Die deutsche oder österreichische Version wäre Moritz und Salome gewesen, aber so nannten sie sich trotz deutscher Wurzeln nie. Aja hatte einen älteren Bruder, Alfred, und eine jüngere Schwester, Celina. Alle Beckmann-Kinder hatten noch vor 1914, also noch vor Ausbruch des Ersten Weltkrieges im westgalizischen Krakau das Licht der Welt und die strahlende Sonne Kaiser Franz Josephs und seiner Ehefrau erblickt, der allseits beliebten, allerdings leider schon dahingegangenen Sissi, und waren daher Kinder der österreichischen k.u.k. Doppelmonarchie.

Auch der Vater der drei Beckmann-Kinder, also Maurycy, war schon in Krakau geboren worden, nämlich 1879, verstarb aber dann in seinem dreiundsechzigsten Lebensjahr in weiter Ferne, in Usbekistan, damals noch eine der vielen Sowjetrepubliken, heute ein selbständiger Staat. Wie seine drei Kinder war natürlich auch Maurycy österreichischer Staatsbürger, worauf er ja mächtig stolz war. In erster Ehe hatte Maurycy Salomea Goldberger geheiratet, die ihm auch die drei Kinder geschenkt hat. Salomea verstarb aber bereits im Jahre 1929 im dann schon polnischen Kraków. Möglicherweise war sie an einem Schlaganfall oder einer Aneurysmablutung aus einem Hirngefäß verstorben, zumindest weisen die Umstände, unter denen sie recht plötzlich zu Tode kam, darauf hin. Salomea wurde in Krakau auf dem Friedhof in der Miodowa Straße beigesetzt, stammte aber aus Kattowitz, einer aufstrebenden Industriestadt in Oberschlesien, und war damit gebürtige Deutsche im Kaiserreich Wilhelms II.

Manches war Mirjam schon bekannt, anderes nicht, aber eigentlich wollte sie doch die verschlungenen Pfade aufspüren, die die Familie im Laufe der Jahre zurückgelegt hat, und da merkte sie, Geduld, Geduld und nochmal Geduld war die einzige Chance, Weiteres zu erfahren, denn wenn Aja und Muś erzählten, gab es kein Halten mehr. Und den Pullover durfte sie auch nicht vergessen! Sie war fest entschlossen, darauf zurückzukommen.

Viel ist über Salomea und Maurycy Beckmann nicht bekannt, aber beide mussten wohl musisch veranlagt gewesen sein. Sie liebte die Musik, er die Literatur. Salomea spielte recht gut auf dem Flügel, Liszt, Beethoven, Schumann und natürlich Chopin, jeder Pole spielte Chopin, sie brachte es zu einer gewissen Meisterschaft, hatte im kleinen Kreis sogar ein paar öffentliche Auftritte, während Maurycy mit großer Leidenschaft deutsche Romantiker las, besonders Ludwig Uhland, von dem der schlesische Dichter Joseph Freiherr von Eichendorff einmal gesagt haben soll, in Uhland kulminiere die romantische Lyrik, das Geheimnisvolle der Natur, wunderbare Stimmen einer unsichtbaren Welt seien bei ihm oft überraschend zu lebendigem Wort und Bild geworden. Eichendorff sagte das in seiner wohlbekannten schlesischen Bescheidenheit, denn alles passte genauso zu ihm, und Maurycy spürte daher zu beiden eine gewisse Art von Seelenverwandtschaft. Also las er auch Eichendorff.

Für Muś sind Ajas Ausführungen jetzt offenbar zu langwierig, zu gründlich, denn er greift etwas hinter sich und förderte eine Flasche Wodka ans Tageslicht, er nennt ihn Spiritus, was Aja sofort zu der Äußerung veranlasst: „Zygmund, bitte nicht, du musst noch erzählen, obwohl er“, meint sie Mirjam zugewandt, „ohnehin nur noch daran nippt. Also hör’ zu, und Zygmunt, bitte unterbrich mich nicht wieder“, was Muś ja gar nicht getan hatte. „Also, wo war ich stehen geblieben, ach so ja“ und ohne sich irgendwie ablenken zu lassen, erzählte sie weiter, nur ab und zu warf sie Muś einen Blick zu, der sagen sollte, warte ab, jetzt bin ich dran, du kommst später, und Zygmunt verstand sie.

Dass Beckmanns in Polen den deutschen Namen Beckmann führten, hatte seinen Grund in den auf vielen Gebieten überschießenden Aktivitäten Augusts des Starken, Kurfürst von Sachsen, der 1697 für seine Wahl zum König von Polen harte und starke Männerbegleitung suchte und sie kurzerhand aus Sachsen mitnahm. Als königstreue Diener blieben Beckmanns dann in Polen hängen, und soweit es sich urkundlich belegen lässt, lebten sie fortan in Krakau. Familiäre Bande nach Sachsen hatten sie nicht mehr, dafür aber nach Oberschlesien und Hessen.

So zum Beispiel durch den um viele Jahre älteren Bruder Salomeas, namens Itzhak Goldberger. Er war ein kleiner kaiserlicher Beamter in Kattowitz, auf irgendeiner Behörde oder einer Bank, der fand, dass das Beamtendasein in Preußen für ihn eigentlich nichts Richtiges und er zu Höherem geboren sei. Ein scharf geschnittenes Gesicht, lebhafte, äußerst intelligent blitzende Augen, einen zupackenden etwas verschmitzten Blick, ein dünnes Schnurrbärtchen, wie bei Errol Flynn als Piratenkapitän, auf dem Kopf einen breitkrempig schwingenden schwarzen Hut, sein Mantel mit einem breiten Pelzkragen besetzt, so schien er einem Modejournal entstiegen zu sein. Intelligent, elegant, eigentlich ein Bonvivant, der sicher gerne in Kaffeehäusern und im Gespräch mit Freunden seine Nachmittage verbrachte. Von Statur war er eher klein, klein und drahtig, von Geist eher groß, ein eleganter Florettfechter mit der Zunge. Als er hörte, dass es in Amerika Rabbinern sehr gut ginge, besser als den oberschlesischen Beamten, ließ er sich in Breslau am berühmten Jüdisch-Theologischen Seminar in der Wallstraße zum Rabbiner ausbilden, packte seine paar Habseligkeiten auf einen Überseedampfer und dampfte nach Amerika. Da er gut reden konnte, engagierten ihn nur wohlhabende Gemeinden, und so wurde auch er wohlhabend, dann reich, heiratete eine Amerikanerin und zeugte eine Tochter, die sie Elsa nannten.

Zur Hochzeit von Salomea mit Maurycy kam Itzhak nach Europa. Telegramm: „Ankomme mit Elsa, Feb. 12., D-Zug Wien, bitte abholen, Itzhak." Elsa war eine schlanke und sehr gut aussehende junge Dame geworden, Elsa fiel für die damalige Zeit völlig aus dem Rahmen. Selbstbewusst, Bubikopf, lange rote Fingernägel und ein fast durchsichtiges Kleid. Darüber ein taillierter langer Mantel, die Vorliebe für breite Pelzkragen hatte sie offenbar vom Vater geerbt. Ab und an kleidete sie sich in lange weiße Hosen, weißen Pullover, braune Lederschuhe, eine Zigarette in langer Silberhülse wippte in ihren aufregend schlanken Fingern, das nannte man „à la garçonne". Unmöglich im damals streng katholischen Bergbauland.

Der von seiner Bedeutung für die Welt überzeugte Rabbiner war der Meinung, dass sein Besuch in Kattowitz eine Ehre für alle sei, für die ganze Familie und den Freundeskreis, und als er bei Tisch seine Schwester Salomea bat, ihm bitte ein Glas Wasser zu reichen und Salomea die Bitte an ihr Dienstmädchen weitergab, war der Rebbe gekränkt. „Es sollte doch eine besondere Ehre für dich sein, Schwester Salomea, mir ein Glas Wasser reichen zu dürfen." Salomea sagte nichts, aber das kurze Anheben einer Augenbraue sagte dafür alles. Aber Itzhak war weder hochnäsig noch nachtragend, schnell gewöhnte er sich wieder an die oberschlesische Gemütlichkeit, den guten Streuselkuchen, den Mohnstriezel und die Sitten im Haushalt seiner Schwester.

Elsa mit den roten Fingernägeln tauchte nach der Verehelichung ihrer Tante auch bald mit einem cremefarbenen Adler Cabriolet in Krakau auf, wo die Frischvermählten jetzt wohnten, um in ihrer aufreizenden Aufmachung mit Onkel Maurycy spazieren zu fahren. Maurycy genierte sich fürchterlich, dank seiner großen Überzeugungskraft gelang es ihm aber, den Ausflug so kurz wie möglich zu halten, doch insgeheim war er auch ein wenig stolz, im cremefarbenen Cabriolet, das hatte was, und die amerikanische Chauffeuse konnte man schon vorzeigen!

Viel mehr wissen wir über Salomea und ihren Rabbiner-Bruder leider nicht, stattdessen hat sich aber eine Geschichte über Ajas Tante Franka erhalten, die Reiselust, Unternehmungsgeist und vor allem Durchsetzungsvermögen erkennen lässt, wie sie in der Familie wohl genetisch verbreitet waren und wie sie bei Neffe Alfred, besonders aber bei Nichte Aja wieder zu Tage traten. Daher kurz etwas zu Tante Franka.

Im Jahre 1932, sie wohnte in Krakau, beschloss die weit über siebzigjährige und recht wohlhabend verwitwete Tante Franka nämlich nach Australien zu fliegen. Ein Flug nach Australien, eine alleinstehende Dame, Witwe, für die der Begriff Greisin nicht unpassend war, und dann auch noch das viele Gepäck, das war ungewöhnlich! Und muss es gleich Australien sein, warum nicht Paris oder London, oder Sommerfrische in den Karpaten! Der Flug mit Umsteigen war gebucht, und alle verabschiedeten sich gebührend von Tante Franka. Hut ab! Man würde sie wohl nicht wiedersehen, allenfalls in zwei oder drei Jahren, oder im anderen Leben.

Am Abend nach der Abreise brannten in Frankas Wohnung alle Lichter, und man war überzeugt, das sind Einbrecher, Räuber, die von der großen Reise gehört hatten und die Gelegenheit nutzten. Man klopfte und klingelte, und es öffnete den verdutzten Besuchern: Tante Franka. Sie habe geträumt, meinte sie, dass ihr Flugzeug bei Warschau abstürzen würde, und so habe sie die Reise kurzerhand verschoben. Und Tante Frankas Flugzeug stürzte tatsächlich bei Warschau ab, sie buchte den nächsten Flug, stieg in Warschau um und erlebte eine wunderschöne Australienreise, von der sie wohlbehalten und voller schöner Erinnerungen nach Krakau zurückkam. Seit 1939 ist Tante Franka verschwunden.

Muś hat sich unterdessen gemütlich zurückgelehnt, schaut auf die halbvolle Wodkaflasche, brummt gelegentlich vor sich hin, wenn er der Meinung ist, Anda spreche zu schnell, wie ein Wasserfall, oder nur unwichtiges Zeug, aber möchte er etwas ergänzen oder auch nur einwerfen, trifft ihn ein strafender Blick, „Zygmunt, du bist später dran, ich bin auch gleich fertig, einen Augenblick noch“, und schon fließen ihre Worte in singendem Tonfall wieder auf Mirjam nieder.

In zweiter Ehe heiratete Maurycy Beckmann Bronislawa, genannt Bronja. Bronja galt schon damals als alte Jungfer, da sie erst im Alter von neununddreißig Jahren in den Stand der Ehe trat. Nach damaligem Maßstab war aber auch Maurycy mit zweiundfünfzig Jahren nicht mehr taufrisch, jedoch eine gute Partie und später sicher ein wohlhabender Rentner. Mit Bronja erlebte Maurycy Nazizeit und Flucht. Bronja war bescheiden und sehr brav, vielleicht sogar etwas langweilig, weshalb auch weitere Kinder ausblieben, sie starb in den sechziger Jahren des letzten Jahrhunderts in Israel. Maurycy Beckmann war in Krakau Inhaber einer „k.u.k. Schulranzen-, Schrankkoffer- und Verpackungsfabrik“, die er vor dem ersten Weltkrieg erfolgreich in den Wohlstand, und die seine Frau Salomea während der turbulenten Kriegsjahre in seiner Abwesenheit in den Untergang geführt hat.

Soviel zu Eltern und Familie, also Mirjams Großeltern und Großtanten, nun zurück zu den Hauptakteuren, zu den Beckmann-Kindern Aja, Alfred und Celina.

Nach dem Besuch der Volksschule der evangelischen Gemeinde Krakaus kam Aja auf ein humanistisches Gymnasium, die polnische Emilija-Plater-Schule, da es keine deutschsprachige Schule gab, die sie gerne besucht hätte. Hier fiel sie besonders durch ihre Leistungen in Latein und Griechisch auf. Nach dem Abitur wollte sie Pharmazie studieren und Apothekerin werden, damals für eine junge Frau eine ausgefallene Sache und verrückte Idee. Da die Zulassung zur Apothekerin aber von der Anzahl der in Krakau praktizierenden Apotheken abhing und sie keine Aussicht auf eine Karriere in dieser Branche sah, brach sie nach zweijährigem Apothekenpraktikum und Vordiplom ihren Weg kurzerhand ab und beschloss wie Bruder Alfred Jura zu studieren. Nach zwei Semestern meinte Alfred aber: „Schwester, das ist Unfug, Jura ist nichts für Frauen, besser du kommst als Büroleiterin in meine Anwaltskanzlei. Außerdem kränkelst du häufig, und der scharfe Wind auf den Gerichten wird dich umpusten." Viel konnte das mit Krankheit aber nicht gewesen sein, sonst hätte sie die Zukunft wohl kaum überlebt, doch jetzt ging Aja zunächst mal ihre eigenen Wege, Bruder Alfred musste warten.

„Und das hast du dir sagen lassen", meinte Mirjam erstaunt, „ich hätte gemacht, was ich wollte." „Ja, meine Liebe, die Zeiten waren damals anders", belehrt sie Aja, „aber du siehst ja, auch ich hab' gemacht, was ich wollte, und mein Bruder musste sich nolens volens gedulden." „Nun, und was hast du dann gemacht?" „Tja, was habe ich gemacht?"

Die Lösung der schwierigen Situation zwischen Möchten und Sollen brachte eine sehr wohlhabende Tante, Schwester von Mutter Salomea. Sie war kinderlos verheiratet, sehr betucht und angesehen und wollte Aja immer gerne an Kindes statt annehmen, musste sich dann aber damit zufrieden geben, dass Aja in ihren „Salon für Herren- und Damenhüte“ im polnischen Sosnowiec, etwas östlich von Kattowitz, das seit 1921 Katowice hieß und zu Polen gehörte, eintrat und eine Lehre als Modistin begann. Aja beendete die Lehre mit der ihr eigenen Energie. Seitdem konnte sie zeitlebens hervorragend und mit Ausdauer handarbeiten, ja, die Ausbildung muss so tiefe Eindrücke hinterlassen haben, dass selbst ihre Frankfurter Wohnung mehr als vierzig Jahre später noch wie ein Lager für Damenmoden oder eine Hutmacherwerkstatt aussah, und eines Tages tauchte sie sogar mit einem selbst gestrickten oder gehäkelten, grobmaschigen, hellgrün-rosafarbigen Topfhut, passendem Schal und passenden Handschuhen auf, für eine jetzt schon vierundsiebzigjährige Dame, die im Übrigen in dezentes Anthrazit gehüllt war, ein etwas befremdlicher, aber jedenfalls farbenfroher Anblick.

In Sosnowiec schloss Aja also ihre Lehre ab, und die wohlhabende Tante, die wie Schwester Salomea aus Kattowitz stammte, wollte mit ihr in der polnischen Industriestadt Katowice einen französischen Hutsalon eröffnen. In einer Industriestadt gibt es Geld, hier werden Hüte gebraucht, man wird nach Paris reisen, um sich den Dernier Cri anzueignen. Das Geschäft hat Zukunft, konstatierte die selbstbewusste und reiselustige Tante, das gefiel der nicht minder selbstbewussten Nichte, und so konnte es losgehen.

Dagegen erhob dann aber wieder mal Bruder Alfred Einspruch, der seine Schwester jetzt unbedingt für die eigene Kanzlei verlangte, doch erneut vergeblich. Aja und Tante fuhren zunächst mal nach Paris, informierten sich und eröffneten 1936 wie geplant ihren Hutsalon. Aja entwarf, stellte Farben und Material zusammen, zwei neue Mitarbeiterinnen wurden eingestellt, die Tante führte die Bücher, und ein Hut nach dem anderen zierte bald die Katowicer Damenköpfe. Ob der Laden lief oder nicht, ist nicht überliefert, jedenfalls verließ die unruhige Aja ihre wohlmeinende Tante einige Zeit später und trat als Gesellschafterin und Teilhaberin in die wiederbelebte Schulranzenfirma ihres Vaters in Krakau ein, die hutmachende Tante blieb zurück, war etwas enttäuscht, und erst dann landete Aja, wenn auch etwas verspätet, in ihres Bruders Kanzlei, wo sie fortan seine anwaltlichen Geschäfte führte.

„Und habt ihr euch gut vertragen, ihr Geschwister, und war dein Bruder mit dir zufrieden?" „Ich denke schon, jedenfalls hatte ich immer mehr zu tun, von Tag zu Tag mehr, und Bruder Alfred verschwand immer häufiger auf dem Fußballplatz. Fußball wurde damals seine Leidenschaft, und allen Berichten nach, muss er gut gespielt haben. Aber höre weiter!"

Als in Krakau 1906 der Sportverein Wisła Kraów geboren wurde, wurde auch Bruder Alfred geboren, was hinreichend erklärt, warum er zeitlebens dem Fußball frönte. Wisław Kraów avancierte schon bald zum gefeierten Fußballclub, und Alfred zum Präses eines anderen, jedenfalls weniger bedeutenden Vereins.

Alfred besuchte wie üblich zunächst mal die Volksschule. Als Schüler sprach er polnisch, in der Familie deutsch, und als die Familie im Ersten Weltkrieg dem Ruf Kaiser Franz Josephs folgte und nach Wien zog, lernte er auch noch Wienerisch. Nach der Rückkehr nach Krakau im Jahre 1918 und Beendigung der Volksschulzeit kam er auf ein deutschsprachiges Gymnasium und bestand hier mit Glanz und Gloria die Matura.

Reiselustig und immer auf Neues erpicht, wie die erwähnte Tante Franka mit ihrer Australienreise und der amerikanische Rabbiner mit seiner schicken Tochter Elsa, suchte auch Alfred damals die Abwechslung in der Ferne, und so verbrachte er seine Ferien immer wieder bei Onkel Heinrich Beckmann in Frankfurt am

Main, der dort eine Schuhfabrik am Scheffeleck besaß, manchmal auch bei Verwandten in Berlin. Aber Frankfurt war interessanter. Onkel Heinrich hatte nämlich drei Söhne, Ernst, Max und Bruno, mit denen sich Alfred bestens verstand, weshalb er das gemütliche Frankfurt dem riesigen und quirligen Berlin einfach vorzog. Besonders Vetter Max lag ihm am Herzen, der für alles was mit Technik zu tun hatte größtes Interesse zeigte, genauso wie für Fußball, was sie zeitlebens verband. Max und Bruno kamen später in einem deutschen Konzentrationslager um, in welchem und wann ist unbekannt. Ernst überlebte und heiratete eine polnische Gräfin, trennte sich von ihr, wurde katholisch und ehelichte eine bürgerliche Polin, wahrscheinlich eine stramme Kommunistin.

Zeitlebens war der aktive Alfred also begeisterter Fußballer. Als Linksaußen spielte er im jüdischen Club Makkabi-Krakau, in dem er sich schon als Schuljunge abgerackert hatte, in dem er eifrig trainierte und sich allmählich zum laufstarken Mittelstürmer entwickelte, und wieder etwas später wurde er Funktionär, und als Student sogar Präses, wie sich der Clubvorsitzende in Krakau nannte. Im grauen Anzug stand er dann stolz in der Mitte seiner sportlich gekleideten Clubkameraden und lächelte.

Damals hatte er noch dunkle Haare, die aber schon in jungen Jahren deutliche Geheimratsecken aufwiesen und die sich mit fortschreitendem Alter dann zu einer ausgeprägten Stirnglatze entwickelten. Und wieder einige Jahre später wurde sein runder Kopf, der auf einem gedrungenen Hals auf einem zur Korpulenz neigenden Körper saß, wie bei Apostel Petrus nur noch von einem Kranz von Haaren umgeben, weswegen seine intelligenten großen, braunen Augen unter den kräftigen Brauen die ganze Aufmerksamkeit auf sich zogen. Eine glatte Kugel mit alles durchleuchtenden gutmütigen Augen. Er sah aus wie Pablo Picasso.

Im Jahr von Adolf Hitlers Machtergreifung führte Alfred als Präses seines Vereins die Krakauer Delegation zur Makkabiade nach Haifa in Palästina, der Staat Israel wurde ja erst 1948 gegründet, wo sich jüdische Vereine aus der ganzen Welt wie weiland die griechischen Stämme auf Korinthens Enge zum Wettstreit trafen. Man fuhr mit der Bahn nach Triest und von dort per Schiff über das blaue Mittelmeer in das sonnendurchflutete Palästina. Die Reise begeisterte ihn, die aufregende Schifffahrt auf einem schwarzen Rauch in den wolkenlosen Himmel blasenden und kräftig stampfenden eisernen Ungetüm, das milde mediterrane Klima, die blühenden Gärten, Zitronen und Orangen und die dürre Wüste, er erzählte von den Muselmanen, den romantischen Wasserpfeifen und dem exotischen, schmackhaften Essen, das sich so deutlich von der eher schweren polnischen Küche abhob. Damals, als Reisen noch Reisen war, und nicht nur Einsteigen im Schnee und Aussteigen in subtropischer Sonne, war das ein prägendes Erlebnis, an das er sicher oft gedacht hat, als er Jahre später in Israel lebte.

„Związek Żydowskich Torwarzysiw Gimnastyznich i Sportowych w Polsce „Makkabi" steht auf seiner Mitgliedskarte, die sich über Jahre guter und schlechter Zeiten erhalten hat, wie das häufig bei so unwichtigen Dingen der Fall ist. Dass sich Fußball zum länderübergreifenden Spiel entwickelt hat und nicht mehr auf der Ebene von Heimspielen herumdümpelt, geht wohl größtenteils auf jüdische Initiativen zurück. Hugo Meisel hat zum Beispiel den Mitropa-Cup eingeführt, vergleichbar dem heutigen Europapokal, er hob um 1920 in Wien den bezahlten Profispieler aus der Taufe, auch das systematische Training und eine Mischung der Spielsysteme gingen auf ihn zurück, und der Wiener Fußballclub Hakoah gewann dann auch prompt den ersten Meistertitel in der Profiliga. Auch Walther Bensemann muss erwähnt werden, der schon als Student Spiele zwischen England, Frankreich und Deutschland organisierte und Fußball für ein Mittel zur Völkerverständigung hielt, was es auch tatsächlich wurde. Wie weit es Alfred mit seinen Krakauern gebracht hat, bleibt der Nachwelt verborgen, nur wann der Verein aufgelöst wurde, beziehungsweise unterging, ist bekannt. Eines Tages jedenfalls fuhren die Krakauer Makkabispieler mit Alfred an der Spitze auch nach Wien, aber nur, um sich eine blutige Nase gegen Hakoah einzuhandeln, was aber ganz egal war, denn schon damals galt, dabei sein ist alles.

Soldat musste Alfred nicht werden, er blieb zeitlebens passionierter Zivilist, und selbst der Besuch bei Kaiser Franz Joseph – damals war Alfred noch Schüler –, konnte ihn später nicht verführen, die schwarze Robe gegen den bunten Rock zu tauschen.

Anders sein Vater Maurycy, der Soldat in der Kaiserlich-Österreichisch-Ungarischen Armee wurde, allerdings nicht freiwillig, sondern eher unwillig. Das einzige noch vorhandene Foto zeigt Vater Maurycy dann auch mit strengem, mürrischem Gesichtsausdruck über einem für die damalige Zeit typischen Oberlippenbärtchen, das, wie bei Adolf Hitler, gerade mal unter der Nase Platz hatte und das man auch „Polenbärtchen" nannte. Da Vater Maurycy aber eine schöne und vorzüglich lesbare Handschrift hatte, und seine Notizen und Eintragungen in den Geschäftsbüchern der „k.u.k. Schulranzen- und Schrankkofferfabrik" mit blauer Tinte auf kreidegrundiertem Hochglanzpapier geradezu kalligraphisch waren, berief ihn Kaiser Franz Joseph bei Kriegsausbruch 1914 aus seiner geliebten galizischen Stadt Krakau auch nur in eine Heeresschreibstube nach Wien. Eine solche Handschrift durfte man nicht einfach im Felde verheizen, sowohl die serbische als auch die russische Front blieben ihm dadurch erspart. Ehefrau Salomea musste jetzt die k.u.k. Kofferfabrik in eigener Regie weiterführen, was anfangs auch ganz gut ging. Als aber infolge der Kriegsereignisse und wegen der hungrigen Mägen fremder Armeen in Westgalizien eine Hungersnot ausbrach, und als die Russen bis kurz vor Krakau vormarschierten und jetzt niemand mehr Geld für einen Koffer übrig hatte, ging die Kofferfabrik kurzerhand ein, und Salomea folgte mit ihren drei Kindern ihrem Mann nach Wien.

Man wohnte donaunah im 2. Bezirk, in der Leopoldstadt, nicht weit von der Kaserne. Die Leopoldstadt war aus der 1624 gegründeten „Judenstadt" hervorgegangen, einem Ghetto vor den Toren

Wiens, war dann aber Ort mehrerer Kasernen und nur weniger Wohnhäuser geworden, also keine sehr schöne Wohngegend, aber man war hier ja in Kriegsdiensten und nicht zum Vergnügen. Alle drei Kinder wurden um- und eingeschult. Alfred mal wieder als Klassenbester, Aja, aber auch Celina waren gute Schülerinnen. Celina litt aber unter Prüfungsangst und beendete ihre Schulkarriere daher auch vor dem Abitur, was von der Familie als Schande empfunden wurde und vor Außenstehenden unbedingt verheimlicht werden musste.

Ein prägendes Ereignis in der Wiener Zeit war in Alfreds jungem Leben der Anblick des greisen Kaisers Franz Joseph, als er unter dem mächtigen Torbogen der Hofburg erschien, und als seine Majestät dann im dunkelgrünen Automobil, seinem mit Gold und einer winzigen Kaiserkrone verzierten Leibwagen, seine Burg verließ, um an irgendeiner Truppenparade teilzunehmen. Aber nichts, weder der Kaiser, noch des Kaisers farbenprächtige Armee, noch die treuen Dienste, die sein Vater dem Kaiser leistete, konnten Alfred vom Beruf des Soldaten überzeugen, er blieb überzeugter Zivilist.

Wie seine Schwester Aja hatte auch Alfred einen gewissen Hang zum Luxus. Aja ging später wie eine Filmschauspielerin gekleidet auf die Flucht vor den Deutschen, Alfred, der sich nach dem Abitur zunächst für Maschinenbau in Prag eingeschrieben hatte, ließ sich als selbstbewusster Student erst mal Maßschuhe und maßgeschneiderte Seidenhemden anfertigen. Die Schuhe in Berlin, die Hemden in Paris. Das ging ins Geld. Vater Maurycy hatte ihm zwar einen ansehnlichen Wechsel zur Verfügung gestellt, aber als das Semester viel zu schnell um, und das Geld noch schneller weg war, musste Alfred aus erzieherischen Gründen postwendend zurück nach Krakau, unter Vaters Fuchtel.

Obwohl er ein sehr guter Zeichner war und in der Schule, er ging wie die Schwestern Celina und Aja auf ein humanistisches Gymnasium, von der Sexta bis zum Abitur Glanzleistungen ablieferte, war seine Karriere als Maschinenbauingenieur damit beendet. Er musste an die Jagiellonische Universität, um Jura zu studieren. Väterliches Diktat: „Da Krakau keine technische Universität hat, wird jetzt Jura studiert, und Hemden und Schuhe aus Prag werden ja noch etwas halten, basta. Außerdem ist das Leben eines Juristen interessanter als das eines gehobenen Autoschlossers." Alfred gehorchte. Ohne Geld kein Vergnügen. Zwei Semester seines Studiums durfte er nochmal nach Bologna, wo er die spätere Königin Juliana der Niederlande als Studentin traf, aber dann hieß es wieder zurück in die Heimat.

Dowód Osobisty, Beckmann, Alfred, ein schmucker junger Student schaut mit interessiertem Blick in die Zukunft. Das Studium der Rechtswissenschaften schloss er 1928 mit dem Titel „Magistra praw" oder „Magister iuris" ab und erhielt 1930 den Doktortitel. „Dziekanat Wydziału Prawa Universytetu Jagiellońskiego w Krakowie usw. „Das Dekanat der juristischen Fakultät der Jagiellonischen Universität Krakau bescheinigt hiermit, dass Herr Beckmann Alfred nach dem Erlangen des Grades – Magister der Rechte – am 15. Oktober 1928 Nr. 666, drei vorgeschriebene Doktorprüfungen, und zwar: 1/das gerichtliche Rigorosum am 29. Januar 1930, 2/das politische Rigorosum am 14. März 1930, 3/das geschichtliche Rigorosum am 23. Juni 1930 mit Erfolg bestanden hat und dann am 1. Juli 1930 zum Doktor beider Rechte der Jagiellonischen Universität promoviert worden ist. (Buch der Doktor-Rigorosa der juristischen Fakultät Band XXIII, Protokoll-Nr. 337). Der Dekan, gez. Prof. Dr. Jan Gwiazdomorski."

Also, neben Fußball, Berliner Schuhen und französischen Seidenhemden hatte er noch ein weiteres Steckenpferd, und das dritte und vierte sollten im Nachkriegspolen seine Familie und sein Auto sein.

Alles was Alfred in die Hand nahm und tat, tat er mit Begeisterung, und so widmete er sein künftiges Leben ab jetzt der Juristerei. Und da man in allem was man mit Begeisterung tut auch

Erfolg hat, wurde er ein exzellenter Jurist. Maschinenbau, Pariser und Berliner Luxus gerieten aber nie in Vergessenheit. Mit seinem Freund Jacek Sadkowski verbrachte er sieben Jahre als Referendar bei einem Herrn Dr. Steinau, der im Fortgang der Erzählung nochmal in pikanter Situation auftaucht, und in eigener Anwaltspraxis, bis dann der zweite große Krieg ausbrach.

Da Polen nach den drei Teilungen ja erst in Versailles wieder in die Staatengemeinschaft zurückgerufen worden war und in den vormals russischen, österreichischen und preußischen Landesteilen noch lange die entsprechenden Gesetze galten – ein einheitliches polnisches Straf- und Zivilrecht gab es damals noch nicht –, beschäftigte sich Alfred nicht nur mit der entstehenden Rechtsprechung der neuen Republik, sondern auch mit der Gesetzgebung der einzelnen Regionen, und dank dieser Vielseitigkeit war er in Posen, Warschau, in Krakau wie in Lemberg zu Hause, was ihm schnell einen guten Namen und ein beruhigendes Einkommen verschaffte.

Noch im selben Jahr, also 1930, gründete er seine eigene Kanzlei, der er bis zum Einmarsch der Wehrmacht in Polen, vorstand. „Rada Adwokacka w Krakowie poświadcza, że aplikant adwokacki Dr. Alfred Beckmann …“ usw. „Dziekan Rady Adwokackiej.“ „Der Dekan des Anwaltskollegiums, gez. eigenhändige Unterschrift.“ Die Anwaltsprüfung wurde mit „sehr gut“ bestanden, eine rosige Zukunft stand ihm bevor.

Alfred war gerne Jurist, aber in seinem Innersten blieb er, wie schon angedeutet, zeitlebens Maschinenbauer, oder gehobener Autoschlosser, wie Vater Maurycy gemeint hatte. Schon in Polen, aber viel mehr noch Jahrzehnte später in Frankfurt, gab es keine Maschine, kein Küchengerät, das seine spätere Ehefrau nicht haben sollte. Und so gaben sich in der Wohnung die Vertreter der verschiedensten Firmen die Klinke in die Hand. Einmal war es eine vollautomatische Teigrührmaschine, dann ein elektrisch unterstützter Fleischwolf, es gab verschiedene Elektrokochtöpfe, die sich bei der richtigen Temperatur wie von Geisterhand ausschalteten, Eierkocher und -wärmer, die neuesten Kühlschrankmodelle und bald auch Radio- und Fernsehgeräte, mit denen man sogar die Nachbarn begeistern konnte, die sich dann Abend für Abend das einzige damals ausgestrahlte Fernsehprogramm bei einem Gläschen Wein und ein paar Salzstangen oder Erdnüssen ansehen mussten, und am liebsten hätte er seinem Spieltrieb folgend mal alle Elektrogeräte zusammengeschlossen, damit auf einen einzigen Knopfdruck hin alle gleichzeitig arbeiteten.

Und auch sein Hang zum Luxus machte sich wieder bemerkbar. Als er nämlich seine erste Kanzlei im ersten Stock von Haus Nr. 12 in der Grodzka Straße, der alten Hauptstraße Krakaus, eröffnete, wurde die Einrichtung nicht etwa in irgendeinem Möbelgeschäft in der Stadt gekauft, das konnte ja jeder, nein, sie wurde von böhmischen Möbelschreinern speziell für seine Wohnungs- und Praxisräume angefertigt. Die Möbelschreiner, die gleichzeitig die Möbel für Schwester Celina und ihren schönen und angenehm reichen Ehemann Oskar herstellen durften, kamen mit allerlei Musterbüchern, Plänen, Entwürfen, Stoff- und Holzproben extra von Prag mit der Bahn nach Krakau, und nach eingehender Prüfung und entsprechend langer Bauzeit wurden dann endlich die schönsten Exemplare Europas geliefert, mit Intarsien, verschiedenfarbigen Mahagonihölzern, mit blass-grüner Seide bespannt und eingehüllt in linnene Schonbezüge, Möbel, wie sie auch jedem französischen Schloss Ehre gemacht hätten.

Von Celina, dem dritten und jüngsten Kind der Familie Beckmann, wird später noch zu berichten sein. Dennoch vorab eine kurze Charakteristik von Alfreds kleiner Schwester und ihrer glücklichen Ehe. Celina hatte zwei hervorstechende Eigenschaften vom gütigen Schicksal auf ihren Lebensweg mitbekommen, die das fehlende Abitur ersetzten, ja, seinen Wert in finanzieller Hinsicht sogar bei Weitem übertrafen. Sie war nämlich sehr schön und ebenso stur. Sie wollte es ihren Geschwistern, wenn nicht durch

Wissen, dann durch besondere natürliche Eigenheiten gleichtun und Karriere machen, und so heiratete sie den schon kurz erwähnten Oskar, dessen Familienname Freudenfeld war. Und weil Oskar Celina an Schönheit nicht nachstand, heißt er ab jetzt, wie seinerzeit in der Familie, „der schöne Oskar".

Nicht unerwähnt soll bleiben, dass der schöne Oskar der einzige Sohn und einzige Erbe einer steinreichen Familie war, die in Polen mehrere metallverarbeitende Fabriken, zahlreiche Immobilien und einen stattlichen Berg von Wertpapieren besaß. Aus irgendwelchen Gründen konnte er den größten Teil seines Vermögens über den Zweiten Weltkrieg hinwegretten. Ewig wartete er dann auf eine Ausreiseerlaubnis aus dem unterdessen kommunistisch gewordenen Polen nach den USA, und als er sie endlich in Händen hielt, und sogar mit dem größten Teil seines selbst im Kommunismus erhalten gebliebenen Vermögens auswandern durfte, fiel er tot um. Er war nämlich herzkrank gewesen, hat wohl an einer Aortenstenose gelitten, von der niemand etwas gewusst hat und die oft rasch, also von heute auf morgen, ja, sogar in Sekunden, zum Tode führen kann. Celina war damals allerdings auch schon tot.

Aus unerklärlichen Gründen hatte Oskar Alfred und Aja seinerzeit für Celinas Ableben verantwortlich gemacht, und obwohl Alfred und Aja jetzt erbberechtigt gewesen wären, verzichteten sie voller Zorn, da der Streit mit dem zwar noch immer ausnehmend schönen aber um ein Vielfaches giftigeren Oskar in der letzten Zeit unerträglich geworden war und keiner mit dem anderen mehr sprach, außer es handelte sich um Beschimpfungen. Da der schöne Oskar kinderlos verstarb, fiel das gesamte Erbe an den Sohn eines weitläufigen Verwandten, der mit dem gesamten Besitz im kommunistischen Polen blieb – oder bleiben musste?

Mirjam atmet tief durch, überwältigt vom Wortfluss ihrer Tante, zugleich aber auch begeistert, denn nichts hatte man ihr bisher erzählt. Sie machte sich Notizen, überarbeitete alles noch zu Hause, tippelte wieder artig in die Schule, um irgendwann wieder bei Tante und Onkel aufzukreuzen, begierig, weitere Einzelheiten aus der Familie zu erfahren. Aber sie wunderte sich auch, warum sie bisher nichts von ihrer Mutter gehört hat, die, wenn man auf ihre Jugendzeit zu sprechen kam, das Gespräch immer rasch abbrach, oder nach wenigen Minuten im Sande verlaufen ließ. Sie wollte offenbar nichts erzählen, und so hoffte Mirjam, dass Horowitzens irgendwann alle Lücken schließen würden, denn das war ihr schon klar geworden, Aja und Muś waren wandelnde Lexika.

An einem verregneten Nachmittag – da sie eine gute Schülerin war, brauchte sie die Zeit nicht mit Schularbeiten zu vertrödeln – saß sie wieder mit Block und Kugelschreiber in Horowitzens Plastikmöbel-Wohnzimmer, es gab Tee und ein paar Kekse. Jetzt wollte sie mal was aus Zygmunts Familie hören, zumal Zygmunt nach Ausbruch des Krieges einer der ausdauerndsten Reisebegleiter der Familie Beckmann wurde, und natürlich auch zur von allen so heiß geliebten Stadt Krakau, von der nicht nur Muś und Aja, sondern auch ihre Mutter Karola und Vater Alfred schwärmten. „Also, Muś", fragte sie ihren Onkel, „wie kamst du in die Familie? Denn soweit mir bekannt ist, ward ihr doch in Notzeiten immer zusammen, oder wenigstens über viele Monate." „Ja, Zygmunt, sag' du auch mal was, du bist immer so still", ergänzte Aja, „aber spar die Weibergeschichten von den schönen Polinnen, die Mirjam überhaupt nicht interessieren, und rede nicht zu lange." „Anda, Anda, lass' mich nur mal reden, mal ganz in Ruhe", und zu Mirjam meinte er: „Na ja, seit Kriegsausbruch waren wir tatsächlich stets zusammen, eine komplizierte Geschichte, aber lass' mich mal erzählen." Und dann begann er zu erzählen, selbstverständlich bereichert durch Andas lange Passagen, die natürlich alles viel lebendiger und vor allem richtiger machten, wovon sie fest überzeugt war, aber Muś brummelte, ohne aus der Ruhe gebracht zu werden, seine Geschichte mit rauer Stimme vor sich hin, wobei er ab und zu mit erhobenen Händen das eine oder andere unbedingt unterstreichen wollte, ein richtiger, wenn auch sparsamer und dabei seltener Temperamentsausbruch.

Muś wurde zwei Jahre vor dem ersten großen Krieg in Zakopane, dem weltbekannten Skiort in den Karpaten geboren. Seine Eltern hatten ein Sportgeschäft, und als seine Mutter starb, war Muś'chen gerade mal neun Jahre alt. Schon in der Schulzeit war er leidenschaftlicher Skiläufer, später Sportreporter für irgendeine der vielgelesenen polnischen Zeitungen, sein Spezialgebiet waren die Skispringen in Zakopane, in der Hohen Tatra, und alles, was mit Wintersport zu tun hatte. Außerdem fuhr er Schlittschuh, er rennrodelte im Schuss und führte Winterwanderungen für korpulente Krakauer und Warschauer, natürlich perfekt, denn er kannte ja jeden Weg und Steg von Kindesbeinen auf. Später, als er selber korpulent und schwerfällig geworden war, schrieb er ganze Bände von Gedichten, die, wenn auch wohl bewahrt, der Welt leider vorenthalten bleiben müssen, da sie zum einen auf Polnisch sind und zum anderen auf dem dünnen Durchschlagspapier allmählich verblassen.

Muś hatte einen sehr intelligenten älteren Bruder, Zbigniew, der Chemiker werden wollte. Er war das, was man heute einen „Überflieger" nennt. Er durchflog die Schulen, schloss das Studium in Krakau als Jahrgangsbester ab, promovierte und schrieb gleichzeitig seine Habilitationsarbeit. Das war damals und ist auch heute noch allerhand! Zbigniew war aber wirklich ein Ausnahmeschüler Doch als beim deutschen Einmarsch in Polen alle fluchtartig Krakau verließen, blieb Zbigniew vertieft in die Wissenschaft zurück, um seine Arbeit noch abzuschließen, denn Wissenschaft ging ihm über alles, dann wurde er nach Auschwitz deportiert, dann verlor sich seine Spur.

Und dann hatte Muś noch eine Schwester. Zygmunts ältere Schwester hieß Esther, sie heiratete einen Medizinstudenten, der, mittellos, von Zygmunts Vatergeld unterhalten wurde. Da feststand, dass der Jünger Äskulaps Esther unter die Chuppah führen würde und Esther doch einen angesehenen Gatten haben sollte, war das Medizinstudium des künftigen Bräutigams als Mitgift für Esther gedacht. Damit war das Geld im Hause Horowitz weg, und Zygmunt blieb die Universität versperrt. Stattdessen musste er das elterliche Sportgeschäft übernehmen. Sportgeschäft ist vielleicht etwas viel gesagt, denn alles drehte sich nur um den Ski. Skier aller Art, Skistöcke, -schuhe und -kleidung, vielleicht noch ein paar Schlitten und Schlittschuhe, aber hauptsächlich Ski. Alles natürlich nicht so bunt wie heute, eher gedämpftes Grau oder Schwarz, alles auch nicht so kunststoffleicht wie heute, eher schweres Holz, Stahlkanten und Leder.

Esther und ihr Medizinmann waren stramme Zionisten, gingen schon bald nach Palästina, wo der Medizinmann im Alter von über neunzig Jahren starb. Und dann war da noch die Katze Kitja, über alles von Muś geliebt. Leider wurde Kitja von der SS, als Zygmunt Zakopane und Krakau schon verlassen hatte, als jüdische Katze identifiziert und auf der Stelle erschossen.

„Nun", meint er dann, „jetzt weißt du schon einiges, und wie es weiterging, wird dir deine Tante wie immer noch besser berichten." Zygmunt Horowitz verstarb im Juli 1990 in Frankfurt am Main. In seinen letzten Jahren sprach er nur noch von fünf Dingen: von Sibirien, von Samarkand, den schrecklichen Polen, ja, ja, ist ja gut, es gab auch gute Polen, den „scheenen Frrauen" und vom Spiritus.

Nach der kurzen Beschreibung der Familien Beckmann und Horowitz nun noch ein paar Worte zur geliebten Stadt Krakau. Krakau, die Stadt der Königswahlen und -beisetzungen sowie der meisten polnischen Reichstage, war sich ihrer historischen Größe durchaus bewusst, und der Familie Beckmann ebenfalls, ja, Krakau rangierte sogar noch vor Wien. In Wien war ihnen hauptsächlich der Kaiser ans Herz gewachsen, weniger das Großstädtische, Krakau war die Heimat, kultiviert, geistreich und doch auch ein wenig wienerisch.

Krakau war 1815, nach dem Wiener Kongress, zum Freistaat geworden, zur „Republik Krakau", allerdings kontrolliert durch Österreich, Russland und Preußen, und als die sogenannte Krakauer Revolution im Jahre 1846 zusammengebrochen war, erhielt es statt der erhofften vollständigen Freiheit und Unabhängigkeit wiederum eine Fremdherrschaft, nämlich die Monarchie in Wien, die ihr bis zum Ende des Ersten Weltkriegs erhalten blieb. Da Kaiser Franz Joseph sein Krakau aber ganz besonders ins Herz geschlossen hatte, wurde die Stadt frühzeitig und reichlich mit Privilegien bedacht, was sie zu etwas Besonderem machte, zu einer Stadt, in der man gerne lebte, und so schlossen umgekehrt auch die Krakauer ihren Kaiser ins warme Herz.

Krakau war damals ein Teil Galiziens, der allerdings rückständigsten österreichischen Provinz. Es gab weder Industrie noch einen nennenswerten Handel, bis die Stadt schließlich zum Zentrum des polnischen Konservatismus mit österreichischem Einschlag avancierte. Hier konstituierten sich ein polnischer Landtag, das oberste Nationalkomitee, polnische Behörden, und polnische Schulen nahmen ihre Tätigkeit auf. Warschau war revolutionär, Lemberg, die neue Hauptstadt Galiziens, geschäftstüchtig, und Krakau war gebildet und kultiviert. Mit seiner Königsburg Wawel, mit seinen Kirchen und anderen Nationaldenkmälern entwickelte sich Krakau zur Kultur- und Traditionshauptstadt Polens. In Krakau wohnte der Adel, was konnten Lemberg und Warschau dagegen schon bieten?

Beckmanns waren zwar eine kaisertreue, vielleicht auch nur kaiserfreundliche, aber jedenfalls unmilitärische Familie, und so dürfte es ihnen vor und während ihres Wienaufenthaltes sicherlich entgangen sein, dass in der geistig regen Stadt polnischer Patriotismus und freiheitsliebende paramilitärische Organisationen eine zunehmend große Rolle spielten, und dass dann 1914 Józef Piłsudski die „I. Kaderkompanie" von Krakau aus gegen die Russen führte, damals noch unter der Vorstellung, ein Königreich Polen innerhalb der k.u.k.-Monarchie zu gründen. Diese „1. Brigade der Polnischen Legion" überschritt noch vor Ausbruch des österreichisch-russischen Krieges die Grenze zwischen Galizien und dem russischen Teil Polens, eine glorreiche Tat. Man wollte der Erste sein, denn in Polen liebt man Ruhm, Ehre und Romantik, damals sogar noch Kriegsromantik. Piłsudskis Ziel einer vollständigen Unabhängigkeit Polens und Absage an das geplante Königreich tauchte erst gegen Kriegsende auf, als sich die Niederlage der vormaligen Teilungsmächte Österreich, Deutschland und Russland abzeichnete.

1918 war Krakau dann die erste freie Stadt Polens, das heißt man war jetzt richtig republikanisch. Schnell wurden die österreichischen Hoheitszeichen abgeklopft, übermalt und dafür die polnischen angenagelt und angepinselt, der schwarze wurde einfach gegen den weißen Adler ausgetauscht, seine Schwingen wurden etwas gestutzt, die in der Stadt stationierten österreichischen Soldaten wurden entwaffnet, packten ihre Koffer und wurden nach Hause geschickt, und Maurycy Beckmann, damals ja noch in Wien, klappte seine Bücher zu und kehrte mit seiner Frau Salomea und den Kindern aus seiner Schreibstube im zweiten Bezirk nach Krakau zurück. In Krakau blühte das kulturelle Leben weiter. Kultur war hier weder durch Krieg noch Nachkriegszeiten klein zu kriegen.

Aber trotz aller politischer Wirren und unbeirrt vom Auf und Ab der Geschichte, wie es so schön heißt, blies der Türmer jede

Stunde sein Hejnał Mariacki, den traditionellen Weckruf, vom Turm der Marienkirche in die vier Himmelsrichtungen der stolzen Stadt Krakau und brach unvermittelt ab, wenn ihn der Tatarenpfeil, wie im Jahre 1221, in den Hals traf. Aber wie hoch konnte ein Tatarenpfeil im 13. Jahrhundert überhaupt fliegen, kannten die Tartaren schon den englischen Longbow, und konnte der Pfeil dann auch noch treffen? Oder ist alles nur Legende und geht auf das schöne Buch von Eric P. Kelly zurück, der im Jahre 1928 das Kinderbuch „Der Trompeter von Krakau“ schrieb? Vielleicht haben die beiden Autoren, Leszek Mazan und Mieczysław Czuma ja recht, wenn sie darauf hinweisen, dass die alte Legende sich ausgerechnet Mitte der dreißiger Jahre des vergangenen Jahrhunderts ausbreitete und damit der Pfeilschuss wohl eher auf einen amerikanischen Autor als auf einen fernöstlichen Tataren zurückgeht. Aber vielleicht stimmt sie ja auch. Legenden sind nun mal eine nicht mehr zu entwirrende Verflechtung aus Märchen und Wahrheit. Jedenfalls sind sie meist schöner als die Wirklichkeit.

Flucht aus Krakau

In der Nacht des 1.9.1939, ab 4:45 Uhr, beschoss der deutsche Panzerkreuzer „Schleswig-Holstein“ in Danzig die Westerplatte, und die deutsche Wehrmacht marschierte über die polnische Grenze nach Osten. Eine Kriegserklärung war nicht erfolgt, es war ein Überfall. Der englische Botschafter Henderson und sein polnischer Kollege Lipski waren zuvor von Adolf Hitler und seinem Außenminister Joachim von Ribbentrop über die wahren Absichten mit Halbwahrheiten gefüttert und eingelullt worden, aber sie waren machtlos. Und Hitler, oder der Führer, wie er in weiten Kreisen Deutschlands voller Bewunderung genannt wurde, verkündete der zutiefst betroffenen und – wie geheime Untersuchungen des Reichssicherheitshauptamtes und des Propagandaministeriums in Berlin ergeben hatten – kriegsunwilligen deutschen Bevölkerung über Rundfunk „Seit 5:45 Uhr wird jetzt zurückgeschossen! Und von jetzt ab wird Bombe mit Bombe vergolten." Diese Worte sind in die Geschichte eingegangen, wenn Hitler sich auch in Wirklichkeit um eine Stunde geirrt hatte. Doch das sollte im Laufe des Krieges nicht sein einziger Irrtum bleiben, schwerwiegendere folgten und hatten schließlich seinen Untergang zur Folge.

Deutschland war deprimiert, man erinnerte sich an den Ersten Weltkrieg, die vielen Toten, den „Steckrübenwinter", die Hungersnot, alles lag noch nicht lange zurück, man wollte Frieden. Nur die jungen Soldaten, die wie junge Soldaten auf der ganzen Welt ein Abenteuer witterten, schmetterten ihre Kriegslieder auf den Kasernenhöfen und begeisterten sich für Ehre, Treue und Vaterland, fest davon überzeugt, dass sie ihre Heimat gegen rundum lauernde Feinde verteidigen müssten.

Alfred war damals zweiunddreißig Jahre alt, er sprach wie seine Familie neben polnisch fließend deutsch, und als politisch interessierter Jurist hatte er natürlich alle Radio- und Zeitungsmeldungen verfolgt und allen immer wieder laut und unmissverständlich verkündet, Hitler sei ein Lügner, ein Raubtier, nein, ein Verbrecher, was ihn vom Raubtier noch unterscheide. Zudem sei er ein Antisemit der übelsten Sorte, der eines Tages noch die ganze Welt in Brand setzen und alle seine Gegner unbarmherzig verfolgen würde.

Celina interessierte das weniger, was der schöne Oskar dazu meinte, ist nicht überliefert, die Eltern hatten Angst, nur Aja glaubte ihm. Alfred meinte immer nur, lest die deutschen Zeitungen, hört euch den Rundfunk an, wir Polen gelten in Hitlerdeutschland als ungebildet und dumm, zwar gutmütig und gastfreundlich, aber als eine Art dumpfe Untermenschen. Und ob das stimmt, was Hitler behauptet, dass Polen deutsche Flugzeuge auf dem Flug nach Königsberg beschießen und unsere Polen deutsche Bauernhöfe um

Danzig herum abbrennen, weiß niemand genau, wer bezeugt das? Der Streit um Danzig und den Korridor wird nicht enden, wenngleich England die Wogen zu glätten versucht hat und Polen riet, auf Hitler zuzugehen. Aber ob Hitler das überhaupt will, will er nicht lieber Krieg?

Für Alfred hatten polnisches Heldentum und Kriegsromantik noch nie eine Rolle gespielt, Helden mochten die anderen sein, und als er im Rundfunk von der Beschießung der Westerplatte hörte, packte er in Gedanken schon die Koffer. Polen musste den Krieg mit seinen altmodischen Waffen und säbelschwingenden Kavallerieregimentern verlieren, das stand fest, und ob England und Frankreich ihren Garantien nachkommen würden, bezweifelte er sehr.

1938, bei der Heimholung Österreichs, des Führers „geliebter Heimat" und bei der Besetzung des Sudetenlandes hätten Frankreich und England ja auch nur zugeschaut. Vielleicht, meinte er, hatten die Sieger wegen Versailles ja ein schlechtes Gewissen. Die Bedingungen, die man Deutschland damals auferlegt hatte, waren auch wirklich zu hart gewesen, zu demütigend, das hätte doch jeder gewusst, und vielleicht wollte man Hitler daher im Falle Österreichs und des Sudentenlandes einfach mehr Freiheiten lassen. Auch für Danzig und Oberschlesien konnte er sich das vorstellen, aber keinesfalls für Polen, Polen müssten die Westmächte verteidigen. Sie müssten Hitler jetzt auf die Finger klopfen. Täten sie das nicht, und zwar sofort, wäre Polen verloren. Dachte er dann noch daran, dass man hier natürlich alle Deutschen und Deutschsprachigen verdächtigen würde mit den Nazis als fünfte Kolonne zu kollaborieren, dann verringerte das nicht seine Sorgen. Die Eltern, die Schwestern, man müsste sie warnen, Krakau müssten wohl alle bald verlassen.

Tatsächlich war die Vorkriegsstimmung in Krakau schlecht, überall spürte man die Spannungen zwischen Deutschland und Polen. Für Alfred war es unverständlich, warum dann ausgerechnet jetzt noch deutsche Pfarrämter geplündert, Deutsche in der Stadt Lódź verprügelt und ihre Häuser oder Geschäfte abgebrannt werden mussten, warum die polnische Polizei bei Überfällen auf Deutsche nicht eingriff, und warum selbst Deutsche, die sich mit Polen solidarisiert hatten, Belästigungen und Quälereien nicht entgingen, schließlich sei Polen doch ein Rechtsstaat. Das konnte er nicht akzeptieren. Hätte man sich nicht zurückhalten, abwiegeln und beruhigen können. Stattdessen diese unsinnigen Provokationen. Oder war das alles nur deutsche Propaganda, von diesem Goebbels mit der giftigen Zunge? Aber wenn auch, man hätte nicht darauf eingehen müssen, man hätte noch nicht mal abwiegeln sollen, einfach nichts sagen wäre wohl das Beste gewesen. Jetzt ist Krieg, die schlechteste aller Möglichkeiten! Aja meinte, vor Hitlers Machtergreifung hätte es zwar auch schon immer mal Streit mit Deutschland gegeben, aber seit Hitler Deutschland regiert, treibt die Angst vor seiner schrecklichen Politik und seinen ungeschminkten Wutausbrüchen gegen Polen die zeitungslesende Gesellschaft in den Städten um. Auch für sie stand fest, Krakau sei bald zu verlassen, vielleicht sogar das Land, die Heimat. Krakau liege zu weit im Westen.

Die Frage war nur, wohin? In die UDSSR wollte man nicht, zu den Kommunisten. Das wäre vom Regen in die Traufe gewesen. Nach Rumänien, Bulgarien wollte man auch nicht. Zum einen war es auch dort schon unruhig – es gab zahlreiche Ausschreitungen – vor allem aber hatte Rumänien schon mit Hitler geflirtet, da es wegen seiner im Ersten Weltkrieg erworbenen Gebiete jetzt von der Sowjetunion und Ungarn bedroht wurde, die Neuerwerbungen aber nicht mehr rausrücken wollte. Vielleicht würde sich Rumänien sogar Deutschland anschließen! Die Gefahr bestünde! Und auch Bulgarien wurde bedrängt, von den Sowjets, der Türkei und von Griechenland, weswegen ein Pakt mit Nazideutschland nicht ausgeschlossen wäre. Also was tun? Am besten zunächst mal abwarten und dann vielleicht nach Polens Osten ausweichen.

Immer wieder saß Alfred vor dem Radio und hörte die Nachrichten, die polnischen wie die deutschen, um sich ein Bild zu machen. Jetzt, nach der Beschießung der Westerplatte musste zunächst mal Panik vermieden werden, abwarten, man wird sehen, noch gibt es ja England und Frankreich. Auch in Deutschland soll die Stimmung schlecht sein, na also, vielleicht fällt das Volk der Regierung ja in den Arm, was im Nazistaat allerdings ein Wunder wäre. Es soll im Reich sogar Stimmen geben, wonach man „die Bande", wie man die Nazis titulierte, die einen Krieg mit Polen beginnt, einfach umbringen sollte: Gerüchte, Wunschdenken, Spekulationen! Die, die was zu sagen hatten, standen wohl alle hinter Hitler!

Alle fragten sich, wie sieht die politische Situation wirklich aus, was war Deutschlands wahre Absicht, was nur Propaganda, welchen Meldungen konnte man glauben, was weiß man über Hitler und Hitlerdeutschland überhaupt, was konnte man nur rückschließen oder gar nur vermuten? Hitler war Judenhasser, er redete vom Lebensraum im Osten und faselte von der Schwäche der Alliierten. In kürzester Zeit hatte er aufgerüstet, wozu das große Heer, die Wehrmacht, die stärkste Luftflotte Europas und die neugebauten Kriegsschiffe? Wozu braucht man das alles, wenn nicht zum Krieg, zu einem großen Krieg? Hitler wird nicht aufzuhalten sein, wer weiß was ihm noch einfällt.

Hitler hielt den Kampf zwischen den Völkern für lebensnotwendig, er wollte den Krieg, denn das Leben war Kampf, und nur der Starke würde überleben. Dass im Krieg Menschenleben geopfert und riesige Werte zerstört werden, störte ihn wenig.

Bei allem Durcheinander und sich überstürzenden Meldungen, für alle Überlegungen, Abwägungen und Erörterungen war Alfred in der Familie am besten informiert, für ihn stand daher endlich fest, die Familie muss Krakau verlassen. Und zwar in den nächsten Tagen. Hitler hatte jetzt sieben Jahre lang die Juden für alle Weltprobleme verantwortlich gemacht und würde sich nun rächen, wie er ja laut durch den Äther posaunte. Die jüdisch-bolschewistische

Weltverschwörung wollte er ein für alle Mal ausrotten, und da er ein schrecklicher Tatmensch war, würde er das auch tun. Und nachdem er die Lage an der deutschen Ostgrenze öffentlich für unerträglich erklärt hat und sich für eine gewaltsame Lösung der Situation entschieden hätte, wie er wieder laut verkündete, würde sein polnischer Feldzug wohl fürchterlich sein, und Krakau und Warschau wären die ersten Opfer.

Am 1. September, nach den Sommerferien, gingen alle wieder brav zur Schule, war der stahlblaue Himmel Krakaus wolkenlos, als plötzlich das laute Geheul der Sirenen die Einwohner aufschreckte. Alle glaubten an einen Probealarm der polnischen Luftwaffe, nur Aja, die eine gründliche Ausbildung in Sachen Landesverteidigung genossen hatte, war skeptisch. Als dann in der Ferne erste Detonationen hörbar wurden und Flugzeuge mit Maschinenwaffen über die Straßen brausten, war allen klar, es sind die Deutschen, und in Krakau herrscht jetzt Krieg.

Hatte man nicht stets gehört, dass die Deutschen an ihrer Ostgrenze Truppen sammelten und dass auch Polen mobil machen wird! Man konnte doch gar nicht überrascht sein, und war es doch. Jetzt ging's also los, Hitler hatte wahrgemacht, was keiner richtig glauben wollte, Wunschdenken. Die Straßen entleerten sich im Handumdrehen, alles rannte nach Hause oder in sichere Verstecke. Alfred schloss seine Akten, verständigte die Eltern telefonisch, sich umgehend in Sicherheit zu bringen und rannte mit den anderen Hausbewohnern in den Keller. Aber es blieb ruhig, man wartete, doch es geschah nichts.

Als er wieder auftauchte, waren Haus und Kanzlei unbeschädigt, in der Innenstadt sah man überhaupt keine Schäden, und die ersten Menschen krochen noch leicht verstört aus ihren Löchern hervor. Die Angriffe waren wohl nur auf Bahnhof, Flughafen und einige weiter draußen gelegene Industriebetriebe gerichtet gewesen, was hoffen ließ, dass man vielleicht mit blauem Auge davonkäme. Die Telefone funktionierten, das Licht brannte und das Wasser floss, die Familie hatte alles gut überstanden. Es war Zeit zum Aufbruch. Oder doch noch nicht? Sollte man wirklich Koffer packen, alles im Stich lassen, oder sollte man hoffen, dass alles noch glimpflich abläuft? Man konnte auch niemanden fragen, denn jeder musste für sich selbst entscheiden, jeder für sich ganz alleine!

In der Stadt hatte ein Kirchenmann zur Aufrechterhaltung von Ruhe und Ordnung ein Bürgerkomitee gegründet, trotzdem kam es aber, als das Gerücht umging, die Deutschen hätten schon die Weichsel erreicht, zur Massenflucht nach Osten. Beckmanns waren noch immer unsicher, sollte man sich dem Exodus tatsächlich anschließen, der in Panik aufbrechenden Bevölkerung folgen, sich in die chaotischen Menschenströme stürzen, oder doch in aller Ruhe erst mal Freund Jacek anrufen und dann weiter sehen, wie sich alles entwickelte.

Viele junge Männer waren sofort in die Meldebüros gerannt, sie wollten Helden werden und kämpfen, und nur wenige flohen in Richtung Lemberg oder zu Verwandten nach Süden und Osten. Sogar junge Mädchen meldeten sich zum Dienst, man würde sie im Lazarett und in zivilen Krankenhäusern gut gebrauchen. Patriotismus und Wut beherrschten die Gespräche, beides schlechte Ratgeber. Alfred, der das Gedränge vor den Meldebüros sah, erklärte die Übereifrigen kurzweg für verrückt. Was sollten diese jungen und unausgebildeten Leute anderes als Kanonenfutter werden! Die Deutschen waren viel zu gut gerüstet und wohl auch zahlenmäßig überlegen. Aja muss er das sofort verbieten, diesen Unfug! Hoffentlich bleibt sie zu Hause, er konnte sie aber nicht erreichen, und so hoffte er auf ihre Vernunft.

Wenig später hörte man, dass schon viele Krakauer per Bahn die Stadt verlassen hätten, aber da die Züge auf freier Strecke von Fliegern beschossen worden seien, zögerte Alfred wieder. Vielleicht sollte man sich mit Bussen davonmachen, vielleicht nachts, die Stadt würde sicher Fahrzeuge bereitstellen. Sollte man schnell noch mal Lebensmittel kaufen, die Geschäfte sind schon überfüllt, Panikkäufe, jeder legte jetzt Vorräte an. Schaden würde es nicht.

Alfred rief im Rathaus an, niemand konnte ihm Auskunft geben, jedenfalls stellte die Stadt keinerlei Fahrzeuge zur Verfügung, das stand fest, nur Privatautos, Pferdewagen und sogar Fußgänger machten sich auf den Weg. Das sei erlaubt. Und übrigens sei die Zahl der Flüchtlinge gar nicht so groß, wie man den Eindruck hätte, meinte das Rathaus. Man sollte Ruhe bewahren und nicht übertreiben, tönte es von oben. Also rief er seinen Rechtsanwaltskollegen und Freund Jacek Sadkowski an. Auch Jacek empfahl zunächst Ruhe zu bewahren, aber nicht zu bummeln, und dann geordneten Aufbruch. Jedenfalls später. In Ruhe packen, was wird das Wichtigste sein, Papiere, etwas Essbares und vor allem gute und strapazierfähige Kleidung, besonders gute Schuhe. Bitte Mäntel und warme Kleidung nicht vergessen, es wird regnen und kälter werden, Herbst und Winter stehen vor der Tür.

Jacek, der Alfreds Einschätzung der politischen Lage nur halbherzig teilte, schlug vor, zunächst mal nur zu den Großeltern aufs Land zu fahren, in ein Dorf, das etwas östlich von Krakau liegt. Fünfzig oder sechzig Kilometer, also in respektvoller Distanz von den Deutschen, die vielleicht in Krakau haltmachten. Kein Zweifel. Die Zug- und Busverbindung in Richtung Zaklicyn, dort wohnten die Großeltern irgendwo, sei recht gut, die Züge sind sicher noch nicht überfüllt und Karten daher leicht zu haben. Dass die Züge wirklich so sicher waren, wie Freund Jacek meinte, glaubte Alfred nach den jüngsten Gerüchten zwar nicht, aber man sollte es versuchen. Bei Jaceks Großeltern könnte man abwarten, wie sich alles entwickeln würde. Man kennt ja die Deutschen vom Ersten Weltkrieg her, meinte Jacek, so schlimm wird es nicht werden, sie waren immer ritterlich und hatten viele gebildete Offiziere, die das kultivierte Polen nicht verwüsten würden, genauso wenig wie sie damals den besetzten Teil Russlands geplündert hätten. Wieder nicht ganz überzeugt, stimmte Alfred zu, gut, man würde sehen, wie es weitergeht, eine bessere Idee hatte er jetzt auch nicht. Ginge es besser als erwartet, wäre man nahe bei Krakau und könnte bald zurück, ginge es schlechter, was er befürchtete, ginge man weiter nach Osten in Richtung Lemberg.

Freund Jacek war ein unscheinbarer und weniger gutaussehender kleiner Herr mit rundlichem Kopf und dunkel geränderter Brille, aber ein blitzgescheiter Denker und ausgezeichneter Jurist, aber als Denker lagen so unangenehm realistische Dinge wie die Flucht vor einer heranrückenden Armee halt nicht in seinem Denkbereich. Verheiratet war er mit Alicja, einer Tochter aus bester litauischer Familie in Kaunas. Alicja war nicht nur gutaussehend und temperamentvoll, nein, sie dominierte auch die Familie, und zwar überzeugend. Jacek war eher ruhig, überlegt und sanftmütig und meinte, man solle sich nicht aufregen, Frankreich und England würden sich schon rühren, letztendlich siege immer das Gute.

Seine Blitzgescheitheit hatte ihn diesmal aber im Stich gelassen, denn England und Frankreich rührten noch keinen Finger, um Polens Untergang zu verhindern. Alicja stand auf Alfreds Seite, Jacek sollte sich nichts vormachen, Hitlerdeutschland sei nicht das Kaiserreich, und wenn die Alliierten zu lange zögerten, sei Polen einfach hin, verloren. „Jacek, wir gehen jetzt zu den Großeltern und wenn das nicht reicht, dann eben sogar bis nach Lwów, und Beckmanns gehen mit, davon bin ich überzeugt. Dein Freund Alfred ist schließlich Realist, der steht mit beiden Beinen auf der Erde!“ Und so packten auch Sadkowskis.

Aja war zu dieser Zeit sechsundzwanzig Jahre alt und Luftwaffenhelferin und hatte die Aufgabe, mit einem Seil und einem Spaten die 4. und 5. deutsche Luftflotte aufzuhalten, vielleicht auch nur, um angerichtete Schäden so rasch wie möglich zu beheben. Als sie in ihrer Luftschutzeinheit aber laut und öffentlich erklärte, dass sie weder ihre Ausbildung noch ihre Ausrüstung für diesen Zweck für geeignet erachte, hielt man sie für unpatriotisch und suspendierte sie umgehend vom Dienst am Volk, was Schimpf und Schande bedeutete. Jeder Pole sei schließlich Patriot! In aller Eile wurden jetzt Koffer gepackt, sie zog ihr bestes Kleid an, warf sich einen Pelzmantel über, und als gelernte Modistin und Hutmacherin setzte sie sich einen schicken Hut mit langer Feder und silberner Hutnadel auf. Dazu lange weiße Handschuhe, denn ewig würde der ganze Spuk ja wohl nicht dauern. Die Westmächte würden es irgendwann schon wieder richten. Alle anderen packten sinnvoller, aber was und wie viel sollte man mitnehmen? Niemand hatte Erfahrung. Jetzt geht's zunächst mal mit Alfreds gutem Freund aufs Land.

Die ziemlich alten Großeltern Jaceks waren vornehme Intellektuelle, vielleicht etwas konservativ, und verfolgten die politischen Ereignisse voller Sorge. Der Großvater, ein früherer Bankier mit weißem Bart und randloser Brille, immer schwarz gekleidet, wirkte besonnen und hatte die Situation natürlich richtig erkannt, die Großmutter, ebenfalls belesen, vielleicht weniger gut informiert, war zurückhaltender. Alicja war somit die modernste und weltoffenste in der Familie, und Jacek lag irgendwo dazwischen, also genau die Familie von Bildungsbürgertum, auf die die Nazis in ihrem bildungsfernen Fanatismus und mörderischen Antisemitismus später Jagd machten. Würde es schlimmer kommen, meinten die Großeltern, blieben sie trotzdem hier, hier sei schließlich ihre Heimat und außerdem seien sie für eine Flucht ins Ungewisse schon viel zu alt.

Die 4. Deutsche Armee stand im Norden nicht weit von Stettin, die schwächere 8. um Breslau, die starke 10. Armee, die den Hauptangriff auf Polen führte, im Raum Oppeln, und die 14. im Süden im Raum Ratibor und Neu Titschein sowie in der Slowakei, die sich im März 1939 von der Tschechoslowakei losgesagt hatte und Satellit Deutschlands geworden war. Eineinhalb Millionen deutsche standen etwa gleich vielen polnischen Soldaten gegenüber, aber die technische Überlegenheit der Wehrmacht war groß. Während die Deutschen in eine Heeresgruppe Nord und eine Heeresgruppe Süd gestaffelt waren, also in zwei kräftigen Stoßkeilen, war die polnische

Armee in zahlreichen Abwehrpositionen gleichmäßig entlang der langen Grenze verteilt, die Niederlage war somit vorprogrammiert.

Dass England und Frankreich endlich doch noch ihren vertraglichen Verpflichtungen nachgekommen sind und Deutschland den Krieg erklärt hatten, erfuhren die Flüchtlinge gerade noch bei der Abreise, worauf alle sofort wieder Hoffnung schöpften. Vielleicht ließ sich Polen ja doch noch retten und man könnte in Krakau bleiben. Nicht aber Alfred, der Entsatz sei viel zu spät, außerdem würden die Alliierten im Westen angreifen und Polen wäre den Deutschen im Osten ausgeliefert. Hitler würde uns rasch erledigen und sich dann an Frankreich machen. Ob er auch noch England kassiert, wagte er zu bezweifeln, selbst Napoleon hat das nicht geschafft.

Alfred hatte die Kanzlei am 4. September geschlossen. Die Teppiche waren zusammengerollt, die kostbaren Sitzmöbel mit weißen Tüchern abgedeckt und die Türen sorgfältig gesichert worden, und dann verließen alle noch am selben Tag die Stadt. Als die Koffer schon gepackt waren, gestand Aja ihrem Bruder noch rasch, dass sie einen gewissen Herrn Zygmunt Horowitz schon längere Zeit kannte, und dass sie zu heiraten gedächten. Die Überraschung war komplett, und in der Eile des Aufbruchs musste Muś in die Gesellschaft aufgenommen werden und sich mit seiner zukünftigen Familie auf den Weg machen.

Da Alfred mit dem fadenscheinigen Argument, dass man seiner armen kleinen Schwester keinesfalls zumuten könnte, bei ihrer Stiefmutter Bronislawa aufzuwachsen und von ihr auch erzogen zu werden – die drei Beckmann-Kinder konnten Stiefmutter Bronja nämlich nicht leiden –, 1931 die Vormundschaft über Aja erwirkt hatte, eine juristische Meisterleistung, war er pikiert, als er jetzt hörte, dass Anda ohne seine Erlaubnis, einfach über seinen Kopf hinweg, ihr Leben wieder mal in die eigene Hand genommen hatte. Denn nach dem Gerichtsbeschluss lag die letzte Entscheidung über eine eventuelle Heirat mit diesem Pan Horowitz, diesem

Fremdling aus dem polnischen Hochgebirge, wo es nur noch Wölfe und Bären aber keine gebildeten Menschen mehr gab, noch immer bei ihm! Na ja, man würde weitersehen, jetzt müsste man erst mal weg. Soll er mitkommen!

Der südliche Flügel der deutschen Armee kämpfte sich über die West-Beskiden nach Nowy Targ vor, Neumarkt zu k.u.k.-Zeiten, und ihr Zentrum über Bielitz in Richtung Krakau. Als die Deutschen Krakau dann fast völlig kampflos besetzt hatten, war die Familie Beckmann, jetzt bestehend aus Alfred, Aja, Celina, dem schönen Oskar, dem Vater Maurycy und seiner Frau Bronja, bereits bei den Großeltern von Jacek Sadkowski. Und dann hatte sich ja noch dieser gewisse Horowitz angeschlossen. Keiner kannte ihn, keiner hatte ihn zuvor gesehen, man müsste sich jetzt um ihn kümmern. Also, insgesamt neun Personen, die mit ihrem Gepäck die Heimat verließen, und keine Ahnung hatten, was sie erwartete.

Am 6. September wurde Krakau unbeschädigt der Wehrmacht übergeben, der künftige deutsche Stadtkommandant, Generalleutnant von Höbert stattete, wie sich das gehörte, Professor Tadeusz Lehr-Spławiński, Rektor der Universität und dem Grab des Volkshelden Józef Piłsudskis einen Höflichkeitsbesuch ab, und so besserte sich die Stimmung in der Stadt schon bald wieder merklich, der erste Schrecken war vorüber. Einige Mitglieder des Bürgerkomitees und ein paar Leute der Stadtverwaltung wurden von der Wehrmacht zwar verhaftet, kurz danach aber wieder freigelassen, so dass viele schon wieder Hoffnung schöpften.

Wieder war Alfred die treibende Kraft. Die erste Fluchtstation müsste sofort verlassen werden, eine Rückkehr nach Krakau sei ganz unmöglich. Als er nämlich hörte, dass die Wehrmacht nur kurz in der Stadt Station gemacht hatte und mit drei Armeekorps offenbar über Nowy Sancs und Tarnow hinaus in Richtung Przemysl vorstoßen wollte, bestand erneut die Gefahr, dass man den Deutschen in die Hände fällt. Wieder wurden eilig Koffer gepackt, und vergrößert um das Ehepaar Alicja und Jacek Sadkowski, ging es mit anderen Flüchtlingen per Lastwagenkolonne auf holpriger Straße weiter in Richtung Lwów, dem ehemaligen Lemberg Kaiser Franz Josephs, genauso, wie das die klar sehende Alicja schon befürchtet hatte.

Das Wetter war schön, der Himmel noch wolkenfrei, ein durch Krieg zerstörter Herbsttag. Die Straßen waren staubig, hatten Schlaglöcher und Lastwagen reihte sich an Lastwagen, alle vollbesetzt mit Frauen, Kindern und alten Männern, die der Straßenstaub ganz allmählich grau gepudert hatte und zu ständigem Schimpfen und Husten reizte. Dazwischen Pferdegespanne, einige Personenwagen und auch Fußgänger, Radfahrer und Kinderwagenschieber, die alle nach Osten wollten, weg von den Deutschen. Jeder woanders hin. Die Großeltern Sadkowski waren zu Hause geblieben und tauchten nie wieder auf.

Irgendwo auf der Straße nahe Korczowa, so oder so ähnlich hieß der Ort, tauchten plötzlich Tiefflieger auf. In wilder Panik sprangen alle rechts und links in den Straßengraben, die Geschoßgarben prasselten die Straße entlang, es gab aber nur Sachschaden, dann waren die Flieger wieder weg, genauso wie Ajas schöne Hutnadel und die prächtige schwarze Hutfeder. Die Farbe der weißen Handschuhe changierte ins Dunkelgrüne und sollte künftig auch dort bleiben. Der nüchterne Bericht kann aber nach den vielen Jahren die Wut, die Trauer und Enttäuschung nicht wiedergeben, die Aja durch den Verlust ihrer modischen Accessoires durch die deutsche Luftwaffe erlitten hatte.

Das Durcheinander muss aber wirklich groß gewesen sein, denn niemand konnte später sagen, ob es wirklich die Deutschen waren, die sie töten wollten; unter den Tragflächen konnten auch rote Sterne gewesen sein, wie manche behaupteten, die gerade mühsam aus dem Straßengraben krabbelten. Aber die Maschinen sausten ja auch von hinten heran, wie sollte man das entscheiden?

Weiterhin unbehelligt kamen sie am Abend todmüde und hungrig in Lemberg an und wussten nicht wohin, bis man einen Gasthof fand, in dem man für die erste Nacht annehmbar und sogar preiswert logierte. Am Tag darauf gelang es, eine kleine Wohnung und ein Einzelzimmer zu mieten, die Straße hieß Shpytalna und war nicht weit vom Theater entfernt. In das Zimmer zogen die beiden Sadkowskis, in die Wohnung Alfred Beckmann und sein Gefolge. Es war eng, ungeheizt und ziemlich schlicht, die Wirtsleute waren unfreundlich, aber es sollte ja nicht auf Dauer sein, man würde sehen, wie sich alles entwickelt. Vielleicht könnte man ja doch bald zurück nach Krakau, aber wie es aussah, könnte es auch Wochen, vielleicht sogar Monate oder Jahre dauern. Jedenfalls brauchte man jetzt zunächst mal Geld, denn irgendwann würde das mitgebrachte zur Neige gehen.

Sie waren entwurzelt in einer fremden Stadt, die Zukunft konnte man sich nicht vorstellen, nur die Vergangenheit zählte noch. Der Ort, um den ihre Gedanken kreisten, war Krakau, das ihnen jetzt, wo es verloren schien, so gegenwärtig war wie noch nie. Jede Einzelheit hatte plötzlich Bedeutung, Gesehenes, Gelesenes, das man schon längst für vergessen hielt, tauchte aus der Erinnerung auf und wurde zur Gegenwart und umschwärmt. Selbst Belanglosigkeiten erweckten ihren Stolz! Aber wen interessierte das jetzt noch! Und auch die berühmte sechshundert Jahre alte Krakauer Universität, an der Alfred und sein Freund Jacek studiert und die ersten Meriten errungen hatten, nach Prag immerhin die zweite Universität in Mitteleuropa, war jetzt nur noch Erinnerung! Ja, man könnte auf seine schöne Stadt richtig stolz sein, läge sie nicht so unerreichbar weit im Westen. Die schönen Parkanlagen, die vielen kleinen und großen Läden, die Buchläden und Antiquariate und auch das Hochschulleben, wann wird man wieder zu Hause sein?

Was hatte Lemberg denn zu bieten? Nun, man wird sich umsehen. Immerhin gibt es eine Oper. Aber die zahlreichen Krakauer Theater, Kleinbühnen, das Opernhaus, das zwar nur als Stadttheater diente, die Literaturzirkel, Künstlerkneipen, Kabaretts und die beliebten Caféhäuser nach Wiener Art gab es hier nicht! Schon allein das Wissen, dass einem alles mal zur Verfügung stand, wenn man es nur wünschte, machte die Heimat zum Paradies. Und jetzt saß man hier, kannte niemanden und kannte auch die Stadt nicht. Und in Krakau saßen jetzt die Deutschen. Eigentlich hatte man alles zu wenig geachtet, man hat sich vom täglichen Leben, von der Arbeit und den üblichen Sorgen auffressen lassen. Hätte man doch alles häufiger genutzt, ja hätte man! Zu Hause war einfach alles schön und man hatte so vieles versäumt. Aber wenn man zurückkommt, dann wird alles nachgeholt!

Zygmunt, der in die Gruppe Eingeschmuggelte, war der Einzige, der sich in Lemberg um Arbeit bemühte und sich nicht nur nostalgischen Erinnerungen hingab. Vielleicht geschah das aus Dankbarkeit seinen Reisebegleitern gegenüber, vielleicht trieb ihn aber auch das schlechte Gewissen, dass man seinen künftigen Schwager nicht rechtzeitig über die Heiratsabsichten informiert hatte. Zygmunt wurde jetzt nämlich Kellner in einem Restaurant, das auch ein Café hatte, ein gutes Kaffeehaus aus der Zeit des österreichischen Kaiserreiches. Hier fühlte er sich wohl. Bei leisen Wiener Klängen servierte er jetzt Kleine Braune, Melange, Zweispänner, Große Braune mit Sahne, Kirschtorte, Käsesahne, Sachertorte und Mohnstriezel, wie im tiefsten Frieden, und brachte etwas Geld nach Hause. Das reichte für die Miete und wenig mehr. Leider musste er die lukrative Stelle bald wieder aufgeben, da seine Gedanken zu häufig in Zakopane und nicht bei den österreichischen Konditorwaren weilten, und er alle Bestellungen durcheinanderwarf, bis sich die Gäste beschwerten. Aja meinte später, Zygmunt konnte sich überhaupt nichts merken, noch ein oder zwei Monate, und das Geschäft seines bedauernswerten Arbeitgebers wäre ruiniert gewesen. Aja hatte zeitlebens eine überzeugende Art, die Rechte derer zu verteidigen, die mit ihrem künftigen und bald auch richtigen Ehemann zu tun hatten.

Was die anderen Familienmitglieder in Lemberg gemacht haben, ob sie wie Zygmunt arbeiteten, ob sie das mitgebrachte und neu erworbene Geld nur verbraucht oder voller Sorge nur die politischen Ereignisse verfolgt haben, ist nicht überliefert. Vielleicht gingen sie in der schönen Septemberluft auch nur spazieren, um Kummer, Sorgen und Trauer zu verdrängen, oder aus Langeweile. Alfred lag jedenfalls auf dem Sofa und las in einem kleinen Büchlein, das er gerade noch eingesteckt hatte, über griechische und römische Philosophen, seine Lieblingsbeschäftigung, womit er seine Hilflosigkeit im fernen Lwów zu kaschieren suchte. Aus Tageszeitungen und Rundfunk versuchte er sich über die politische und vor allem militärische Lage zu informieren, aber alle Meldungen versprachen nichts Gutes, zudem waren sie widersprüchlich, man konnte die Spreu nicht vom Weizen trennen. Aber man musste auf der Hut sein, die Koffer blieben gepackt.

Der vierzehnten Armee der Heeresgruppe Süd unter Generaloberst von Rundstedt war es wider Erwarten nicht gelungen, die polnischen Armeen „Krakow" und „Karpaty" zwischen Weichsel und San einzuschließen, erst Mitte September konnte sie die im ersten Weltkrieg so hart umkämpfte Festung Przemysl einnehmen, und am 16. misslang dem XVIII. Korps die rasche Eroberung von Lwów. Aufatmen! Die bedrängte Stadt mit allen Flüchtlingen war erst mal sicher, aber wie lange noch?

Für Beckmanns und Sadkowskis bange Stunden, dann aber die Erlösung. Dass die Deutschen so schnell vorstoßen würden, hatte niemand erwartet. Lwów war jetzt ein Bienenstock, Zugereiste und Einwohner hatten Angst, in den Geschäften wurden Lebensmittel und Medikamente rationiert und bald knapp, genauso wie Benzin und Winterheizung. Das schlimmste waren aber die widersprüchlichen Meldungen, die sich überstürzten. Viele Flüchtlinge setzten sich schon wieder weiter nach Osten ab, sofern sie einen der regulären Züge erreichten und noch Platz fanden, andere wieder dachten an Rückkehr, da man ja doch irgendwann dem Feind in die Hände fiele.

Auch für Beckmanns und Sadkowskis stellte sich die Frage: Ausharren oder Weiterflüchten? Sollten sie doch noch gefasst werden, nachdem ihnen die Flucht bisher gelungen war? Oder sollte man vielleicht doch wieder nach Hause zurück, denn wenn man gefasst würde, dann schon lieber in Krakau. Beckmanns meinten, abwarten, Sadkowskis meinten, abwarten, jetzt sind die Deutschen erst mal zurückgeschlagen, vielleicht bleiben sie, wo sie sind, irgendwann wird das Ausland schon helfen. Nein, keinesfalls sollte man vorzeitig kehrtmachen, das wäre zu gefährlich. Das wäre völlig falsch. Und so blieb die Angst, denn der Vormarsch der Deutschen war wirklich überraschend gewesen. Würde Hitler auf den letzten Zipfel Polens, die letzte größere Stadt, verzichten?

Als man sich Mitte September mit Sadkowskis in einem Caféhaus nahe der Oper traf und die Lage nochmal von allen Seiten beleuchtete, sprachen sich Celina, Bronja und Jacek für Ruhebewahren und Abwarten aus, Alicja, Aja und selbst Maurycy wollten Lwów bald verlassen, Muś legte sich als „Gast" der Reisegruppe Zurückhaltung auf, der schöne Oskar verheimlichte seine Meinung, oder er hatte keine, und so blieb die Entscheidung wieder mal bei Alfred. Alfred trank noch den letzten Schluck seines Kaffees aus, bevor er seiner Gruppe erklärte, dass man wieder packen müsste, sobald das nächste Reiseziel fest steht. Die Deutschen würden vor der Stadt nicht Halt machen, niemals. Sie stehen schon vor der Tür.

Wie eine Bombe platzte da ein früher Zeitungsjunge mit Sondermeldung rein, die Russen kommen, die Russen sind im Anmarsch! Gab es jetzt Krieg zwischen Russen und Deutschen, sitzt man jetzt zwischen den Fronten? Die Ober kassierten rasch ab, die ersten Gäste machten sich aufgeregt auf den Heimweg. Die Sondermeldung besagte, dass die Sowjets um drei Uhr in der Nacht in Ostpolen eingefallen sind, und dass man über den Verbleib und das Schicksal der Reste der polnischen Armee keine Nachricht hätte, schwere Kämpfe hätte es wohl nicht gegeben.

Tatsächlich waren die Russen am 17. September 1939 in Polen einmarschiert, und zwar allein zum guten Zwecke, und wie Stalin den Polen und der Weltöffentlichkeit erklärte, „zum Schutz der Ukrainer und der Weißrussen, unter Wahrung der Neutralität in dem bestehenden Konflikt“, und weil keine polnische Regierung mehr vorhanden war, sei die sowjetische Regierung auch nicht mehr an den russisch-polnischen Nichtangriffspakt gebunden.

Als der Krieg für Polen eigentlich schon verloren war und die Regierung sich längst mit großen Teilen nach Rumänien abgesetzt hatte, erklärte sich Warschau – noch immer in der Hoffnung auf westliche Hilfe und entgegen der deutschen Aufforderung zu kapitulieren – zur Festung und wurde dadurch zum legitimen Kriegsziel und bombardiert. Am gleichen Tag trafen deutsche Truppen nördlich von Warschau bei Brest-Litowsk am Bug auf die Russen, am 22. September wurde die Stadt feierlich der Roten Armee übergeben. Am 6. Oktober schwiegen in Polen die Waffen. Der Einmarsch der Sowjets, entsprechend dem geheimen Zusatzprotokoll des Hitler-Stalin-Paktes, führte dazu, dass die deutschen Heeresspitzen auf die vereinbarte Demarkationslinie zurückgenommen werden mussten und Lwów nicht mehr besetzt wurde. Es gehörte jetzt zur russischen „Interessensphäre“. – Aufatmen ging durch die Reihen der Flüchtlinge. Das Gefühl von Unsicherheit und Angst vor der Zukunft konnte man ihnen aber nicht nehmen, doch zunächst konnten die Koffer mal ausgepackt werden, denn so schnell würde sich jetzt wohl nichts ändern. Abwarten war angesagt, was würde unter den Sowjets geschehen?

Die polnische Armee war geschlagen, Militärdienst kam für die Flüchtlinge aus Krakau also nicht mehr infrage, und der Gedanke einer Widerstandsgruppe beizutreten, war damals noch nicht relevant, denn es gab noch keine. Was man natürlich nicht wusste, war dass sich etwa fünfzigtausend polnische Soldaten nach Litauen und Lettland abgesetzt hatten, viele in den sowjetischen GULags verschwanden oder sich in Polen versteckten. Man ahnte natürlich auch nicht, dass das nicht das Ende der polnischen Armee war, denn nach dem Einmarsch der Deutschen in der Sowjetunion, im

Sommer 1941, stellte General Władisław Anders unter Stalin die sogenannte Anders-Armee auf. Viele Soldaten waren auch nach Großbritannien entkommen und andere wurden 1943 als Armee des General Berling in die Rote Armee gesteckt. Abgesehen davon, dass es sich bei den Krakauern wirklich um echte „Unsoldaten" handelte, hatten sie also gar keine Gelegenheit in das Rad der Geschichte einzugreifen, Eirene, die griechische Göttin des Friedens, hatte sie zum Nichtstun verdammt.

Nur zehn Tage später stand Muś vor dem Grand Hotel in Lemberg, umgeben von hunderten von schweigsamen Polen, als die sowjetische Kavallerie in Sechserreihen auf prächtigen Schimmeln im Zentrum der Stadt paradierte. Vor der Front ritt ein stolzer Fähnrich mit einem großen, roten Fahnentuch, flankiert von zwei noch stolzeren Offizieren, dann folgten die Kompanien auf ihren ungeduldig tänzelnden Pferden. Aber niemand applaudierte, niemand grüßte, alles schaute betreten und mit finsterer Miene auf die Kavalleristen.

Die Menge munkelte, Russen hätten vor der Stadt Leute von ihren Traktoren geholt und erschossen, andere hätte man so lange geschlagen, bis sie nicht mehr gehen konnten, Vergewaltigungen hätte es gegeben und sogar Häuser hätten gebrannt. Auch Zygmunt hörte die Botschaft, aber bald schauten alle wieder auf die russischen Reiter, die jetzt eine Welle nach der anderen vorbeiparadierten. Muś hörte noch, wie jemand sagte, unter den Russen wird es furchtbar werden, nicht besser als unter den Deutschen. Da ging er nach Hause und berichtete, was er gehört und gesehen hatte.

Mit dem Einmarsch der Sowjets in Polen war die Familie Beckmann in Sicherheit, sie befand sich jetzt in der UDSSR und nicht mehr in Polen und nicht mehr in Lwów sondern in Lviv, auch nicht in Lemberg, wie sie es von früher her kannte, jedenfalls außerhalb des Einflussbereichs der Deutschen. Und das war wichtig.

Aber aufatmen konnten sie deshalb noch lange nicht, denn der sowjetische Machtbereich war in der Tat nicht sicher, wie sich bald herausstellte. Nachdem die Sowjets nämlich Ostpolen, also das ehemals russische Gebiet östlich der in Versailles als Polens Ostgrenze festgelegten Curzon-Linie, wieder in Besitz genommen hatten, strebten sie eine rasche Russifizierung an, die, das war Alfred klar, mit Sicherheit mit Opfern verbunden wäre, und die Opfer wären nach der in der Sowjetunion herrschenden revolutionären Stimmung Intellektuelle, Akademiker, Offiziere und hohe Beamte.

Als eins der ersten Opfer landete im Februar 1940 laut Zeitungsbericht der polnische General Władisław Anders in einem Moskauer Gefängnis, und andere Offiziere verschwanden in Straf- und Arbeitslagern oder wurden getötet. Dann begann die Jagd auf gesellschaftliche Eliten, Offiziere, Priester aller Konfessionen und Politiker. Am bekanntesten sind hier die Namen Katyn, Grodno und Tarnopol, Massenmorde gab es aber auch an anderen Orten. Etwa fünfundzwanzigtausend Polen sollen im Rahmen der Russifizierung ihr Leben verloren haben. Im Februar, April und Juni 1940 verließen außerdem die ersten Transporte Lviv in Richtung Sibirien und Ural in die Zwangsarbeit.

Nachdem man in Lviv den harten Winter in der schlecht beheizten Wohnung mit dem letzten Geld überlebt hatte, saß Alfred Anfang Mai 1940 auf dem Sofa, las noch immer alte Philosophen und lernte Russisch, das er bald in Wort und Schrift und für den Hausgebrauch zufriedenstellend beherrschte, und wartete, und wartete, was seinem Temperament, seiner Aktivität zutiefst zuwider war. Da er aber ein durch und durch unmusikalischer Mensch war, der kein noch so einfaches Lied zum Wiedererkennen über seine Lippen brachte, war seine Aussprache abenteuerlich. Jahre später lernte er nach der Methode „Toussaint-Langenscheidt" genauso perfekt Hebräisch und noch später Englisch, und eines Tages las er sogar Churchills „The Second World War" auf Englisch, denn sein Englisch war perfekt, er hatte einen großen Wortschatz, er beherrschte die Grammatik, aber nur Eingeweihte konnten ihn verstehen. Und jetzt wartete er auf dem Boden der riesigen UDSSR, lernte Russisch und seine Schar wartete ängstlich mit ihm.

Muś, der mal wieder auf Arbeitssuche war und gelegentlich sogar mal hier und dort eine kleine Anstellung fand, berichtete über Verhaftungen am hellichten Tage und mitten auf der Straße. Meistens, meinte er, hat es sich um bessere Leute gehandelt, die Schlechtgekleideten und Armen hätten immer nur zugeschaut, man hatte sie laufen gelassen. Hoffentlich bleiben wir ungeschoren, meinte er, am besten man bliebe zunächst einmal in der Wohnung, bis sich die Lage beruhigt hätte.

Auch in der neuen Sowjetunion gab es für die polnischen Flüchtlinge also keine absolute Sicherheit mehr. Am 16. Mai 1940 standen plötzlich drei NKWD-Männer vor der Tür, klopften geräuschvoll und verhafteten Alfred. Gründe nannten sie nicht, warum auch, sie hatten ja die Macht. Als sich Aja den Männern in den Weg stellte, wurde sie einfach zur Seite geschoben, und schon waren sie mit ihrer Beute verschwunden. Sie seien „Unzuverlässige", rief ihnen einer der Männer noch zu, das war alles. Der Rest der Familie blieb voller Angst in der Wohnung zurück. Man sah noch, wie Alfred auf einen Lastwagen geladen wurde, wo er in einer Gruppe anderer Häftlinge unterging, und dann war das Fahrzeug weg.

„Tante Aja", unterbrach Mirjam sie, „hattest du denn keine Angst vor den Kerlen? Sie waren sicherlich bewaffnet. Man weiß doch, wie die mit unliebsamen Menschen, mit Personen, die auf irgendwelchen Listen stehen, umgehen! Was wäre denn, wenn sie auch dich gleich einkassiert hätten? Muś und die anderen wären ganz alleine gewesen!"

„Nein, nein, in dem Augenblick hatte ich nur noch Wut im Bauch. Ich wollte die Männer schon wegstoßen, was vielleicht unklug gewesen wäre, ich glaube ich habe sie sogar nach Papieren gefragt, wie dumm von mir, sie lachten nur, aber es ging alles so schnell, das Gepolter, die lauten Worte, und schon waren sie mit Alfred weg. Aber vergiss bitte nicht, was ihr heute wisst, wussten wir damals noch lange nicht, wir glaubten ja noch an ein Fünkchen Rechtsstaat. Auch in unsicheren Zeiten gab es doch noch Recht und Ordnung, dachten wir uns, hofften wir. Ja, aber du hast natürlich recht, doch wir lernten rasch dazu, und wenig später waren wir schon überzeugt, dass es auch in diesem Winkel der Welt kein Gesetz mehr gab."

„Und wie ging es weiter, hast du dich nicht nach Alfred erkundigt, ihn gesucht, oder kam er eines Tages wieder zurück?"

Eines Tages erschien eine Patrouille zur Hausdurchsuchung. Als Schwester des verhafteten „Unzuverlässigen", den man ja schon in Gewahrsam hatte, musste man das über sich ergehen lassen. Verdächtiges wurde nicht gefunden und nachdem sie alles zerwühlt hatten, zogen die Männer wieder ab. Was mit Sadkowskis passiert war, wusste man nicht, die ganze Familie war plötzlich verschwunden, der kleine Jacek mit seinem runden Kopf und der schwarzen Brille würde das nicht überleben. – Hier sei etwas vorgegriffen, denn Jacek und Alicja überlebten, tauchten 1947 in Brüssel auf, zeugten einen Sohn und landeten in Frankfurt am Main, im von vier Mächten besetzten Deutschland, in der amerikanischen Zone, in dem Land, in dem alles Übel seinen Anfang hatte.

Aber Alfred war nicht der Einzige, der aus heiterem Himmel aus der Wohnung, von der Straße, alleine oder zusammen mit anderen aus dem Stadtbild verschwand. Die Lviver Polizeistationen und Gefängnisse waren überfüllt, und Entlassungen erfolgten damals genauso willkürlich wie Verhaftungen oder Erschießungen. Aja rannte von Behörde zu Behörde, klapperte die umliegenden Polizeistationen ab, auch Muś machte sich auf den Weg, aber niemand konnte Auskunft geben. Ab und zu klopfte es unten an der Haustür, ab und zu hörten sie beim Vermieter das Telefon klingeln, aber nichts passierte mehr.

Dann erfuhr man von einem Straßenhändler, der eigenartigerweise gute Verbindungen zu Behörden gehabt hatte, dass Alfred in einem Stadtgefängnis gelandet sei, er sei verdächtigt worden. Von wem und wessen verriet man nicht. Ein oder zweimal konnte Aja ihn sogar besuchen und ihm etwas Kleidung bringen. Alfreds Haft dauerte etwa drei Wochen, dann war er aus der Stadt verschwunden. Eine Erklärung gab es nicht. Er war einfach weg. Alfred Beckmann, sagte man auf der Polizei, ja richtig, er ist hier gestrichen, deportiert, wohin, das wissen wir nicht. Forschen sie nicht nach, es hat keinen Zweck, man könnte es ihnen als Spionage auslegen.

Wenig später erreichte sie ein höfliches Schreiben, sogar auf Polnisch, und alle sechs Krakauer wurden auf die unterdessen russifizierte Stadtverwaltung gebeten und noch höflicher und freundlicher darüber aufgeklärt, dass sie als neue Bürger der Sowjetunion herzlich willkommen seien und die russische Staatsbürgerschaft anzunehmen hätten. Eine Formsache nur, und sie sollten sich glücklich schätzen, künftig in der großen und friedliebenden Sowjetunion leben zu dürfen. Aja, jetzt Wortführerin der Familie, erklärte der Behörde, alle seien dagegen, sie seien und blieben Polen und irgendwann würde es doch der großen Sowjetunion gelingen, das kleine Deutschland wieder rauszuschmeißen und dann könnte man auch bald wieder zurück nach Krakau. Im Stillen war sie jedoch davon überzeugt, was sie den Genossen natürlich nicht sagte, dass man sie nach Kriegsende hier behielte.

Da drohten ihr die völlig ungerührten Männer, die das wahrscheinlich schon tausendmal gehört hatten, sie im Falle einer Weigerung nach Sibirien zu schicken, zuvor, meinte man lächelnd, müssten sie sich aber noch mal um Alfred kümmern, dem es dann vielleicht nicht mehr gut ginge. Sie könnten für nichts garantieren. Andere Dienststelle. Aber Familie und Anhang ließen sich nicht einschüchtern, auch wenn alle wie Alfred in Beugehaft genommen werden sollten, und sie unterschrieben nicht.

Statt sie zu verhaften, entließ man sie mit der Auflage, sich zum Abtransport nach Sibirien bereitzuhalten, der Zug würde in Kürze vom Hauptbahnhof abgehen. Es gingen jetzt täglich Transporte nach Osten ab, nur kleines Gepäck dürfte man mitnehmen und man drückte ihnen einen Bogen in die Hand, dem alles Weitere zu entnehmen sei. Das Haus dürfte bis zur Abreise täglich nur noch zwei Stunden lang für die notwendigsten Besorgungen verlassen werden. Lebensmittel für drei bis vier Tage seien Vorschrift, für Kinder, ach, sie haben ja keine Kinder, warme Decken, Nahrung, Milch, wenn erhältlich, und Haferflocken mitnehmen. Wertsachen dürften sie behalten, Geld sei nicht erforderlich. Die große Sowjetunion, die Partei und Väterchen Stalin würden schon für sie sorgen.

Die Ernsthaftigkeit der Drohung war nicht zu bezweifeln, aber was sollte man tun? Der Westen Polens war von den Deutschen und Hitlers Polizei besetzt, in Rumänien wurden Juden verfolgt, in Bulgarien war es wohl auch nicht besser, nicht viel anders als in Deutschland, und der Norden und Osten der Sowjetunion war so unermesslich weit, dass eine Flucht in diese Richtung völlig illusorisch war, sie müsste ja bis China oder Japan gehen. Der Abtransport nach Sibirien war wohl unvermeidbar. Sollte man doch unterschreiben? Man könnte ja unterschreiben und daran die Auslieferung Alfreds knüpfen; aber Alfred hatte ihnen eingeschärft, keine schriftlichen Zusagen! Sonst kommt man hier nie wieder raus. Und selbst wenn man unterschriebe, wäre die Freilassung Alfreds noch keinesfalls sicher.

Und dann erschien wieder die Polizei und es hieß schnell, schnell, packen, warten auf der Straße, es geht los. Man packte und stand dann lange im strömenden Regen vor dem Haus.

Zygmunt und Aja, Maurycy und Bronja Beckmann sowie Celina und der schöne Oskar Freudenfeld wurden jetzt, also im Juni 1940, von den Russen ins Unbekannte deportiert, obgleich sie als Polen ja keine Feinde Sowjetrusslands waren. In den Augen der Sowjets waren sie Staatenlose, keine Polen mehr, aber auch keine Russen, eben Unzuverlässige. Damit sie aber der Sowjetisierung Ostpolens nicht im Wege stünden, erklärte man sie zu „Feinden des Volkes". Feinde des Volkes benötigten keine Staatsangehörigkeit, noch nicht einmal ordentliche Papiere, Feind zu sein genügte. Nach russischer Logik wurden sie daher mit mehreren Tausend anderen polnischen Flüchtlingen, unerwünschten Ukrainern, Juden und Weißrussen zunächst mal abtransportiert, das eigentliche Ziel, so hatte man ja schon angedroht, sollte Sibirien sein, also Zwangsarbeit.

Beckmanns, Freudenfelds und Muś wurden endlich von einem kleinen Pferdewagen abgeholt, auf dem schon mehrere Personen mit ihrem Gepäck standen. Sie schoben ihre paar Stücke auf die Ladefläche, kletterten schnell hinterher und die Fahrt ging los. Das dürre, schmächtige Pferdchen zog an, der Kutscher fluchte, knallte immer wieder mit der Peitsche, der Regen rann unerbittlich auf Ross, Kutscher und Fracht, der Bahnhof war schwarz von Menschen, vollgestopft mit Koffern und Kisten, Rucksäcken und Kinderwagen, was Menschen so mit sich rumschleppen, überall Militär und Polizei, die irgendwelche Namenslisten kontrollierten, dazwischen unverständliche Lautsprecherdurchsagen und kommandierende uniformierte Flintenweiber, denen die Uniform und der kleine rote Stern an der Mütze jede Macht über die Herde zu geben schien. Auf dem Bahnhofsvorplatz kamen immer mehr überfüllte Pferdewagen, Lastwagen und Kolonnen von Fußgängern an, die man wohl aus der ganzen Stadt, sicher auch aus dem Umland, zusammengetrieben hatte, und die sich jetzt alle noch auf den Bahnsteig drängten.

Bei der Verladung in die Personenwagen entstand großes Geschiebe, denn niemand wollte seine Familie verlieren, jeder wollte einen guten Platz. Kinder und Jugendliche hob man kurzerhand durch die Fenster, die Erwachsenen und Alten bildeten Trauben vor den Türen vor denen ein kleines Tischchen stand, davor zwei Wachtposten und zwei oder drei Zivilisten, und jeder der in den Zug wollte, musste seine Zigaretten, Armbanduhren, Schmuckstücke und andere Wertsachen in einen großen Karton werfen, ganz anders also, als man auf der Behörde versprochen hatte. Die sechs Krakauer hatten Glück, sie landeten alle in einem Abteil. Man saß sogar in der ersten Klasse. Herrenlos gewordene Gepäckstücke wurden wahllos hinterhergereicht, ihre Besitzer würden sich schon finden. Und dann stand der Zug dreieinhalb Stunden, bis das schrille Pfeifen der Lokomotive und das angestrengte Schnaufen des verrosteten Ungetüms die Abfahrt verkündeten.

Tag und Nacht rollte der lange Eisenwurm durch das riesige Sowjetreich, bis man nach Tagen endlich eine große Stadt erreicht hatte, Dsershinsk am Dnjepr. Während des stundenlangen Aufenthalts vertrat man sich auf dem Bahnsteig die Beine, man atmete frische Luft, neue Verpflegung wurde geladen, Soldaten stiegen aus und zu, und neue Zivilpersonen wurden in die schon überfüllten Abteile gezwängt. Aja wunderte sich, wo die alle her kamen, aus Orel, aus Moskau, aus Kiew, ihr schmutziger, stinkender Zug wurde zum Sammeltransport ins ferne Sibirien, von dem niemand so recht wusste, wo es liegt und wann man es erreichte.

Dann hieß es plötzlich wieder einsteigen, schnell, schnell, es geht weiter, und tatsächlich lösten sich leise quietschend die Bremsen von den rostigen Eisenrädern, die Lokomotive stöhnte und schnaufte, bis sie den langen Wurm endlich in Fahrt gebracht hatte, man rumpelte durch eine zweite große Stadt, überquerte auf einer dröhnenden Eisenbrücke einen breiten Fluss, und ratterte dann wieder durch eine fast baumlose Steppe, in der nur hie und da mal ein paar kleine Häuser, ein paar verlorene Dörfer auftauchten. Keine Felder, keine Bauern, kein Leben. Die Gespräche verstummten, Schwere senkte sich auf die im Gerüttel und Geschüttel der Wagen hin und her schaukelnden Menschen, man ließ sich auf die Seite sinken und schlief.

Tel Aviv, im Café „Miau-Miau“, im Café der Erinnerungen

Mirjam hatte jetzt schon viel über die Familie gehört, als sie ihre Mutter Karola bat, die eine oder andere Sache zu erklären, die in Berichten von Tante Aja unklar waren, und auch einiges aus ihrer eigenen Kriegszeit zu berichten. Aber Karola wollte nicht, das sei alles vorüber, das sei Vergangenheit und außerdem habe sie alles schon Alfred in Tel Aviv berichtet, im Café Miau-Miau, damals, als sie noch alle in Israel lebten. Mehr gibt es nicht.

Aber wie konnte sie wissen, was sie im „Café Miał-Miał“ – so nannte man das Café in der Dizengoff Straße mit seinen zwei oder drei Stuhlreihen unter der schlaffen Markise – wie konnte sie wissen, was die Mutter damals erzählt hatte? Damals war sie erst vier Jahre alt, da hört man doch nicht zu!

„Café Miał-Miał“ heißt auf Polnisch „er hatte, er hatte“, und imitierte nicht etwa maunzende Katzen, nein, hier saßen nämlich alle aus Europa geflüchteten Juden und erzählten sich, was sie in der Heimat alles besessen hatten, Häuser, Fabriken, ein Menge Personal, ja, zu Hause war eben alles besser, wie das Flüchtlinge zu allen Zeiten behaupten. Dann winkte man dem Ober, der sich nur unwillig näherte, man bestellte, und fiel in Schweigen. Man rührte den Zucker, die Milch in den schwarzen Kaffee, rückte das europäische Hütchen zurecht, der Kuchen, ach der Kuchen fehlte ja noch, und wendete sich der Nachbarin zu: „Sagen sie, Frau Friedemann, hatten sie in Berlin eigentlich auch die Möglichkeit die herrlichen Buchenwälder der Umgebung zu genießen? Wissen sie, bei uns, da wo wir wohnten, da zogen die Wälder wie grüne Teppiche über die Hügel und wenn sie zwischen den riesig ragenden Stämmen unter dem Blätterdach durch das Laub schlenderten, raschelte es. Ach, und die Vögel und die gute Luft, so gesund. Ja, wir hatten es wirklich gut. Und hier, was gibt es hier? Würfelhäuser, verstaubte Vorgärten, Straßenlärm, der die ständige Hitze unerträglich macht, und die schrecklichen Menschen, na ja, man ist ja auch nicht freiwillig hier."

Frau Friedemann schaute missmutig auf ihr Stückchen Kuchen, „na, im Kranzler war das anders, das soll Kuchen sein! Er schmeckt ja nicht schlecht, aber beim Kranzler, nein, an den Kranzler kommt eben nichts ran. Und hier bei den Arabern schon gar nicht!" Schweigen. Beide rührten im Kaffee, beide schauten sinnend in die Tasse, in der sich das milchbraune Getränk gemächlich im Kreise drehte, immer wieder, und so rührten sie weiter, gleichförmig, was ihnen Zeit zum Erinnern gab.

„Aber wissen sie, mein Mann hatte ja so recht, als er sagte, wir gehen, hier bleiben wir nicht, das geht übel aus. Es war nicht mehr schön. In den Geschäften wurde man schief angeschaut, die Leute im Haus gingen stumm an uns vorüber und selbst in der Firma, erzählte mein Mann, stellen sie sich vor, in der eigenen Firma, trugen die Arier, so nannten sie sich stolz, die Nase hoch und scheuten vor spitzen Bemerkungen nicht zurück. Aus unserem Umkreis sind damals schon viele nach Palästina gemacht, manche auch nach Frankreich und dann wohl weiter nach London. Was mag aus ihnen geworden sein? Und das waren keine Armen, die hatten schon was auf der hohen Kante wie auch an Immobilien, aber so ist das!" Beide rührten in der Tasse, sie tranken nicht, sie rührten.

„Nein, sie haben recht, es war Zeit, man müsste weg, es war gefährlich. Aber wir hatten es wirklich gut." – Und so erzählten sie, am Nachbartisch saßen andere und erzählten, Polen oder Rumänen, und abends kamen wieder andere und erzählten, was sie zu Hause alles hatten, und so nannte man das Kaffee in der Dizengoff Straße mit seinen zwei oder drei Stuhlreihen unter der schlaffen Markise „Café er hatte, er hatte", das Café der Erinnerungen, und nicht etwa maunzender Katzen.

Und eines Tages saß da auch Mirjams Mutter mit ihrem vier- oder fünfjährigen Kind, und als man sie fragte, was sie wohl erlebt hätte, meinte sie, ich hatte Pech, und dann wieder Glück, und mein

Kind Mirjam weiß von allem nichts. Es soll auch nichts wissen, und daher erzähl' ich auch nichts. Sie erzählte dann aber doch etwas, wenig nur, denn eigentlich wollte die andere die Geschichte ja auch gar nicht hören, sie wollte ihre eigenen Erlebnisse loswerden, denn nur durch erzählen und immer wieder erzählen, konnte man das eigene Leid erträglicher machen.

So war das wohl in Tel Aviv, aber das half Mirjam nicht weiter, und nachdem sie der schottische Pullover jetzt auf die Fährte von Tante Aja gesetzt und sie die Geschichte des väterlichen Teils der Familie gehört hatte, gab ihr Aja den Tipp, geh doch mal zu deiner Mutter und frage sie nach dem anderen Teil deiner Familie, nach den Laufers. Ich denke, da wirst du noch mehr hören. Ich könnte dir zwar auch erzählen, natürlich weniger authentisch, denn unsere Wege waren doch sehr verschieden, aber immerhin. Ich weiß, deine Mutter spricht nicht gerne über die Vergangenheit, aber fragen solltest du sie schon.

Als Mirjam ihrer Tante beim nächsten Besuch bestätigte, dass Karola bisher nur Andeutungen über die Kriegszeit gemacht hat und auch jetzt wieder nicht sprechen möchte, insistierte sie: „Du musst sie fragen, das ist wichtig, für sie genauso wie für dich. Sie muss über das Erlebte sprechen, sprechen ist von größter Bedeutung für die Heilung, schweigen macht sie krank, kränker als sie ohnehin schon ist. Und auch für dich ist es wichtig. Erfährst du nichts, lebst du stets mit dem Gefühl, dass es in deiner Familie etwas gibt, ein Geheimnis, das man dir vorenthalten hat und das dich ein Leben lang verfolgen, ja, sogar quälen wird.

Tja, und dann gibt es nur noch deinen Onkel Waldek, Onkel Waldek in Amerika. Waldek hat zwar für die USA gekämpft, ob er dir daher über die Familie viel berichten kann, möchte ich bezweifeln. Aber frage ihn nur, sein Leben war ja auch interessant, und vor allem kann er dir über Krakau berichten und wie er es als Flüchtling in den USA zu was gebracht hat. Du besuchst ihn doch bald mal wieder, oder er kommt nach Deutschland, dann frage ihn aus, aber sei vorsichtig, Waldek erzählt gerne und viel. Deine Mutter behauptet, er würde oft flunkern. Ach, da fällt mir gerade ein, bei euch gibt es irgendwo einen alten Karton mit Fotos aus Krakau und alten Urkunden aus der Studienzeit deines Vaters, und allerlei anderes. Vielleicht hilft dir das weiter. Du kannst aber immer zu Muś und mir kommen, ich berichte dir gerne, wenn ich kann.“

Mirjam suchte nach dem Karton mit den alten Dokumenten, von dessen Existenz sie bisher überhaupt noch nichts gewusst hat. Aber sie würde ihn finden, und sie fand ihn auch. Die Erinnerungen ihrer Mutter, die Karola nur bruchstückhaft preisgab, musste sich Mirjam mosaiksteinartig zusammensetzten, aber in Verbindung mit Horowitzens Erinnerungen und dem Inhalt des Kartons ergab sich dann doch ein einigermaßen gesichertes Bild.

Im Ghetto Podgórze

Die Familie Laufer wohnte in Krakaus südlichem Stadtteil Podgórze, in der Ulica Krasickiego, also am rechten Weichselufer. Die Familie bestand aus Vater David, Mutter Aurelia, den beiden Töchtern Karola und Ewelina, genannt Ewi, und dem Sohn Waldemar, genannt Waldek. David Laufer war Inhaber einer Bettfedernfabrik, die ganz Polen belieferte, mit einer Dependance in Leipzig, die von einem Verwandten geleitet wurde. Sohn Waldek hatte Krakau schon vor dem Kriege Lebewohl gesagt, er wohnte jetzt bei Verwandten in Amerika. Auch Laufers lebten wie Beckmanns seit undenklichen Zeiten in der Stadt, die Herkunft des deutschen Namens ließ sich aber nicht mehr klären und so hatte man entsprechende Nachforschungen schon lange eingestellt. Ihr Lebensweg war ganz anders als der der Beckmanns. Während sich diese durch die Flucht dem Nazizugriff entzogen, erlebten Laufers die Besatzungszeit bis zum bitteren Ende.

Für Laufers änderte sich das Leben von heute auf morgen mit unfassbarer Gewalt und Brutalität, nichts war mehr so wie es mal war, und nichts sollte nochmal werden wie zuvor. Auch für Beckmanns zerbrach natürlich die alte Welt, aber nach Kriegsende versicherte Aja immer wieder glaubhaft, sie hätten lange nichts Sicheres von den ganzen Verbrechen der Deutschen in Polen gehört. Ja, über Lager hätten sie Nachricht gehabt, aber auch sie hätten ja in Lagern gelebt und Lager gab es in der ganzen Welt. Lager waren nichts Ungewöhnliches. Über das Geschehen in Polen seien immer nur vage Gerüchte durchgesickert, und wie zu Beginn so vieler Entwicklungen wurden sie einfach verdrängt, für erfunden, falsch oder für maßlos übertrieben erklärt. Erst spät, und dann erst in Krakau, hätten sie die volle Wahrheit gehört.

Nachrichten wurden im Chaos des Kriegsbeginns hauptsächlich von Mund zu Mund weitergegeben, jeder fragte jeden, ob er den oder jenen gesehen habe, ob er schon gehört hätte, dass dieser und jener von dort nach da gereist, umgezogen oder geflüchtet sei, und ob die vor einigen Tagen veröffentlichten Bekanntmachungen richtig oder falsch sind. Nachrichten wurden auch durch Radioberichte und Zeitungsmeldungen verbreitet, wenngleich sie im sowjetisch besetzten Teil Polens genauso manipuliert waren wie in Nazi-Deutschland und Nazi-Polen oder im neu entstandenen Generalgouvernement. Was sollte man glauben, wo lag die Wahrheit?

Krakau wurde als ehemalige österreichische Stadt – Österreich war ja seit März 1938 mit Deutschland zum Großdeutschen Reich vereinigt worden – von den deutschen Besatzern zur „urdeutschen Stadt“ erklärt und zur Hauptstadt des Generalgouvernements ernannt. Das Generalgouvernement bestand aus den Distrikten Warschau, Radom, Lublin und Krakau.

Als Generalgouverneur bezog Hans Frank, der ehemalige „Kronjurist“ Adolf Hitlers aus den Anfängen der Nazizeit, mit seiner Frau Brigitte und einer großen Schar von Mitarbeitern im November 1939 das Krakauer Schloss, den Wawel, wo er als eifriger Verfechter der deutschen Rassengesetze seine Schreckensherrschaft etablierte. Im Dezember warfen die Besatzer zunächst mal Kirchengeräte, Fahnen, Statuen, Gemälde, Bücher, antike Möbel und andere den Polen werte und sogar heilige Gegenstände in den Schlosshof und verbrannten sie, darin war man erfahren, das hatte man im Reich ja schon an volksschädlicher Literatur geübt, und jetzt war endlich Platz, der Plunder war weg. Dafür stattete Frank den Wawel mit Kunstgegenständen aus, die er im ganzen Generalgouvernement zusammenklaute, und da war es endlich wieder gemütlich. Hans und Brigitte freuten sich mächtig, das war ja viel schöner als zu Hause. Heinrich Himmler, Reichsführer-SS, von gleicher Raubgier besessen, wollte Franks Machtposition brechen und die reiche Beute für sich und seine SS kassieren, was ihm aber nicht richtig gelang, obgleich Frank in mehrere Korruptionsfälle verwickelt, also durchaus leicht verwundbar war. Frank war jetzt der neue starke Mann, er konnte sich in seinem Reich sogar mit Himmler messen, man nannte ihn „König des Generalgouvernements“.

Laufers wohnten mit den beiden Töchtern zunächst noch ungeschoren im Haus auf dem Gelände ihrer Bettfedernfabrik. Sie behielten ihr Personal und gingen dem täglichen Leben und David seinem Beruf nach. Der Einmarsch der Deutschen hatte das Geschäft zwar einbrechen lassen, die Zukunft war unsicher geworden, man wollte aber doch erst mal abwarten, vielleicht würde man mit einem blauen Auge davonkommen. Aber die ersten Befehle, Erlasse und Anordnungen des neuen „Königs“ bereiteten Sorge und Schrecken, alles wäre wohl nur eine Frage von Tagen, allenfalls wenigen Wochen und dann wären auch sie dran.

Im November 1939 erhielt David die schriftliche Aufforderung genaue Angaben über seine Produkte, die Zahl seiner Angestellten und die Lieferadressen zu machen. Man hatte nämlich entdeckt, dass er geschäftliche wie verwandtschaftliche Beziehungen nach Leipzig hatte, und so war zu befürchteten, dass die Fabrik beschlagnahmt und alle Maschinen nach Deutschland transportiert würden. Aber es passierte nichts. Dennoch, die Angst nahm zu, man lauschte auf jedes Motorengeräusch, wann würden die Unglücksboten klopfen?

Eines Tages kehrte Karola von der Universität zurück, sie wollte Medizin studieren, und verkündete, dass sie von der Hochschule verwiesen worden sei, da Juden nicht mehr studieren dürften. Die Uni sollte nur noch für deutsche Studenten da sein, auch Polen sollten bald exmatrikuliert werden. Und wenig später wurde auch Ewi von der Schule entlassen. Juden, so hieß es, dürften, wie auch Schüler unliebsamer polnischer Familien, das Schulgelände nicht betreten.

Davids Firma musste dann aber doch bald schließen, das war im Frühjahr oder Sommer 1940. Zuvor waren schon irgendwelche Fachleute auf dem Gelände aufgetaucht, es war diskutiert, lamentiert und inspiziert worden, übrigens ohne Anmeldung und ohne seine Beteiligung. Doch zunächst blieb immer noch alles wie es war. Die Fabrik stand aber bald still, weil die polnischen Arbeiter untergetaucht waren, die Zurückgebliebenen konnten die Produktion nicht mehr aufrechterhalten. Und als Geld und Lebensmittel knapper wurden, schwärmten Karola und Ewi aus und sorgten bei Freunden und Bekannten für den nötigen Unterhalt, wie man umgekehrt auch seinen Freunden half, wann immer man konnte.

Und dann war es so weit. Die Firma sollte tatsächlich demontiert und ins Reich geschafft werden, wie der vorstellig gewordene SS-Sturmbannführer Reinhard Popp kurz und bündig verkündete. Und damit alles seine Ordnung hatte, musste David ein Protokoll unterzeichnen, dass er gegen die Demontage keine Einwände hat und der Verlegung ins Reich zustimmt. Die Familie sollte am gleichen Tag, an dem die Fahrzeuge zum Abtransport der Maschinen vorfahren, das Haus verlassen, hier sollte die Gestapo einziehen, meinte Popp. Für ihre Unterkunft würde gesorgt werden.

Da das Bild der Straße, der Kaffeehäuser und Restaurants jetzt zunehmend von deutschen Soldaten bestimmt wurde, blieb man am besten zu Hause. Außerdem machten sich jetzt unter arischen Polen Aggressionen gegen Juden breit, so dass man von früheren Angestellten und selbst von Geschäftsleuten, mit denen man lange friedlich zusammengelebt und gehandelt hatte, schief angesehen und sogar angepöbelt werden konnte. Aus Unsicherheit verstärkten die Deutschen ihre Patrouillen, überall sah man Bewaffnete. Angst und Feindschaft nahmen von Tag zu Tag zu. Die Fabrik stand zwar endgültig still, aber eigenartigerweise holte noch immer niemand die Maschinen ab, niemand kümmerte sich mehr um das beschlagnahmte Gut. Unordnung bei den Besatzern und Angst und Ungewissheit bei den Krakauern.

Aber nicht die militärische Besetzung Polens war das größte Übel für das Land – das Militär zog ja bald wieder weiter, knapp zwei Jahre später sogar in die unendliche Sowjetunion –, sondern die gutorganisierten Scharen von Verbrechern, die hinter der Invasionsfront einhermarschierten. Am gefürchtetsten waren die sogenannten Einsatzgruppen, die der Armee meist logistisch unterstellt waren. Die zweite Gruppe waren manche Polizeibataillone, die auch militärische Aufgaben hatten, weshalb eine klare Trennung zwischen Einsatzgruppen, Polizei und Frontverbänden schwierig war. Dass alle diese Einheiten später ihre Aufträge von der SS, also von Heinrich Himmler, erhielten und nicht von Polizei- oder Wehrmachtsoffizieren, komplizierte die Sache weiter. Und schließlich gab es noch Sonderformationen der Sicherheitspolizei, die Gestapo und die Kriminalpolizei. Diese sich gegenseitig unterstützenden, sich aber auch gegeneinander bekriegenden Formationen, begannen jetzt mit der „Säuberung“ des Landes. Dieses Prinzip der Vermengung von Kompetenzbereichen, das Prinzip der unterschiedlichsten Verflechtungen und Verstrickungen, das selbst

Eingeweihte bald nicht mehr durchschauten, und das zu ständigen Eifersüchteleien und inneren Machtkämpfen zwischen den einzelnen Gruppierungen führte, war für die Stadt unerträglich. Die Leidtragenden waren in jedem Fall die Bürger, in Krakau vor allem die Juden.

Ab dem 1. Dezember 1939 mussten alle Juden, die älter als zwölf Jahre waren, eine Armbinde tragen. Die Binde war weiß mit dem blauen Davidstern. Der Judendrat, eine von den Nazis inthronisierte Selbstverwaltung mit eingeschränkten Vollmachten unter deutscher Vormundschaft, verkaufte über fünfzigtausend Exemplare. Alle Juden konnten jetzt zu Zwangsarbeit herangezogen werden, alle Synagogen wurden geschlossen, jüdisches Eigentum wurde konfisziert, Juden waren rechtlos.

Laufers blieben auch jetzt noch unbehelligt. Mit der weißen Binde traute man sich aber erst recht nicht mehr auf die Straße. Nicht etwa, weil man vor Gewalt Angst hatte, sondern weil man gezeichnet war, weil man aus der Gesellschaft gedrängt, weil man ausgestoßen war. Wie weiße Mäuse lebte man jetzt im Heer der grauen Mäuse, und wie die auffällig weißen Mäuse leichte Beute von Raubvögeln werden, hatten sie das Gefühl, bald leichte Beute von Nazis und arischen Polen zu sein.

Im Mai 1940 forderte Generalgouverneur Frank die Juden auf, die Stadt zu verlassen, man erlaubte ihnen sogar Eigentum mitzunehmen. Viele taten das, Laufers blieben. Am 6. März 1941 lasen Laufers in der „Krakauer Zeitung“ über die von SS-Gruppenführer Dr. Otto Wächter verordnete Einrichtung „des jüdischen Wohnbezirks“, und dass bis zum 20. März 1941 alle Juden aus ihrem angestammten Stadtteil Kasimierz, den wohlhabenderen westlichen Stadtbezirken und dem Rest der Stadt in das Ghetto im Stadtteil Podgórze umziehen müssten, nachdem man gleichzeitig die dort lebenden Polen nach Kasimierz und die freigewordenen jüdischen Wohnungen verpflanzen würde. Dr. Wächter war Jurist, und wie sein Führer war er auch Österreicher und genauso effizient. Dr. Wächters Führer schien also wahrzumachen, was er jahrelang verkündet hatte, und man musste sich der Gewalt der Besatzer beugen.

Laufers, die nicht weit von der Weichsel entfernt wohnten, sahen wie hunderte von arischen hunderten von jüdischen Polen begegneten, die ihre Quartiere wie vorgeschrieben untereinander tauschten. Und so begegneten sich auf der großen Weichselbrücke Pferdewagen, Autos, Straßenbahnen, Radfahrer, Fußgänger, Kinderwagen und Gepäckschlepper, meistens schweigend, und selbst auf den neben der Fahrbahn herlaufenden Fußgängerüberwegen drängelten sich die Menschen. Und da Juden anfangs sogar noch Möbel, Küchengeräte und Kleidungsstücke ins Ghetto mitnehmen durften, sah man hochbeladene Pferdewagen mit Tischen, Stühlen, Schränken, mit Kisten und Truhen, und dahinter die Familie mit Kind und Kegel und gesenktem Kopf.

Davids Familie blieb von der Aktion noch immer verschont. Aber so viel wussten sie: Es war nur eine Frage der Zeit und dann wären auch sie dran. Sie beobachteten, wie eine lange Mauer den Stadtteil Podgórze einzuschließen begann, wie Fenster und Türen von Häusern, die auf die „arische“ Seite blickten, von polnischen Arbeitern zugemauert wurden, und sie hörten, dass in den eingeschlossenen Häusern jeder Quadratmeter bald dicht belegt war. Was würde sie erwarten, was sollte man mitnehmen, vielleicht ist nur gerade was man tragen konnte richtig? Mehr wäre vielleicht Ballast. Aber worauf möchte man verzichten?

Fünfzehntausend, später sogar siebzigtausend Menschen, lebten eines Tages zusammengepfercht in einem Raum, der vorher dreitausend arische Polen beherbergt hatte. Anfangs gab es im „Jüdischen Wohnbezirk“, wie die Deutschen das Ghetto immer nannten, sogar noch Synagogen, Restaurants, Schulen, ein Postamt, ein Altersheim und Krankenhäuser. Vorläufig durften Juden auch noch ihre Geschäfte, Büros und Werkstätten außerhalb des Ghettos nutzen, und so verließen Tausende, versehen mit einer

Arbeitserlaubnis, jeden Morgen die neue Wohnung. Pünktlich um acht Uhr abends mussten alle Nichtjuden den Bezirk wieder geräumt haben und alle Juden zurückgekehrt sein. Laufers packten noch immer nicht, sie wollten dem Schicksal nicht vorgreifen, sie warteten, sie warteten bis es klopfte, und dann stand fest, was es bedeutete. Das war Ende März 1941.

Am Tag, an dem sie abgeholt wurden, erschien die Polizei und verlangte, dass sie ihr Haus sofort räumten, da hier das Gestapo-Hauptquartier, jedenfalls eine hohe Polizeistation, eingerichtet werden würde. Hinter der Gestapo standen mehrere Männer in Uniform, bewaffnet, Soldaten oder SS, in der Aufregung schaute niemand genau hin. Aurelias Mutter breitete die Arme aus und sagte dem Mann, „nur über meine Leiche". Da zog der die Pistole und erschoss sie. Sie lag in ihrem Blut. Die Gestapo blieb bis Kriegsende.

David, Aurelia, Karola und Ewi wohnten nur paar hundert Meter vom Ghetto entfernt. Der Lastwagen stand vor der Tür, nur wenige Menschen auf der Ladefläche, wenig Gepäck. Als sie auf den Wagen mussten, schauten sie sich nicht mehr um, in wenigen Minuten war man am Ghettotor.

Die Fabrik hatte man Ariern überlassen. Anfangs konnte sich David vom Ghetto aus noch etwas kümmern, er erledigte noch etliche Verwaltungsarbeiten, aber schon nach wenigen Tagen oder Wochen hatten Polen unter deutschem Kommando das Sagen, und so blieb er bei der Familie. Das war nicht mehr seine Firma, mit diesen Leuten wollte er nichts zu tun haben.

Das Ghetto befand sich am rechten Weichselufer, südlich der Weichsel, zwischen dem Marktplatz von Podgórze im Westen, dem Rynek, wie er auf Polnisch heißt, und der Traugutta im Osten, nahe der Eisenbahnstrecke Krakau-Hauptbahnhof und Kraków/Płaszów. Es war von einer drei Meter hohen Mauer umgeben, die mit jüdischen Grabsteinen versetzt war und vier Tore hatte, davon ein zweibogiges, das Haupttor am Rynek von Podgórze, das in der Mitte mit einem dunklen Davidstern geschmückt war und durch das die Straßenbahn fuhr; innerhalb des Ghettos allerdings mit versiegelten Wagen und später mit verdunkelten Fenstern. Ein- und Aussteigen war im Ghetto verboten, die Bahn durfte nur in den jenseits gelegenen arischen Stadtteil passieren. Die beiden Tordurchgänge waren außer mit dem Davidstern mit je drei aufgesetzten Bogenfeldern geschmückt, an deren Basis sich hebräische Inschriften befanden. Am östlichen Ende, also in der entgegengesetzten Richtung, gab es einen Zugang für Armeefahrzeuge und zwei weitere Zugänge befanden sich in der Lwowska Straße und am Zgoda Platz.

Wie einem Dokument zu entnehmen ist, wurde Davids Familie im zweiten Stock eines Wohnblocks in der Nadwiślańska Straße, seitlich vom Zgoda Platz, einquartiert. Die Nadwiślańska lief größtenteils im arischen Teil der Stadt und fast parallel zur Weichsel, bis sie dann im letzten Abschnitt die Ghettogrenze und ihre Wohnblocks die Ghettomauer bildeten. Links traf man dann nach wenigen Metern auf die Weichselbrücke, rechts auf das Ghettotor, das auf den Zgoda Platz führte und wo im Eckhaus deutsche Polizei saß.

Die ganze menschliche Fracht musste so schnell wie möglich von der Ladefläche des LKWs springen, alles musste immer schnell gehen, dann wurden den einzelnen Familien verschiedene Hauseingänge zugewiesen und unter lauten Kommandos wurden sie in eine Wohnung geschoben, in der sie von den Anwesenden schweigend und mit eher feindlicher Miene in eine Ecke gewiesen wurden. Hier legten sie dann ihre Bündel ab, fragten die Bewohner nach Koch- und Waschmöglichkeiten, nach freien Schlafplätzen, und dann schauten sie sich um, ob nicht ein bekanntes Gesicht auftauchte, was nicht der Fall war.

Laufers bekamen ein Fensterkreuz zugeteilt, bei dem sie sich mit ihren Habseligkeiten einrichten mussten. Ein Fensterkreuz rechnete man für vier Personen. War es anfangs noch möglich, ein Radio und paar kleinere Möbel mitzubringen, war es jetzt verboten.

Von der Außenwelt war man abgeschnitten. Nur noch Gerüchte sollten ihnen Neuigkeiten liefern, Gerüchte, die auf den verschiedensten Wegen herein gelangten, aber von denen niemand wusste, ob sie wahr oder falsch waren.

Ende Mai, man lebte gerade mal zwei Monate im Ghetto, umstellten SS und Polizei den ganzen Bezirk und alle mussten sich mit Kennkarte und Arbeitsdokumenten bei rasch errichteten Kontrollstellen melden, da angeblich Arbeitskräfte für den Ernteeinsatz benötigt würden. Schnell, alles ging immer schnell, oder sogar im Laufschritt. Wer keine Papiere hatte, oder wer alt, krank und gebrechlich war, wurde zusammen mit Kindern zum Einsatz rausgezogen. Was sollten denn Kinder und Alte bei der Erntearbeit? David soll zu dieser Zeit in der Apotheke gewesen sein, die beiden Töchter im Arbeitseinsatz im Arier-Viertel, Aurelia ließ man in Ruhe. Wenige Wochen später sickerte die Nachricht durch, dass die Abgesonderten irgendwo bei Belcec umgebracht worden sind. Sicher war das nicht, aber sollte es erfunden sein? Man hörte jetzt viel.

Dokument zur Vorlage bei der Flüchtlingsstelle/Suchdienst, deutsche Übersetzung: „Ich, David Laufer, lebte mit Familie, das sind meine Frau Aurelia, meine Töchter Karola und Ewelina im Ghetto in Krakau in einem Zimmer mit zusammen vielen Personen, auch Kindern. Alle waren uns unbekannt. Das war 1941, erinnere ich. Das Zimmer und das ganze Haus sahen sehr verwahrlost aus, sehr verwohnt und schmutzig und es roch nicht gut. Wir konnten im Ghetto Lebensmittel kaufen, und wenn wir mit anderen teilten, reichte es auch aus. Dann wurde die Verpflegung schlechter. Da ich damals in ein Baukommando eingeteilt war, hatte ich ständig Hunger. Bei der Arbeit wurden wir häufig geschlagen, da immer alles sehr schnell ging, aber ohne Wagen und Werkzeuge nicht schneller zu machen war. Ich hatte Glück und wurde nicht geschlagen. Am Ende des Jahres gab es nur noch sehr wenig Brot und Margarine, etwas Zucker. Kartoffeln holten uns die Kinder aus der Stadt. Sie durften sich aber nicht erwischen lassen.

Bezeugt wird das von Daniel Tomicki, der auch aus Krakau ist und mit dem ich hier zusammen lebte und arbeitete. Gez. D. Laufer, Datum."

Mit anderen Männern musste David Steine und Zementsäcke schleppen, von der Straße bis in den dritten Stock, wo in einer Wohnung Zwischenwände eingezogen wurden. Als der Umbau fertig war, hatte man nicht für mehr Wohnraum gesorgt, sondern Raum für eine Behörde.

Dokument: „Im Ghetto Krakau war ich in der Schneiderei Julius Matisch eingesetzt, dann zu Küchenarbeiten, schließlich zu Straßen- und ähnlichen Arbeiten. Auch im KZ Płaszów war ich anfangs in der Schneiderei, die längste Zeit aber zur Aushebung von Gräben und zum Ziegeltragen eingesetzt. Gez. Aurelia Laufer, Unterschrift." Hier wird schon das Lager Płaszów erwähnt, in das sie aber erst später verlegt wurde.

Frau Aurelia Laufer, geborene Dröhlich, die diesen Text Jahre später als eidesstattliche Erklärung abgab, wurde im Juni 1893 in Krakau geboren und war damals 47 Jahre alt. Herr David Laufer, im Juni 1891 in Krakau geboren, war damals 50 Jahre alt. Er war im Straßenbau eingesetzt, sie arbeitete in einer Schneiderei und ebenfalls im Baukommando. Im Dokument muss der Name Julius Matisch aber durch Julius Madritsch ersetzt werden. Aurelia hatte den Namen nie geschrieben gesehen und kannte ihn nur vom Hörensagen. Da der Einsatz in der Schneiderei ihre wichtigste Tätigkeit war, hier ein paar Worte zu Madritsch und seiner Firma.

Madritsch war ein Wiener Textilkaufmann, der als Wehrmachtsangehöriger im Dezember 1940 von der „Abteilung Wirtschaft" zum Treuhandverwalter zweier jüdischer Konfektionsbetriebe nach Krakau versetzt worden war. In seinen Nähereien, die unmittelbar am Rynek von Podgórze außer- wie innerhalb des Ghettos lagen, waren Juden und arische Polen beschäftigt. Madritsch nahm zunächst Kontakte zu österreichischen Juden seiner Branche auf, allmählich spannen sich aber immer festere, wenn auch streng geheime Fäden auch zu Krakauer Juden. Die Gefahr von arischen Polen verraten zu werden, war anfangs groß, später war das System etabliert und somit sicherer.

Madritsch arbeitete eng mit einem anderen Österreicher zusammen, einem Herrn Raimund Titsch. Titsch war wohl mehr der Firmenleiter, Madritsch entwickelte und pflegte die Kontakte zu den Besatzern. Um die Ghettobewohner vor Deportationen zu schützen, natürlich auch um die Produktion zu steigern und Gewinn zu machen, alle österreichischen oder deutschen Verwalter waren Glücksritter, kauften die beiden weitere Nähmaschinen ein, womit die Madritsch-Nähereien zu kriegswichtigen Betrieben wurden und die Arbeiter entsprechende Papiere erhielten. Madritsch soll auf diese Art bis zu viertausend Juden beschäftigte haben, darunter Aurelia Laufer und zeitweise auch eine oder sogar beide Töchter.

Zunächst musste Aurelia wie alle anderen Spinnmaterial rupfen, dann Textilien nach Papiervorlage zurechtschneiden und an der Maschine zusammennähen. Hier saßen die Frauen dann in langen Reihen dicht hintereinander und nähten. Damals waren die Deutschen gerade in Russland einmarschiert und so wurden auch immer wieder Berge beschädigter Uniformen geschickt, die Aurelia säubern und reparieren musste, bis sie dann in die Küchenabteilung versetzt wurde, wo sie in großen Kesseln den Einheitsbrei rührte, es bei schlechtem Wetter aber immer schön warm hatte. Um alle Arbeiterinnen verpflegen zu können, war von Madritsch und Titsch nämlich eine große Werksküche eingerichtet worden, aus der man warme Mahlzeiten und Brot ausgab, und da Laufers anfangs noch etwas Geld besaßen und sich auf verschlungen Wegen immer noch Zusätzliches aus der Stadt besorgen konnten, kam man zusammen mit der Madritschküche einigermaßen aus.

Dokument zur Vorlage beim Amt für Wiedergutmachung, Ort, Datum: „Ich, Aurelia Laufer, habe dann in der Küche gearbeitet. Die Verpflegung war dann etwas besser, etwas reichlicher, aber man musste ständig aufpassen, dass man nicht von anderen Mitarbeitern angezeigt wurde, auch wenn man nichts gestohlen hatte. Ich habe gesehen, wie sie eine Frau abgeholt haben. Aber da die Schneiderei die Frau brauchte, kam sie schon nach paar Tagen zurück, durfte aber nicht mehr in der Küche arbeiten. Sie hatte aber sicher nichts gestohlen, sie stand ja neben mir. Alle, die in der Schneiderei gearbeitet haben, hatten auch gut zu essen, es reichte und war manchmal sogar sehr schmackhaft. Gez. Unterschrift."

Andere aus Laufers Haus arbeiteten in verschiedenen Betrieben und Fabriken der Polenstadt oder im arischen Teil, wie man auch sagte, und da sie von ihrer Wohnung bis zum Zgoda Platz oder dem Rynek von Podgórze, und von dort weiter zu ihrem Arbeitsplatz in der arischen Stadt zu Fuß gehen mussten, konnten sie sich heimlich Zigaretten, Zeitungen, Medikamente oder Nahrungsmittel zustecken lassen, konnten sich also, wenn auch unter Gefahr ertappt zu werden, ein wenig Erleichterung verschaffen. Innerhalb des Ghettos wurde dann geteilt oder gehandelt. Auch politische Meldungen wurden dabei übermittelt, so dass man immer ungefähr wusste, wie sich der Krieg entwickelte.

Dokument, zur Vorlage beim Amt für Wiedergutmachung: „Ich, David Laufer, habe im Ghetto keine Erschießungen gesehen, aber ich habe im Sommer sehr oft Schießen gehört, und die Leute haben berichtet, dass hunderte Mitbewohner abtransportiert worden sind, und dass dabei viele auf offener Straße erschossen wurden und liegen geblieben sind. Viele blieben einfach liegen, meistens auf dem Zgoda Platz. Im September oder Oktober haben wir uns nicht mehr auf die Straße gewagt, nur wenn es zur Arbeit ging, da wir gesehen haben, wie die SS-Männer Leute verhaftet und auf Lastwagen geladen haben. Zuvor haben sie sich Ausweise zeigen lassen, aber es war alles willkürlich. Sie haben ständig geschrien und geschimpft, man hatte auch den Eindruck, dass sie selber große Angst hatten und alles schnell erledigen wollten. Erst wenn sie verschwunden waren, sind wir wieder rausgegangen." (November 1944, offenbar falsches Datum, Unterschrift).

Im Dezember 1941 wurden die täglichen Rationen für alle Ghettobewohner drastisch gekürzt, aber wer noch Geld und Kontakte zur Stadt hatte, konnte noch immer vieles haben, eigentlich was er wollte. Aber Laufers hatten keine Kontakte mehr, keine kleinen Kinder, die sich heimlich hätten nach draußen stehlen können und auch keine arischen Verwandte oder Bekannte, zu denen sie Fäden hätten spinnen können, also blieb nur die Madritschküche.

Ende 1941 verschwanden dann ganze Familien aus ihrem Haus, aber neue Leute wurden eingewiesen, der Platzmangel war und blieb daher drückend. Die Durchführung solcher Verhaftungen erfolgte mit Hilfe der jüdischen Ghettopolizei oder dem Ordnungsdienst, wie er sich auch nannte, unter Leitung eines uniformierten Juden, der wohl mit der SS kollaborierte. Aber sicher sei das nicht gewesen, man sagte das so. Es sollen schlimme Gesellen gewesen sein. Und eines Tages musste Aurelia auch noch ihren guten Pelzmantel, einen Wollschal und einen Pullover Davids an die Ghettopolizei ausliefern. Wehrte man sich, drohte die SS sofort mit Erschießen, also gab man ihn einfach ab.

Eine große Deportation mussten Laufers im Sommer 1942 beobachten. Da sie von ihrem Wohnblock aus den Platz überblickten, wurden sie Zeugen, wie die Zusammengetriebenen geprügelt wurden, Frauen, Kinder und Männer, es fielen auch wieder Schüsse, Glas zerbrochener Fenster klirrte auf den Platz, der von Bewaffneten umstellt worden war. Man zog sich besser zurück, und als die mehrstündige Aktion, die sie als Ewigkeit empfanden, beendet war, lagen Gepäckstücke und reglose Körper auf dem Pflaster. Die Polizei war verschwunden, das Geschrei war Grabesstille gewichen.

Bei kleineren Aktionen polterten SS-Männer mit ihren groben Stiefeln treppauf und treppab, brüllten, beschimpften jeden dem sie begegneten als Drecksjuden und Lumpenpack und drohten wie üblich mit Erschießen, Kinder nicht ausgenommen. Laufers zeigten ihre Papiere, wurden beschimpft, aber dann in Ruhe gelassen, sie taten kriegswichtige Arbeit und Madritsch hatte einen guten

Namen. Dann waren sie wieder weg, keiner sprach mehr ein Wort, bis man sich wieder auf die Straße traute und das langsame Leben seinen Fortgang nahm.

Ende 1942 das gleiche Vorgehen. Überall Polizei, SS, Gestapo. Karola und Ewi waren im Arbeitseinsatz, David und Aurelia wurden kontrolliert, aus irgendwelchen Gründen fotografiert, in die Wohnung zurückgeschickt, und vom Fenster aus sahen sie, wie eine lange Kolonne den Zgoda Platz verließ. Was draußen in der Stadt passierte, wussten sie nicht, sie lebten isoliert und mussten nur zusehen, dass sie zu essen hatten und nicht auffielen.

In Krakau und im Krakauer Ghetto gab es außer den Madritsch-Betrieben noch einige andere Firmen und Geschäfte, die eine wichtige Rolle spielten. Am bekanntesten, und daher muss sie hier kurz erwähnt werden, ist wohl die Apotheke „Zum Adler", „Apteka pod Orłem", in der Targowastraße, Ecke Zgoda Platz. Sie gehörte dem Arier Tadeusz Pankiewicz und ist wohl das berühmteste Gebäude im Krakauer Ghetto gewesen, da man hier Untergrundnachrichten, den Kriegsverlauf und alle Tagesprobleme erfahren und besprechen konnte. Da auch Nichtjuden die Apotheke besuchen durften, konnten sogar Medikamente und andere dringend benötigte Dinge herein- oder in die arische Stadt hinausgeschmuggelt werden. Auch der jüdische Dichter Mordechaj Gebirtig, dessen Gedicht „Es brennt" später zum Kampflied des Warschauer Aufstandes werden sollte, verkehrte hier. Mordechaj Gebirtig wurde dann im Juni 1942 zusammen mit siebentausend anderen Juden deportiert. Bei Aktionen oder Deportationen konnte man sich hier sogar verstecken oder rasch durch eine Hintertür über den Hof entwischen.

Die Apotheke war der Mittelpunkt des „Jüdischen Wohnbezirks" geworden. 1947 veröffentlichte Pankiewicz seine Erlebnisse in dem Buch „Die Apotheke im Krakauer Ghetto".

Ein wichtiger Betrieb war auch die Firma Optima. Die Firma Optima, die in einer ehemaligen Schokoladenfabrik untergebracht und jetzt in eine Schneiderei umgewandelt worden war, in der

Frauen und Mädchen Uniformen für die Wehrmacht und die Ghettopolizei anfertigten, wurde von einem ehemaligen Haute-Couture-Schneider, einem Herrn Schreiber, geleitet. Die Firma hatte auch eine Strickabteilung, in der Soldatensocken produziert wurden. Im Hof der Firma wurden ab und zu Menschen versammelt und dann auf Lastwagen oder zu Fuß abtransportiert. Auch Karola und Ewi strickten in der Optima für die Wehrmacht wochen- oder sogar monatelang, bis Ewelina als Krankenschwester im Krankenhaus für Infektionskrankheiten eingesetzt und Karola zu Madritsch versetzt wurde. Im Krankenhaus gab es nur wenig Medikamente, so dass Ewis Einsatz hauptsächlich im Essenausteilen, Trösten und gutem Zureden bestand. Aber selbst aus der Klinik wurden manchmal Menschen abgeholt, Ewi konnte nur zusehen. Für zurückgebliebene Kinder gab es im Krakauer Ghetto damals noch ein Waisenhaus.

Die bekannteste Firma, allerdings außerhalb des Ghettos, ist wohl die Emalia von Oskar Schindler, worüber unten noch berichtet wird.

„Eidesstattliche Erklärung. In Kenntnis der Folgen der Angabe einer falschen oder“ usw., usw. „versichere ich, der endesunterzeichnende Jankel Nadjaka, wohnhaft in Lynnen, Alphons Goutier 23, folgendes des Eidesstatt. Ich bin in Krakau geboren und ständig bis zum Ausbruch des Krieges in Krakow wohnhaft. Seit vielen Jahren bin ich mit der Frau Karola Laufer persönlich bekannt. Wir haben uns sehr oft gesehen und miteinander gesprochen, und seit März 1941 haben wir sogar in einem Haus im Ghetto in der Nadwiślańska Straße 21 gewohnt. Ich habe Frau Karola Laufer oft gesehen und kann feststellen, dass diese seit Anfang November das Armband mit dem David-Stern getragen hat, weil dieses auf Anordnung der Deutschen Behörden allen Juden zwangsweise auferlegt wurde. Dieses war im November 1939. Ich kann auch bezeigen, dass die Frau Karola diesen David-Stern bis März 1943 getragen hat. Als das Ghetto in Krakau im März 1941 errichtet wurde, war ich gezwungen, auch in dieses Ghetto überzusiedeln. Im Ghetto habe ich Frau Karola Laufer wieder getroffen, wir haben in demselben Haus gewohnt. Ich war mit Frau Karola Laufer von März 1941 bis Mitte März 1943 fast täglich zusammen. Wir wurden auch gemeinsam von dem Ghetto in das KZ Plaszow im März 1943 abtransportiert. Von Plaszow wurde ich in das KZ Szebnia wenige Tage nach Einlieferung in Plaszow übertragen. Als ich zu Beginn des Jahres 1944 nach Plaszow zurückgekommen bin, habe ich dort wieder die Frau Karola gesehen. Sie verblieb noch in Plaszow bis Oktober 1944." – Karola Laufer wurde im Mai 1921 in Krakau geboren, bei der Einlieferung in das Ghetto war sie zwanzig Jahre alt.

Wo Karola überall eingesetzt wurde, lässt sich nicht sagen. Sie hat es vergessen, meinte sie, aber wohl eher verdrängt. Aber sie hatte Arbeitspapiere und Arbeitspapiere waren Schutzbriefe, besonders schützten sie Personen in kriegswichtigen Betrieben. Als aber später improvisierte Straßenrazzien durchgeführt und Personen einfach von der Straße weg verhaftet wurden, nutzten auch die Arbeitspapiere nichts mehr. Die Aufgegriffenen blieben verschwunden, nur selten kam mal jemand zurück.

Der Judenrat unter dem Vorsitz von Dr. Artur Rosenzweig, der seinen Sitz direkt am Ghettoeingang am Markt von Podgórze hatte, konnte nur wenig gegen die Straßenrazzien, gegen Korruption und die Willkürmaßnahmen der Besatzer und der eigenen Polizei unternehmen, ja, es fiel ihm sogar die schreckliche Aufgabe zu, Listen erstellen zu müssen, die Namen, Straße und Wohnung zu deportierender Personen enthielten. Dr. Rosenzweig war ein ehrenwerter Mann, der sich häufig weigerte, SS-Befehle zu befolgen und dafür später selbst liquidiert wurde.

Menja-aus-dem-Rucksack

Menachem Licht, genannt Menja, war der Sohn von Lucia und Dr. Gershom Licht, Ingenieur. Mutter Lucia, genannt Luscha, geborene Gardzilewicz, war klein und zierlich, Gershom war sehr groß und schlank, eher schon dünn, außerdem auffallend weltfremd, ein Mann der Schriften und Bücher. Karola und Lucia waren in der Schule Freundinnen gewesen, Luscha war allerdings zwei Jahre älter als Karola und in einer höheren Klasse, jetzt trafen sie sich im Ghetto wieder.

Wie die Mutter, so war auch der vierjährige Sohn Menja für sein Alter zierlich, zart, schon bald schmächtig zu nennen, und seine Eltern mussten fürchten, dass er das Dasein im Ghetto nicht überlebt, besonders wenn sie ohne Menja in ein KZ verlegt würden. Wenn Menja allein in dieser Welt zurückbleiben müsste, wäre das sein sicherer Tod. Da Luscha und Gershom außerhalb des Ghettos in der „Deutsche Emaillewarenfabrik (DEF)“, von den Krakauern kurz „Emalia“ genannt, in Zabłocie, einem Teil von Podgórze, arbeiteten und somit Papiere zum Verlassen des Ghettos besaßen, kamen sie auf die Idee, ihren kleinen Sohn Menja aus dem Ghetto zu schmuggeln. Aber wie? Die Kontrollen an den Ghettotoren waren scharf, und wurde man bei Unregelmäßigkeiten ertappt, konnte das den Tod bedeuten. Zunächst sprachen sie Karola an, dann noch andere vertraute Ghettobewohner, von denen aber keiner vom anderen wusste, sie wollten für alle über die Emalia Papiere besorgen, um das Ghetto verlassen zu können.

Vor acht Uhr morgens, als sich die Arbeiterkolonnen zum Aufbruch im Ghetto formierten, ging eine unbekannte Frau mit einem schweren Rucksack in Richtung Ghettotor, wo sie an der Kreuzung der Limanowskiego mit der Krakusa Straße auf Karola traf. Sie hatte den Rucksack schon von einer anderen übernommen, jetzt gab sie ihn wortlos an die ihr unbekannte Karola weiter, die sich die Last auf den Rücken warf. Der Rucksack war schwer, aber sie war jung und gut bei Kräften. Ausgestattet mit den sicheren Papieren der Emalia schritt sie zügig und möglichst unauffällig auf das Tor am Skoda Platz zu und tat so, als wollte sie sich noch schnell einer abziehenden Arbeitskolonne anschließen. Die Papiere waren echt, der Rucksack schnitt ihr in die Schultern, der Posten, der sich breitbeinig auf die Straße gestellt hatte, prüfte gründlich, zwei weitere Wachen standen seitlich auf dem Trottoir und beobachteten ihn, kein Laut. Ob der Posten wohl nach dem Inhalt fragt, oder den Rucksack abtastet, er tat es nicht, er prüfte nochmals die Papiere, gab sie ihr zurück, sie durfte mit der abmarschierenden Kolonne passieren.

Da trat einer der seitwärts stehenden Posten nach vorne, hielt die Kolonne an und forderte den Zugführer auf, abzählen zu lassen. Man zählte und zählte, immer wieder wichen die Zahlen voneinander ab, und da wurde es selbst den Wachen zu dumm und sie ließen die Kolonne durch.

Karola blieb zunächst unter den Emalia-Arbeitern, machte sich in einem unbemerkten Augenblick selbständig und ging zurück zum Fluss, den sie auf der Brücke überquerte. Einige hundert Meter weiter übergab sie den Rucksack schweigend einem Mann mit Schildmütze, der ihr im Gegenzug einen leeren Sack gab. Der Mann war ihr zwar unbekannt, aber es war derjenige, den man ihr beschrieben hatte. Irgendwo in der Innenstadt wurde die Last einem polnischen Bauern weitergereicht, und Manja war gerettet, er überlebte den Krieg. Karola hatte den schwersten Teil gehabt, den Weg durch das Ghettotor, vorbei an den Wachen. Ein Gang auf Leben und Tod.

Den Rückweg trat sie erleichtert an, am Tor waren wieder zahlreiche Menschen versammelt, ein Lastwagen kam, ein Motorradfahrer, der selbe Posten, der sie aus dem Ghetto gelassen hatte, winkte sie einfach durch, er erinnerte sich wohl an sie, dass der Rucksack jetzt leer war, hielt er für normal, und Karola ging zur Arbeit.

Die Emalia, in der die beiden Lichts damals arbeiteten, die frühere Fabrik „Rekord“ für Küchengerätschaften, war von dem Sudetendeutschen Oskar Schindler dem jüdischen Vorbesitzer abgekauft und in eine Emaillewaren- und Munitionsfabrik umfunktioniert worden. Der Buchhalter Schindlers hieß Itzhak Stern, er war der Bruder oder Halbbruder von Gershom Licht. Schindler stammte aus einer reichen Industriellenfamilie aus Zwittau, die jetzt bankrott war. In Polen war er eine Art Glücksritter, ein Goldgräber, der, wie so viele andere, reich werden wollte, der beste Beziehungen zur SS hatte, der gerne trank und ein Frauenheld war. Schindler beschäftigte in der Emalia zunächst nur einhundertfünfzig Ghettojuden, die Zahl der Privilegierten wuchs aber rasch an, denn die Fabrik funktionierte. Schindler bestach führende SS-Leute mit Geld und Frauen, kaufte auf dem Schwarzmarkt Lebensmittel, Kleidung und Medikamente für „seine Juden“, oder „seine Kinder“, wie er sie auch nannte, bestach mit bereitwillig zur Verfügung gestelltem jüdischem Geld Kontrolleure und Inspektoren, er wurde denunziert, zweimal verhaftet und viele Male wegen Judenfreundlichkeit verhört, kam wieder frei, und als man das Ghetto im März 1943 liquidierte und seine Bewohner in das Arbeitslager Płaszów verlegte, reiste Oskar Schindler sofort nach Berlin und besprach die neue Situation mit seinem ehemaligen Saufkumpanen Amon Göth, dem künftigen Kommandanten, dem Schlächter von Płaszów, und erreichte tatsächlich, dass seine Fabrik zum Nebenlager von Płaszów wurde. Dort baute er dann Baracken für seine Arbeiter. Als auch Płaszów liquidiert wurde und die Transporte nach Auschwitz-Birkenau abgingen, erreichte Schindler die Verlegung seiner Fabrik nach Brünnlitz in Böhmen, in die Nähe seiner Heimatstadt. Zwar hatte man ihm versprochen, er könne seine Arbeiter mitnehmen, doch landeten etwa achthundert Männer in Groß-Rosen und dreihundert Frauen in Auschwitz, von wo sie erst wieder durch Verhandlungen und die üblichen Bestechungen befreit werden mussten. Er erhielt die Erlaubnis, tausend

Arbeiter mitzunehmen, schließlich standen tausendzweihundertzweiunddreißig Namen auf seiner Liste, der berühmten „Schindler-Liste".

Der Familie Licht hatte er die Papiere für Karola und die anderen Fluchthelfer ausgestellt, die Entführung Menjas gelang also dank Oskar Schindler, besonders aber dank der mutigen Rucksackträger, an erster Stelle aber Karola Laufers. Schindlers Sekretär, Itzhak Stern, der wohl die Papiere angefertigt hatte, war Jahre später häufiger Mittagsgast bei Karola, als sie in Frankfurt wohnte und Karola Beckmann hieß.

Luscha und Gershom Licht überlebten dank Schindler den Krieg und gingen nach Kriegsende sofort nach Palästina. Luscha musste arbeiten, Gershom schlug sich mehr schlecht als recht durchs Leben und hielt Palästina für verkommen und korrupt, aber er blieb und wollte nie wieder polnischen oder gar deutschen Boden betreten. Auch in die Schweiz wollte er nicht, weil man dort Deutsch sprach, obwohl hier eine Cousine Luschas mit einem reichen Schweizer verheiratet war, der sie kräftig unterstützt hätte.

Luscha Gardzilewicz, aus dem Krakauer „jüdischen Hochadel" stammend, hatte auch einen Cousin, Willek Gardzilewicz. Willek hat maßgeblich an der späten Ehrung und finanziellen Unterstützung Oskar Schindlers mitgewirkt, der beim Herannahen der russischen Front nach Deutschland ging, nach Kriegsende mit seiner Frau nach Argentinien auswanderte, seinen ganzen Besitz für seine Juden ausgegeben hatte und schließlich mittellos nach Deutschland zurückkehrte und 1974 in Hildesheim starb, ohne dass die Öffentlichkeit davon groß Kenntnis nahm. 1967 wurde er von Yad Vashem als ein „Gerechter der Welt" geehrt. Seine Frau, die ihm zur Seite stand, starb 2001.

Dr. Gershom und Lucia Licht wohnten vorübergehend in Haifa, wo ihnen noch eine Tochter geboren wurde. Als Karola, schon lange mit Alfred Beckmann verheiratet, Lichts in Tel Aviv besuchte, fiel Menachem, Menja-aus-dem-Rucksack, Karola um den Hals und bedankte sich nochmals überschwänglich für alles, was sie für ihn getan hat. Karola, meine Lebensretterin, sagte er noch zum Abschied, sie sahen sich nicht mehr wieder. Menachem studierte Medizin und galt bald als die Graue Eminenz der israelischen Psychoanalytiker.

Płaszów

Das Krakauer Ghetto wurde so gut wie möglich sauber gehalten, da Ratten, Mäuse und Ungeziefer zu rascher Verbreitung von Krankheiten aller Art führten. Trotzdem konnten Fälle von Typhus, Ruhr und anderen Seuchen nicht verhindert werden, eine richtige Epidemie hat es aber nicht gegeben.

Dokument, Gesundheitsamt Krakau, Übersetzung aus dem Polnischen, vormals französisch. Krakau, August 1947: „Hiermit erkläre ich an Eides statt, dass ich mit David Laufer in der selben Zeit in selbigem Haus im jüdischen Wohnbezirk in Krakau gewohnt habe, und zwar bis zu meiner Versetzung im Herbst 1944. Im Ghetto war die Ernährung schlecht. In Laufers Zimmer hatten drei Erwachsene und ein Kind Durchfälle zu leiden. Das Kind wurde sehr dünn, hatte viele Schmerzen im Bauch und starb. Das ganze Zimmer stank tagelang. Ich habe in dem Nachbarzimmer gewohnt und alles miterlebt. Ich und die vier Laufers blieben aber gesund, obwohl wir manchmal dachten, dass die Schwäche und Verzweiflung uns töten würden. Einen Arzt hatten wir nicht, wir tranken so viel Wasser, wie wir konnten. Das Wasser sollte unseren Darm waschen. Wir versuchten das Zimmer und die Treppe immer sauber zu halten, war aber sehr schwer, da es nur wenig Wasser gab und nur Lumpen und Bürsten. Gez., Name Anton Bochnia, Paris, Rue St. Jaques et St. Pierre, Nr. 76.“

Im Oktober 1942 sollen in der Jósefińska viele Kinder, die hier zusammen mit Waisen eines Waisenhauses lebten, von ihren Eltern getrennt worden sein. Alle Kinder wurden dabei auf Lastwagen verladen, wobei man die Kleinsten einfach auf die anderen drauf warf, bis sich ein schreiendes Knäuel gebildet hatte. Zusammen mit ihren Lehrern sollen sie irgendwo vernichtet worden sein, ein paar hundert Erwachsene wurden auf der Stelle getötet. Karola hat damals schon in der Schneiderei gearbeitet, sie hat es von anderen Frauen gehört, die sie noch aus der Zeit im Waisenhaus kannte.

Schon 1940 hatte man mit dem Bau des Arbeitslager Płaszów begonnen, in das dann zunächst nur nichtjüdische Polen eingeliefert wurden, ab 1941 aber auch Juden. Als Kommandant wurde 1943 der SS-Untersturmführer Amon Leopold Göth eingesetzt, der selbst von seinen Nazikumpanen als blutrünstig beschrieben wurde. Der sechsunddreißigjährige Wiener hatte bald den Spitznamen „Der Schlächter von Płaszów". Vier- bis fünfhundert Häftlinge soll er eigenhändig umgebracht haben, andere ließ er durch seine Hunde zerfleischen. Mit seinem Gewehr schoss er auf spielende Kinder, bei Visiten zog er seine Pistole und schoss den Angetretenen in den Kopf, verprügelte mit einer Peitsche, wer ihm nicht gefiel, und wenn er auf seinem Apfelschimmel mit umgeschnallter Pistole auftauchte, „dann war es, als sähe man den Tod". Als das Krakauer Ghetto liquidiert wurde, soll Göth mit seinen Hunden und einer Maschinenpistole im Anschlag durch die Straßen gestreift sein, um den Abtransport der Inhaftierten in sein neues Lager, sein neues Reich, wie er es voller Stolz nannte, zu beschleunigen. Erste Erfahrungen hatte Göth im KZ Belcec gesammelt, dann im KZ Sobibor und schließlich in Treblinka, also war er für Płaszów ideal geeignet, er war ein gutaussehender Fachmann.

Mitte März 1943 erfolgte der Abtransport der Familie Laufer. Mit Hunden und unter wilden Drohungen durchkämmte die SS alle Häuser und trieb die Insassen auf die Straße. Jeder sollte nur das Allernötigste aufraffen, denn auf der Straße warteten schon Soldaten mit Gewehren und Maschinenpistolen, Polizei, einige hatten aufgeregt bellende Hunde an der Leine, die genauso nervös waren wie die zusammengetriebenen Hausbewohner. Sie wehrten sich nicht, Erschöpfung, Angst und Verzweiflung hatten sie müde gemacht.

Es hieß, es ginge in ein Arbeitslager. Was ein KZ oder ein Arbeitslager war, wusste niemand so genau. Płaszów war kein Vernichtungslager. Natürlich gab es Gerüchte über Gerüchte und es hieß, auch in Płaszów würden viele umgebracht werden. Alle Erwachsenen mussten dann in Fünferreihen antreten, Kinder und Alte sollten später vom Zgoda Platz aus mit Lastwagen folgen. Laufers hatten nur noch wenig Gepäck. Der Rest blieb in der Nadwiślańska, wo er von Polen eingesammelt, und wenn nicht geplündert, dann zur Weiterverwertung verschickt wurde.

Man hörte jetzt, dass es einen Transport nach Westen gäbe, und das könnte das Ende sein, denn von dort war bisher niemand zurückgekehrt. Das Lager soll bei Oswiecim oder Auschwitz liegen, wo dann alle ermordet würden. Ob das stimmte? Der Name Auschwitz war den meisten vertraut.

Dann setzte sich der Zug durch das Tor in Richtung Płaszów in Bewegung, also eher nach Osten, nicht nach Westen, obwohl man in Płaszów ja auch auf die Bahn verladen und dann doch noch nach Westen gebracht werden konnte.

Bewaffnete Wachmannschaften mit Hunden begleiteten sie. Irgendwo musste die Kolonne die Bahnlinie Płaszów, Kraków-Hauptbahnhof überqueren, bis sie an diesem schönen Frühlingstag in das Lagertor des KZ Płaszów einschwenkte und am Wachkommando vorbei auf den Appellplatz zumarschierte. Das Ende des Zuges bildeten mehrere Wagen, auf denen Zusammengeschlagene, Verwundete und Kranke lagen und litten.

Im Lager mussten sich alle in der warmen Märzsonne auf dem Appellplatz aufstellen, und während aus den Lautsprechern mit größter Lautstärke Wiener Walzer dröhnten, kontrollierten Naziaufseher das Gepäck und Aufseherinnen mit irgendeinem Abzeichen am Revers stocherten in Bündeln und Säcken auf der Suche nach versteckten Kindern.

„Er ruft stecht tiefer ins Erdreich ihr einen ihr andern singet / und spielt / er greift nach dem Eisen im Gurt er schwingts seine Augen / sind blau / stecht tiefer die Spaten ihr einen ihr andern spielt weiter / zum Tanz auf"; Paul Celan, „Todesfuge". Zu Ehren von Amon Leopold Göth, dem blauäugigen Lagerkommandant.

Aurelia, Karola und Ewi kamen in eine Frauenbaracke, die nicht weit vom Appellplatz entfernt lag, David in eine Männerbaracke, gleich neben den Frauenbaracken. Toiletten gab es nur im Freien. Die Toiletten waren offene Latrinen, wie Feldlatrinen für Soldaten, die Wachmannschaften beobachteten die Gefangenen und schlenderten grinsend an den Örtlichkeiten vorüber.

Nur wenige Tage nach Ankunft im Lager wurde Ewi in ein anderes Lager verlegt, ein Außenlager, in dem es ihr besser ging als Karola und den Eltern. Das Lager wurde aber bald wieder aufgelöst, und sie kam zurück zur Familie. Viele Häftlinge litten jetzt an Unterernährung, Furunkulose, Durchfallkrankheiten und Lungenentzündung, viele verstarben. Aurelia wollte schon aufgeben, doch Karola richtete sie wieder auf.

„Eidesstattliche Erklärung Henryk Weichselstamm, Bl. 16 der Akten: Ich war auch Zeuge, wie die Frau Laufer wurde häufig nach der Tagesarbeit, die sie m. Erinn. nach in der Lagerschneiderei verrichtete, noch zu Bauarbeiten, wie Steine tragen, Bretter schleppen usw. eingesetzt wurde. Sie musste auch Ziegel für ein Dach tragen, da war keine Pause. Offenbar hatte sie sich dabei Schaden getan, denn ich weiß genau, dass auch sie längere Zeit im Lagerrevier krank lag. Dies stellte ich gelegentlich der Durchführung von Installationsarbeiten im Revier fest." (zur Vorlage bei der Behörde, gez. Unterschrift).

Aurelia war anfangs also wieder in der Schneider- und Näherei tätig, aber nicht mehr bei Madritsch und Titsch, sondern bei der Konkurrenz. Madritsch hatte es zwar geschafft seine Fabrik in sechs nebeneinander liegenden Baracken des Lagers einzurichten und auch viele jüdische Frauen zu beschäftigen, aber leider nicht mehr alle. Hier gab es nämlich noch eine zweite Näherei, die unmittelbar neben den Madritsch'schen Baracken untergebracht war, also Konkurrenz. Da die Konkurrenz aber weniger Bestellungen erhielt als Madritsch und gelegentlich Leerlauf hatte, wurden einige Häuser einfach geschlossen, und Aurelia musste in den Straßenbau. Sie zog dann Abwassergräben, schleppte Steine und schob schwerbeladene Schubkarren und Loren. – Eines Tages kam das Gerücht auf, dass die Kinder und die Alten, die man auf dem Zgoda Platz zurückgelassen hatte, erschossen worden sind.

1944 wurde Julius Madritsch vom Staatssicherheitsdienst verhaftet und nach Berlin gebracht, wo er sich wegen Verbreitung von KZ-Gräueltaten verantworten sollte. Dank guter Beziehungen, im Dritten Reich hatte jeder Beziehungen zu irgendjemand Wichtigem, wurde er wieder freigelassen. In Israel soll es jetzt einen „Klub der Madritscher" geben.

Die Arbeit war für Aurelia jetzt schwerer als zuvor, und da das Wetter damals warm und trocken war, litten viele unter Durst. Wasser wurde aber nur zweimal am Tag aus einem Tankwagen verteilt, dann wieder schuften. Bald war sie am Ende ihrer Kräfte, aber irgendwie ging es doch wieder weiter.

„Eidesstattliche Erklärung des Jakob Bernstein, Blatt 132 der Akte. Einmal stand ich in der vordersten Reihe der Häftlinge, als ich sah, dass drei Gefangene von der SS verprügelt wurden. Sie mussten sich auf einen Stuhl setzten, dann schlug man ihnen mit der Peitsche viele Male auf den Rücken, bis es blutete. Als der erste SS-Mann müde wurde, übergab er einem anderen die Peitsche. Anschließend goss man dem Bestraften einen Eimer Wasser über den Rücken und er musste laut sagen, dass er die Strafe verdient hat. David Laufer wurde dann nicht mehr geschlagen, der Kommandant brach die Prozedur plötzlich ab und wir durften gehen. Gez. Unterschrift unlesbar."

Ewi, achtzehn Jahre alt, war eines Tages verschwunden, sie war wohl geflohen. Anderes wagte man nicht zu denken. Da die Zahl der Häftlinge auf dem Appellplatz früh und abends kontrolliert wurde, musste ihre Abwesenheit auffallen, was in der Regel zu schweren Strafen für die zurückgebliebenen Familienmitglieder oder sogar alle Lagerinsassen führte. Schwerstarbeit, Auspeitschungen, Aushungern und im schlimmsten Fall Deportation waren übliche Maßnahmen. Die Deportation entsprach einem Todesurteil. Manchmal liquidierte man die Betroffenen aber auch gleich neben dem Lager, was weniger Umstände machte. Aber eigenartigerweise wurde Ewis Abwesenheit gar nicht bemerkt, man zitterte, erneut wurde durchgezählt, wieder verzählte man sich, die Angst wuchs, aber es passierte nichts. Die beiden Wärterinnen, die meist peinlich genau buchführten, merkten nichts, jetzt war Ruhe, aber wie lange?

Die Eltern befürchteten, Ewi könnte sich einer jüdischen Widerstandsgruppe angeschlossen haben, was bei Ergreifung für sie und die gesamte Familie das Ende wäre. Vor ein oder zwei Jahren hatte sich in Krakau nämlich die sogenannte Akiba-Gruppe gebildet und sicher gab es auch noch andere Vereinigungen, die mutige Kampfgenossen suchten. Hoffentlich hat sich Ewi da rausgehalten. Die Akiba-Gruppe hat sich später mit einer zweiten Gruppe aus Linkszionisten und Kommunisten nach dem Warschauer Vorbild zusammengetan und sich im November 1942 ŻOB genannt, das heißt Żydowska Organizacja Bojowa, oder zu Deutsch: Jüdischer Kampfverband.

Zum Jahreswechsel 1942/43 waren die meisten Mitglieder aber schon wieder verhaftet oder getötet worden. Für Ewi hätte der Anschluss an die Kampfgruppe ŻOB also wohl das baldige Ende bedeutet, denn die SS hatte die Fährte längst aufgespürt und jagte nur noch den versprengten Rest. Aber es gab auch unorganisierten Widerstand, der häufig von Jugendlichen ausgeübt wurde, und sollte sie sich einer solchen Einheit angeschlossen haben, dann wäre auch das der Untergang, da die kleineren schlechter oder gar unorganisierten Gruppen bei weitem nicht über das Netzwerk verfügten wie die größeren.

Die Zurückgebliebenen bangten um Ewis Schicksal. Aber ihre Abwesenheit fiel noch immer nicht auf, und eines Tages war sie wieder da und stand in der Reihe, als sei nichts geschehen. Es wurde abgezählt und alle Zahlen stimmten. Aus Sehnsucht nach ihrer Familie hat sie sich wieder durch ein Schlupfloch ins Lager zurückgeschlichen, sagte sie. Wo war sie gewesen? Was machte sie draußen in der Freiheit, welche Pläne hatte sie? Nichts ist bekannt, nie hat sie darüber gesprochen, außer, dass sie wieder zur Familie wollte. Sie wollte lieber mit der Familie im Lager als alleine in der arischen Stadt sein.

In Płaszòw sprachen jetzt alle viel von Belzec, Sobibor, Majdanek und besonders von Auschwitz. Man flüsterte ängstlich, was sollte werden, was sind das für Lager? Im Januar 1945 wurden die letzten Häftlinge von Płaszów nach Auschwitz deportiert.

Mordechaj Gebirtig, Lied aus dem Krakauer Ghetto, übertragen von Heinz Kahlau: „Es brennt! Es brennt, Brüder, ach es brennt! Ach, unser armes Städtchen, alles brennt! Böse Winde voller Rasen reißen, brechen und zerblasen, fahren in die wilden Flammen, alles ringsum brennt." Berühmt gewordene Zeilen. „Bleib gesund mir, Krakau, bleib Du mir gesund. Es wartet der Wagen angespannt schon vor dem Haus."

Mühsame Datensammlung

Als Karola nicht mehr sprechen wollte, lassen wir das, das ist vorüber, und als Mirjam das Gehörte auch zunächst mal sortieren und dokumentieren musste, verschwand die Familiengeschichte für einige Zeit im Hintergrund, und selbst der Lieblingspullover hatte eine Pause und fristete ein paar Wochen im dunklen Kleiderschrank.

In der Schule wurden natürlich Cicero und Cäsar studiert, Sport und Mathematik quälten sie, aber irgendwann befasste man sich auch mit dem Dritten Reich und sofort wurde Mirjams Interesse aufs Neue geweckt. Daher beabsichtigte sie, zunächst weitere Daten von Tante Aja und Onkel Muś einzusammeln, denn Aja war von ungebrochener Eloquenz, und Muś ließ mit seinen vielleicht nicht immer korrekten Kommentaren alles etwas näher und damit auch lebendiger erscheinen. Menschlicher schon alleine deshalb, weil seine Erzählungen von den „scheenen pollnischen Frrauen" immer nahtlos in eine seiner zahlreichen Wodkageschichten endeten. Und da auch ein Treffen mit Onkel Waldek noch etwas auf sich warten ließ, man wusste nie genau, ob und wann man ihn erwarten dürfte, boten sich Gespräche mit Horowitzens geradezu an.

Der wichtigste Hinweis, den ihr ihre Tante vor paar Monaten gegeben hatte, war der auf den Karton, in dem sie noch schriftliche Unterlagen, wie Briefe, Zeugnisse, Bescheinigungen für Behörden und auch noch Familienfotos finden sollte. Und sie fand sie tatsächlich. Dokumente zeichnen nämlich die Abfolge von Ereignissen genauer auf als Erinnerungen, die eher so etwas wie die Ausfachungen zwischen dem Ständerwerk eines Fachwerkhauses sind. Und so fügte sich ein Bild zum anderen, und so gelang es Mirjam ganz allmählich die Geschichte ihrer ganzen Familie zu rekonstruieren, also väterlicher- wie mütterlicherseits. Und dann versuchte sie aus Erzähltem und Dokumentiertem, aus Erinnertem, wieder Aufgetauchtem und Selbsterlebtem die ganze Geschichte aufzuzeichnen. Lückenlos war die Geschichte leider dennoch nicht, besonders die Kriegsjahre erschienen oft schlecht dokumentiert, was sich halt nicht ändern ließ. Und ganz nebenbei erfuhr sie auch noch die Geschichte ihres geliebten Pullovers, den sie wieder hervorkramte, um ihn dann umso fester in ihr Herz zu schließen. – Jetzt also zunächst wieder das Schicksal der Familie väterlicherseits, der Familie Beckmann, bis dann schließlich der gemeinsame Weg beschrieben werden wird.

In den GULags

Die Fahrt in Richtung Rostow dauerte Tage und Nächte. Der Zug hielt an vielen Stationen, es musste Trinkwasser für den in Russland unvermeidbaren Tee an Bord genommen werden, aus einer Art Bordküche gab es Suppe, und wieder Suppe, Suppe, selten mal ein kleines Stückchen Fleisch oder ein Stück Fisch, ein paar gekochte Kartoffeln und weichgekochte Rüben. Die Essensverteilung erfolgte an winzigen Stationen. Alle mussten sich in lange Schlangen einreihen, ob es regnete oder die Sonne brannte, für ein Gefäß und Besteck hatte jeder selbst zu sorgen. Ab und zu mussten alle Waggons komplett geräumt werden, dann wurden Lebensmittel ausgegeben und jeder sollte sich auf einem kleinen Feuer etwas köcheln. Blieb er im Abteil, bekam er nichts. Soldaten standen am Bahnsteigrand, lachten, rauchten oder machten sich sogar beim Kochen nützlich. Nur selten kamen mal Bauern aus den umliegenden Dörfern, um ihre spärlichen Lebensmittel zu verkaufen.

Immer wieder drängten sich neue Menschen in die Wagen, die man in umliegenden Städten eingesammelt hatte, aber eigenartigerweise auch Polen aus Moskau, aus Minsk und Kiew, die schon eine lange Reise durch die Sowjetunion hinter sich hatten. Nicht wenige waren Akademiker ohne Bücher, Musiker ohne Instrumente, Lehrer, Architekten, so dass sich Aja, die kontaktstärkste und gesprächigste der sechs Krakauer, wenigsten unterhalten konnte. Nach einer Woche Schütteln und Rütteln war der Zug, der nur notdürftig gesäubert wurde und dessen Toiletten schon nach wenigen Stunden unbenutzbar waren, völlig verdreckt, und nach einer Woche waren auch alle Themen mehrfach besprochen und immer wieder umgewälzt worden, so dass der mit seiner apathischen Menschenfracht vollgestopfte Wurm schließlich nur noch leise klappernd und quietschend in die Station Rostov Glavnij, Rostow Hauptbahnhof, einlief.

Es hieß aussteigen, die Menge wurde auf Lastwagen verladen und nach einigen Kilometern erreichte man in einem Vorort oder Außenbezirk der großen Stadt ein Barackenlager in Pervomayskiy. Das Lager lag am Rande eines großen Waldes und bot wohl mehreren tausend Menschen Unterkunft, einer unüberschaubaren Menge, und wieder herrschte das gewohnte Gedränge, bis man auf die Holzhütten verteilt war. Aja erinnert sich nicht, ob sie überwacht wurden oder nicht, ja, ein paar Uniformierte liefen wohl wie Wachhunde um das Lager herum, aber man fühlte sich eigentlich frei. Nicht die Russen waren das Hauptproblem, sondern die Myriaden von Stechmücken, die die Sümpfe des nahen Asowschen Meeres und die Schilfufer des riesigen Don in diesem Sommer ausgebrütet hatten und die sich jetzt ausgehungert und voller Angriffslust über die Lagerinsassen aus dem Westen hermachten.

Bis hierher, bis nach Rostow am Don, hatten es Aja und Muś verheimlicht, dass sie nicht nur zu heiraten gedachten, sondern schon längst verheiratet waren. Anfangs hatte Aja noch den Ärger mit ihrem strengen Bruder gefürchtet, den man unter den angespannten Verhältnissen nicht zu provozieren wagte, warum das Geheimnis aber auch vor den anderen gehütet werden musste, blieb ein Geheimnis. In Lviv hatten die beiden seinerzeit ein Standesamt gesucht, aber keins gefunden, und so hatte sie der dortige Rabbiner getraut. Nach der sehr bescheidenen Feier ohne Familie offenbarten sie sich dann wenigstens Alfred. Wie er reagiert hat, ist nicht überliefert, da er aber unmittelbar nach der Offenbarung im Staatsgefängnis gelandet, also von der Bildfläche verschwunden war, hatte das Bekenntnis keine Folgen. Jetzt war man in Rostow und so müssten endlich auch die Eltern, die Schwester und der schöne Oskar informiert werden, die sich schon so lange fragten, warum man diesen unbekannten Pan Horowitz bis in den polnischen Osten und jetzt sogar noch in die sowjetischen Sümpfe am Asowschen Meer mitgeschleppt hat, und so wurde das Geheimnis gelüftet. Aber niemand staunte, ja, keiner der Familie interessierte sich dafür, niemand regte sich auf. Die Zeiten waren verrückt, die Angst vor der ungewissen Zukunft und der immer wiederkehrende Hunger, die Not machten Verwundern zur Seltenheit, Interesse zu Gleichgültigkeit.

Als Aja und Muś nach langer Odyssee wieder in Krakau lebten, erkannte Polen die Ehe nicht an, und so musste die Zeremonie auf einem polnischen Standesamt wiederholt werden. „Anda, wie hieß die Stadt mit „L" am Don? Richtig, Rostow, Anda, du hast ein gutes Gedächtnis". Für Muś war wohl Rostow der Ort, an dem er geheiratet hat, und nicht etwa Lviv und schon gar nicht das polnische Kraków, denn hier in der Stadt mit „L" hatte er sich der Familie offenbart, jetzt gehörte er dazu.

Zygmunt hat häufig vom Leben im Lager von Rostow erzählt, da er aber viele Erlebnisse mit späteren vermengte, ist über den Zwischenhalt nichts zu berichten. Selbst die Dauer ihres Aufenthaltes ist unbekannt. Sie kann aber nur kurz gewesen sein. Das wichtigste war wohl der ständige Kampf gegen die Mücken, das schlechte Essen und die furchtbaren hygienischen Verhältnisse. Kontakt zur Bevölkerung habe es nicht gegeben, man lebte am Rande der Stadt und damit am Rande der Zivilisation und weit weg von der Kultur. Lagerleben, primitiv, eintönig, Lagerleben, und dort wo die Sonne blutrot unterging, dort lag die Heimat, das schöne Krakau! Trotz Menschenmassen war man hier einsam.

Mit der Deportation von Lemberg nach Rostow hatten die sechs Krakauer noch Glück gehabt, denn genau ein Jahr später, am 22. Juni 1941, begann das „Unternehmen Barbarossa", der deutsche Überfall auf die Sowjetunion. Sie hätten in Lviv, wie Lemberg jetzt hieß, festgesessen und wären den Nazis in die Hände gefallen, da Lviv, nun wieder als Lemberg, dem Generalgouvernement zugeschlagen wurde. Viele Polen, Rumänen, Bulgaren und Menschen anderer Nationalitäten, die man für politisch unsicher hielt oder die sich wie die Krakauer geweigert hatten Russen zu werden und aus organisatorischen Gründen nicht mehr deportiert werden konnten, hatten die Sowjets nämlich in die Gefängnisse und Hilfsgefängnisse der Stadt gesteckt, und als sich die deutsche Wehrmacht Lviv näherte und sich die Rote Armee zurückzog, wurden viele zunächst noch Opfer eines ungeheuren sowjetischen Massakers.

Eigentlich, so hatte Stalin ja beschlossen, sollten, für den Fall eines Krieges mit Deutschland, alle noch zurückgebliebenen unsicheren Elemente so schnell wie möglich nach Osten abtransportiert werden. Im anfänglichen Durcheinander des Unternehmens Barbarossa verfügten die völlig überraschten Sowjets dann aber weder über ausreichende Transportkapazitäten noch waren sie hinreichend gut organisiert, um eine solche Aktion geordnet und zeitgerecht durchzuführen.

Am 24. Juni 1941, also nachdem Beckmanns und Horowitzens Lviv schon lange verlassen hatten, erließ Lawrenti Berija, damals Volkskommissar des Inneren, den Geheimbefehl, alle „konterrevolutionären Elemente" zu erschießen. Von der Ostsee bis nach Bessarabien setzte jetzt ein furchtbares Morden ein. In Lviv versuchten ukrainische Aufständische den Abzug der Sowjets zu beschleunigen und sie aus der Stadt zu werfen, und da die Stadt gleichzeitig von der deutschen Luftwaffe bombardiert wurde, brach unter russischen Bewachern Panik aus. Es kam zu Straßenkämpfen, bei denen Sowjets auf alles schossen, was sich bewegte oder das Geschehen vom Fenster aus verfolgte.

Doch nur wenig später hatten Sowjetarmee und NKWD die Kontrolle erneut über die Stadt und trieben dann alle in die Gefängnisse zurück, die bald völlig überfüllt waren, zumal man auch unverdächtige Zivilisten und Passanten aufgriff. Vier bis fünf Tage dauerte dann das Massaker, und wie der polnische Historiker Bogdan Musial schrieb, wateten die Täter in Blut. Nach Ermittlungen der „Hauptkommission zur Untersuchung der Verbrechen am polnischen Volk" riefen die sowjetischen Täter die Häftlinge einzeln aus der Zelle und führten sie in die Keller, dort tötete man sie durch Genickschuss oder mit einem Vorschlaghammer. Aber auch alle anderen Arten des Tötens wurden eingesetzt, Maschinengewehre, Handgranaten, das Gefängnis Brygidka wurde abgebrannt, um die Spuren des Massenmordes zu verbergen. Am 29. Juni, nachdem die Sowjets abgezogen waren, fanden die Einwohner in Höfen und Kellern Berge toter Polen, Juden, Russen und kriegsgefangener deutscher Soldaten. Die Leichen lagen kreuz und quer in vier bis fünf Lagen übereinander, viele nur noch als breiige Masse.

Ukrainische Miliz trieb jetzt die Juden aus der ganzen Stadt zusammen und in die Gefängnisse. Dort zwang man sie in die leichengefüllten Keller hinab zu steigen, um die Opfer zu bergen. Sie mussten Leichen exhumieren und waschen, Gräber schaufeln und die Toten einsargen. Die Juden wurden dabei geschlagen, misshandelt und schließlich auch getötet. Daraus wurde ein Pogrom. Pöbel nutzte die Gelegenheit, um jüdische Wohnungen und Häuser zu plündern. Die Zahl der jüdischen Opfer soll in die Tausende gegangen sein. Am 30. Juni 1941 rückte die deutsche Wehrmacht in Lemberg ein.

Bedenkt man, welches Schicksal Beckmanns erspart geblieben ist, dann kann man die Deportation nach Sibirien nur noch als Glücksfall bezeichnen, und mit dem berühmten Spruch des Rabbi

Akiba sagen: „Wer weiß, wozu es gut war", oder auf Jiddisch, „Gam se le tauvo."

Nach dem Rückzug der Russen wurde Ostgalizien dem Generalgouvernement zugeschlagen, im Juli gab es durch SS, die Sicherheitspolizei, SD-Einheiten, Sonder- und Einsatzkommandos der Wehrmacht erneut Pogrome in Lviv, Tarnopol und Złoczów, nur noch Wenige konnten nach Osten entkommen. Die schlimmsten Verbrechen geschahen im September 1941 im Bereich der 6. Deutschen Armee bei Kiew, in der Schlucht von Babi Jar, also weiter östlich, als rund dreißigtausend Juden umgebracht wurden.

Alfred war kurz vor den anderen Familienmitgliedern aus Lviv deportiert worden. Zuvor hatte man ihn noch mehrfach verhört, nie hat er erfahren wessen er verdächtigt wurde, bis er dann am Tag seiner Deportation erfuhr, dass er zu zehnjähriger Zwangsarbeit verurteilt worden sei. Er sollte auch gleich noch unterschreiben, dass er als Spion für Deutschland gearbeitet hätte, aber er unterschrieb nicht.

Sechzehn Tage dauerte die Bahnfahrt mit mehr als tausend Aufgegriffenen in einem langen, langsam dahin zuckelnden Zug. Die Verpflegung war dürftig und schlecht. Hin und wieder gab es stark gesalzenes Pökelfleisch oder in Wasser gegarte Rüben, die quälenden Durst bereiteten und altes Brot, manchmal schon verschimmelt. Das Hauptgetränk war Tee, der aber mit jedem Tag dünner wurde. Wasser gab es von der Lokomotive. Der Zug stand in den Wäldern, auf weiten Feldern, Sommerhitze und Mücken quälten die Internierten. Die Waggons, die die Wachmannschaften Stolypin-Waggons nannten, waren durch grobe Holzverschläge oder Eisengitter in kleinere Kabinen unterteilt, in denen jeweils zwei bis drei übereinander angebrachte Gestelle als Betten dienten. Die Enge war schrecklich, viele saßen auf dem Boden, andere mussten stehen, die sanitären Verhältnisse waren unbeschreiblich, besonders als immer mehr Häftlinge an Durchfallkrankheiten litten. Nur bei längerem Halt sprang alles zum nahen Bach oder Waldsee, um sich notdürftig zu waschen. Nach ein oder zwei Stunden pfiff die Lokomotive und der Zug setzte sich wieder ruckelnd in Bewegung.

Über Rschew und durch die Waldaihöhen ging es weiter, immer nach Norden. Der Transport quälte sich zuletzt über die baufällige Brücke eines stark versumpften Flusses, fuhr durch eine weite Schilflandschaft mit riesigen Reiherkolonien und hielt schließlich auf einem runtergekommenen Bahnhof. Endstation!

Endstation war Petrosawodsk am Onegasee, Süd-Karelien. Die russischen Wachmannschaften, die sich auf der unendlich langen Fahrt mit Wodka am Leben gehalten, ihre überschüssigen Kräfte in Prügeleien und Quälereien abreagiert und ansonsten den größten Teil der Reise verschlafen hatten, ließen in den letzten Tagen bei klarem Wetter ihre Beine aus dem Wagen baumeln und starrten in die waldbestandene Ebene. Plötzlich wurden sie lebendig, Petrosawodsk war erreicht. Mit Dawei-, Dawei-Rufen, denen mit Drücken und Drängeln kräftig Nachdruck verliehen wurde, verlud man die menschliche Fracht auf bereitstehende Militärlastwagen und in einer langen Staubwolke ging es in Richtung Stadtzentrum.

Am Seeufer stand ein weiter hölzerner Torbogen, in der Mitte ein übergroßes Bild einer kommunistischen Parteigröße, wahrscheinlich Lenins, vielleicht auch Väterchen Stalins, sternförmig strahlten riesige rote Fahnen aus Pappe nach rechts und links, und auf beiden Seiten war das Gerüst bis zum Boden mit irgendwelchen politischen Parolen dekoriert. Von hier führte eine etwa zehn Meter lange hölzerne Rampe zu einem flachbodigen Kahn, auf den sich jetzt die Strafgefangenen in ihrer schäbigen Kleidung drängten. Weitere Kähne mit verwahrloster Besatzung, die von Bewaffneten in Schach gehalten wurde, lagen rechts und links am Ufer und warteten auf ihre Fracht.

Mit hunderten anderen Internierten verschiffte man Alfred dann in unendlich langsamer Fahrt durch den von Stalin auf Leichen gebauten „Stalin-Kanal“, auch „Weißmeerkanal“ genannt, in das erbärmliche Nest Belomorsk am Weißen Meer. Hier wurde er in ein Lager gebracht, dessen russisches Kürzel GULag lautete, was so viel wie „Hauptort der Besserungsarbeitslager und -kolonien" heißt. Die Abkürzung leitet sich von „Glawnoje upravlenie ispravitelno-trudowych lagerej" ab. Das erste Lager dieser Art war in einem Kloster auf den Solovets-Inseln untergebracht. Die Inseln hießen auch Solowski-Inseln oder Šawskij-Inseln. Der gesamte Archipel war mal ein riesiger GULag gewesen. Aber es gab noch mehr als fünfzehn weitere Lager am Festland, wie zum Beispiel in Belomorsk, Olonec, Pudož, Sandomoch, Kondopa oder Medvež'egorsk, die alle nach dem gleichen Prinzip funktionierten. Wie er später erfuhr, gehörte sein Lager zu der Kette von Weißmeer-Ostsee-Internierungslagern, das eigentliche Solowet-Lager, das berüchtigte Muster aller Lager, war schon vor drei oder vier Jahren geschlossen worden, also eigentlich wusste er gar nicht genau, wo er sich befand.

Nach ein oder zwei Tagen hatte man das Straflager erreicht. Es könnte Belomorsk gewesen sein. Das Lagertor wurde wieder von zwei Türmen flankiert, solche triumphbogenartigen Gebilde waren offenbar in Lagern beliebt, zwischen denen ein großer Bogen mit der Aufschrift „Schwerarbeit ist der rascheste Weg zur Freiheit" gespannt war. Alfred hatte in Lviv und auf der langen Bahnfahrt von seinen Wächtern etwas Russisch gelernt und konnte sich verständigen und sogar einigermaßen gut lesen. Sprüche wie „Keine Arbeit, keine Verpflegung", der an der Baracke des Lagerkommandanten prangte, in die er mit seinem winzigen Bündel an persönlichen Dingen zur Registrierung geschoben wurde, sollten eine Warnung sein, sie ließen Schlimmstes befürchten und prägten sich ein.

Als der Schreibstubenmann erfuhr, dass Alfred ein Doktor der Rechtswissenschaft war und auch noch ein paar Brocken russisch verstand, war sein einziger Kommentar: „Wenn du Doktor bist, dann bist du Doktor und dann kommst du zur Arbeit ins Lazarett." Jeder Erklärungsversuch, dass ein Doktor der Jurisprudenz in Polen etwas anderes als ein Doktor der Medizin sei, war vergeblich, Doktor ist Doktor und so begann Doktor jur. Alfred Beckmann eine neue Karriere als Dr. med., Lagerarzt in Stalins GULag in Karelien, worüber er eigentlich recht froh war, versprach das Amt doch weniger Strapazen. Nach der in allen Lagern der Welt durchgeführten Zählung, ging es unter die Dusche, eine wahre Erleichterung, und anschließend zur Entlausung mit Hilfe eines weißen Pulvers, das unter die Kleidung geblasen wurde. Häftlingskleidung gab es nicht, wahrscheinlich war das Lager überfüllt oder die Lebenserwartung der Insassen zu kurz.

Das Leben eines GULag-Arztes hatte zwei Vorteile: Zum einen war die Verpflegung etwas besser als für alle anderen Häftlinge, und zum anderen war er von der oft unmenschlichen Zwangsarbeit unter extremen Klimaverhältnissen freigestellt. Das Motto der Solovet-GULags hatte der Gründer der sowjetischen Geheimpolizei, der Tscheka, wie sie zunächst noch hieß, Felix Dzerschinski, 1918 geschaffen: „Wir repräsentieren den organisierten Terror." Und das wurde wörtlich in die Tat umgesetzt, aber dem konnte der frischgebackene Lagerarzt unter dem Zeichen Äskulaps jetzt entgehen. Als die Tscheka 1922 zur berüchtigten GPU wurde, blieb Dzerschinski ihr Chef, und der ehemalige Strafgefangene Jude Naftaly Frenkel, der Erfinder aller GULags, hatte seinen Vorgesetzten zur Verbesserung der Effizienz des Lagerlebens dann noch vorgeschlagen, die Essensrationen mit der Leistung zu koppeln und den Letzten beim Morgenappell zu töten, weil er zu schwach sei, wie er gerade bewiesen hätte. Das hatte sich bewährt und galt auch jetzt noch. Der erste GULag in Karelien, der nach diesen Regeln organisiert war, war so perfekt, dass in der ganzen Sowjetunion bald mehr als ein- bis zweitausend weitere Lager nach dem karelischen Vorbild entstanden. Alfred war also in einer mustergültigen Maschinerie gelandet, in einem Musterbetrieb.

Bei Hitze, Regen, Schnee und Frost behandelte der Lagerarzt jetzt also Kranke, Verhungernde und durch die harte Arbeit Schwerverletzte. Dabei lernte er, dass im Lager ganz Europa vertreten war, gewöhnliche Verbrecher, Dissidenten, Mohammedaner,

Juden, Konterrevolutionäre, Polen, die zur falschen Zeit am falschen Ort gewesen waren, Kommunisten, Russen, die Kartoffeln gestohlen hatten, Kulaken, die auf den Bürgermeister geschimpft hatten, Industrielle, die nicht wussten warum sie hier waren, Rumänen, Philosophen, Deutsche und Italiener, also jeder, der im riesigen Sowjetreich irgendwie aufgefallen und verdächtig war. Und er lernte auch, dass er kein Internierter, sondern ein Häftling und Strafgefangener war. Viele seiner Leidensgenossen starben vor Erschöpfung, und es hieß, dass hier niemand länger als drei Jahre überlebt. Überlebte ein Gefangener die übliche Zeit, dann verbrachte er oft Tage und Wochen in der Krankenbaracke und war Dr. Beckmann überstellt, oder er wurde zur Schwerarbeit in ein anderes Lager deportiert, wo Arbeiter gerade benötigt wurden und wo er dann das Zeitliche segnete. Es ging auch das Gerücht, dass alle Deportierten kurzerhand erschossen und in Massengräbern verscharrt werden würden. Das Lager war eine Gerüchteküche, in der das Schlechte überwog.

Die schlimmste Zeit hatten die karelischen GULags allerdings in den Jahren 1937 – 1938 erlebt. Zigtausende wurden damals auf brutalste Weise durch Hunger, Krankheiten und Erschießen liquidiert. Lastwagen mit Leichen fuhren täglich mehrmals in die umliegenden Wälder. Jetzt, zur Zeit des drohenden Vaterländischen Krieges gegen Hitler, wurde mehr gearbeitet als gestorben, und Tausende wurden in die Armee gesteckt, weswegen die Zahl Inhaftierter kleiner war als vor dem Krieg, und die Zahl sogenannter Verbrecher, von Syphilitikern, Mördern und Kinderschändern in der Armee ständig zunahm.

Um sein Schicksal etwas zu verbessern, versuchte Alfred zu erklären, er sei gar kein Deutscher, sondern Pole, ein polnischer Akademiker, der gerade vor den Deutschen in die friedliebende UDSSR geflohen sei. Doch man hatte gehört, dass er mit dem deutschen Namen Beckmann auch noch deutsch sprach, und das war verdächtig. Man glaubte ihm nicht. Erst als er einigermaßen überzeugend darlegte, dass er polnischer Jude sei und von den Nazis verfolgt wurde und damit genauso Opfer von Nazideutschland sei wie Mütterchen Russland und die armen russischen Mamuschkas es bald sein könnten, nahm man ihm das ab. Mamuschka war damals ein Zauberwort. Man klopfte ihm aufmunternd auf die Schulter, lachte, es gab auch ein Gläschen Wodka und ein Papyrossi, aber weitere Konsequenzen hatte die neue Freundschaft nicht.

Alfred verbesserte sein Dasein im Lager auch dadurch, dass er Offizieren einredete, sie seien krank und er sie unbedingt behandeln müsste. Das gelang ihm und war von großem Nutzen. Die Auserwählten konnten sich dann nämlich von der öden Arbeit bei Aufseherinnen und einer Essenszulage erholen und dankten es ihrem Arzt in der Zigarettenwährung, die dieser als Nichtraucher dann wieder in wertvollere Dinge umsetzte. Auch die jugendfrische Ehefrau des Lagerkommandanten erkrankte eines Tages schwer, was sich als besonderer Vorteil erwies, da der Subkommandant, ein gewisser Nikolai Iwanowitsch Kasai, sich um seine hübsche Ehefrau große Sorgen machte und häufigere Arztbesuche wünschte. Und da die Ehefrau an einer chronischen, wenn auch nicht lebensbedrohlichen Krankheit gelitten zu haben schien, denn Alfred wurde immer wieder in die Kommandantenwohnung bestellt, retteten schon alleine die langen Gespräche mit dem Arzt die Kommandantenfrau vor Langeweile und dem elenden Tod in der weiten Tundra.

Die medizinische Versorgung im Lager war natürlich primitiv. Die Entfernung von Holzsplittern, man arbeitete hauptsächlich in der Holzindustrie, das Verarzten von Quetschwunden, Stichverletzungen, Frakturen und aller Arten von Durchfallkrankheiten erfolgte einheitlich mit Verbänden, Aspirin und Kohletabletten. Infektionskrankheiten, die mit Fieber, Schüttelfrost und schwerem Krankheitsgefühl einhergingen, stand Alfred machtlos gegenüber, entweder half die Natur, oder der Patient verstarb.

Alfreds Sanitätsstation befand sich in einer Baracke, zwar aus Steinen errichtet aber mit dünnen Bretterwänden in drei kleine

Räume unterteilt, durch die der Wind pfiff und mit einem Dach, das nur notdürftig Schutz gegen Schnee und Regen bot. Seine wenigen, teilweise schon uralten Medikamente waren in einem abschließbaren Schränkchen verstaut, den Schlüssel musste er jeden Abend auf der Kommandantur abgeben, und eine Liege stand zur Untersuchung der Patienten bereit. Sie war mehr oder weniger überflüssig, da die meisten seiner Kranken an Verletzungen litten, die selbst ein Laie schon beim Eintreten in die Baracke erkannte. Verstarb ein Patient, wurden ihm die Verbände abgenommen und ohne große Reinigung dem Nächsten angelegt. Für den Verbandswechsel hatte Alfred sogar eine Hilfskraft, da der Arzt aus hygienischen Gründen die Verbände nicht berühren sollte. Frakturen wurden mit Holzlatten und Schnur geschient, da die armen Opfer aber bald wieder arbeiten mussten, heilten sie schief und krumm zusammen, oder der Verunglückte verendete jämmerlich an einer Infektion, was viel häufiger der Fall war.

Leben konnte Alfred nicht retten. Dem prominenteren Toten wurde ein Pappschild mit der Häftlingsnummer an Hals oder Großzehe gebunden, und um sicher zu gehen, dass er auch wirklich tot und kein Simulant war, der sich nur vor der harten Arbeit drücken oder aus dem Lager schleichen wollte, schlugen ihm die Wachmannschaften mit einem großen Hammer oder Beil den Kopf ein und brachen ihm die Goldzähne aus. Den weniger prominenten zog man die Kleider aus, Pappschild und Häftlingsnummer ersparte man sich, man warf sie auf den LKW zum Massengrab.

Nichts zu tun hatte Alfred mit Erschossenen, geschossen wurde häufig, aber die waren gleich erledigt. Da war nichts mehr zu machen, und den Tod zu bescheinigen, verlangte man nicht von ihm. Das machten wohl irgendwelche Hilfskräfte, vielleicht auch gar niemand.

In den schlimmen dreißiger Jahren, so wird berichtet, wurde in Fünferreihen erschossen. Die Todeskandidaten mussten sich in Reihen hintereinander aufstellen und dann wurde Reihe für Reihe niedergemäht. An den Exekutionen wurde der Gerechtigkeit wegen das gesamte Lagerpersonal beteiligt: Köche, Sanitäter, Ärzte, Bewacher und die Besatzung ganzer Schreibstuben mussten zum Schießen. Anschließend veranstaltete man ein großes Besäufnis. Die meisten Massenerschießungen erfolgten aber in den umliegenden Wäldern und nicht im Lager.

Das gab es jetzt nicht mehr, nur noch die Wachmannschaft schoss, aber dafür häufig. „Herr Doktor, du musst keine Angst haben, du musst nicht zum Schießen, wir sind doch keine Unmenschen, bei uns ist der Arzt ein Heiliger. Gegenüber früher", sagten ihm die alten Hasen, „habe sich doch vieles gebessert. Aber was sollte man mit den vielen Verbrechern auch tun? Sind doch alles Mörder, die braucht doch niemand. Nun ja, vielleicht die Armee!"

Im Frauenlager wurde weniger geschossen, aber das Frauenlager lag nicht in Alfreds Zuständigkeitsbereich. Hier gab es eigene Ärzte, wie er hörte, und Schwestern, die Lagerleitung ließ sich da nicht lumpen. Sicherlich waren sie nicht kompetenter als er für die Männer. Es soll auch ein Kinderlager und ein Frauenlager mit Kleinkindern gegeben haben. Außer dass die Frauen gemeinsam mit Männern an der Eisenbahn, bei Waldarbeiten, im Straßen- oder Kanalbau Schwerstarbeit leisteten, sollen sie von der Lagerverwaltung und von Wachposten ständig sexuell missbraucht worden sein. Zu Hunger, Kälte und Erschöpfung kamen bei Aufsässigkeit oder Widerspruch Folter, Misshandlungen jeder Art, Pfählungen und Verstümmelungen. Andere „Verbrecher", wie man sie nannte, wurden durch Genickschuss erledigt oder kamen in eine psychiatrische Klinik zur „Sonderbehandlung", aus der sie nur tot wieder auftauchten.

Dr. Beckmann blieb erstaunlicherweise gesund, einige Durchfallepisoden ließen ihn zwar abmagern, das erlebte jeder, doch schwere Krankheiten blieben ihm erspart. Da seine medizinischen Kenntnisse nicht über die eines Sanitätsgefreiten hinausgingen, konnte er auch keine Diagnose stellen, als ihn einmal Schüttelfröste für Tage aufs Lager warfen. Schwerkranken musste eben ihre robuste Natur zur Seite stehen, oder sie holte der Tod, aber Alfred holte er nicht. Das Fieber verschwand, seine Durchfälle hörten nach ein oder zwei Wochen von alleine auf, und dann fühlte er sich wieder wohl.

Was selten erwähnt wird, ist, dass vielen Strafgefangenen die Flucht in die Freiheit gelang, wesentlich häufiger als offiziell zugegeben wurde oder der schlampigen Buchführung zu entnehmen war. Und so konnte sich eines Tages auch Lagerarzt Alfred auf den Weg nach Süden machen, noch kurz vor der Amnestie, die Stalin nach dem Einmarsch der Deutschen in die Sowjetunion gewährte, als er dringend Polen als Verbündeten gegen Deutschland benötigte. Als Amnestierter wäre er wohl in die russische oder polnische Armee gesteckt worden, mit Alkoholikern, Syphilitikern und Kinderschändern, so aber kämpfte er sich als freier Mann zu seiner Familie durch, tausende Kilometer von Nordwesten nach Südosten.

Viele Jahre nach den hier geschilderten Ereignissen stellte er fest, dass er in einem Nachbarlager des Solovets-GULags inhaftiert war, in dem zuvor auch der spätere Literaturnobelpreisträger Alexander Issajewitsch Solschenizyn acht Jahre seines Lebens als Strafgefangener verbracht und dann in seinen Büchern beschrieben hat. Sein Buch „Der Archipel GULag“ erschien im Jahre 1973, als Alfred schon tot war, und alle Mitglieder der Familien Beckmann und Horowitz mussten es lesen, genauso wie die hervorragende Erzählung „Ein Tag des Iwan Denissowitsch“.

Im Ural

Beckmanns und die anderen Familienmitglieder saßen als Internierte im Lager bei Rostow. Alles Weitere war unbekannt, irgendwo, wahrscheinlich in Sibirien, würde ihre Reise wohl enden. Einerseits war man froh, weit weg von Deutschland zu sein, andererseits war man aber als „Feinde des russischen Volkes", zumindest als „Unzuverlässige" nicht mehr wirklich frei und wurde in eine ungewisse Zukunft verfrachtet. Dazu kam die Sorge um Alfred, von dem man nichts mehr gehört hat. Saß er im Gefängnis, wurde er gefoltert, steckte er im Rüstungsbetrieb, lebte er überhaupt noch? Ajas Gedanken kreisten ständig um sein Schicksal und ließen sie Dreck, Hunger und Läuse vergessen.

Irgendwann mussten alle wieder in den Zug, und weiter ging die Fahrt, über Stalingrad, Kuibyschew, an der Wolga entlang nach Swerdlowsk am Osthang des Urals, der Grenze zwischen Europa und Asien. Die Reise war lang, der Zug langsam, die Verpflegung mangelhaft und Langeweile regierte neben Unsicherheit und Sorgen. In größeren Städten wurde Halt gemacht, dann stiegen weitere Unglückliche zu, genau wie auf der Fahrt nach Rostow, wieder meistens bessere Leute, die man in irgendwelchen Gegenden des Sowjetreiches aufgegriffen und an die Bahn transportiert hatte. Für kurze Zeit gab es erneut Gesprächsstoff, dann herrschten wieder die alte Langeweile und die bedrückende Stille, in der jeder seinen eigenen Gedanken nachhing. Man starrte aus dem Fenster, versuchte in der rüttelnden und schüttelnden Enge zu schlafen und dachte an zu Hause, niemals an die Zukunft, die sich keiner vorstellen mochte. Wie zu Beginn der unendlich langen Reise wurden auf einsamen Stationen Lebensmittel an Bord genommen, Trinkwasser, man konnte sich unter strenger Bewachung etwas die Beine vertreten, aber sonst geschah nichts. In der Ferne lagen ein paar kleine Häuser, ein fadendünner Horizont bildete die unruhige Linie zum treibenden Wolkenmeer.

Der Abtransport von Rostow in den Ural erfolgte keinen Tag zu früh. Denn schon im November 1941 trat die 1. deutsche Panzerarmee gegen Rostow an. Nach dreißig Kilometern Vormarsch drehten die Einheiten nach Süden auf die Stadt ein und setzten sich fest. Am 20. November konnten sie Rostow nehmen. Am 28. gaben sie es wieder auf. Zum dritten Mal war man den Deutschen entkommen.

Jekatarinburg, damals Swerdlowsk, ist heute eine riesige Millionenstadt, Schwerindustrie, Eisen- und Kupferabbau, Eisenwerke, Opernhaus, mehrere Theater, Universitäten, russische Akademien, das Denkmal des Revolutionärs der kommunistischen Revolution, Jakob Swerdlow, im Stadtinneren breite Straßen voller Schlaglöcher. In den Supermärkten westliche und östliche Waren, für die wohlhabende und arme Bevölkerung feinsäuberlich getrennt. Im nahen Ural wird Marmor abgebaut, es gibt Malachit, Topase, Rubine und mehr als dreihundert andere Arten von Edelsteinen, der weltgrößte Fundort für Diamanten. Die Stadt, wie ein vor Energie strotzender Flugzeugträger in der Wasserwüste des Pazifiks, liegt in der Weite der sibirischen Landschaft. Zwei- bis dreitausend Kilometer bis Moskau, und etwa achttausend Kilometer bis Wladiwostok. Eine Stadt umgeben von Wald und Tundren, von Sümpfen und Wasserläufen, und 1940 umgeben von fünfundzwanzig Straflagern, Arbeitslagern und Todeslagern, GULags.

Ob Horowitzens, Beckmanns und Freudenfelds überhaupt wussten, wohin man sie verschleppt hatte? Wie weit war es nach Krakau? Wo war der Krieg, wo waren die Deutschen, und immer wieder und vor allem, wo mochte Alfred sein?

Im Frühsommer 1940 ging die Fahrt jetzt von Swerdlowsk mit Lastwagen nach Norden in den Ural, Oblast Swerdlowsk, eine unendlich lange Fahrt. Von der Stadt, in der im Juli 1918 die Zarenfamilie ermordet worden war, hatten sie nichts gesehen. Als die Wagen nach zunächst staubiger Fahrt im Schlamm versackten, wurde marschiert, das Gepäck auf dem Rücken. Muś schleppte auch noch die Habseligkeiten von Maurycy und Bronislawa, denen das Laufen zur Qual geworden war.

Nach mehrstündigem Marsch, ihre Kolonne wurde von russischen Reitern flankiert, tauchte am Waldrand eine Siedlung auf: Blockhäuser aus dicken Stämmen, langgezogen, eine Reihe winziger Fenster unter den tiefhängenden Dächern. Statt eines Ortsschildes schmückte irgendeine Parole eine große Tafel am Lagereingang. Es gab keine Kirche, keine Geschäfte, keine Verkehrsmittel, zwischen den Häusern waren von tausend Füßen Trampelpfade gestampft, noch nicht einmal Pferdewagen sah man. Auf der einen Seite des Lagers war dichter Fichtenwald, hier lag auch die Kommandantur und das Wachpersonal, auf der anderen, nach Osten hin, erstreckte sich bis zum Horizont eine kahle Ebene, im Sommer trocken und staubig, im Herbst versumpft und nach Wintereinbruch starr und weiß, eine eisige Decke soweit das Auge reichte. Einige Wachttürme mit Scheinwerfern, aber nur ein dünner und löchriger Drahtzaun umgab das Lager, denn man rechnete nicht damit, dass jemand flüchten würde. Nicht weit entfernt sah man ein kleines Dorf, einige Häuser lagen an einem Fluss, eine Art Kirchturm, nur die fehlenden Wachttürme unterschieden es vom Lager.

Auf Befehl stellten sich die Neuankömmlinge mit Gepäck in Reihen auf – man stellte sich damals immer in Reihen auf, wie eine Kompanie –, die Alteingesessenen, die langsam aus ihren Hütten hervorkrochen, glotzten und grinsten. Dann wurden Namen registriert, alles dauerte eine Ewigkeit, russisches Chaos, sibirische Langsamkeit, das kannte man ja schon von Lviv und Rostow, doch hier im Osten ist Zeit wohl bedeutungslos. Bronja und Aja setzten sich auf ihr Gepäck, was niemanden störte, der Lagerkommandant, oder Bürgermeister, wie er sich großspurig nannte, hielt eine strenge Rede, die aber die Wenigsten mangels ausreichender Russischkenntnisse verstanden, und dann wurden Männer und Frauen getrennt. Familien ließ man so gut wie möglich zusammen, das heißt, sofern es die Räumlichkeiten zuließen.

Zygmunt Horowitz lebte ab jetzt in einer Männerbaracke mit einhundertsechzig, vielleicht auch zweihundert Leidensgenossen. Maurycy und der schöne Oskar verschwanden irgendwo anders hin. Überall summten wieder mal Stechmücken, in der Baracke, später auch bei der Arbeit im Wald und besonders in den Sümpfen, beim Essen und beim Schlafen. Die Leiber der Deportierten waren bald zerstochen, dann zerkratzt, im Essgeschirr fand sich eine dicke Kruste toter Insekten, die die Hitze der Mahlzeit getötet hatte. Ein einziger Kanonenofen in der Mitte und ein zweiter am Ende des Holzhauses sollten im Winter genügen. Als im November die Temperatur auf minus zwanzig und kurz danach auf minus vierzig Grad fiel, war der Barackenboden mit Eis bedeckt, und die kleinen Fenster, die schon bei der Ankunft nur spärliches Tageslicht einließen, waren bei minus fünfzig Grad von einer dicken und undurchsichtigen Eisschicht beidseitig verkrustet. Von hier entkam niemand, aber das wollte auch keiner, alle wollten nur zum Ofen.

Schon am Tag nach ihrer Ankunft wurden alle Häftlinge zu schwerer und ungewohnter Waldarbeit eingeteilt. Arbeiter, Juristen, Handwerker, Lehrer und Künstler fällten jetzt mit einem Eisenkeil, einer Axt für jeweils fünf Männer und einem langen Seil riesige alte Fichten, die unter Krachen und Knacken des Unterholzes die Erde durch ihren Sturz erzittern ließen. Frauen und Männer taten die gleiche Arbeit, wobei man die Frauen von den Männern abgetrennt hielt. Das Wachpersonal kommandierte, meistens saß es auf Baumstümpfen und rauchte, oder mit dem Rücken angelehnt und schlief, genauso wie ihre starken Hunde. Pünktlich zur Wachablösung wachten alle wieder auf, die Neuen kommandierten wieder, rauchten, schliefen und warteten mit ihren Hunden auf den Abend.

Was mit den so mühsam gefällten Bäumen, dem schönen gesunden Holz dann weiter geschah, sagte ihnen niemand. Es hieß, es kommt in die Möbelfabrik, andere meinten es sollen Skier für die Armee gemacht werden, und wieder andere sagten, nein, es wird alles verheizt, da macht man Holzkohle draus. Aber eigentlich war das den Häftlingen völlig egal, die dickeren Bohlen hätten sich auch hervorragend für Eisenbahnschwellen geeignet.

Als der Winter so richtig ankam und der Frost noch stärker wurde, bekamen sie alte Armeemäntel und Mützen. Muś hatte für sich und Aja sogar eine Pelzmütze mit rotem Sowjetstern organisiert, sogar mit Ohrenklappen. Handschuhe erhielt nicht jeder. Die Mäntel hatten schon eine längere Geschichte hinter sich, sie wiesen Löcher auf, hatten Flecken und Flicken und waren wohl schon öfter, wenn auch notdürftig, repariert worden. Wer mochte hier schon drin gesteckt haben, oder sogar gestorben sein. Die Mützen waren besser. Aber man war jung, wie Muś immer wieder betonte, stark und die Verpflegung war anfangs nicht schlecht, und so hielt man es aus. Die Verpflegung war sogar besser als in Rostow und auf der Bahn, aber schließlich erwarteten die Russen ja auch Schwerstarbeit, und das kostete eben mehr als nur Erbsen- oder Bohnensuppe. Am wichtigsten war Brot, es gab sogar eine Art Brotwährung, da die Alteingesessenen sich durch Nebenarbeiten immer etwas dazuverdienten und mit den Wachen handeln konnten. Meistens war es nur ein einfaches, grobes Brot. Viele teilten bereitwillig, andere tauschten gegen Schuhe oder Strümpfe, oder gegen die seltenen Handschuhe, manche aßen aber auch alles alleine auf.

Muś war ein kommunikativer Mensch, sportlich, erzählte als ehemaliger Journalist gerne und viel und war meistens freundlich und anderen Menschen zugewandt. Allerdings gab es auch Phasen, wo er stundenlang schwieg, verschlossen wirkte, und wo man dachte, mit ihm sei nichts mehr anzufangen, ja, er sei kontaktarm oder gar depressiv. In kurzer Zeit hatte er jetzt Beziehungen zum Lagerpersonal geknüpft und es entwickelte sich ein Tauschhandel, Geschichten aus dem Westen, und er war ein exzellenter Erzähler, gegen Wodka aus dem Sowjetreich, denn er liebte den russischen Wodka. Mehr konnten die Wachen nicht bieten, und Muś auch nicht. Vielleicht noch ein paar Gedichte, Lieder aus dem Stegreif, die sollten sich als nützlich erweisen.

Bronja und Maurycy wurden wie alle zunächst im Straßenbau eingesetzt, im strengen Winter steckte man Bronja dann in die Küche und Maurycy in eine Schreibstube, wo es schön warm war, und wo er seine im Ersten Weltkrieg in Wien erworbenen Bürokenntnisse bis zu einem gewissen Grad nutzbringend für die friedliebende UDSSR einsetzen konnte, sofern seine Arbeit nicht mit kyrillischen Buchstaben verbunden war. Dagegen mussten Celina und Oskar in einem Nachbarort härter arbeiten, Celina in einer Spinnerei und Oskar mit seinen zarten Händen in einer Brettermühle. Freudenfelds hatten nur selten Kontakt zur Familie, weswegen von ihnen auch nichts überliefert und hier auch nichts zu berichten ist. Das einzige worüber sie später ständig klagten, war die lange Anfahrt zum Arbeitsplatz, wo sie auf der Pritsche eines Militärlastwagens mit dreißig anderen Gestalten jämmerlich schwitzten oder froren und natürlich die schwere Arbeit, die bis zur völligen Erschöpfung erledigt werden musste.

Zu Herbstbeginn wurden Muś und Aja mit vielen anderen für einige Tage gemeinsam im Straßenbau eingesetzt. Dabei sollten sie fünf bis sechs Meter lange, armdicke Knüppel dicht bei dicht quer zur Fahrtrichtung in den Straßendreck legen. An Stellen, wo der Boden zu hart war, wurden die Knüppel seitlich mit Seilen und Draht zusammengezurrt, bis sie eine Art liegende Leiter abgaben. Die meisten lagen aber nur lose auf der Erde. Fuhr dann ein Lastwagen drüber, wurden sie hinter ihm sofort wieder ausgerichtet, schön geordnet, und wurde der Untergrund durch Regengüsse endlich weich, wurden sie durch darüber rumpelnde Fahrzeuge fest in die Erde gedrückt. So entstand ganz allmählich ein primitiver aber solider Knüppeldamm, kilometerlang.

Die Mittagspause dauerte nur eine halbe Stunde, doch es gab sogar warme Verpflegung, die auf Panjewagen vom Lager auf dem Meter für Meter gelegten Damm herangeschafft wurde. Die Waldarbeiter waren schon angetreten, als die Wagen endlich die Arbeitsfront erreichten, und die Kutscher, die auf den warmen Kesseln gethront hatten, mit einer großen Kelle die einzelnen Portionen austeilten. Meist war es wieder nur Bohnen- oder Rübensuppe und etwas Brot, aber besser als gar nichts. Die Wachmannschaften waren freundliche Leute, verteilten großzügig ihre Papyrossi, den Wodka allerdings, den sie in Feldflaschen in ihren tiefen Manteltaschen hatten, weniger gerne. Kutscher, Wachen und Arbeiter verbrachten oft eine angenehme Pause, die sie vergessen ließen, dass die einen nur Sklaven und die anderen Herrschaft waren.

Mit der Bevölkerung des nahegelegenen Dörfchens kam man gut zurande. Muś wiederholte immer wieder, dass die Russen alles gerne teilten, auch wenn sie selbst nur wenig hatten. Mit den Bauern gab es niemals Schwierigkeiten, anders war es mit den Aufsehern, oder besser gesagt mit den Oberaufsehern, die nicht selten ihre Macht über die Strafgefangenen demonstrierten, besonders wenn Langeweile und Wodka ihre Wirkung getan hatten. Dann wurden sie bei jeder Kleinigkeit geschlagen und hungern gelassen. Die Bauern hatten ihnen manchmal sogar etwas Brot oder eine weichgekochte Rübe und Kartoffeln zugesteckt, manchmal auch mehr. Sie wollten nichts dafür, keine Gegenleistung. An anderen Tagen gab es sogar einen kleinen Markt. Da durften die Bauern zwischen den Baracken ein paar Lebensmittel anbieten, die man für wenig Geld erwerben konnte und die die Speisekarte aufbesserten.

Jeden Tag passierte die Kolonne auf dem Rückweg von der Arbeit ins Lager das kleine Dorf. Ein Huhn, nicht gerade fett, aber dafür umso flinker, versuchte noch schnell die Straße zu queren, als Muś es schon am langen Hals gepackt hatte und unter der dicken Jacke verschwinden ließ. Die Wachen hatten nichts bemerkt. Damit auch die Mitgefangenen nichts merkten, presste er das sich wehrende und angestrengt flatternde Federvieh fest gegen seine Brust, griff mit der Hand unter die Jacke und erdrosselte es. Wenig später konnte er das noch einwandfreie Tier bei einem Wachmann gegen eine Flasche Wodka eintauschen. Übrigens sprach Zygmunt niemals von Wodka, sondern immer nur von Spiritus, einem neunzigprozentigen Fusel, wie man ihn auch heute noch in Russland und Polen kennt.

Trotz einsetzender Kälte, trotz knirschenden Schnees, trotz heftiger Schneestürme, die jede Bewegung auf dem Lagergelände bald unmöglich machten und trotz Krankheiten und Schwerarbeit wurden die Normen von der Lagerleitung ständig erhöht, und die Ausfälle an Arbeitskräften nahmen zu, zumal gleichzeitig die Kalorienzahl abnahm. Hunger war jetzt der ständige und treueste Begleiter der Inhaftierten. Die Menge des verteilten Essens wurde mit der Leistung abgeglichen, wer die Norm erfüllte, oder sogar übererfüllte, bekam mehr, die Schwachen und Kranken eben weniger oder nichts. Für Waldarbeiter ließ sich die Leistung natürlich nicht festlegen, sie arbeiteten ja immer in Gruppen, und wer dabei kräftig oder weniger kräftig zugriff, war schwer zu sagen. Viele verstarben am „Husten", wahrscheinlich an Tuberkulose oder beginnender Auszehrung. Der zunehmende Mangel an kalorienreicher Nahrung, an Vitaminen, Spurenelementen und Elektrolyten, denn wenn Trinkwasser fehlte, wurden Schnee und Eis geschmolzen, brachte sie um.

Läuse verbreiteten sich im ganzen Dorf genauso schnell wie Hunger und Durchfall, Wanzen waren hier heimisch, und nachts hörte man Mäuse und Ratten, wie sie sich um die Brotreste stritten, bis man das Brot unter der Kleidung am Körper versteckte. Alle hatten Läuse. Die Köpfe der stark Verlausten erschienen schon aus der Ferne silbrig-grau, aus der Nähe sah man dann das Gewimmel, wie in einem Bienenstock. Als dann allen die Haare geschoren wurden, war es besser, aber in der Kleidung blieben sie noch lange wohnhaft. Ständige Bewohner, ähnlich wie die Wanzen, waren auch Kakerlaken, die an den kleinen Fensterscheiben klebten, auf dem Fußboden flüchteten und in großer Zahl an der Zimmerdecke hingen, immer bereit, sich nach unten zu stürzen. Anfangs versuchte man das Ungeziefer zu bekämpfen, schließlich gestand man die Niederlage ein und gab auf.

Im April oder Mai wurden alle Häftlinge aus Zygmunts Baracke auf Lastwagen geladen und einige Kilometer weit an den Rand eines großen Sumpfgebietes gebracht. Hier gab es nur noch kleine Fichten und Birken über Birken, soweit das Auge reichte. Die Arbeit war leichter als bei den Riesen, die man nur zu dritt oder viert unter viel Geschrei und kräftigen Flüchen zu Fall bringen konnte, in deren Stamm man erst einen keilförmigen Spalt schlagen musste, ehe man sie mit einem Seil umschlang und schließlich mit vereinten Kräften keuchend und schwitzend umwarf. Hier war die Arbeit leichter, aber eines Tages holte ein Mithäftling mit der Axt aus, teilte mit einem kräftigen Hieb einen jungen Birkenstamm in zwei Teile, und ein langer Holzsplitter fuhr Muś einige Zentimeter tief in den rechten Unterarm. Die Wunde entzündete sich, wenige Tage später eiterte sie, es entwickelte sich eine große Phlegmone, und er wurde in die Sanitätsbaracke eingewiesen, die man hier vollmundig Krankenhaus nannte.

Die Patienten lagen in drei Betten übereinander. In den ersten Tagen hatte er das unterste Bett und über sich einen ausgemergelten Durchfallkranken, dessen Strohlager völlig durchweicht war, und dessen Darminhalt auf Muś heruntertropfte. Als er gestorben war, und kurze Zeit später auch der Bewohner des obersten Bettes verschwand, zog Muś nach oben. Hier war es zwar dunkel, dafür aber schön warm, auch hatte er frisches Stroh.

Pflegepersonal sah man in der Sanitätsbaracke selten, und die wenigen Aufpasser waren meist betrunken. Einen Arzt hatte schon lange niemand mehr gesehen. Muś drückte sich tagelang den Eiter aus dem Arm und betupfte die Wunde mit Stroh. Auch Sägemehl vom Fußboden war geeignet. Als er anfing zu fiebern, tauchte der Wachmann auf, mit dem er das gestohlene Huhn getauscht hatte. Eine halbe Flasche Spiritus tropfte er dem Fiebernden in wenigen

Sitzungen in die Eiterwunde, die andere Hälfte flößte er ihm vorsichtig in den halbgeöffneten Mund. Entweder schläferte jetzt der Wodkadunst oder die Krankheit Zygmunt ein, jedenfalls musste er tagelang geschlafen haben, als er mit hohem Fieber und delirant wieder aufwachte.

Nach einigen Tagen wurde Aja in die Lazarettbaracke gelassen. Sie hatte immer etwas Essbares von den Frauen des Russendorfes bei sich, dazu eine Flasche Spiritus. Durch Näh- oder Reparaturarbeiten hatte sie sich etwas dazu verdient, was sie im Dorf dann tauschte. Sie säuberte die Wunde, zerriss Zygmunts Oberhemd in schmale Streifen, organisierte sogar richtiges Verbandsmaterial und tränkte alles mit dem Schnaps. Sie verband ihn zweimal täglich. Das Hemd war in wenigen Tagen aufgebraucht, auch die Flasche Spiritus reichte nicht lange, doch der Kranke genaß.

Nach Wochen stand der vormals große, starke und knochige Skisportler aus Zakopane wieder auf eigenen Beinen. Seine Hose war ihm viel zu groß geworden und musste mit einem Riemen in der Taille zusammengeschnürt werden. Er war hohlwangig, die Augen lagen tief in ihren Höhlen, er sprach nur noch wenig. Aber die Arbeit ging weiter.

Wieder marschierte er in Kolonne über die Tundra, durch Birken- und Fichtenwälder, im Regen und in Schwüle, umschwirrt von Myriaden von Mücken. Sein Schuhwerk, das noch aus Krakau stammte, lag schon lange im Müll, er trug jetzt Holzschuhe, die Beine waren mit Lumpen zusammengeschnürt, statt Socken hatte er Fußlappen, die ständig durchnässt waren und stanken. Manchmal übernachteten sie im Wald, man durfte sich aus Ästen und Zweigen eine Hütte bauen, es gab Hirsebrei, einen Kanten Brot, Wasser schöpfte er sich aus dem nahen Fluss und sie angelten. Am andern Tag wurden Bäume gefällt, und nachdem man sie mit scharfen Schäleisen von der Rinde befreit hatte, wurden die weißen Stämme zum Fluss geschleppt, um sie einzeln oder zu Flößen zusammengebunden dem Strom zu überlassen.

Zygmunt Horowitz als Gedichte schreibendes Wesen war ein musischer Mensch und so sah er damals hinter dem Ural, trotz entwürdigender, teils unmenschlicher Zustände, auch die Schönheit der grandiosen Natur. Wenn die Wodkageschichten, von denen es eine schier unendliche Zahl zu geben schien, zum x-ten Male erzählt waren, sprach er von den Sonnenuntergängen in den bewaldeten Bergen, er erzählte von den grünen Tälern oder vom mit Krüppelbirken und Heidekraut bedecktem Rande der Tundra, da schwärmte er von den klaren Gebirgsbächen und von überraschtem Wild, das im Morgennebel auf den Wiesen stand, er erzählte von dem großen braunen Bären, den sie mal vor seiner Höhle erschreckt hatten und von Rudeln feister Hirsche, die sie im Sommerregen beobachteten. Ein echter Poet. Oder machte die Erinnerung nur alles wieder schöner?

Selbst im sibirischen Winter sah er die Schneehasen, hörte das Heulen der Wölfe und beobachtete Raubvögel, wie sie hoch oben im eiskalten Blau ihre Kreise zogen. Die Hütten ihres Lagers duckten sich dann unter den Schneemassen, lange Eiszapfen hingen kristallklar von den Dächern und das Rotwild näherte sich auf Futtersuche vorsichtig in seinen grauen Winterkleidern der menschlichen Behausung.

Nie sagte er etwas Schlechtes über die Landbevölkerung, über die Bewohner des Russendorfes. Die Bauern waren bald ihre Freunde. Er schimpfte nur über die Härte des russischen Wachpersonals und verfluchte manchmal auch seine polnischen Landsleute, die ihn später auf dem Weg in die Heimat belogen, betrogen und bestohlen hatten, wo immer sie nur konnten. Eigentlich endete keine seiner Geschichten ohne polnische Übeltat. Aber die Russen, ja die Russen, die waren gut!

Eines Tages wurde die Holzfällerbrigade samt Freudenfelds und anderen auf Lastwagen verladen und in ein anderes Lager gebracht. Hier gab es lange Baracken mit zahlreichen Fenstern, zwei oder drei Türen an der Längsseite, das war Luxus, und einige Baracken waren sogar durch einen zwar schäbigen und ehemals weißen Lattenzaun umgeben, als hausten hier Privilegierte; und ganz in der Ferne erkannte man eine Art Industriegebiet, Schornsteine, Überlandleitungen und eine größere Siedlung aus richtigen Steinhäusern. Im Lager gab es ein kleines Gebäude, das man Kulturpalast nannte, in dem ab und zu Filme vorgeführt wurden und ein paar zerlesene Bücher standen. Ganz selten gab es mal eine Zeitung, für die ihre Russischkenntnisse aber nicht ausreichten. Der Kulturpalast lag etwas abgesondert zwischen den Gebäuden der Lagerkommandantur, so mussten die Bewacher nicht so weit laufen, und die Arbeiter hatten ohnehin wenig Interesse.

Und plötzlich konnten Häftlinge Kontakt zu ihren Verwandten oder Bekannten in Lwow, in Krakau oder Tarnow aufnehmen, und so hörte man ein wenig von zu Hause, wollte es aber nicht glauben. Und ab und zu erhielt ein Internierter auch ein Päckchen mit Brot, einer Büchse Ölsardinen, ein wenig Zucker oder etwas Dörrfleisch, das war gut, denn die Verpflegung hatte sich im neuen Dorf für alle weiter verschlechtert, und da kamen Sendungen aus der Heimat gerade recht. Gefangene, die zu Hause noch Verwandte hatten, die zudem noch in der Lage waren etwas nach Sibirien zu schicken, konnte man auch um Kleidungsstücke bitten, die sich hier besonders gut verkauften. Den von zu Hause mitgebrachten Schmuck wurde man schnell an Parteibonzen, ihre Ehefrauen oder Geliebten los, mit Schmuck musste man sparsam sein. Silberzeug und Pelze konnte man auf dem kleinen Schwarzmarkt leicht gegen Milch, Sauermilch, Butter oder Brot versetzen, denn Brot war auch hier wieder zur Lagerwährung geworden. Die Krakauer hatten nichts dergleichen, der Faden zur Heimat war längst gerissen, sie mussten sich arrangieren. Dafür gab es von der Lagerleitung etwas Geld, zwar nur einmal in der Woche, aber man konnte zurücklegen!

Wenn Muś aus der Zeit im Ural erzählte, von Wölfen und Wäldern, dem tiefen Schnee, von Rüben, Russen, Kohl und schwerer Arbeit, dann hat Aja nur verbessert, etwas hinzugefügt, ihn gebeten, nicht zu übertreiben, das Gegenteil behauptet, aber nie hat sie über ihr eigenes Dasein am Westrand Sibiriens berichtet. Ajas Erzählzeit begann erst wieder in Samarkand und später natürlich in Krakau.

Es dauerte nicht lange, da verschwanden junge Männer aus dem Lager und tauchten nicht wieder auf. Zygmunt blieb bei seiner jungen Frau und der Familie, als dichtender Pole war er auch eher Poet und weniger Abenteurer, und schon überhaupt nicht Soldat oder gar Freiheitskämpfer. Aber man sprach natürlich ständig darüber, was zu tun sei, was zu tun das Richtige sei. Deutschland habe Russland angegriffen, hieß es und sei auf dem Vormarsch. Internierte könnten jetzt in die Rote Armee eintreten, dann wären sie frei, sie würden auch gut behandelt werden, die Verpflegung sei hervorragend.

Sofort wurden die Arbeitsnormen im Lager erhöht und Rationen und Kalorien gekürzt. Man munkelte, dass die Geflüchteten in den polnischen Widerstand oder das polnische Korps in der Sowjetarmee eintreten wollten, um am ersehnten Sieg über Hitler-Deutschland teilzunehmen. Aber hatten die Deutschen nicht gerade große Erfolge? Es herrschte Unsicherheit. Ja, es hieß sogar, alle würden bald freigelassen werden. Und als immer mehr Männer bei Nacht und Nebel verschwanden, blieb es nicht aus, dass zurückgelassene Frauen das Rudel vaterloser Kinder Monat für Monat vergrößerten, und zurückgebliebene Männer künftiger Freiheitskämpferinnen gingen oft neue Bindungen ein und setzten zusätzlich so manches Kind in die Not und Langeweile der Lagerwelt Sibiriens.

Und als die Zwangsarbeiter Ende 1941 tatsächlich freigelassen wurden und zum großen Teil in die wohlhabenderen südöstlichen

Sowjetrepubliken abwanderten, blieben Scharen elternloser Kinder zurück. Einige wurden weiter im Lager versorgt, streunten unbewacht zwischen den Hütten und in den Wäldern umher, andere flohen in die nahen Berge, manche gelangten nach Swerdlowsk und fristeten ihr Dasein als Straßenkinder. Es gibt noch heute im fernsten Osten Europas, vor den Toren Asiens, kleine Dörfer, in denen ehemalige Häftlinge oder ihre Nachkommen leben. – Beckmanns, Horowitzens und Freudenfelds blieben zunächst noch im Lager, man wusste zu wenig, alles nur Gerüchte, oder stimmten sie?

Krakau, Groß-Rosen und die Amerikaner

Über die Männer der Familie Laufer wurde bisher nicht mehr berichtet, als dass Sohn Waldek noch vor dem Krieg nach Amerika geflüchtet und David im Krieg seine Fabrik verloren hat und im Krakauer Ghetto verschwunden ist. Da sich die Lebenswege der beiden Männer schon lange getrennt hatten, hier ein paar Zeilen zu David und Waldek, so wie Mirjam sie mühsam rekonstruiert hatte.

David Laufer, als Sohn des Isaac Laufer und der Esther Mann 1891 in Krakau geboren, war Besitzer einer Bettfedernfabrik, einer der größten in Polen. Die Firma „David Laufer, Bettfedern- und Daunenexport“, Krakau, ul. Krasickiego, befand sich im selben Haus wie die Firma „Plumexport, Mechanische Bettfedern- und Daunenverarbeitung, Krakau“, Besitzer Berta Laufer, verwaltet durch den Prokuristen Isser Laufer. David, Berta, also die Schwägerin, und Isser Laufer führten die Firma gemeinsam und hatten aus steuerrechtlichen Gründen ein Art GmbH gebildet. „Art des Unternehmens: Veredelung von Bettfedern und Daunen, Handel und Export. Produktion: Schmuckfedern, Bettfedern und Daunen“. Ein

Bruder Davids führte zudem noch eine Zweigniederlassung des Unternehmens in Leipzig, in der Rackwitzer Straße. Dessen Sohn Leonard Laufer war schon 1935 nach Palästina gezogen, wurde in der Armee ein höherer Offizier und gründete nach seiner Entlassung eine prosperierende Knopffabrik in Ramat Gan, im Bezirk Tel Aviv. Also eine geschäftstüchtige Familie, Produzenten und Kaufleute.

David hatte noch zwei Schwestern. Esther, verheiratete Brodheim, genannt Erna, die Mutter von Robert Brodheim, genannt Bobby, und die Schwester Leoni. Leoni wanderte später nach Australien aus, wo sich ihre Spur verlor. Auf die interessante Laufbahn Bobbies, Erna Brodheims Sohn, kommt die Erzählung noch zurück, da er in der Nachkriegszeit die Familie beinahe reich gemacht hätte.

„Wyciąg Aktu Małżeństwa: David Laufer, Sohn des Izaak und der Esther, geb. Mann, heiratet 1918 Aurelia Dröhlich, Tochter des Waldemar und der Frymet Schlachet in Novy Targ. Gez. Dr. Bobek Franciszek." Novy Targ liegt in den im Winter tief verschneiten Vorbergen der Beskiden, im Sommer blühen prächtige Wiesen, in den Dörfern stehen die schön geschnitzten und bemalten Holzhäuser der Goralen. Eine Leidenschaft Aurelias war das Kochen, daher war das Jahresende für sie ein besonderes Erlebnis, weil sie sich sowohl an den jüdischen als auch den christlichen Feiertagen ausgiebig in der Küche beim Braten, Kochen und Backen betätigen konnte. „Relchen, du hast dich heute wieder selbst übertroffen", wurde zum geflügelten Wort, und ein höheres Lob für ihre Kochkünste konnte es gar nicht geben! Und dann gab es auch bald den Kindersegen, Waldemar, Karola und Ewelina erblickten das Licht der Welt.

Bevor er in den Stand der Ehe trat, musste David Laufer aber noch den Ersten Weltkrieg überleben, den die anfänglichen Siege der zaristischen Armee bis vor die Tore Krakaus spülten. Im Juni 1914 waren nämlich der österreichisch-ungarische Thronfolger Franz Ferdinand d'Este und seine Gemahlin Herzogin Sophie von

Hohenberg in Serajewo ermordet worden, aber nicht nur in Krakau, sondern wohl in ganz Europa ahnte damals noch niemand, was sich daraus entwickeln sollte und was die Zukunft im Schilde führte. Ende Juli erklärte Österreich Serbien den Krieg, dann erfolgte in Russland, das sich wegen seiner panslawistischen Ideen auf die Seite Serbiens gestellt hatte und gerne an die Dardanellen wollte, sowie in Österreich die Generalmobilmachung. Am 1. August 1914 erklärte Deutschland als Verbündeter Österreichs und am 6. August Österreich den Russen den Krieg.

Jetzt herrschte in Krakau und ganz Galizien großes Entsetzen, denn wegen seiner geographischen Lage mussten Ost- und wahrscheinlich auch Westgalizien Kriegsschauplatz werden. Da Russland ein Verteidigungsbündnis mit Frankreich abgeschlossen hatte, sah sich der deutsche Kaiser jetzt zwischen zwei Fronten und griff Frankreich an. Dies rief England auf den Plan. Alles war das Ergebnis der sogenannten Geheimdiplomatie, keiner wusste richtig, welche Verträge und Abkommen wer mit wem, wann und gegen wen geschlossen hatte, alle fühlten sich im Recht, nur eins war sicher, leidtragend würde wie immer die Bevölkerung sein.

Und niemand wusste das besser als David. Denn unmittelbar vor Kriegsausbruch, es muss Juni oder Juli 1914 gewesen sein, beobachtete er am Himmel über Krakau feurige Zeichen, und wenn man genau hinsah, waren es eindeutig blutige Schwerter oder blutige Messer. Nein, es war keine Täuschung, das waren Zeichen großen Unglücks. Auch andere Spaziergänger starrten schon voller Entsetzen in den Himmel, es war also klar, großes Leid würde über das Land kommen, Tod, Krankheiten und Hunger. Und später las er in der Zeitung, dass man die Zeichen sogar bis weit in den Westen, bis nach Schlesien hinein beobachtet hat, was bedeuten würde, dass auch Deutschland in Mitleidenschaft gezogen werden würde und ganz besonders wohl Oberschlesien.

Von David Laufer gibt es keine Einzelheiten über Einsätze im Ersten Weltkrieg. Er hat zunächst in Westgalizien gekämpft, also in der Heimat und dann in einem Eisenbahn-Artillerieregiment unter Oberstleutnant Stanisław Haller Ritter von Hallenburg, der Stabschef der Festung Krakau gewesen war. Im Februar 1916 begannen die Kämpfe in Lothringen, die Schlacht bei Verdun, die erst Mitte Dezember des Jahres enden sollten. David wurde von Galizien an die Westfront versetzt und kämpfte dann bei Verdun. Er nahm an vielen Gefechten teil, bis er im Argonnerwald verwundet und in ein Lazarett in Baden-Baden eingeliefert wurde. Hier erhielt er aus der Hand der preußischen Kronprinzessin Cecilie das Eiserne Kreuz, aus österreichischer Hand eine Tapferkeitsmedaille mit dem Bild des Kaisers Franz Joseph und zwei Medaillen von Kaiser Karl I., beide aus dem Jahre 1916: „Vitam et sanguinem MDCCCCXVI, Carolus Impt. Rex“, also sein Leben, zumindest sein Blut sollte man dem Kaiser opfern. Alle Orden hingen am rot-weißen Bande, den österreichischen Nationalfarben.

Der Krieg ging vorüber, die Kaiser mussten gehen, und David kehrte in die Heimat zurück. Die Bettfedernfabrik lief gut und er wurde mit allen Schwierigkeiten der Nachkriegszeit fertig, obwohl sich im neuen Nationalstaat Polen ein latenter und teils auch offener Antisemitismus breitgemacht hatte. So musste er zum Beispiel nach der Wiedergründung Polens im Versailler Vertrag seine Bettfedern aus Ungarn beziehen, da die polnischen Gänse ihre Federn jetzt nur noch an arische und nicht mehr an jüdische Fabriken abliefern durften. Schließlich war man wieder ein Staat, und entsprechend der geltenden Homogenisierung, einer Art staatlicher Reinheitslehre, wollte man auch in Polen rein sein, und daran hatten sich auch die Gänse zu halten. Das Reinheitsgebot wurde groß geschrieben, alle fremden Elemente, also Juden, Deutsche, Weißrussen und andere Minderheiten waren unerwünscht und durch das Minderheitenschutzgesetz nur notdürftig geschützt.

Das Geschäft mit Ungarn lief ohne jede Beanstandung, der Zoll kontrollierte, die Federn überquerten problemlos die Grenze nach Polen, sie wurden in Krakau entladen und dann verarbeitet.

Ungarn stand damals auf der Seite der Kriegsverlierer und Polen auf der Siegerseite. Aber da der Hass des französischen Ministerpräsidenten Georges Clemenceau auf alles, was Deutschland und k.u.k.-Monarchie hieß, grenzenlos war, mussten die ungarischen Federn wohl als eine Art Kriegskontribution zu niedrigem Preis nach Polen geliefert werden, was das Geschäft für Laufers natürlich zu einer sprudelnden Geldquelle machte. Billig einkaufen, teurer verkaufen, und die polnischen Gänse mussten sehen, wie sie damit fertig wurden.

Laufers und die ungarischen Lieferanten waren zufrieden, und man konnte auf polnisches Gefieder verzichten. Eines Tages wurde der mit Federn gefüllte Eisenbahnwaggon aber von polnischer Polizei umstellt und es hieß, die Juden hätten in den Federn eine Leiche versteckt. Das leuchtete den Krakauern ein, man sprach von Ritualmorden und heimlichen und unheimlichen Zusammenkünften in Synagogen, die die Juden heimtückischer Weise zur Täuschung „Schuul" nannten, und die man am besten gleich verriegeln sollte. David Laufer landete im Gefängnis, und der Federwagen wurde triumphierend aber dennoch unter größter Vorsicht, wie seinerzeit das Trojanische Pferd, auf ein Abstellgleis geschoben, wo er von der herbeigeeilten Mordkommission vorsichtig geöffnet und gründlich untersucht wurde. Und tatsächlich, die Leiche tauchte auf, wie schrecklich, es waren sogar drei! Drei herrlich fette ungarische Gänse vom Plattensee, die die zufriedenen Lieferanten ihrem guten Kunden als Präsent, versteckt unter einem Berg von Daunen und Bettfedern und zur großen Überraschung aller, geschickt hatten. David durfte das Gefängnis wieder verlassen, zwei Gänse kassierte der Zoll, eine blieb bei David.

Die gutgemeinte ungarische Aktion hätte auch schief gehen können, da sich gerade Antisemitismus bei allgemeiner Unzufriedenheit mit dem neuen Staat bemerkbar machte. Die Minister Roman Dmowski und Władysław Grabski, Parlamentsmitglieder und nationalistische Führer der Endecja, der „Nationalen Demokratie", schürten nämlich im Rahmen der Polonisierung von Ukrainern und Weißrussen auch die antisemitische Propaganda und initiierten Boykottaufrufe gegen jüdische Kaufleute und ihre Waren, um Juden zur Emigration zu veranlassen. Die ungarischen Gänse hätten also nur jemandem in die falsche Kehle und dann in die Presse rutschen müssen, und David wäre erledigt gewesen.

Damals wanderten viele Juden nach Palästina aus, David und seine Familie nicht, so etwas geht vorüber. Diese frühe Auswanderungswelle nannte man die „Grabski-Alija". Als im Jahre 1926 Marschall Piłsudski putschte und an die Regierung kam, ging es dem Staat etwas besser, und mancher kehrte wieder zurück. Im folgenden Jahrzehnt ging es wieder bergab, was zur erneuten Diskriminierung aller Minderheiten führte. In den Jahren von 1935 bis 39 gab es erneut Pogrome, und man redete sogar über eine staatlich-organisierte Aussiedlung der Juden nach Übersee. Viele wandten sich jetzt dem Zionismus zu, andere der Polnischen Sozialistischen Partei, der PPS, was sie retten sollte.

„Ich, David Laufer, Sohn des Isaak und der Esther, 60 Jahre, wohnhaft in Krakau, ul. Krasickiego 14, versichere, dass ich zur Zeit der Besetzung durch Hitler in folgenden Konzentrationslagern einsaß: im März 1941 wurde ich in das Krakauer Ghetto eingeliefert, wo ich bis zum 13. März 1943 verblieb. Am 13. März wurde ich nach dem Lager in Plaszow überführt; dort hielt ich mich bis zum 17. Oktober 1944 auf. Aus dem Lager Plaszow wurde ich nach Groß-Rosen verbracht, wo ich bis Dezember 1944 verblieb; von dort wurde ich nach dem Lager Waldenburg gebracht, und saß dort bis zum 7. Mai 1945 ein. Am 7. Mai 1945 wurde ich von den russischen Truppen befreit. Gez. David Laufer."

Das Arbeitslager Płazów war im Frühjahr 1944 in ein Konzentrations-, jedoch nicht in ein Vernichtungslager umgewandelt worden. Im Herbst des Jahres gab es nur noch wenig über zweitausend Häftlinge, hiervon wurden am 15. Oktober eintausendfünfhundert nach Groß-Rosen bei Striegau in Schlesien gebracht, andere nach Buchenwald, und der kleine verbliebene Rest marschierte noch im kalten Januar 1945 nach Auschwitz. David war also bei der ersten Gruppe, die am 15. und nicht am 17. Oktober 1944 das Lager verließ, wie er sich erinnerte.

„Ich, Emil Zucker, wohnhaft in Krakau“ usw., usw., „bestätige, dass die obige von David Laufer abgegebene Erklärung der Wahrheit entspricht. Obiges bestätige ich aufgrund des Umstandes, dass ich in den vorerwähnten Konzentrationslagern gemeinsam mit David Laufer einsaß. Gez. Unterschrift.“

Auch Groß-Rosen war kein Vernichtungslager, aber wegen der unmenschlichen Verhältnisse gab es auch hier genug Todesfälle. Und selbst die Lager, die man nicht als Vernichtungslager bezeichnete, hatten einen Hinrichtungsplatz, also die übliche Erschießungsmauer und Verbrennungsöfen. In Groß-Rosen arbeiteten die Häftlinge hauptsächlich im nahegelegenen Steinbruch, wo sie Granit abbauten, auf Loren verluden und zum Abtransport ins Reich bereitstellten. Die meisten Gefangenen waren damals Polen und Ungarn. Viele verhungerten oder magerten bis auf die Knochen ab. Es gab auch viele Frauen im Lager, die die gleiche Arbeit taten.

Dokument, 16. Januar 1948: „Ich, Jerome Mertier, bezeuge an eidesstatt, dass ich war in die Zeit von Mitte Oktober 1944 bis Dezember 44 mit Herrn David Laufer in Groß-Rosen gefangen gesetzt. Herr Laufer hat dort im Stein gearbeitet, was sehr schwer war. Er hat sich dabei schwer am Fuß verletzt und musste dann bei Grundig arbeiten, so hieß die Baracke im Lager. Im Winter war er dann deportiert, ich glaube nach Waldenbourg, in die Nähe, wo er im Schloss bauen sollte. Paris, 16.1.48, gez., Unterschrift.“

David wurde also noch vor der Räumung von Groß-Rosen, die Anfang Februar 1945 erfolgte, nach Waldenburg verlegt. Die nicht sehr lange Fahrt verbrachte er stehend in einem Kohlewagen der Reichsbahn, andere hatten es besser, sie fuhren auf LKWs und einige sogar in Bussen. Waldenburg, eine kleine Bergbaustadt in

Schlesien war ein Außenlager von Groß-Rosen. In Waldenburg wurde er wie üblich in einer Baracke untergebracht, noch am gleichen Tag hieß es aber schon antreten, und dann marschierten sie zum Schloss Fürstenstein, dem größten Schloss Schlesiens, in dem sich Adolf Hitler in den Schlossräumen und in einem unterirdischen Stollensystem eine private Festung baute, ein neues Führerhauptquartier, das für bessere Zeiten als Hauptsitz gedacht war. Das Bauunternehmen hatte den Decknamen „Waldwiese".

David hatte Glück, er musste nicht in die Stollen, er wurde zum Bau einer Wendeltreppe eingeteilt, was die Arbeit erträglich machte. Er schleppte Steine, die er zuvor mit Meißel und Holzhammer auf Größe und Form gebracht hatte, aber das ließ sich machen. Auch die Verpflegung war besser als in Groß-Rosen, vor allem aber, nichts war schlimmer als die Arbeit in den Granitsteinbrüchen, wo sie wie römische Sklaven behandelt wurden. In Waldenburg gab es auch keinen Galgen, an dem die Gehenkten wie in Groß-Rosen zur Abschreckung tagelang baumelten, und auch keinen Glockenturm, der zum Appell rief.

In Waldenburg lernte David einen anderen Krakauer kennen, der Henryk Falkner hieß. Er war ein in der Stadt bekannter Verleger gewesen, der nur von seinen Büchern und Antiquariaten schwärmte. Und so schwärmten nun beide von der Spitalna, in der sich Buchladen an Buchladen reihte, in denen die verstaubtesten Folianten genauso vertreten waren wie die modernste Literatur und Wissenschaft. Der Gedankenaustausch mit Henryk dem Verleger stärkte beider Überlebenswunsch, und sie überlebten. Nach dem Krieg und der Rückkehr nach Krakau wurde Falkner Lektor verschiedener Krakauer Zeitungen, aber seine geliebten Antiquariate waren verschwunden. Er nahm an Veranstaltungen illegaler politischer Zellen teil und lebte bescheiden in einem noch bescheideneren Stadtviertel. David ging einen anderen Weg, und so verlor er seinen KZ-Genossen leider bald aus den Augen. Interessanterweise gibt es aus dieser Zeit eine Fotografie, die David in der gestreiften

Sträflingskleidung zeigt. – Wie mag das Bild in seinen Besitz gelangt sein und wer hat es wohl gemacht?

„Ernährungsamt der Stadt Waldenburg (Schles.). 3. Haushaltsausweis. Name des Haushaltsvorstandes: David Laufer, wohnhaft Waldenburg (Schles.), Straße: Töpferstraße 22. Personenzahl: 1, in Worten: eine." Die Bescheinigung trägt unten rechts folgenden Stempel: „Fritz Opitz, Fleischermeister, Waldenburg i/Schl., Gartenstr. 3/5." Von Helene Jache, Molkereiprodukte, erhielt Laufer im Mai 1945 jeden zweiten Tag und im Juni bis zum 14. des Monats täglich einen halben Liter Milch. Bei Kriegsende, bis zu seiner Rückkehr nach Krakau, hat David also als ehemaliger Insasse des Außenlagers Waldenburg beim Fleischermeister Opitz in Waldenburg gelebt und wohl auch gearbeitet, und Frau Jache hat ihn dabei mit Milch versorgt. Bei einem vergilbten, fleckigen Zettel, auf dem nur schwer die folgenden Worte zu entziffern sind: „Wałbrzych, dnia 2.6.1945 ... pustka ... Laufer David przebywajacy powrot do domi, dnia 12 czerwcq 1945", handelt es sich offenbar um den Entlassungs- oder einen Passierschein, mit dem er die Stadt oder sein Lager, jetzt unter polnischer Verwaltung, verlassen durfte.

David hatte mit Aurelia drei gut geratene Kinder. Von Karola und Ewelina, genannt Ewi wurde schon berichtet. Waldemar, genannt Waldek, wurde ein sehr gut aussehender, sportlicher junger Mann mit dunklen Augenbrauen und dunklem Haar, intelligent, temperamentvoll und liebenswürdig.

Keines der drei Kinder besuchte die jüdische Schule. Waldemar ging zwar aufs sogenannte „Hebräische Gymnasium", eine neusprachliche Anstalt, die damals aber schon allen Glaubensrichtungen offen stand und somit keine jüdische Schule mehr war, und Karola besuchte sogar das von katholischen Nonnen geführte Mädchengymnasium Pałać Spyski am Krakauer Rynek. Im Sommer 1939 bestand sie hier das Abitur, also kurz vor Kriegsausbruch, bekam als Belohnung eine Reise nach Tirol geschenkt, wie sich das für eine Tochter aus gutem Hause gehörte und begann das Studium der Medizin. Und Ewi besuchte dank weniger guter Leistungen eine allgemeine Handelsschule.

In der Familie Laufer sprach man deutsch, natürlich sprach man auch polnisch, denn schließlich lebte man ja in Polen. Aber der Pulsschlag der Familie richtete sich nach dem Rhythmus, der in Berlin und Wien, also den deutschsprachigen Ländern vorgegeben wurde. Man war nach Westen orientiert, und so besuchte Karola schon als Kind auch regelmäßig ihre Tante Erna Brodheim in Fürstenwalde bei Berlin, wo sie dann mit ihrem deutlich älteren Cousin Robert eine schöne Zeit verbrachte.

Da Brodheims Sohn schon immer nur Bobby genannt wurde, galt er in seinem späteren Leben in New York als waschechter Amerikaner. Zunächst wollte er zwar Amtsrichter in Berlin oder Frankfurt werden, kam aber schon 1939 auf die kluge Idee nach USA zu Onkel Charlie Schlachet, dem Cousin von Aurelia, auszuwandern. Die amerikanischen Familienmitglieder hatten noch ein aufregendes Leben vor sich, und Karola sollte noch kräftig daran teilnehmen. – Zunächst aber zurück zu Waldeck, der als erster der Laufer-Kinder Kontakt zu den Amerikanern der Familie aufnahm.

Waldemar Laufer, also Waldek, studierte in Krakau Geschichte und trat in eine schlagende Studentenverbindung ein. Er focht eine Mensur nach der anderen, fuhr leidenschaftlich gerne und rasant Ski und war auf allen Pisten zuhause. Er war wagemutig, vielleicht sogar draufgängerisch. Da er schon als Schüler ein exzellenter Billardspieler war und Billard zuliebe die Schule häufig nur von außen sah, gab es natürlich familiären Ärger. Er wurde sogar Billardmeister von Polen, Galizien oder Krakau, niemand wusste das so richtig, dennoch absolvierte er das Abitur, und sogar mit anständigen Noten. Es gibt ein Nachkriegsbild von ihm, als er vielleicht dreißig Jahre alt war. Ein männliches Gesicht, Grübchen im Kinn, freundlich lächelnd, kräftige, dunkle Augenbrauen und gewelltes, schwarzes Haar, elegante, keilförmige Skihose, offenes

Hemd mit sportlichem Pullover und einer schicken Jacke darüber, so stützt er sich auf seine Skistöcke, als hätte er gerade mal für das Fotoshooting eines Modejournals haltgemacht. Ein Fotomodel, ein Frauenheld wie er im Buche steht, wobei er eher von kleiner, kräftiger aber dennoch eleganter Statur war.

Sein Sohn Henryk, später Anwalt in Los Angeles, meinte, dass sein Vater von der Schule geflogen sei, da er gedroht hätte, einen Lehrer zu erschießen. Sicher, Waldek war ein temperamentvoller Mann, aber diese Annahme geht vielleicht doch zu weit. Richtig ist stattdessen, dass er als Mitglied einer schlagenden Verbindung bei einer Mensur einen Paukanten derart schwer verletzt hat, dass er 1938, also noch vor Ausbruch des Zweiten Weltkrieges, den Paukboden so schnell wie möglich verlassen musste und von den Eltern postwendend so weit wie möglich in die Welt geschickt wurde, und so landete er in New York. Freunden und Bekannten erzählte man, Waldek sei zu irgendeiner wichtigen Ausstellung in die USA gereist, dass ihn dort der Krieg überrascht hätte, so dass er nicht mehr zurück könnte. Ja, sie, die Eltern, hätten ihn sogar gedrängt, in Amerika zu bleiben. Waldek sollte dort so schnell wie möglich Salomeas Rabbiner-Bruder Itzhak Goldberger aufsuchen, der würde ihm sicher helfen.

Waldek fand weder den Rabbiner Itzhak noch die aufregend schöne Elsa mit den roten Fingernägeln, ja, es ist noch nicht mal sicher, ober er sie überhaupt gesucht hat. In New York lebten aber auch Davids erwähnte Schwester Erna Brodheim und Aurelias Cousin Kalman Schlachet, genannt Charlie, mit seiner Frau Thea, einer Bildhauerin. Waldek wohnte jetzt kurz mal bei Tante Erna, mal bei Kalman und Thea, dann wieder bei Tante Erna, während Vater David aus Polen Geld überwies. Mit Ausbruch des Zweiten Weltkrieges hörten die Sendungen auf, und Waldek musste bescheidener leben. Die Geschichte, dass er in New York zeitweise in der Subway und unter Brücken geschlafen hätte, gehört aber wohl ins Reich der Legende, aber sie zeigt, was man dem armen Flüchtling aus Krakau alles zugetraut hat. Heute würde man sagen, er war ein bunter Vogel.

Kalman Schlachet war schon vor 1914 in die USA gegangen und war Handelsvertreter mit einem zwar gesicherten, aber doch nur bescheidenem Einkommen. Eigentlich lebten Kalman und Thea nur von der Hand in den Mund, da er, und sie als damals noch keinesfalls erfolgreiche Künstlerin, nur über kleinere Summen verfügten. Da aber auch Robert Brodheim, der Berliner Jurist und Sohn der ziemlich mittellosen Witwe Erna von Schlachets versorgt werden musste, war der Etat der Schlachets schon bald überfordert, und Waldek meldete sich 1940 freiwillig zur amerikanischen Armee. Die USA traten im Dezember 1941, nach dem japanischen Überfall auf Pearl Harbour, in den Krieg ein, als Waldek seine militärische Grundausbildung in South Carolina gerade hinter sich hatte. Und jetzt zog er voller Tatendrang unter dem Sternenbanner für die Vereinigten Staaten von Amerika ins Feld gegen den Tenno von Japan. „Waldemar Laufer, South Carolina" steht unter einem Foto, das ihn mit einem Kameraden in Khaki-Uniform unter dem Sternenbanner zeigt. Jetzt war er ein echter Amerikaner, ein U.S. Citizen, jung, gesund, abenteuerlustig und zukunftsgläubig.

Der japanische Überfall auf Pearl Harbour war für die USA ein Schock, nur zwei freuten sich, einmal der englische Premierminister Winston Churchill, da jetzt endlich erreicht war, dass Amerika an die Seite des von Deutschland hart bedrängten Königreiches trat, und zum anderen Waldek aus Polen, der jetzt endlich etwas richtiges tun durfte. Fünf amerikanische Schlachtschiffe wurden in Pearl Harbour versenkt, drei weitere schwer beschädigt, die Flugzeugträger waren glücklicherweise auf See. Am selben Tag landeten die Japaner auf den Philippinen und in Malaya. Am 11. Dezember 1941 erklärten Deutschland und Italien, als Quasiverbündete Japans, Amerika den Krieg. Später galt für die USA das Prinzip „Germany first". Zunächst wurden aber ganz erhebliche Kräfte im Pazifik gebunden, besonders von Marine und Luftwaffe.

Waldek musste also in den Pazifik, hätte ihn aber beinahe nicht erreicht, da seine Transportmaschine irgendwo in den Rocky Mountains zu Bruch ging. Es gab einige Tote, er überlebte völlig unversehrt und machte sich zu Fuß ins Tal auf, von wo er dann weiter an die Westküste gelangte. Egal, anfangs Pech bedeutet später Glück, und wie jeder junge Soldat war er fest davon überzeugt, dass ihm, Waldek Laufer aus Krakau, nichts passieren würde. Fallen würden immer nur die anderen.

Am 15. Februar 1942 besetzten die Japaner Singapur, am 7. März war Indonesien erobert und am 6. Mai kapitulierte die Felseninsel Corregidor, der letzte amerikanische Stützpunkt auf den Philippinen, neben Pearl Harbour das zweite große Trauma eines jeden Amerikaners.

Das war die Stunde des amerikanischen Soldaten westgalizischer Herkunft, jetzt müsste man etwas tun! Es war höchste Zeit. Waldemar Laufer wurde Marineflieger und bei der Rückeroberung der Philippinen eingesetzt. Ein Foto aus dieser Zeit trägt die Unterschrift „Waldek Laufer, Manila, 1942". Es zeigt ihn wieder in Khaki-Uniform, die Krawatte nach amerikanischer Art unter dem dritten Knopf der Uniformbluse nach innen gesteckt, wohlgenährt und mit unbekümmertem Gesichtsausdruck, wie alle Soldaten dieser Welt, solange der Krieg noch nicht Ernst gemacht hat und zu aller Zufriedenheit abläuft. Im Laufe des Pazifikkrieges flog er fast alle Jagdflugzeuge, erzählte er, die in der US-Marine Dienst taten, und das passte großartig zu seinem Temperament. Im Frühjahr 1942 war er schon an Vorstößen auf japanische Stützpunkte auf den Marshall-Inseln und auf Neuguinea beteiligt gewesen, von Flugzeugträgern aus flog er am häufigsten den Douglas SBD-3 Dauntless-Sturzkampfbomber, etwas langsam, aber dafür gut gepanzert, meinte er kenntnisreich, mit dem er dann auch die schweren Kämpfe um die Philippinen und im Oktober die Schlacht im Leyte-Golf mitgemacht hat. Wenn Waldek erzählte, in seiner unbekümmerten Art, musste man ihm einfach zuhören, er fesselte seine Zuhörer.

In dieser Schlacht, der größten Seeschlacht der Geschichte, näherten sich drei japanische Flotten der nördlichsten Insel der Philippinen, der Insel Luzon, um die Rückeroberung der Inselgruppe durch General Douglas MacArthur zu verhindern. In einem der amerikanischen Flugzeuge, die USA setzten über tausend Maschinen ein, saß Waldek. Er startete und landete auf schwankendem Deck, ließ sich vom Katapult hochschießen und von Seilen bei der Landung wieder auffangen, unter sich sah er das blaue Meer, darüber die Luft des Pazifiks, häufig vom weißen und schwarzen Rauch explodierender Granaten wie mit verstreuten Blumen übersät, und kurz danach befand er sich wieder sicher unter seinen Kameraden bei einer Coke.

Die Schlacht endete mit einer schweren japanischen Niederlage. Fünfhundert japanische Flugzeuge gingen verloren, und fast elftausend japanische Soldaten mussten sterben, auf amerikanischer Seite dreitausend, falls die Zahl stimmt.

Aus dem Pazifikkrieg gibt es von Waldek drei weitere, schon etwas zerknitterte Fotografien. Zerschossene amerikanische Panzer mit dem weithin erkennbaren weißen Stern und der Aufschrift US Army, die nach Anlandung an irgendeinen Strand in den weichen Sand gesunken und von den Japanern abgeschossen oder wegen des weichen Untergrunds einfach stecken geblieben waren, davor tote Japaner mit ihren Wickelgamaschen und Schuhen, Stahlhelmen und Waffen. Auf einem anderen Foto knien Amerikaner zwischen japanischen Toten und feuern auf einen unsichtbaren Feind, und auf dem dritten Bild liegt ein Haufen erschossener Japaner am Übergang vom Sandstrand zu einer mit niedrigem Kraut bewachsenen Fläche, alle auf dem Bauch, alle ohne Helm und Waffen, sie sehen aus wie zerfledderter Abfall. Typische Fotos von Siegern, die ihren Erfolg dokumentiert wissen wollten. Seht, das haben wir vollbracht. An den Bodenkämpfen war Waldek natürlich nicht beteiligt, seine Staffel war nur auf der Insel zwischengelandet, als die Japaner seinen Träger schwer beschädigt hatten und Löscharbeiten eine Rückkehr verhinderten.

Waldemar, früher schon am Bein verwundet und wieder hergestellt, wurde eines Tages über irgendeiner der zahlreichen Inseln abgeschossen, er wusste noch nicht mal wo, und geriet in japanische Gefangenschaft. Ein Geschoss oder ein Granatsplitter war seitlich in seine Maschine eingedrungen und traf ihn im Bauch, sein Heckschütze war tot. Die Kabine qualmte, Fahrtwind drang ein, der Motor stotterte, doch die Notlandung gelang, wenn auch auf japanischer Seite. Nach notdürftiger Versorgung seiner Verletzung wurde er in eins der berüchtigten Erdlöcher gesperrt, in denen nur ein einziger Gefangener wie eine Made in ihrem Kokon sitzt, und der man die Nahrung von oben durch ein Holzgitter hinabreichte. Nach wenigen Tagen stand er in seinen eigenen Exkrementen. Gefangener der Japaner zu sein, bedeutete für viele den Tod, wobei die Behandlung durch das Wachkommando, die Qual des tropischen Regens, die Last der drückenden Schwüle, die Schwärme krabbelnder und surrender Insekten und Parasiten zur Hölle wurden. Aber Waldek war optimistisch, und so überlebte er.

Wie lange die japanische Gefangenschaft gedauert hat, wusste er nicht, er konnte ja nichts aufschreiben oder Striche an die Wand malen, die keine war, jedenfalls wurde er eines Tages von amerikanischen Truppen befreit und in ein Lazarett gebracht. Mehrere Operationen führten zu seiner völligen Genesung. Irgendwann wurde ihm eine Silberplatte in die große Bauchwunde eingenäht, da die Muskulatur nekrotisch war und reseziert werden musste. Da auch Magen und die untere Speiseröhre verletzt oder durch die postoperative Vernarbung disloziert waren, litt Waldek zeitlebens an einer starken Speiseröhrenentzündung mit Erosionen und Geschwüren, die trotz Verwendung modernster Medikamente nicht zu heilen war.

Doch trotz aller Not und Pein, die ihm Japaner zugefügt hatten, grollte er ihnen nicht. Und so machte er sich nach dem Krieg auf, ihr Land zu besuchen. Er war begeistert. Ein Amerikaner in Tokyo, umgarnt von der Liebenswürdigkeit der Menschen. Noch gab es nicht den Wohlstand und den Luxus, den Überfluss, die blinkenden Limousinen, das Geklingel der Pachinko Hallen, das Glitzern des Yens und das Flackern der Leuchtreklamen, sondern die ruhige Bescheidenheit, die zurückhaltende Höflichkeit dem Gast gegenüber. Er kaufte Fächer, schön bemalt, rot mit schwarzen Buchstaben, kleine Vasen und Püppchen in japanischen Trachten und schickte sie seiner Familie. Später meinte er, um Fächer und Püppchen zu kaufen, wäre der Krieg wohl nicht nötig gewesen.

Zunächst musste er aber noch kämpfen und so wurde er nach geraumer Zeit wieder kriegsverwendungsfähig. Als man ihm die falsche Nachricht überbracht hatte, seine Eltern seien in Polen von den Nazis ermordet worden, hat ihn das zutiefst erschüttert, dann aber seinen Kampfgeist, seine Rachegefühle angestachelt und an einem neuen Einsatz, diesmal im fernen Europa, teilnehmen lassen.

Im Februar 1944 wurde er mit seiner Einheit nach Italien verlegt, wo er Einsätze in der ersten Schlacht um Monte Cassino flog, zwar nicht mehr als Marineflieger, sondern bei der Air Force.

Lt.-General Sir Bernhard C. Freyburg war der Ansicht, dass das weltberühmte Benediktiner Kloster von deutschen Truppen besetzt und als Festung ausgebaut sei und forderte Luftunterstützung an. Am 15. Februar 1944 warfen zahlreiche amerikanische Maschinen 453 t Bomben auf das Kloster ab, das bis auf seine Grundmauern zerstört wurde. Das Kloster war damals aber noch unbesetzt.

Nach seinem Abschuss im Pazifik flog Waldek nicht mehr als Jagdflieger, sondern auf Bombern, er war Navigator. Das langsame Dahinziehen der schweren Verbände empfand er als nervtötend, vom Jagdgeschwader war er anderes gewöhnt, aber man ließ ihn nicht mehr. Tief unter ihm kämpfte damals neben Amerikanern und Neuseeländern auch die polnische Anders-Armee, die sich aus den Resten der Kontingente zusammensetzte, die 1939 von der

Wehrmacht geschlagen, bei Jangi-Jul zu neuen Taten gesammelt hatte. So klein war die Welt, aber groß genug für einen Weltkrieg.

Bei Kriegsende tauchte Waldek als Besatzungssoldat in Berlin auf. Insgesamt war er dreimal verwundet worden und hatte die Auszeichnung „The Purple Heart Award“ erhalten.

Wenn Waldek erzählte, gingen die Gedanken mit ihm durch, er erzählte und erzählte, beschrieb jede Einzelheit seiner Erlebnisse genauso exakt wie die großen militärischen Zusammenhänge, er überzeugte in seiner Art der Darstellung und strahlte, wenn er gut gelaunt war, einen unwiderstehlichen Charme aus. Meinte man ihn beim Flunkern auf frischer Tat ertappt zu haben, dann stellte sich zum Erstaunen der Zuhörer bald heraus, dass seine Erzählung mit der Wirklichkeit völlig übereinstimmte, ja, diese nur präzisierte. Erst viel später hegte man den Verdacht, dass er vielleicht manisch-depressiv sein könnte, und dass er in der manischen Phase einiges hinzuerfand, was in Wirklichkeit nicht stattgefunden hat. Aber was ist schon die Wirklichkeit und was die Wahrheit, das, was sich wirklich ereignet, oder das, was der erlebende Mensch, der Soldat zum Zeitpunkt des Ereignisses empfunden hat und für die Wirklichkeit hielt? Waldek war eine schillernde, liebenswürdige Figur.

Anlässlich des Kriegseintritts der USA muss noch kurz eine andere Geschichte erzählt werden. Robert Brodheim, der erwähnte Bobby, Sohn von Davids Schwester Erna, war von den Nationalsozialisten als Assessor zum Staatsdienst nicht zugelassen worden und klugerweise sofort nach New York geflohen. Er war ohne einen Pfennig, jedoch überzeugt, dass in Amerika jeder reich sei oder es bald würde. Er ging auf eine Abendschule, um Englisch zu lernen und traf dort auf Sonja. Auch Sonja war aus Berlin, ihre Vorfahren stammten aber irgendwoher aus Russland. Sonja war Vollwaise, größer als Bobby, schlank und blond, schön und intelligent. Sie war Modell bei Sacks Fifths Avenue und bewunderte die Intelligenz des eher weniger schönen und zudem noch kleineren Bobby Brodheim mit seiner schweren, dicken, kunstvoll geschliffenen Nickelbrille, die ihn von jedem Kriegsabenteuer ausschloss. Bobby und Sonja heirateten und bewahrten Deutschland in ihrem Herzen und in ihrer Wohnung. Ihr Freundeskreis war ein abgeschlossener Zirkel von Jeckes, also deutschen Juden in Amerika, zu dem kein Außenstehender ohne weiteres Zutritt hatte. Immer ging es sehr förmlich und deutsch zu, sie sprachen ein gepflegtes Deutsch, Kaiserdeutsch, und ein deutschklingendes Amerikanisch, und ihre Schrift war aufrecht, wie sie selbst. Waldek meinte mal, Brodheims wüssten gar nicht, wie das richtige Amerika aussieht, sie würden dann nur staunen. Vielleicht wollten sie das auch gar nicht, denn ihre Heimat war ja Berlin.

Sonja hatte das Gefühl, dass Amerika in naher Zukunft in den Krieg eintreten, und dass dann eine Heiratswelle die Vereinigten Staaten überfluten würde. Also sammelte sie andere Sacks-Modells um sich und begann in ihrer New Yorker Wohnung einen Betrieb für Brautschmuck und Hochzeitsutensilien aufzubauen, gleichzeitig arbeitete sie in ihrer Funktion als Geschäftsführerin auch noch als Designerin und Näherin. Sie war fleißig, jung und zukunftsgläubig, wie man das in Amerika erwartete. Nach Pearl Harbour boomte das Geschäft tatsächlich, alle Soldaten und ihre Bräute wollten schnell noch unter die Haube, und die Dollarnoten häuften sich auf dem Konto von Sonja und Bobby. Sie arbeitete, er war der Chef, das räumte sie ihm großzügig ein, nur stören durfte er sie nicht. Sonja ernährte Bobby, der als Jurist mit deutschem Recht in den USA etwas unglücklich war. Das nur als kurzer Zwischenbericht. Wie es in Amerika weiterging, wie sie Multimillionäre wurden, und welchen Beitrag Bobby dazu leistete, folgt zu gegebener Zeit.

Das Bild rundet sich ab

Da auch Karolas Schwester, also Mirjams Tante Ewi, wenn auch nur zögerlich einige Berichte zur Familiengeschichte beisteuerte, und weitere Einzelheiten wieder dem aufgefundenen Karton entnommen werden konnten, zeichnete sich ganz allmählich das schlimmste Kapitel in der Geschichte der Familie Laufer ab, Auschwitz, Ravensbrück, der Bombenangriff auf Dresden, dann aber endlich die glückliche Befreiung durch die US-Armee. Karola berichtete am allerwenigsten, und hätte sie später nicht als Zeugin bei Prozessen von Nazigrößen ausgesagt, wüsste man wohl gar nichts.

Nach den Ereignissen, die jetzt erzählt werden, den letzten aus den Kriegsjahren, kamen die Familien Beckmann und Laufer wie durch ein Wunder nach Krakau zurück, und durch Heirat gründeten sie eine neue Familie, aus der Mirjam, die Berichterstatterin, hervorging.

Auschwitz und Ravensbrück

Anfang Oktober 1944 wurden Aurelia, Karola und Ewi auf die Bahn verladen und mit anderen Häftlingen nach Westen gebracht. Der Zug rollte nach Oświęcim-Brzezinka oder Auschwitz-Birkenau. Die Fahrt von Krakau dauerte nicht lange, die Ungewissheit quälte, es hatte sich herumgesprochen, dass von dort niemand mehr zurückkommt. Als sie endlich ausgeladen wurden, nahmen ihnen Häftlinge in gestreiften Anzügen alle Gepäckstücke, Mäntel, Regenschirme und Hüte ab. SS-Soldaten in der verhassten Uniform überwachten das Tun ihrer Leute aus der zweiten Reihe, passte etwas nicht oder ging alles zu langsam, dann brüllten sie auf ihre

Sklaven ein. Es wurde in Fünferreihen angetreten, auf einer Seite die Männer, auf der anderen Frauen und Kinder. Dann wurde abgezählt, eigentlich nur geschätzt, und dann fuhren Lastwagen vor. Alle mussten auf die Pritsche klettern, die Fahrt ging durch ein großes Tor an den Wachen vorbei in das Lager.

In einem engen Raum, der sogenannten Buchhaltung, mussten sie an einen Tisch treten und mit Hilfe eines eigenartigen Werkzeugs, an dessen Spitze sich eine Nadel befand, wurde Aurelia die Nummer A266 643 und Karola die Nummer A266 642 auf den linken Unterarm tätowiert, die Nummer von Ewi ist nicht bekannt, da sie sie nach Kriegsende sofort wieder entfernte. Wahrscheinlich lautete sie aber A266 641, denn hier herrschte Ordnung. An der Höhe der Nummer konnte man die Dauer erkennen, die ein Häftling schon im Lager verbracht hatte, je niedriger, desto länger. Wofür allerdings das A auf Laufers Unterarm stand, ist unklar. Die Tätowierung A kennzeichnete eigentlich Juden, die bis August 1944 auf Weisung des Reichssicherheitshauptamtes eingewiesen worden waren, man nannte sie „Transportjuden“, die Laufer Frauen kamen aber erst im Oktober an. Das Tätowieren tat weh, es blutete, später infizierte sich die Wunde etwas, dann heilte sie ab. Bei allen Appellen, vor jedem Arbeitseinsatz und bei allen Kontrollen durch Wachpersonal sollten sie ihre Nummer vorzeigen, Namen hatten hier keine Bedeutung mehr.

Die dreiundzwanzigjährige Karola, die nach der nationalsozialistischen Rassenlehre eigentlich wie eine klassische Arierin aussah, blauäugig, blond, lange Zöpfe, wurde der Ehefrau des Lagerkommandanten Rudolf Franz Höß, den man später den größten Schlächter der Geschichte nannte, als Hausmädchen in Auschwitz I, dem sogenannten Stammlager, zugeteilt.

Aurelia und Ewi, die trotz Ghetto und Lager noch kräftig genug waren, steckte man in eine Arbeitsgruppe. Als Zwangsarbeiterinnen hatten sie eine Überlebenschance. Viele andere, besonders die Kranken, kleine Kinder und solche, denen schon alleine die

Anstrengung des Transports von Płaszów nach Auschwitz zugesetzt hatte, wurden abgesondert und verschwanden irgendwo hinter den Baracken, man wusste es bald, sie verschwanden in den Gaskammern oder an der Erschießungswand.

Die Frau des Lagerkommandanten, Hedwig Höß, war gutmütig oder dumm. Möglicherweise beides, was häufig gepaart ist. Karola mit ihren blauen Augen und blondem Haar wurde von der Hausherrin freundlich begrüßt, denn vielleicht könnte man ja aus ihr noch was machen. Eines Tages sagte sie kopfschüttelnd, Kind, warum hast du auch deine Eltern umgebracht. Karola war erstaunt und zeigte ihr Mutter und Ewi, die in der Nähe mit irgendeiner Arbeit beschäftigt waren. Höß hatte seiner Frau nämlich erzählt, sämtliche Lagerinsassen seien Mörder und das neue Dienstmädchen eine Vater- und Muttermörderin. Als Frau Höß jetzt hörte, dass die Mutter ja noch lebte und der Vater noch lebend aus Płaszów abtransportiert worden war, war sie erschrocken und gab Karola sogleich etwas zu essen, um es nach draußen zu bringen.

Das wiederholte sich. Auch als bei Ewi und Aurelia die Unterwäsche aufgebraucht war, Ersatz gab es in Auschwitz nicht, half die Kommandantenfrau und versorgte Karola heimlich mit einigen Handtüchern und Nähzeug, woraus sich die beiden Unterwäsche schneidern sollten. Wahrscheinlich hat Frau Höß auch andere im Lager unterstützt, denn ab und zu sah Karola, wie die Hausherrin Besuchern ihrer Villa etwas Essbares oder irgendwelche kleineren Gegenstände zusteckte. Viel ist es sicher nicht gewesen, aber doch immer wieder mal etwas. Frau Höß kümmerte sich also um die vielen Vater- und Muttermörder, sie war ja erst sechsunddreißig Jahre alt und hatte wohl noch ein weiches Herz.

Da die Familie Höß fünf Kinder hatte, musste Karola ab und zu auch Kindermädchen sein, hauptsächlich aber die üblichen Hausarbeiten verrichten, ganz so wie ein Dienstmädchen im Reich und im tiefsten Frieden. Abwaschen, Tischdecken, putzen und gelegentlich sogar eine Kleinigkeit für die Kinder kochen. Letzteres selten, denn natürlich hatte die Kommandantin auch eine eigene Köchin.

Den schönen Blumengarten der Frau Höß, der in Karolas Erinnerung nur wenige Meter von einem Stacheldrahtzaun und einer Gestapo-Station entfernt lag und in dem bei schönem Wetter die Kinder spielten – es gab eine Rutsche und ein kleines Wasserbecken – falls sie der Gestank der verbrannten Opfer nicht störte, durfte sie aber nicht pflegen, das hatte sich die Herrin für sich vorbehalten. Frau Höß war stolz auf ihren Garten und sie erklärte ihr manchmal, welche Pflanzen die größte Mühe bereitet und welche dieses Jahr besonders schön geblüht hätten, und welche Pläne sie für das kommende Jahr schon hatte. Jetzt, zum Jahresende, sei der Garten zwar schon herbstlich, aber nächstes Jahr wird er wieder bunt sein. Bei Besuch musste Karola gelegentlich Kaffee und Kuchen servieren, keinen Ersatzkaffe, nur guten Bohnenkaffee, bei schönem Wetter auf einer kleinen Terrasse, die zum Lager hin abgeschirmt war, und wo die Gäste kurze Stunden in angenehmer Stimmung verbrachten, denn es war schon recht kühl und es gab Regen. Das übrige Hauspersonal, mit dem sie keinerlei Kontakt haben durfte, hatte es wohl schlechter als sie, und sich untereinander zu unterhalten, war nicht erwünscht.

Der Hausherr, SS-Obersturmbannführer Adolf Franz Ferdinand Höß, soll ein liebevoller Vater gewesen sein. Er stammte aus einer streng katholischen Familie aus Baden-Baden und war im Jahre 1900 geboren worden, also noch jung und voller Tatkraft. Eigentlich war er für die Priesterlaufbahn vorgesehen, aber dann entdeckte er Besseres. Von Mai 1940 bis Dezember 1943 war er Kommandant des KZs Auschwitz. Vorübergehend abgezogen, wurde er 1944 erneut in Auschwitz eingesetzt, da die Vernichtung ungarischer Juden zu langsam ging und ein Experte benötigt wurde. Höß war maßgeblich am Ausbau und an der Erweiterung des KZs beteiligt, er legte seinen ganzen Ehrgeiz in die Vollendung dieser verantwortungsvollen Aufgabe, und er war erfolgreich.

Den Hausherrn hat Karola daher nur selten gesehen, er war immer im Lager beschäftigt, er hatte dort Wichtiges zu erledigen, worüber er seiner Familie aber nie berichtete, und ihr und den anderen Hausdienern ohnehin nicht. Nicht einmal die kleinste Bemerkung, die sie hätte aufschnappen können, fiel in ihrer Gegenwart. Abends kümmerte sich der von der Last der Verantwortung ermüdete Kommandant um seine Kinder, Karola reichte dann nur noch ein paar Kleinigkeiten, denn pünktlich zum Abendappell musste sie zurück in den Block. Viel hat sie mit dem Kommandanten also nicht zu tun gehabt, aber eigentlich war er immer recht freundlich.

Aber auch Aurelia hatte noch Glück, als man sie in der Druckerei des Lagers einsetzte und kurz danach in einer Schreibstube, wo sie lange Listen über Kranke führte und die Essensrationen protokollierte. Ein bevorzugter Posten, der eigentlich nur den älteren und erfahreneren Häftlingen zustand. Aurelia hatte nicht damit gerechnet, doch vielleicht hatte sie das ja der gütigen Frau Höß zu verdanken.

Die Arbeitszeit betrug für Arbeiter mindestens elf Stunden täglich, eine halbe Stunde war für die Mittagspause eingeplant. Meistens gab es nur eine wässrige Kartoffel- oder Kartoffelschalensuppe, Kohlrüben. Die Hauptmahlzeit, bestehend aus etwas Brot, Wurst, Käse und Margarine, wurde abends verabreicht, wobei die Brotration auch für das folgende Frühstück gedacht war. Die Lebensmittel waren oft alt und verdorben. Schwerarbeiterinnen erhielten etwas mehr, aber weder in der Schreibstube noch in der Druckerei gab es Schwerarbeit, und die wenigen Lebensmittel, die ihr Karola aus dem Kommandantenhaus besorgte, halfen zwar, kamen aber nur selten. Gelegentlich organisierte sie sich etwas bei anderen Frauen, denn Organisieren war für diejenigen, die feste Arbeit und daher vielleicht sogar eine Sonderzulage hatten, eine lebensnotwendige Angelegenheit. Da polnische Gefangene ab und zu auch Post und kleinere Päckchen von zu Hause bekamen, die meist Lebensmittel enthielten, wurde manchmal auch großzügig getauscht. Schon nach wenigen Wochen waren die meisten Häftlinge aber ausgemergelt, und immer wieder musste Aurelia Verhungerte aus den Baracken tragen oder auf der Straße auflesen. Wenn sie tagsüber aus dem Block trat, sah sie Rauchschwaden, abends war der Himmel manchmal rot.

Im Oktober 1944, sie waren noch gar nicht lange im Lager, geschah ein Wunder, der Rauch aus den Schornsteinen verschwand und man begann die technischen Einrichtungen und die Gaskammern abzureißen. Ganze Kolonnen, ausschließlich Männer, marschierten jetzt an die neue Arbeitsstelle. Laufers ahnten, jeder noch halbwegs Gesunde ahnte, was das bedeutete, und jetzt hieß es nur noch, bloß nicht auffallen und durchhalten, die letzten Wochen, die letzten Tage müsste man noch durchstehen, vielleicht würde man dann überleben. Die nahende Front könnte ihre Chance sein. Die Russen kommen!

Irgendwann im Winter hörte man am Himmel tiefes Brummen, und man sah Flugzeuge, die über den Buna-Werken kreisten. Das mussten Engländer oder Amerikaner sein. Es fielen ein paar Bomben, aber nur auf die Fabrikanlagen. Warum nicht auf die Gaskammern oder die Lagerkommandantur? Dann waren die Flieger wieder weg.

Und dann hatte die Arbeit bei Frau Höß auch schon wieder ein Ende, und Karola wurde in die Buna-Werke, also in eine Außenstation verlegt. Die Buna-Werke befanden sich im KZ Auschwitz III, das auf dem Gelände des Dorfes Monowitz errichtet worden war.

Als sie in den Buna-Werken anfing, sagten ihr Leidensgenossen, dass es hier keiner länger als drei oder vier Monate aushält, da man bei der Arbeit durch Quecksilberdämpfe vergiftet und zerfressen werden würde. Hier stellte man künstlichen Kautschuk her. Das würde die Lungen kaputt machen, Arbeiter seien ganz mager und gelb geworden, dann wurden sie abgeholt.

Die Arbeitsbedingungen waren tatsächlich miserabel, selbst die verschlammten Wege zwischen den primitiven Holzbaracken waren schlechter als im Stammlager, wo sie wenigstens gepflastert waren. Die gesamten Lebensbedingungen waren hier einfach schrecklich, wenngleich die meisten Arbeiter deutsch sprachen, sogar viele Kapos und Aufseher, so dass man sich wenigstens unterhalten konnte. Es gab aber auch einen üblen Lagerjargon, mit dem sie überhaupt nicht zurechtkam, wohl eine Mischung aus allen Sprachen Europas und den nur ältere Häftlinge perfekt beherrschten. Einige Male sah sie, dass Lastwagen vorfuhren und Kranke ins Lager Auschwitz-Birkenau zurücktransportierten. Was mit ihnen geschah, erfuhr sie nie, man sagte ihr, die bekämen eine Sonderbehandlung. Es gab immer viele Kranke, meistens Männer. Auch Erschöpfte oder Halbverhungerte verschwanden zur Sonderbehandlung.

Eines Tages wurde auch Karola abgeholt. Sie war noch nicht lange in den Buna-Werken, nur ein paar Wochen, weswegen sie noch gesund war. Meistens bedeutete der Rücktransport den Tod, aber eigenartigerweise wurde sie in den Block von Aurelia und Ewi verlegt. Nie erfuhr sie, warum andere zur Sonderbehandlung kamen, zum Transport ins Gas, nur sie und zwei oder drei andere nicht. Vielleicht hatte sie Frau Höß angefordert, um sie wieder einzustellen? Aber sie wurde nicht wieder eingestellt, sie schleppte jetzt Telegraphenmasten, die zur Vergrößerung des Lagers benötigt wurden. Aber wozu wurde das Lager vergrößert oder ausgebaut, wenn doch der Russe kommt?

Wehmütig dachte sie damals an die Arbeit bei Frau Höß zurück, bei der sie es gut gehabt hatte. Auch konnte sie sich nicht mehr am Glück der Kommandantin erbauen, wenn diese den zehn oder zwanzig jüdischen Frauen zusah, wie sie in ihrer Nähstube Kleider nach der neusten Berliner Mode schneiderten. Und geschickt waren diese Frauen, das müsste man ihnen lassen, meinte jedenfalls Frau Höß. Ein oder zwei Jahre zuvor soll hier sogar eine Frau gewesen sein, die die Meisterschule für Mode in München absolviert hatte. Das Material war natürlich edel, es stammte nämlich aus

„Kanada“, wie man die Reihe von Gebäuden nannte, in denen man den Häftlingen abgenommene Dinge aufbewahrte. Aus „Kanada“ stammten wohl auch die Handtücher, die Frau Höß Aurelia für Unterwäsche gegeben hatte, denn nach Kattowitz einkaufen fuhr sie nur selten und irgendwoher musste das Zeug ja sein. Karola meinte, Frau Höß hätte sogar zwei und nicht nur eine Nähstube gehabt, denn immer wieder kamen Frauen in die Höß-Villa und verschwanden im oberen Stockwerk, von wo sie erst nach Stunden wieder auftauchten. Die andere Nähstube war außerhalb in einem Block. Das war für Karola jetzt alles vorbei, die Arbeit in den Buna-Werken war Sklavenarbeit gewesen, und jetzt schuftete sie mit vielen anderen bei der Vergrößerung des Lagers.

Jeden Morgen vor Arbeitsbeginn war Appell. Bei jedem Wetter hieß es antreten. An manchen Tagen begann der Appell schon um drei Uhr in der Nacht und endete gegen zehn oder elf Uhr vormittags. Wer zu spät kam oder krank war und nicht mehr arbeiten konnte, wer sich nicht mehr auf den Beinen hielt, weil ihm Regen, Wind, Schläge, Folter und Kälte zu sehr zugesetzt hatten, verschwand. Man sagte, er sei in die Gaskammer oder zur Erschießung gebracht worden. Das wusste im Lager jeder, und jeder hatte Angst. Aber seit man die Kammern abbaute, wurde es weniger. Mutter Aurelia litt schon vor dem Krieg an einer hysterischen Lähmung und zog beim Laufen ein wenig das linke Bein nach. Ewi, die bei einem der Morgenappelle zufällig neben ihr stand, flüsterte ihr zu, Mutter, wenn du humpelst, dann kommst du ins Gas. Da humpelte sie nicht mehr und humpelte auch nach dem Krieg nie wieder.

Die Dauer der Appelle war nicht vorhersehbar. Karola und Ewi standen sie durch, Aurelia litt, aber auch sie blieb stehen. Sie wollte durchkommen. Nach einem Dauerappell musste der Platz gesäubert werden, da ihn die Durchfallkranken in einen Zustand zurückließen, der dem Reinlichkeitsgefühl der Aufseherinnen zuwider war. Sanitäre Anlagen gab es im Wohnblock nicht, dafür gab es Latrinen, in denen die Häftlinge dicht bei dicht nebeneinander saßen und Duschräume, die sauber gehalten werden mussten. Aurelia blieben derartige Arbeiten erspart, sie war fest in der Schreibstube engagiert.

Karola erinnerte sich nur an wenige Namen und auch nur noch ungenau. So an den Hauptsturmführer Sell oder Gsell, der im ganzen Lager, besonders im Frauenlager, wegen seiner Grausamkeit gefürchtet war. Die Schlimmste soll aber eine Frau Hauptwächterin Mandl gewesen sein, die völlig unerwartet und willkürlich Häftlinge aufgriff und sadistisch quälte. In den Buna-Werken, oder war es im Lager Birkenau, gab es eine Wächterin namens Drexler, die der Mandl nur wenig nachstand. Man musste sich vor ihr hüten, und wenn man sie von Ferne sah, sollte man im großen Bogen ausweichen.

Karola war mit Matjek Gut verlobt. Im Ghetto Krakau und im Lager Płaszów verloren sie sich aus den Augen, in Auschwitz trafen sie sich wieder, nur einmal, nur durch einen Zaun getrennt. Matjek blieb dann verschwunden.

Am 18. Januar 1945 hieß es antreten. Die Temperatur lag um zehn bis fünfzehn Grad unter dem Gefrierpunkt, also anziehen was man noch hatte. In lange Mäntel gehüllt, mit einer Decke über dem Kopf und mit löchrigen Handschuhen reihten sich Aurelia und ihre Töchter in die Kolonne ein. Der Zug der Zerlumpten setzte sich durch das Lagertor in Bewegung. Die Bewacher waren Ukrainer und Polen, Fragen oder Gespräche mit ihnen waren streng verboten. SS-Männer führten nur die Aufsicht. Die Straßen waren verschneit und hart gefroren, vereist, als sich der Zug über die verrotteten Wege schleppte. Ein eisiger Ostwind blies den Häftlingen durch die dünnen Kleider und zerrte an Decken und Mänteln. Wer fiel, wurde geschlagen oder erschossen, andere ließ man einfach liegen. Die Oder wurde auf der Eisenbahnbrücke bei Jungfernsee überquert. Es gibt einen Augenzeugenbericht, der von Horst Gleiss in „Apokalypse Breslau“ zitiert wurde: „Am späten Nachmittag trieb man Tausende zerlumpter und heruntergekommener Menschen vorbei. Die meisten schleppten sich nur noch dahin. Männer und Frauen mit gesenkten Köpfen, Kinder waren nicht dabei. Wie Schäferhunde liefen Wachen und Aufpasser zu beiden Seiten des Zuges. Auf der Oderbrücke entstand ein heftiges Gedränge, da es den Wachen zu langsam ging und hier der Wind besonders heftig blies. In gebührendem Abstand folgte ein klappriger Wehrmachtswagen mit frierenden Soldaten, aber sie hatten wenigstens Mäntel an, und die höheren Chargen sogar Pelzkragen."

Westlich der Oder wurden dann plötzlich alle nach Süden geleitet, in Richtung Oberschlesien. Sie kamen in eine Stadt. Auf dem Bahnhofsschild stand „Gleiwitz". Nachdem sie lange auf dem Vorplatz im eisigen Wind gestanden hatten, wurden sie auf Waggons verladen, die Türen verriegelt, Dunkelheit, und abtransportiert.

In den Lagern und Außenstellen von Auschwitz waren nur noch Schwache, Kranke und Kinder zurückgeblieben, die so ausgezehrt waren, dass sie den Abrückenden noch nicht mal nachschauten. Würden die Russen schneller sein als der Tod und sie retten? Am Nachmittag des 27. Januar, nur neun Tage nachdem Aurelia mit ihren Töchtern das Lager verlassen hatte, trafen Einheiten der 60. Armee der I. Ukrainischen Front im Stammlager und Auschwitz-Birkenau ein.

In verplombten Wagen erlebten die drei Laufers dann die englischen und amerikanischen Bombenangriffe auf Dresden.

Die Nacht vom 13. auf den 14. Februar war für die Gefangenen die Hölle. Mit vielen Menschen in einem dunklen Güterwagen eingepfercht, keine Beleuchtung, stickige Luft. Keinerlei Bewegungsmöglichkeiten, kein Entkommen, Klopfzeichen und Hilfeschreie blieben ungehört, da die Wachen schon in den Bunkern saßen. Karola berichtete, dass die Nacht durch die gleißend weißen Markierungsbomben, die Christbäume, erhellt wurde und dass der Schein der langsam an Fallschirmen zu Boden sinkenden Leuchtkörper durch die schmalen Fenster unter dem Wagendach allmählich über die Gesichter strich, bis die Leuchtbombe hinter einer schwarzen Hauswand verschwand. Dann hörten sie das Rauschen und Pfeifen der Spreng- und Brandbomben, die Einschläge in nächster Nähe, in der Ferne, die Erde bebte unter dem ununterbrochenen Donnern der wuchtigen Explosionen. Splitter krachten gegen die Außenwände ihres Waggons, der sich bei jeder Detonation schüttelte. Das Erdbeben wollte kein Ende nehmen, man fürchtete, dass der Zug getroffen oder umgeworfen werden würde, und immer wieder das Schreien der Eingeschlossenen, das aber niemand mehr hörte.

Nach dreißig Minuten war alles vorbei. Jetzt vernahm man von der Innenstadt her das Fauchen des Feuers und das Krachen, Scheppern und Rasseln zusammenstürzender Häuser. Bomben mit Zündverzögerung explodierten, der Donner vermischte sich mit dem Explosionsknall eines zweiten Angriffs. Es ging wieder los. In der schwarzen Nacht war die Stadt eine flammend gelbe Lohe und Myriaden von Funken rasten in den kalten Himmel.

Wie man später las, entwickelte sich in der Stadt ein Feuersturm, ein fauchender Bombenwind, der Mensch und Tier vor sich her blies. Im Zentrum raste die Hitze zwischen den Brandherden wie in einem Schlot senkrecht nach oben, und frische Luft samt Flammen wurde von den Rändern angesaugt. Dadurch breiteten sich die Brände flächendeckend aus. Menschen wurden durch die unglaubliche Hitze regelrecht ausgetrocknet, schrumpften auf Kindergröße zusammen, blieben im siedenden Asphalt der kochenden Straßen stecken, verglühten oder wurden vom Bombenwind in die Äste der Bäume gefegt, wo sie als vertrocknetes Menschenlaub flatterten. Da die Kellerräume untereinander durch Fluchtstollen verbunden waren und brennendes Material aus den Stabbrand- und Phosphorbomben durch Luftschächte und Spalten in die Tiefe drang, saugten sich die Brände, angefacht durch die einströmende Frischluft auch in das weitläufige Gangsystem vor, die Temperatur stieg auf über tausend Grad, die Erstickten und Verbrannten hingen in dicken Klumpen vor den verschütteten Notausgängen. Augenzeugenberichte über das Inferno gibt es viele.

Der Zug mit den Auschwitzhäftlingen war wie durch ein Wunder verschont geblieben, als mittags des nächsten Tages ein weiterer Angriff erfolgte. Riesige Luftminen rissen Schneisen von über einhundert Metern Breite in das Häusermeer, oder was von ihm noch übrig war. Da die Flakbatterien schon im Januar ins Ruhrgebiet und an die Ostfront zur Panzerbekämpfung abgezogen worden waren, war die Stadt wehrlos. Deutsche Abfangjäger gab es nicht.

Die Gleiskörper wurden beschädigt, die Gleise verbogen, der Zug mit Laufers und tausenden anderen KZ-Häftlingen wurde wie durch ein Wunder erneut verschont, obwohl sich die Amerikaner beim dritten Angriff, einem Tagesangriff am 15. Februar auf die Bahnanlagen im Westen der Stadt konzentrierten, also genau auf den Bereich, in dem Züge abgestellt waren. Auf den großen Bahnhöfen drängten sich Flüchtlinge, meist Frauen und Kinder, verwundete Soldaten, BDM, Hitlerjungend und Rot-Kreuz-Schwestern. Die Bahnanlagen blieben weitgehend unzerstört, wie auch das einzige militärische Ziel, die einzige Eisenbahnbrücke über die Elbe.

Der Zug mit den eingesperrten Laufers muss wohl im Vorfeld gestanden haben, als sie draußen wieder Stimmen hörten, als sich ihre Wagen leise quietschend und knarrend in Bewegung setzten, nicht wieder anhielten und der Zug schneller und schneller wurde, als er vorbei an zerstörten Weichen, ausgeglühten und verbogenen Gleisen, brennenden Lokomotiven und bis zur Unkenntlichkeit zerrissenen Wagen aus dem Trümmerfeld gezogen und auf die Reise geschickt wurde. Ziel unbekannt.

Der Haufen Überlebender landete schließlich im KZ Ravensbrück. Aurelia schreibt: „Im Lager Ravensbrück war ich nur im Durchgang. Infolge meines schon damals sehr schlechten Gesundheitszustandes war ich in der unter den Häftlingen als „Totenlager“ bezeichneten Abteilung, konnte mich aber unter eine Gruppe von

Bibelforschern mischen. So entging ich der vorgesehenen Vernichtung."

Das KZ Ravensbrück lag etwa achtzig Kilometer nördlich von Berlin, in der Nähe von Fürstenberg an der Havel. Ravensbrück war das größte Frauenlager im NS-Bereich, es war mit Textilbetrieben und Fertigungshallen der Firma Siemens assoziiert. Die stärkste Belegung hatte Ravensbrück im Januar und Februar 1945, als auch Aurelia mit ihren Töchtern und elftausend Häftlingen, die man noch aus anderen Lagern mit der Auschwitz-Kolonne vereint hatte, dort eintraf.

Die von Aurelia erwähnten Bibelforscher waren hier schon jahrelang in großer Zahl vertreten und meist zum Stricken von Wehrmachtssocken und zur Anfertigung von Kleidungsstücken eingesetzt. Da Bibelforscher aus Glaubensgründen aber keinerlei kriegswichtige Arbeit leisten dürfen, kam es öfter zu Arbeitsniederlegungen, zu regelrechten Streiks, was sogar den Aufseherinnen Respekt einflößte. Wenn sich Aurelia also bei den Bibelforschern verbergen konnte, war sie sicher besser geschützt als bei Genossen ihrer Marschkolonne und natürlich im „Totenlager".

Auch dass sie dadurch wahrscheinlich der Vernichtung entging, ist richtig. Noch 1944 war in Ravensbrück nämlich ein zweites Krematorium gebaut worden, und in den ersten vierzehn Tagen des Februar 1945 wurden nochmal tausende Frauen vergast und verbrannt. Ausgewählt wurden über Fünfzigjährige, Alte, Grauhaarige, Schwache und Kranke, auch solche, die gerade ihre Typhuskrankheit überlebt hatten. Die Chance, dass die kranke Aurelia nach dem langen Wintermarsch vergast worden wäre, war daher sicher nicht gering. Karola und Ewi arbeiteten gemeinsam in der Krankenstation. Mit Schrecken erfuhr Karola, dass sich auch Rudolf Höß, ihr früherer Kommandant in Auschwitz, in Ravensbrück befand.

Die hygienischen Verhältnisse in den Baracken waren katastrophal, Furunkulose und Typhus grassierten. Ständig wurden

Appelle und Selektionen durchgeführt. Besonders gefürchtet waren die sieben Krankenbaracken, in denen die Frauen in der Regel unbehandelt an Typhus oder Diphterie zugrunde gingen. Die Baracken hatten den Namen „Sterbezonen“, während man den Namen „Friedhof“ für Block 10 verwendete, in dem Tuberkulose- und psychisch Kranke untergebracht waren. „Sterbezone“ war wohl der korrekte Name der Baracke, die Aurelia in der Erinnerung als „Totenlager“ bezeichnete.

Ende Februar oder Anfang März, man hatte ja keinen Kalender, wurde eine Kolonne mit Laufers nach Nordwesten in Richtung Hamburg geschickt. Größere Todesmärsche mit dem Ziel der Vernichtung wurden wohl erst Mitte und Ende April organisiert, wobei aus Ravensbrück mehr als zwanzigtausend, überwiegend weibliche Häftlinge, evakuiert wurden. Am 30. April 1945 tauchten die ersten Russen vor dem Lager auf, am 31. wurde Ravensbrück durch reguläre sowjetische Einheiten befreit.

Nach dem Aufenthalt in Ravensbrück ging es weiter nach „Malhof bei Hamburg“. Malhof entspricht Malchow in der Mecklenburger Seenplatte. Es gibt hier nur wenige Gräber, da man die Toten zur Verbrennung zurück nach Ravensbrück geschafft hat. Aurelia Laufer: „In Malhof kam ich wegen Erkrankung an Ruhr in die Krankenabteilung des Lagers und wurde durch heimliche Hilfe einer russischen Krankenschwester, die dort als Gefangene in dieser Abteilung tätig war, am Leben erhalten“. Das Lager Malhof oder Malchow war ein Außenlager von Ravensbrück, die Gefangenen, ganz überwiegend Frauen, arbeiteten hier in Munitionswerken. Laufers nicht, ihr Aufenthalt in Malhof war nur sehr kurz, außerdem waren sie viel zu krank.

Im Bericht Aurelias steht dann der nicht zu deutende Satz: „Im März 1945 wurde ich zu Fuß nach dem Lager bei Leipzig getrieben“, wo sie dann mit ihren Töchtern bis zum 26. April 1945 blieb.

Zurück

„Der Bürger David Laufer, der sich auf dem Gebiet der Stadt Waldenburg aufhält, erhält einen Reisepassierschein nach Krakau in Angelegenheit seiner Rückkehr nach Hause. Gültigkeit bis 12.6.1945. Pelnomocnik Rzadu na miasto Wałbrzych." Polnischer Stempel. Mitte Juni hatte sich David wieder in Wałbrzych zurückzumelden, was er auch tat. Der amtliche Schriftverkehr war in Waldenburg also bereits polnisch, die Stadt stand unter polnischer Verwaltung. Offiziell hätte das zwar erst nach dem Potsdamer Abkommen sein dürfen, aber was zählten damals schon Protokolle? Für Häftlinge zählte nur die Freiheit.

Nachdem David Waldenburg verlassen durfte, machte er sich, wie vor der Gefangenahme vereinbart, auf den Weg nach Krakau. Alle wollten sich wieder in Krakau treffen, falls sie überlebt hätten. Über das völlig zerstörte und verwüstete Breslau, das jetzt Wrocław hieß und in der Umgebung des Bahnhofs einer Trümmerwüste glich, und von dort per Bahn, erreichte er in der ersten Junihälfte 1945 seine Heimatstadt, traf aber niemanden von der Familie an. Im Haus wohnten fremde Polen. Er machte kehrt, und ging zurück nach Wałbrzych.

Aurelia und ihre Töchter wurden Ende April bei Leipzig auf die Bahn verladen und nach Süden transportiert. Wo die Reise enden würde, war unbekannt, vielleicht im KZ Dachau. Dachau diente den Nazis damals oft als Endlager für Schwache, Kranke und Arbeitsunfähige. Vielleicht wusste man auch nur nicht mehr wohin mit den vielen Menschen, und Süddeutschland war zu dieser Zeit noch unbesetzt. Da die Amerikaner Ende April dann aber auch in München einmarschierten, also auch Bayern in Bedrängnis geriet, ließen Zugführer, Lokomotivführer und die Bewacher ihre Fracht in der Nähe von Eggenfelden in Niederbayern einfach auf der Wiese stehen und türmten.

Als der Zug plötzlich hielt, fiel das zunächst niemandem auf, denn er hielt hin und wieder. Das war man gewöhnt. Totenstille. Ab und zu ein tiefes Durchatmen, jemand hustete, dann wieder Stille. Wann würde es weitergehen? Draußen hörte man Vögel zwitschern, durch die Ritzen drang Sonnenlicht. Stillstand, die Lokomotive schnaufte, dann schwieg sie, wie tot. Keiner sagte ein Wort, das Fahrgeräusch des langsam dahin zuckelnden Zuges hatte die Sprache vertrocknen und die Gedanken verkümmern lassen. Wann würde es weitergehen? Irgendwie ging nichts mehr weiter, es rührte sich nichts.

Draußen hörte man Motorengeräusche, wie von Autos, sie wurden lauter, Stimmen in einer unbekannten Sprache, es müssten viele sein, es sind Engländer, es sind die Amerikaner, die Stimmen kamen näher, man hörte, wie sie am Zug entlangliefen, Türen wurden aufgeschoben und rasteten ein, leise deutsche, polnische, russische Stimmen, dazwischen die Amerikaner, lauter, mit gurgelnder Sprache, die von hinten aus dem Hals zu kommen schien, wie man es noch nie gehört hatte. Plötzlich wurde auch die Tür von Aurelias Wagen mit Schwung geöffnet, gleißendes Licht drang ein, grüne Stahlhelme mit Tarnnetzen, fremde Uniformen, schwarze Gewehrläufe, es waren die Amerikaner, tatsächlich die Amerikaner. Am 2. Mai 1945, sechs Tage vor Kriegsende wurden Laufers endlich befreit

Nachdem die drei Frauen aus dem Zug geklettert waren, ringsum kein Dorf, kein Haus, nur Wiesen und Felder, wurden sie von der US-Army notdürftig versorgt, und Ewi fraß, jedes andere Wort wäre falsch gewesen, alles in sich hinein, was sie an Essbarem haben konnte: Schokolade, Erdnüsse, Erdnussbutter, Corned Beef, Ölsardinen und Corn. Auch Aurelia war natürlich durch lange Haft, durch Krankheiten, Mangelernährung und die Strapazen der kilometerlangen Fußmärsche und Bahntransporte hochgradig geschwächt, aber sie hielt sich zurück. Am besten ging es noch

Karola, die in Ravensbrück zwar ebenfalls erkrankt, aber doch wieder einigermaßen hergestellt war.

Als Ewi dann an massiven Brechdurchfällen erkrankte, wurde sie mit ihrer Mutter von den Amerikanern den örtlichen Behörden übergeben und in ein Krankenhaus eingeliefert. Karola kam mit anderen Häftlingen zunächst ins Deutsche Museum in München, wo eine Auffangstation für „Displaced Persons", das Strandgut des Zweiten Weltkrieges, eingerichtet worden war. Kurz danach wurde sie in das DP-Lager Eggenfelden verlegt.

Aurelia erholte sich schneller, aber erst nach mehreren Monaten war auch Ewi, auf die man noch warten musste, wieder hergestellt und ins Lager von Eggenfelden entlassen worden. Hier hatten die Amerikaner einfach einige Stadthäuser requiriert, die Verwaltung saß sogar in einem Hotel, und die Befreiten untergebracht. Es war zwar eng, zehn, zwanzig Menschen in einem Raum, bis zu fünfzig in einem kleinen Haus, aber das kannte man vom Krakauer Ghetto her. Doch hier war man jedenfalls frei und wusste, dass das Leben weiterging, dass ein neues beginnen würde. Bis zum Juni nächsten Jahres lebten alle drei Laufers noch im DP-Lager Pocking, unweit von Passau, von wo es nach Hause nicht mehr weit war. Pocking war im Dritten Reich ein Außenlager des KZs Flossenbürg gewesen, später lebten hier fast achttausend Displaced Persons bis zu ihrer Entlassung, viele sogar bis zu seiner Auflösung im Jahre 1949.

Und dann fand Mirjam in dem kürzlich entdeckten Karton ein interessantes Foto mit der Aufschrift „Bad Salzbrunn, IX.6.46". Links steht Mutter Karola, waagerecht gestreifte Sommerbluse, weißer Rock, daneben Ewi im Dirndl, Oberteil ebenfalls waagerecht, der Rock senkrecht gestreift. Beide sehen gut genährt und gesund aus, beide lachen entspannt. Ewi trägt auf der linken Schulter eine kleine Umhängetasche und am Handgelenk eine elegante Armbanduhr, ein Bild wie aus dem tiefsten Frieden, zwei elegante junge Damen in der Sommerfrische. Oder hat man sich im Datum geirrt? Man kann es kaum glauben, denkt man an die Vorgeschichte.

Und auch Aurelia und David Laufer erholten sich nach ihren Leidensjahren offenbar rasch, zumindest körperlich. Ein Foto zeigt beide im August 1948 im Kurpark von Kudowa, früher Grafschaft Glaz in Schlesien, jetzt Polen, wohlgenährt, elegant gekleidet, geblümtes Kostüm, schwarz mit dunkelroten Blüten, David im feingestreiften Zweireiher und kräftig quer gestreifter Krawatte. Wie anders als auf dem Bild in gestreifter Sträflingskleidung, das in Groß-Rosen entstanden war. Neben diesem Bild aus der Nachkriegszeit klebt im vergilbten Familienalbum eine analoge, fast identische Aufnahme aus der Vorkriegszeit, ebenfalls aus Kudowa. David und Aurelia sind schlanker, aber auch eleganter, wie das vor dem Krieg eben üblich war. Knöchellanger dunkler, fast schwarzer Rock, langes Oberteil in der gleichen Farbe und ein passender schicker Hut. Ein weißes Seidentuch oder ein gekräuseltes Jabot mit einer Perlenkette darüber verdecken Ausschnitt und Hals. David im hellen, einreihigen Sommeranzug, die Jacke geöffnet, damit man die hellgraue Weste mit der gestreiften Krawatte auf dem weißen Hemd sieht, und natürlich mit Spazierstock.

Die Landbevölkerung hatte es nach Kriegsende in allen Teilen Deutschlands besser als die Städter, besonders im Süden, in Bayern, im Alpenvorland, aber ein Zuckerschlecken hatte keiner. Bayern hat den drei KZ-Häftlingen körperlich also rasch wieder auf die Beine geholfen, andere verbrachten kümmerliche Jahre auf dem Land und in Lagern, gequält von Armut und Krankheiten, bis auch sie irgendwann eine dauerhafte Bleibe fanden oder doch noch den Heimweg.

Das Wohnhaus der Familie Laufer, vor dem Krieg Bettfedernfabrikanten in Krakau, stand auf dem Fabrikgelände in Krakau-Podgórze. Die Gestapo hatte das Wohnhaus zum Hauptquartier gewählt, Sturmbannführer Popp hatte die Fabrik demontiert und in Einzelteilen zerlegt nach Deutschland transportiert, wo sich ihre Spur verlor.

Im Juli 1946 gelang den Laufer-Frauen die Rückkehr nach Krakau. Wie war ihnen wohl nach mehr als fünfjähriger Abwesenheit, nach fünf Jahren Ghetto, Arbeitslager, Winterkälte, Konzentrationslagern und Bombenangriffen, als um sie herum das große Sterben herrschte, zumute? Im März 1941, als sie ins Ghetto mussten, verließen sie die Krasickiego Straße in Richtung Nordosten. Da sie in Podgórze wohnten, sind sie über den Rynek durch das große Tor, vorbei am Judenrat in die Nadwiśláska und weiter im Bogen zum Zgoda Platz gelangt. Hier haben sie gelebt und gelitten. Hier begann das Morden. Luftlinie nur wenig mehr als tausend Meter von zu Hause entfernt. Vom Zgoda Platz aus, also vor der Haustür, war der Abtransport ins Lager Płaszów erfolgt, hier wurden die zurückgelassenen Alten und Kinder erschossen. Ob sie die Strecke noch mal gelaufen sind, oder den Weg vom Ghetto in das Lager Płaszów? Płaszów liegt östlich von Podgórze, nicht weit entfernt, gerade jenseits der Eisenbahn.

Als sie jetzt 1946 die Krasickiego erreichten, öffnete ihnen die Vorkriegsköchin Mainka mit dem Schäferhund Rolf die Tür, den sie während des Krieges betreut und der Familie im festen Glauben an ihre Rückkehr erhalten hat. Da das Haus noch nicht lange von Polen bewohnt war, war es in gutem Zustand und konnte sofort wieder bezogen werden, wenn auch alles Private fehlte. Alles war weg, nur noch ein paar vereinzelte Möbelstücke. Kein Geschirr, keine Töpfe, keine Bettwäsche, auch Winterfeuerung gab es nicht mehr. Natürlich musste man sich auf das Parterre beschränken, in den oberen Stockwerken, in der Beletage, wohnten die Neuen und rückten keinen Zentimeter zur Seite.

Eine wichtige Rolle spielte damals der Sohn der Köchin. Mainkas Sohn hatte nämlich schon frühzeitig die politische Laufbahn eingeschlagen, war eine einflussreiche Persönlichkeit im öffentlichen Leben geworden und hatte es unter Einsatz seiner Beziehungen zur Stadtverwaltung sogar geschafft, die Wohnung für die Rückkehrer freizuhalten und zunächst als seine und seiner Mutter Bleibe zu deklarieren. 1947 wurde Mainkas Sohn dann noch Minister in der neuen polnischen Regierung unter Staatspräsident Bolesław Bierut, was zeigt, dass er wirklich die richtigen Beziehungen hatte.

Die Köchin war eine treue Seele. Da sie an die soziale Einstellung von David und Aurelia und an zahlreiche Vergünstigungen, wie sie in der Vorkriegszeit für Dienstpersonal keineswegs üblich waren, nur allerbeste Erinnerungen hatte, legte sie zusammen mit ihrem Politikersohn auch hinsichtlich anderer Kleinigkeiten bei den neuen Herren immer wieder gute Worte für die Erwarteten und jetzt tatsächlich Heimgekehrten ein, und so ließ es sich in Krakau für Laufers bald wieder leidlich leben. Man hatte ein Dach über dem Kopf, das früher mal das eigene war, jetzt halt ein fremdes.

Eines Nachts, in den letzten Tagen des Juli 1946, schlug plötzlich der Schäferhund Rolf an, und David Laufer, der die endgültige Ausreiseerlaubnis von Wałbrzych erhalten hatte, stand vor der Tür. Zwar hatte er seine schmutzig gestreifte Häftlingskleidung schon wieder gegen Zivilkleider eingetauscht, doch Haft, Hunger und Schwerarbeit hatten ihre Spuren hinterlassen, so dass ihn zunächst nur der Schäferhund erkannte, dann Mainka, und schließlich auch die herbeigeeilte Familie.

Nachdem Mirjam sich alles sorgfältig notiert, immer wieder durchdacht und zergrübelt hatte, die Schule durfte darunter natürlich nicht leiden, tauchte sie wieder bei Aja und Muś auf, um über den weiteren Weg von Beckmanns zu hören. Da in Frankfurt unterdessen die Auschwitzprozesse begonnen hatten, die sie mit ihrer Schulklasse besuchte und worüber dann alle einen Aufsatz schreiben mussten, tauchte sie vollends in die Familiengeschichte ein. Doch sie konnte sich das leisten, denn nach wie vor war sie eine ausgezeichnete Schülerin, bis auf, wie schon erwähnt, die Fächer Sport und Mathematik. Das konnte nun ihre Mathematiklehrerin überhaupt nicht verstehen, weswegen sie Mirjam eines Tages zu sich rief und fragte, in allen Fächern sind sie Einserkanditatin, warum denn nicht in Mathematik? Ich könnte das ja persönlich nehmen, tue es aber nicht, denn wir wissen ja, wie gut wir uns verstehen. Und so blieb es dann beim Befriedigend oder Ausreichend in Mathe.

„Ja, weißt du", meint Tante Aja, „eigentlich begann nach der Zeit im Ural ein interessanter Abschnitt unserer Flucht vor den Nazis. Dass wir Krakau verließen, erschien uns ja noch logisch, dafür dass uns die Russen in den Ural verschleppten, konnten wir nichts, aber dass wir unsere Flucht jetzt auch noch weiter in den Osten fortsetzten, war schon merkwürdig. Aber was sollten wir tun, es ging doch nur ums Überleben."

„Aber warum seid ihr nicht in Swerdlowsk geblieben, das war doch eine Großstadt, da konnte man es doch aushalten." „Ja, das stimmt schon", antwortet Aja, „aber die Stadt hatte damals schon eine halbe Million Einwohner, sie war riesig groß, und da gab's nicht viel zum Essen. Und was sollten wir in Swerdlowsk auch machen? Stalin wusste das offenbar auch nicht, sonst hätte er uns ja in die Rüstungsindustrie gesteckt, dort wurden doch reichlich Panzer gebaut, aber wir waren wohl überflüssig. Also ließ er uns gehen!"

Da fiel Mirjam ein, nach dem Pullover zu fragen, den sie gerade wieder mal anhatte. „Aja, ehe ich es vergesse, hattet ihr da schon meinen schönen Pullover?" „Nein, natürlich nicht, wo denkst du hin, den hat doch Alfred erst aus Karelien mitgebracht, wir hatten damals nur schäbiges Zeugs, alte Militärmäntel, die kommunistische Pelzmütze, ich hatte noch paar anständige hohe Schuhe, aber Muś hatte nur noch, ja was, Zygmunt, was hattest du eigentlich für Schuhwerk? Barfuß wirst du ja nicht im Schnee rumgehüpft sein."

„Anda, Anda, was du sagst, aber dass du das nicht mehr weist!" „Nun, vielleicht hat mir der Frost ja das Gehirn beschädigt, aber ich komm' jetzt tatsächlich nicht drauf. Ach, jetzt fällt's mir ein, du hattest ja die schicken russischen Fußlappen und Strohschuhe, oder doch nicht? Nein Zygmunt, ich weiß es tatsächlich nicht mehr, hilf mir mal weiter."

„Nun, ich werde dir erklären: Ich hatte schöne Offiziersstiefel, russische natürlich, schwarze, drinnen zwar Fußlappen, aber die sah ja keiner." „Richtig, richtig", unterbrach ihn Anda, die der Meinung war, Zygmunt habe jetzt lange genug gesprochen, das weitere müsste sie erklären, „richtig, die hast du ja von deinem Saufkumpan als Danke für die halbe Flasche Wodka gekriegt, dass ich das vergessen konnte!" „Nun, Anda, er war kein Saufkumpan, wir hatten ja erst die halbe Flasche intus, sonst hätte ich mit dem Rest ja nicht die Stiefel gekriegt."

Nachdem man sich also einig war, warum und wie gekleidet man Swerdlowsk verlassen musste und warum das Reiseziel Usbekistan sein sollte, fuhr Aja wohlgelaunt, sie war eigentlich immer wohlgelaunt, wenn sie erzählen durfte, mit ihrer Lebensgeschichte fort.

„Mirjam, es war so, und bitte Zygmunt, unterbrich mich nicht andauernd." „Anda, Anda, ich habe doch gar nichts gesagt." „Sollst du auch nicht, ich frage dich schon, wenn ich was nicht weiß." Und dann wieder Mirjam zugewandt: „Also es war so."

Endlich Samarkand

Die polnische Exilregierung vereinbarte 1940 mit den Sowjets, dass alle polnischen Zwangsarbeiter aus den sowjetischen Straf- und Arbeitslagern freigelassen werden sollten. Dass der Diktator Stalin dem zustimmte, wenn auch zögerlich und misstrauisch, hatte zwei Gründe. Zum einen benötigten die Sowjets die polnische Waffenbrüderschaft gegen die Deutschen, denn ein Krieg mit Hitler war wohl unvermeidlich, wenn nicht sofort, dann in ein oder zwei Jahren, zum anderen wussten die Sowjets offenbar nicht mehr recht, wie sie die riesigen Heerscharen von Gefangenen aus aller Herrenländer in den Lagern der unendlich weiten Sowjetunion versorgen und bewachen sollten.

Als die Wehrmacht am 22. Juni 1941 dann in Russland einmarschierte, war es so weit, General Władisław Anders wurde rasch aus dem Gefängnis geholt und sollte schnell eine polnische Armee aufstellen und auf Seite der Sowjets kämpfen, Strafgefangene wurden freigelassen und eingezogen. Stalin sagte Anders die Ausrüstung für etwa siebzigtausend Mann zu, zögerte dann aber und reduzierte die Zahl schließlich auf vierzigtausend Mann. Und als Anders im März 1942 merkte, dass Stalin den Polen gegenüber immer misstrauischer wurde, schiffte er kurzerhand dreißigtausend Mann und viele Zivilisten über das Kaspische Meer nach Persien ein und unterstellte sie den Engländern. Von hier gelangten sie nach Italien, wo sie zum Beispiel an den erwähnten Kämpfen um Monte Cassino teilnahmen. Nur zehntausend polnische Soldaten blieben bei den Sowjets.

Aber es dauerte einige Zeit, bis die Nachrichten über die politische Entwicklung ins ferne Sibirien und in die Täler des Urals gelangten, und bis man die neue Situation im Griff hatte, vergingen weitere Monate. Anträge mussten von Abreisewilligen ausgefüllt, Reiseziele angegeben und politische Schulungen über das friedfertige Verhalten der großen und vor allem friedliebenden Sowjetunion erduldet werden. Und dann waren wiedermal alle Papiere richtig ausgefüllt und der Lagerkommandantur übergeben, alle Fragen und Rückfragen zufriedenstellend beantwortet worden und so war man tatsächlich frei.

Maurycy, Bronja, Zygmunt, Anda, Celina und der schöne Oskar Freudenfeld waren plötzlich keine Zwangsarbeiter mehr und überlegten, was zu tun sei. Da das Leben im Ural schwer und gefährlich war und sich die Verpflegung zusehends verschlechtert hatte, wollten sie auf alle Fälle weg. Nach Polen konnten sie nicht, Polen war von den Deutschen besetzt und durch russische Soldaten und Zivilisten, die aus dem fernen Westen kamen, erfuhr man, dass die Deutschen in der Heimat wüteten. In die westliche Sowjetunion oder nach Moskau zu gehen, was den Großstädtern vielleicht am besten gefallen hätte, war ihnen zu unsicher, da man noch keine Vorstellung hatte, wie weit die Deutschen, die ja gerade erst mit großem Elan in Russland einmarschiert waren, noch vordringen würden, und so schloss man sich dann endlich dem allgemeinen Zug nach Südosten an.

Damals gingen nämlich viele nach Süden und Südosten in die Sowjetrepublik Usbekistan, das sollte das gelobte Land sein. Freundliche Menschen, weit weg von Hitler und Stalin, von Terror und Krieg, das Klima soll gut sein, sagte man, kein Schnee mehr, drei Ernten versprachen reichlich Nahrung, das war das wichtigste, Hunger wollte man nicht mehr leiden. Die Jüngeren hofften über Persien vielleicht sogar nach Palästina zu kommen, aber wichtig war zunächst mal, weg aus dem Ural. Man erfuhr auch von der Anders-Armee, die sich irgendwo an der unteren Wolga befinden sollte, und hoffte auf deren Hilfe, zumindest erst mal auf Lebens- und Überlebensmittel. Wer Anders war, wussten die Krakauer zwar nicht genau, aber es hieß, dort seien viele Polen, nicht nur Soldaten, sondern auch Zivilisten. Aber auch die untere Wolga war ihnen nicht sicher genug, und so folgten sie dann doch dem Hauptstrom nach Usbekistan.

Wieder wurde gepackt, diesmal nur noch Pappkartons und ein Köfferchen, diesmal nur noch abgewetzte Kleidung und ausgetretene Schuhe, ein paar dicke Russenjacken und Pelzmützen mit Ohrenklappen und dem dunkelroten Sowjetstern und noch vor Jahresende 1941, oder war es schon Anfang 42, setzte sich der Zug von Swerdlowsk nach Tscheljabinsk in Bewegung. Weiter ging es mit der auf miserablen Gleisen rüttelnden Bahn nach Aralsk am Aralsee, dann ein paar Kilometer mit dem Bus, wieder per Bahn, wieder mit dem Bus, immer nach Osten in Richtung Taschkent. Der Zug ratterte durch Steppen, er hielt stundenlang auf freier Fläche, die sich ringsum bis zum Horizont erstreckte, er durchquerte Wüsten, hielt Ewigkeiten in einsamen und verkommenen Bahnhöfen, ohne dass im Umkreis vieler Kilometer eine Ortschaft sichtbar war, und anscheinend willkürlich hieß es, aussteigen, hinsetzten, warten, in einen zweiten, dann in einen dritten Zug und endlich wieder in der ersten Zug umsteigen, Stillstand und Weiterfahrt. Immer war es der Staub, der durch alle Ritzen drang und nachts die Kälte.

Einige Tage Aufenthalt im Bahnhof von Jangi-Jul. Man schlief in den Waggons, man lebte auf dem Perron, Lagerfeuer wurden entzündet und man kochte, was man von der zu jedem Handel bereiten Bevölkerung haben konnte. Dann hieß es plötzlich aussteigen, alles bleibt hier, der Zug macht kehrt. Zu Fuß wurden alle in ein riesiges Zeltlager geführt, alte Militärzelte ohne Boden, jeweils zwanzig oder fünfundzwanzig Menschen in eins der Zelte. Sie waren nicht die ersten. Es regnete, es regnete tagelang, auch nachts, der Boden wurde weich und schlammig, es war nasskalt, viele husteten und schnieften.

Da die Sowjets das Hauptquartier der Anders-Armee von der Wolga unterdessen nach Jangi-Jul in die unmittelbare Nähe von Taschkent verlegt hatten, wimmelte es hier von Menschen. Täglich stießen neue Männer zur Truppe, und hunderte von Zivilisten, immer häufiger Frauen und Kinder, die den Weg aus den Sowjetlagern in Sibirien, im Ural und vom Eismeer hierher geschafft hatten und die über die unglaublichen Verhältnisse in ihren GULags berichteten, erreichten erschöpft das Heerlager. Als das Gerücht aufkam, Anders würde nach Süden zu den Engländern stoßen, wollten viele mit der Armee über das Kaspische Meer nach Persien und von dort nach Palästina. Die meisten hofften aber nur auf Verpflegung, medizinische Versorgung und eine sichere Bleibe. Da es hier außer Zelten aber keine festen Unterkünfte, keine Verpflegung und medizinische Versorgung gab, starben die Menschen an Seuchen wie die Fliegen. Die hygienischen Verhältnisse waren katastrophal.

Einige von Beckmanns und Horowitzens Reisebegleitern suchten Arbeit auf umliegenden Bauernhöfen, aber die hatten bereits genug Leute, noch mehr Flüchtlinge wollten sie nicht haben und schon gar nicht ernähren. Andere fuhren mit Lastwagen auf Arbeitssuche rüber nach Taschkent und in Richtung Samarkand, kamen aber nach Tagen wieder enttäuscht zurück, und wer noch gut bei Kräften war, reihte sich jetzt hoffnungsvoll in die Anders-Armee ein. Die letzte Hoffnung, wenigsten war man dann versorgt.

Muś suchte keine Arbeit. Zum einen fand er sich nach der Verletzung und dem langen Krankenlager im GULag noch viel zu schwach, zum anderen wollte man ja nach Samarkand, also war Jangi-Jul nur eine Zwischenstation und man wäre froh, käme man hier endlich mal wieder raus. Man hauste jetzt mit vielen anderen, darunter auch quäkenden Kindern, spuckenden Hustern und zankenden Weibern in dem verdammten Zelt, also schlechter als im Ural, und als ihnen der Regen bis unter die Notbetten lief, retteten sie ihr Gepäck auf die Bettgestelle, was dazu zwang, dass sich immer zwei oder drei Personen auf einer einzigen Pritsche zusammendrängten. Die Enge wurde bedrückend, und alle Zeltbewohner husteten und rotzten jetzt gemeinsam Tag und Nacht. Man fürchtete sich anzustecken, die Durchfallkranken standen Schlange an den primitiven Latrinen, die man auf einer großen Wiese ausgehoben hatte, aber Horowitzens und ihre Reisebegleiter blieben wundersamer Weise gesund.

Die Masse von Menschen, die schlechte Organisation, die miserablen hygienischen Verhältnisse und die vielen Kranken, die in den Zelten lagen oder wie Gespenster in den Lagergassen daher schwankten, machten das Lager zum Krankenlager. Wann würde es weitergehen, schließlich hatten sie Reisepapiere bis Samarkand, ins gelobte Land. Aja machte sich wiederholt auf den Weg zur Kommandantur, die völlig überfordert war, man wollte doch weiter! Sie erhielt keine Antwort, niemand kannte sich aus. Alle zuckten nur die Schultern.

Muś hatte zwar gezeigt, dass er in Notzeiten arbeiten konnte, aber hier verging ihm sogar das Dichten, das ihm im Ural noch über die schlechte Zeit geholfen hat. Gott sei Dank regnete es jetzt weniger, dann gar nicht mehr, aber sollte es hier mal richtig kalt werden, wäre das das Ende. Vom schönen Oskar konnte man nichts erwarten, er war keine Hilfe. Aja Horowitz war da schon mehr wert, sie war ständig auf Achse und organisierte das tägliche Leben. Die beiden Eltern waren zu alt, sie schüttelten nur den Kopf und froren. Ab und zu sah man in der Ferne Soldaten der Anders-Armee Waffenübungen abhalten, aber das war keine Abwechslung, das interessierte sie nicht, es bedeutete noch nicht einmal Hoffnung.

Also weiter, und dann gab es wirklich eine Reiseerlaubnis, dann gab es tatsächlich einen Zug, und nach einem weiteren Fahrtag erreichten sie Samarkand, zweitausendfünfhundert Kilometer, mehr als drei Wochen Bahnfahrt von Swerdlowsk entfernt und Krakau lag vier- bis fünftausend Kilometer weiter westlich. Die Heimat.

Samarkand liegt am Fluss Zarafshan. Das Klima ist angenehm, warm, sonnig aber auch genügend kühl, so dass Bäume und Blumen blühen und Früchte prächtig gedeihen. Dreimal im Jahr wird geerntet, das beeindruckte am meisten. Im Hintergrund ragen die Ketten des Altai-Gebirges, aus denen die Stadt mit klarem Trinkwasser versorgt wird. In der mehr als zweitausendjährigen Geschichte wurde Samarkand von Alexander dem Großen und von Dschingis Khan erobert, der große Timur und seine Söhne befreiten das Land von der Fremdherrschaft und machten Samarkand zur größten Kultur- und Handelsmetropole, zur Stadt aus Tausend-und-einer-Nacht, zum wahren „Mittelpunkt des Weltalls".

Das war den Krakauern ganz egal, es interessierte sie momentan überhaupt nicht, aber dass es sich um einen bedeutenden Ort handelte, wurde ihnen klar, als sie eingehüllt in einer Staubwolke auf einem Lastwagen die Stadt durchquerten und eigentlich an nichts anderes dachten, als endlich wieder im Bett zu schlafen. Und sie sahen die vollen Lebensmittelstände, das Obst, das Gemüse, Fleischstände und Fische aus dem nahen Fluss, Dinge, von denen man im Ural nur geträumt und die man seit Lviv aus dem Gedächtnis gestrichen hatte. Ja, die Leute hatten recht, hier muss das Paradies sein.

Schließlich prägte der Islam das Gesicht der Stadt, die dann im achtzehnten Jahrhundert arm und sogar unbewohnt war. 1887 kam sie zum zaristischen Russland, wurde Hauptstadt der Provinz Usbekistan und durch eine Eisenbahn mit Moskau verbunden. 1917 verkündete die rote Fahne auf dem Hauptplatz der Stadt, dem Registan, die Herrschaft des Kommunismus, und die Stadt wurde durch breite Straßen, Cafés, Geschäfte, Behörden und Sportanlagen modernisiert, russifiziert und erweitert. Und dann kamen die Polen und andere Displaced Persons aus allen Himmelsrichtungen der Sowjetunion und mengten sich unter Usbeken und Russen. Aber auch auf direktem Weg waren Menschen aus Polen eingetroffen und wohnten jetzt in Samarkand, in umliegenden Gemeinden und größeren Städten, wie in Jangi-Jul, Chiwa oder Buchara, oder auf dem Lande. Wo war man hier nur gelandet, lautete die wohl tausend Mal gestellte Frage, und alles durch den verfluchten Hitlerkrieg.

Eine Zuzugsgenehmigung, wie von den Behörden verlangt, hatten Beckmanns natürlich nicht, sie verfügten nur über eine gültige

Reiseerlaubnis bis Samarkand, ohne Angabe einer Aufenthaltsdauer oder Unterkunft. Daher wohnten sie zunächst illegal in einem kleinen Lehmhaus in der Altstadt. Danach hieß es aber Registrierung, Stempel über Stempel, viele rote, grüne und einige blaue Stempel, Ausgabe von Brotmarken, Lebensmittelmarken aller Art, von einer Behörde zur anderen laufen, anstellen und wieder Stempel. Irgendwann klappte es dann endlich, denn trotz Kommunismus herrschte hier noch immer der Orient mit seinen eigenen Gesetzen, und beides zusammen entschleunigte das Leben kolossal.

Die überwiegend muslimischen Einwohner der Stadt vertrugen sich mit den zugereisten Juden und Christen gut, waren zu jedem Handel bereit und halfen den Fremden, das Leben erträglich zu gestalten. Aber Freundschaften oder nähere Bekanntschaften entwickelten sich offenbar weder mit Einheimischen noch mit ehemaligen Häftlingen. Beckmanns und Anhang jedenfalls hatten weder Bekannte aus Polen noch aus dem Ural, keine Zugbekanntschaften, niemanden.

Das Leben in Samarkand war für die sechs Flüchtlinge bescheiden aber politisch sicher, und vor allem waren sie wieder freie Menschen. Sie waren zwar keine Sowjetbürger, die Russifizierung hatten sie ja schon in Lviv verweigert, sie waren Flüchtlinge, aber hier im Orient war Moskau fern, und so lebten sie wie Freie, eigentlich wie Usbeken und freier als die Angehörigen der Sowjetarmee und ihre Familien.

Im Frühling und im Sommer war das Wetter überwiegend schön, im Winter fror man in der jämmerlichen Hütte. Das Wasser wurde aus einem Ziehbrunnen beim Nachbarn geschöpft, der Küchenherd bestand aus einem kleinen Dreibein, unter dem ein Holzfeuerchen flackerte, und im Herbst und Winter versuchte man den kleinen Raum mit Holzkohlen in einer Pfanne zu wärmen. Toiletten im europäischen Sinne gab es nicht. Ein tiefes Loch im Innenhof, das notdürftig mit ein paar Brettern vor Sicht geschützt war, musste genügen. Es war primitiv. Aber was mochte gerade in

Polen los sein, wie sah Krakau aus, war es zerstört, stand es noch? Niemand gab Antwort. Da war es hier besser.

Es dauerte nicht lange, und das wenige mitgebrachte Geld war ausgegeben. Jetzt lebte man von der Hand in den Mund. Kleidungsstücke und Schmuck wurden getauscht und versetzt, Reste, denn das meiste war schon in Lwów und im Ural geblieben, aber bei den niedrigen Lebensmittelpreisen konnte man noch anständig leben. Kartoffeln waren selten, aber es gab dunkles, saures Brot, Rosinen, Orangen und Weintrauben. Kleinere Gelegenheitsarbeiten in Geschäften und bei Handwerkern retteten über die größten Untiefen hinweg. Wie im polnischen Lwów und im Ural war Muś auch hier wieder rührig, er war emsig und die Flüchtlinge konnten froh sein, dass sie Pan Horowitz aus Krakau mitgeschleppt hatten.

Anziehungspunkte waren natürlich die Märkte der Stadt, da von großzügigen Händlern immer etwas abfiel, und Zygmunt gelang es sogar eine dauerhaftere Beschäftigung bei einem Gemüsehändler zu finden. Recht gute, wenn auch schwarze Geschäfte, ließen sich zum Beispiel auch mit Tee machen, Teestuben waren immer gut besucht, an Tabak war nur schwer zu kommen, Mehl ging ganz gut, denn die Juden der Stadt wollten an den Feiertagen natürlich ihre Matze haben, und die Einheimischen verzehrten ihre Fladenbrote bergeweise. Eine Zeit lang machte Muś also Geschäfte mit Tee und Mehl, aber als die Stadtregierung die Rationierung verschärfte, musste er umsatteln und wurde Schreiber in einem polnischen Buchladen. Ein bisschen Glück gehörte halt zum Leben.

Erstaunlicherweise gibt es aus dieser Zeit eine gut erhaltene Schwarzweiß-Fotografie, die sechsundzwanzig Europäer zeigt, davon sind fünf Frauen. Alle sind schlank aber wohlgenährt, die Herren in Anzügen, einer mit Regenmantel, fast alle mit Krawatte und zwei mit schwarz geränderter Brille. In der ersten Reihe sitzt

Zygmunt Horowitz, zuversichtlich lächelnd, während alle anderen ernst sind und vielleicht sogar etwas traurig in die Kamera blicken. Welche der Damen mag wohl Aja sein, elegant wie immer, sobald man nicht für die Sowjets schuften musste? Die Gruppe erinnert mehr an eine Reisegesellschaft der fünfziger oder sechziger Jahre auf Orientreise, als an ein Häuflein ehemaliger Schwerarbeiter, das gerade aus den Arbeitslagern des winterlichen Urals entlassen worden war. Die gutsitzende Kleidung, europäische Mode, stammte vermutlich aus Geschäften für Russen und ihre Familien, also für die gehobenere Gesellschaft. Dafür hatte das Geld also noch gereicht, denn Zuteilungen von den Behörden gab es nicht, und das Zeug aus dem Ural hatte man weggeworfen.

Die Aufnahme lässt im Hintergrund viel von der schönen Architektur eines islamischen Bauwerks erkennen, so dass man sogar sagen kann, dass das Foto vor dem linken Iwan im Hof der Shir-Dor oder Sherdor Medrese, wie sie auch heißt, gemacht wurde. Die Sherdor Medrese stellt einen Höhepunkt islamischer Architektur dar und ist unter anderem durch ihre tiger- oder löwenartigen Tierplastiken am Haupteingang und ihre weißen Antilopen bekannt geworden.

Auf der gegenüberliegenden Seite des Registan liegt die berühmte Ulugh Beg-Medrese, und im Norden wird der Platz durch die große und zugleich jüngste Medrese aus dem sechzehnten Jahrhundert, die „Goldbedeckte" oder Tillakori Medrese begrenzt. Jahrhunderte hindurch war der Registan der Hauptplatz der Stadt, auf dem Märkte abgehalten wurden, politische und militärische Demonstrationen stattfanden und wo dem Volke neue Gesetze verkündet wurden. Und jetzt langweilten sich hier arbeitslose Polen, Ukrainer, Deutsche, Balten und zaristische Russen, denn die sowjetischen halfen sicher Väterchen Stalin bei der Verteidigung seines Landes.

Muś, Aja und die anderen versuchten sich also ein einigermaßen normales Leben einzurichten, so gut es eben ging. Das Foto im

Hof der Sherdor Medrese zeigt, dass man kulturbewusst war, nach dem Ural mit Zwangsarbeit und Krankheiten sicherlich kulturhungrig. Man interessierte sich für die Schönheiten des fremden Landes. Aja sagte später immer wieder, die Flucht aus Krakau, ihre Deportation in den Ural und die Fahrt nach Usbekistan sei zwar eine Reise voller Ängste, Angst ums Überleben, mit Strapazen, Entbehrungen, Hunger und Krankheiten gewesen, aber niemals wären sie hilflos einer gut funktionierenden Tötungsmaschinerie ausgeliefert gewesen, wie das die Zuhausegebliebenen in Krakau waren, und ab und an habe es sogar Schönes gegeben.

Ein Pullover nach Usbekistan

Im Januar 1942 erhielt Aja völlig überraschend die Nachricht ihres bis dahin verschollenen Bruders Alfred, dass er sich wohlbehalten in Zhambyl, in Kasachstan, befände und sich entweder zum polnischen Widerstand durchschlagen oder in die Anders-Armee einreihen möchte. Man müsste etwas tun, Deutschland müsste endlich geschlagen werden! Aja griff sofort zur Feder und schrieb, dass er den Unfug lassen und nach Samarkand kommen soll, er sei schließlich kein Soldat. Dann nahm sie den Brief, zerriss ihn und warf ihn weg, denn sie hatte keine Adresse.

Aber wollte der Bruder wirklich zur Anders-Armee, dann wäre er ja ganz in der Nähe, vielleicht könnte man ihn finden. Neue Hoffnung auf ein Wiedersehen. Von Samarkand bis Jangi-Jul sind es hundert Kilometer, also nur zwei bis drei Tagesreisen, und dann noch die paar Kilometer nach Zhambyl. Das müsste zu schaffen sein.

Der polnische Widerstand hatte im Untergrund schon erfolgreich gegen Deutschland gekämpft, und die Zahl seiner Mitglieder war ständig gewachsen. Im September 1939, gleich nach der Niederlage Polens, war der „Verband für den bewaffneten Kampf", der „Zziązek Walki Zbrojnej" gegründet worden, später hieß er Heimatarmee, oder „Armia Krajowa". Gerade im Generalgouvernement war der Widerstand gegen die Deutschen von Anfang an stark und auch wirkungsvoll gewesen, hatte unter Polen also einen guten Namen. Aber niemals würde Alfred nach Polen gehen, in die Höhle des Löwen, also blieb eigentlich nur die Anders-Armee! Aja hoffte natürlich, dass man ihn nicht nehmen würde, Anders hatte genug Soldaten.

Bruder Alfred erreichte weder die Heimatarmee noch die Anders-Armee. Im März 1942 tauchte der unsoldatische Lagerarzt plötzlich bei seiner Familie in Samarkand auf, und hier blieb er, bis zur Abfahrt in die Heimat.

Von Karelien nach Samarkand, quer durch die riesige Sowjetunion, sind es mehr als viertausend Kilometer, die er per Bahn zu Fuß, auf Pferdewagen und LKWs zurückgelegt hatte. Einmal nahm ihn sogar eine Militärkolonne mit, lustige mongolische Krieger, die ihn reichlich mit Lebensmittel versorgten. Er überquerte Flüsse wie die Wolga und den Ural, er umging Moskau, erreichte Kasan, er durchquerte die Kirgisensteppe und das Tiefland von Turan, und von Buchara aus, seiner letzten großen Stadt, waren es nur noch fünfhundert Kilometer bis Samarkand, aber irgendwie landete er dann noch nördlich von Taschkent. Die Quartiere waren jämmerlich, Hütten, Scheunen, verlassene Bahnhöfe und Fabrikhallen, die Verpflegung war noch jämmerlicher, aber er hatte ein Ziel, das er erreichen wollte und auch erreichte.

Fast nichts hat er von dieser unendlichen Reise berichtet, er musste überleben und durchkommen, das war alles: Überlebensroutine! Was scherten ihn da Land und Leute. Die täglichen Anstrengungen ließen ihn alles andere vergessen. Oft war es erschöpfend, aber plötzlich legte er wieder hundert oder hundertfünfzig Kilometer auf irgendeinem Gemüsewagen zurück, dessen

Fahrer erstaunlicherweise ausreichend Sprit besaß. In Dörfern sei er meist freundlich aufgenommen und bewirtet worden, in manchen Dörfern war sogar unbekannt, dass der Zar schon tot und stattdessen Krieg war. Den Namen Stalin hatten viele noch nie gehört und man fragte ihn sogar, ob Stalin mit Zar Peter verwandt sei, vielleicht der Bruder, oder sogar der Sohn. Ja, die Sowjetunion sei wirklich groß, meinte er dann, und das war alles.

Aja war übrigens schon immer davon überzeugt, dass ihr Bruder sie auf diesem Fleck am Ende der Welt entdecken und zu ihnen stoßen würde. Sie hatte es schließlich geträumt, und an Träumen ist immer etwas dran! Träume hatten in der Familie schon immer eine Bedeutung gehabt, man denke nur an Tante Franka und ihren Australienflug. Nun war er da, die Familie war vereint und ihr Traum war in Erfüllung gegangen.

Die Flucht aus dem GULag war Alfred gerade noch rechtzeitig geglückt, um den damals schon kranken Vater noch lebend in Samarkand zu finden. Die Flucht an sich war nicht allzu schwer, da GULag-Gefangene oft in umliegenden Ortschaften zur Arbeit eingesetzt waren, teils sogar unbewacht als Freigänger, manche sogar an der Arbeitsstelle übernachten durften, viel schwieriger war es aber, die ersten Kilometer unbemerkt wegzutauchen, das heißt, nicht mehr aufgegriffen, zurücktransportiert und dann schwer bestraft zu werden.

Im GULag konnte man zuletzt auch Post aus der Heimat empfangen, Postkarten, Briefe, Pakete von Angehörigen, und man konnte auch nach Hause schreiben, natürlich nur bei strenger Zensur; früher, vor paar Jahren, nur nach fünfjährigem Aufenthalt. Die Strecke von Karelien bis Usbekistan heil zu überwinden, hatte ihm übrigens das Vereinigte Königreich ermöglicht. Wenige Wochen vor seiner Flucht hatten sich nämlich die Lebensbedingungen im Lager noch weiter verbessert, da eine englische Hilfsorganisation Kleidungsstücke, Lebensmittel, ein paar Medikamente, Schuhe sowie andere lebensnotwendige Dinge in die Lager schickte. Allerdings nur für polnische Häftlinge. Da war Stalin konsequent, Erleichterungen gab es nur für künftige Waffenbrüder! Alle anderen gingen leer aus. Alfred profitierte davon und rüstete sich aus.

In der angesehenen Position des Lagerarztes erhielt er sogar drei der so ersehnten Pakete, wahrscheinlich aber nur aufgrund eines Organisationsfehlers in der konfusen Buchführung: Schuhe, Socken, eine Militärhose, fünf oder sechs Fleischbüchsen, Ölsardinen, Hartbrot und Schokolade. Und sogar US-Zigaretten, die den russischen Papyrossi weit überlegen waren und ihm bald gute Dienste leisteten. Alles verwahrte er für die geplante Flucht.

Und in einem der drei Pakete befand sich ein langer, grau-brauner Militärpullover, ein Rollkragenpullover, nagelneu, dicke Schafswolle, wahrscheinlich aus den schottischen Highlands, etwas kratzig zwar, aber schön warm, und als er erfuhr, dass seine Familie in Usbekistan gelandet sei, verschwand der Pullover noch unbenutzt sofort wieder im Kleidersack, mit Socken und Wäsche formte er dann ein Bündel daraus, den wollte er seiner Schwester schenken. Und das schaffte er sogar, und als seine viele Jahre später geborene Tochter sechzehn oder siebzehn Jahre alt war, durfte sie das kostbare Stück, das die Reise aus dem britischen Königreich um die halbe Welt und zurück nach Europa geschafft hatte, mit einer Kette aus großen Holzperlen voller Stolz in der Schule spazieren tragen. Ein richtig modischer Schlabberpullover, um den sie manche Freundin beneidete.

Wie sich später herausstellte, ist Alfred wohl auf etwas abenteuerliche Weise aus dem GULag entwichen. Als Arzt soll er nämlich, wie schon erwähnt, häufiger in der Lagerkommandantur zu tun gehabt haben, und hier, so geht das Gerücht, hatte er wohl eine heimliche Beziehung zur schönen Frau des Lagerkommandanten. Alfred, ein geistreicher und eloquenter Gesprächspartner nutzte die Gelegenheit schnöde aus, und suchte noch während der Behandlung das Weite, und trotzdem soll die Kommandantenfrau überlebt haben. Ob sie aber geheilt war, ist ungewiss.

Krankheiten

Aja Horowitz wurde schwanger und bekam einen Sohn. Sie wohnten noch in einer Art Stall mit festgestampftem Lehmboden, im Hintergrund beobachteten sie ein Esel und einige Schafe. Aja meinte später, ihr Kind sei wie Jesus in einem Stall mit Ochs' und Esel geboren worden, ihr Joseph hieße Zygmunt und war wie dieser auf der Flucht und arbeitslos. Aja war durch Mangelernährung und die Arbeit im Ural noch sehr geschwächt, die Geburt war schwer und das Baby unterentwickelt. Mit Einverständnis von Vater Maurycy wurde der Junge daher nicht beschnitten.

Wenige Tage nach der Geburt zog man in ein kleines Lehmhaus um, wo Aja, das Baby und Muś das obere Stockwerk bewohnten, der Rest der Familie wohnte unten. Zu dieser Zeit ging es Maurycy bereits recht schlecht, er konnte seinen Enkelsohn nicht mehr besuchen. Er hatte hohes Fieber, immer wieder Durchfälle, er aß und trank nichts mehr. Die kurze Treppe hinaufzusteigen, war zu beschwerlich. Wenige Tage später starb er. Da es keinen Kalender gab, ist sein Todestag unbekannt, es war im April oder Mai 42, es könnte auch schon Juni gewesen sein.

Obgleich Aja und das Kind von einer usbekischen Nachbarin regelmäßig mit Ziegen- und Kamelmilch versorgt worden waren, starb der schwache Junge kurz nach Maurycy an einer Lungenentzündung, sagte man. In Samarkand starb man immer an einer Lungenentzündung, oder am Durchfall.

In der Stadt lebten schon seit Jahrhunderten Juden, die Bucharen. Juden, die nach der Zerstörung des Ersten Tempels von Jerusalem über Persien nach Usbekistan ausgewandert waren und die genauso gekleidet waren wie die Usbeken und auch usbekisch aber nur wenig russisch und überhaupt kein polnisch sprachen, aber irgendwie konnte man sich verständigen. Aja wickelte den Jungen in ein paar Tücher ein, legte ihn in eine Einkaufstasche, von der Muś sagte, sie sei so schwer wie ein Fels gewesen, und dann gingen sie los. Sie suchten den bucharischen Rabbiner auf, der den Jungen beerdigen sollte. Der Rabbi verweigerte aber die Beisetzung, da der Knabe nicht beschnitten und nicht in die Gemeinde aufgenommen sei. Sie suchten einen katholischen Pfarrer auf, der ihn nicht beerdigen wollte, weil er nicht getauft war. Da suchten sie einen Imam auf, der sagte: „Die Erde nimmt sie alle“, und beerdigte ihn. Ajas namenloser Junge wurde auf usbekische Art in einem Hockergrab beigesetzt, eingehüllt in die alten Tücher seiner Mutter.

In diesem Jahr 1942 erkrankten auch die anderen Familienmitglieder an einer grassierenden Darmkrankheit mit zehn-, zwanzig oder sogar fünfzig blutig-eitrigen Durchfällen pro Tag. Hunderte hatten damals die gleichen Symptome. Bei Celina, wie zuvor bei Maurycy, soll es sich um typische Reiswasserstühle gehandelt haben. Es könnte also die Cholera gewesen sein, die im schlimmsten Fall in drei bis vier Stunden zum Tode führt. Es könnte sich aber genauso gut um eine Shigellose mit der Bildung des gefährlichen Shiga-Toxins gehandelt haben. Hohes Fieber trat auf, Gelenkbeschwerden und Entzündungen der Bindehäute an beiden Augen. Unmittelbar zuvor hatte man Hammelfleisch gegessen, und alle meinten, dass das Fleisch verdorben war. Ein Arzt wurde nicht zu Rate gezogen, es gab auch gar keinen, und so gab es auch keine Diagnose.

Die medizinische Versorgung war schlecht. Versorgungsoffiziere der roten Armee verweigerten die Herausgabe von Medikamenten an Zivilisten, besonders wenn es sich um die zugereisten Zwangsarbeiter handelte. Medikamente bekam man nur auf dem Schwarzmarkt, und zwar zu horrenden Preisen und immer nur in kleinen Mengen. Viele Kranke wurden in die städtischen Krankenhäuser eingeliefert, und da sie rasch starben, trug man sie genauso rasch wieder raus. Es war ein ständiges Kommen und Gehen. Auf den Friedhöfen wurde der Platz knapp, da legte man die Leichen übereinander, und da es bald keine Särge mehr gab, wickelte man die Toten in Leinen.

Maurycy war tot, Ajas namenloses Kind war tot, und im September starb Celina, so dass man in kürzester Zeit drei Tote zu beklagen hatte, alle drei liegen in Samarkand. Celina litt wohl am meisten. Sie hatte hohes Fieber, Schüttelfrost und wälzte sich im eigenen Schweiß, die Augen konnte sie nicht mehr öffnen, ihre Gelenke nicht bewegen, die Durchfälle machten sie schlaff und schläfrig. Schlaf war die Erlösung.

Der schöne Oskar wurde mit der Krankheit seiner Frau nicht fertig, er konnte sie nicht leiden sehen und verließ das Haus. Er trieb sich in der Stadt umher und tauchte nur gelegentlich wieder zu Hause auf. Alfred hat das Oskar nie verziehen. Oskar, meinte er streng, hätte sich einfach schäbig benommen, er hätte sich um Celina kümmern müssen. Vielleicht war er gar betrunken! Vermutlich wurde hier der Grundstock für das später noch ernstere Zerwürfnis zwischen Oskar und Alfred gelegt. Aber es gibt eben Menschen, die nicht die Kraft haben, Qualen und Leiden Nahestehender zu ertragen und die sich dann nur durch die Flucht aus der Verzweiflung retten. Celina wurde im Juni 1908 in Krakau geboren und war nur vierunddreißig Jahre alt, als sie starb. Aja meinte, es könne keinen Gott geben, und sie würde niemals wieder eine Synagoge betreten, und das hielt sie bis zu ihrem Ende ein.

Doch auch Aja hatte Gesundheitsprobleme, wie ein Dokument aus dem Jahr 1950 zeigt: „Horowitz Anna lat 37, zanieszkala Krakow ul. Grancarska 2 cierpi …: Horowitz Anna, 37 Jahre alt, wohnhaft in Krakau, Grancarska 2, leidet an einer Entzündung des rechten Nervus opticus und einer Myocarditis. Daher ist ihre Erwerbsfähigkeit auf 50 % herabgesetzt. Ausgestellt zur Vorlage beim Ministerium der Öffentlichen Sicherheit, Krakau, den 1.12.1950." Die Herzmuskelentzündung als Folge der Zustände im Ural, in Jangi-Yul und in Samarkand ist gefährlich, kann schwerwiegende Folgen haben und zum Tode führen. Es gab ja keine Antibiotika, und wie sollte sie in Samarkand im Krankenhaus unterkommen, für mehrere Wochen, in einem Haus, das ständig überfüllt war und die verstorbenen Durchfallkranken angewidert ausspie.

In jener fernen Zeit kannte man allenfalls die größeren Städte Europas, die Nord- und Ostsee, die Schweiz, die Karpaten und vielleicht auch schon England und Italien, Griechenland natürlich. Samarkand kannte niemand, allenfalls ein paar Diplomaten, ein paar Forscher und seltene Reisende. Muś und Aja schwärmten trotz Not und Krankheit noch viele Jahre von der Schönheit der Stadt, einer Stadt wie aus dem Märchenbuch. Oder schwärmten sie nur, weil in der Erinnerung nur das Schöne haftet und jedes Unglück allmählich verblasst?

Die Moscheen mit ihren prächtigen Iwans, die kuppelgeschmückten Gebäude und die zahlreichen Minaretts, die prächtigen weiten Höfe und die märchenhaften Farben von abertausend glasierten Kacheln, die die Wände mit Ornamenten und kalligraphischen Schriftzügen aus dem Koran überzogen, faszinierten sie. Ja, es stimmt, manches war schon ziemlich runtergekommen, besonders in der Altstadt, aber dennoch, es war schön. Auf den Märkten drängten sich die in lange Gewänder gehüllten Usbeken, Turbane der verschiedensten Formen und Größen, Inder, Mongolen, Araber, Chinesen, tief verschleierte Städterinnen und unverschleierte Frauen vom Lande, Sänftenträger, Wasserträger, Gepäckträger, vornehme Herrschaften mit einem Schweif eigenen Personals und Soldaten und Offiziere der Sowjetarmee. Alles drängte sich in den engen Gassen, die man mit den am Boden liegenden Bettlern, den streunenden Hunden und Katzen und den mit stoischer Ruhe einherschreitenden Packeseln teilte. Wegen der Mittagshitze wurden die Straßen mit Bastmatten und Segeltüchern geschützt, darunter wölkte sich der beißende Rauch von Fisch- und Fleischbratereien – Man kennt diese Bilder aus Millionen von Reiseprospekten, heute hat Samarkand aber viel von seiner Buntheit verloren.

In der eigenen Herberge herrschte dagegen die Armut, die ihnen kühl aus allen Ecken der Stube entgegenwehte. Primitive

Tische und Hocker, ein kleiner Schrank, wohl ein Militärmöbel, dessen Tür nicht mehr schloss, und zwei oder drei Stühle, das war alles. Das magere Essen, die Todesfälle in der Familie, die Arbeitslosigkeit, die nächtliche Kälte, die Erinnerung an die Heimat, vor allem aber die völlig ungewisse Zukunft, keiner hatte eine Vorstellung wie es weitergeht, wie man hier wieder rauskommt, ob man Krakau überhaupt nochmal wiedersieht. Hier stirbt man schnell, wie sich gezeigt hat, vielleicht sogar an Einsamkeit. Man musste daher unter Menschen, auf die Straße, auf die Märkte, nur damit die Zeit vergeht, denn ewig konnte es nicht so bleiben.

In den Auslagen stapelten sich die Waren. Obst, riesige Melonen, Gemüse aus allen Regionen des Landes, lebende und tote Hühner und anderes Federvich. Maultiere und Kamele, die mit Säcken voller Kostbarkeiten beladen waren, Fleisch, über dem Mückenschwärme tanzten und die der Händler vergeblich mit einem Palmwedel zu vertreiben suchte, nur damit sich stattdessen grün- und schwarzschillernde Fliegen gütlich daran taten. Braune, rote, schwarze und gelbe Gewürze wurden in Zentnersäcken angeboten, deren Ränder einladend nach außen gerollt waren. Unbeschreiblich das Rufen der Händler, die ihre Waren anpriesen, die Warnrufe der Wasserträger, das Schreien der Esel und das Gegacker des Federviehs, das Hämmern der Messing- und Kesselschmiede und das alles in einer ständigen Staubwolke, die sich erst senkte, wenn es Abend wurde und der Muezzin die Gläubigen zum Abendgebet rief, was gelegentlich aber im Motorenlärm russischer Militärfahrzeuge unterging, die auf der Suche nach desertierten Kameraden unterwegs waren. Wer kannte damals schon den Orient?

Und die Tage verstrichen langsam, viel zu langsam, die Sonne stand viel länger am Himmel als in Krakau, und der Vollmond wollte und wollte sich nicht halbieren. Statt Zeitungen gab es nur Gerüchte, das einzige Buch, das es gab, war der Koran, russische Militärheftchen und zerfledderte Liebesromane boten die Straßenhändler an. Im Kino gab es selten mal einen russischen Film, der aber stets nur von der friedfertigen und neuerdings glorreichen Sowjetunion schwärmte, und auch dann nur, wenn nicht gerade der Strom ausfiel oder der Filmvorführer gemütlich im benachbarten Café mit Freunden den Nachmittag verquasselte.

Irgendwann kam dann auch der Zeitpunkt, wo man alles zu kennen glaubte, die Gassen der näheren Umgebung, den Straßenlärm, das Gequäke der Radiomusik und selbst den alten Mann, der immer um die gleiche Zeit vor dem Zeitungskiosk auftauchte, sich schnäuzte, mit dem Handrücken den Tropfen von der Nase wischte, freundlich herüberlächelte und sich dann ächzend auf einem Stuhl in der Nachmittagssonne niederließ, bis ihm ein junger Bursche eine Schale mit dampfendem Bohnen- oder Hirsebrei brachte, den er dann in aller Ruhe runterlöffelte und nur selten einmal den streunenden Hunden etwas zuwarf.

Größere Tiere, wie zum Beispiel Pferde, Schafe oder Rinder, wurden auf gesonderten Plätzen gehandelt. Beliebt und von den sibirischen Zwangsarbeitern besonders geschätzt, waren die Kamelmärkte. Dicht daneben befand sich nämlich ein großer Lebensmittelmarkt, der alles bot, nur für Flüchtlinge zu teuer war. Aber Alfred und Zygmunt wussten genau wie sie auch ohne Geld an die Nahrungsquellen kämen. Im unbeobachteten Augenblick quälten sie die armen Kamele ein wenig mit Stöcken oder Palmwedeln, viel wirksamer war aber, ihnen Senf unter den kurzen Schwanz zu reiben, die Tiere bäumten sich dann auf, schlugen mit den Hinterhufen aus, trafen ihre Leidensgenossen oder eine zufällig vorbeiziehende Schafherde, und so entstand ein Lärmen, Blöken und Schreien, und in dem in eine fast undurchsichtige Staubwolke gehüllten Durcheinander, füllten sie rasch und unbemerkt ihre Taschen mit den wichtigsten Dingen für die nächste Mahlzeit. Aber auch andere Flüchtlinge hatten Ideen, eine rege, aus der Not geborene Räuberphantasie, weswegen man Samarkand mit seinen gutmütigen und hilfsbereiten Einwohnern immer nur dankbar war.

Doch wie weit war es nach Krakau? Wie anders war es in Krakau! Wie schön war es doch in Krakau! Da gab es Theater, da gab es Bücher, Straßenbahnen, da läuteten Kirchenglocken, da spiegelten Autos mit ihren Lichtern die nächtlich regennassen Straßen. Unvergesslich! Wo war der Ural, wo waren die tiefen Wälder, die verschneiten Knüppeldämme im Dauerfrost, der Hunger, der Dreck, die Armut? Schon alles fast vergessen, weit hinter dem Horizont! Aber selbst im kommunistischen Dreck, mitten in der Tundra, herrschte eine beruhigende Ordnung, eine Gefängnisordnung, alles hatte System und es war etwas Europäisches in Allem. Hier, in Samarkand, im Orient, war alles Leben, Leben und eine vor Farbe strotzende geräuschvolle Unordnung. Vom Kommunismus spürte man hier nichts. Dennoch, man war Gefangener, Gefangener der unendlichen Weite, der geistigen und kulturellen Enge, der Entfernung von zu Hause.

Wieder zu Hause

Im Mai 1945 brach das Tausendjährige Reich zusammen, am 9. wurde in Berlin-Karlshorst endgültig kapituliert. Erst Wochen später erreichte die Nachricht das ferne Samarkand, aber niemanden erregte das.

Nach den vielen Jahren in der Ferne zögerte man plötzlich. Sollte man wirklich aufbrechen, zurück ins unsichere Kriegsland? Stets hatte man sich nach der Heimat gesehnt, zurück nach Krakau. Und jetzt diese Unsicherheit. Sollte man sich freuen, ja, man freute sich, oder war es nur eine Art Pflichtgefühl? Wie man die Heimfahrt organisiert, wie es dann in Krakau aussieht, wird sich zeigen.

Es geht zurück. In Gedanken war man schon abgereist, denn alles war plötzlich fremd geworden, von heute auf morgen. Wen interessierten noch die Esel und Kamele, der Kümmel und die weißen Bohnen? Aber auch Polen und Krakau waren fremd geworden, in vier Jahren Ural und Orient. Die Deutschen vertrieben, sagte man, die Russen sitzen überall, sogar in Berlin, sagte man, vielleicht gibt es jetzt Krieg mit den Amerikanern, meinten einige, die alles wussten, denn einige wussten immer alles besser. Die Amerikaner hätten schon vor Prag gestanden, hieß es, bis nach Krakau hätte es dann leider nicht gereicht. Schade. Würde Polen jetzt russisch werden, kommunistisch?

Der Aufenthalt in Samarkand zog sich aber noch hin, da die Behörden Flüchtlinge in Usbekistan zurückzuhalten und zu russifizieren versuchten. Genauso wie seinerzeit in Lviv. Die Ausreise wurde nicht genehmigt. Beckmanns und Horowitzens saßen mal wieder fest, blieben aber trotzdem hartnäckig Polen. Aja wurde verhaftet und ins Gefängnis geworfen, Beugehaft. Eine beliebte sowjetische Methode, das kannte man schon. Die Behörden meinten nämlich, dass Aja, geborene Beckmann, die Ehefrau des Dr. Alfred Beckmann sei, und dass sich der Ehemann schon fügen würde, sähe er seine Frau im Gefängnis. Und hätte erst mal das Familienoberhaupt unterschrieben, würde der Rest der Familie folgen. Der Erfolg blieb aber aus, da Alfred allen streng untersagt hatte, die Einbürgerungsurkunde zu unterschreiben, selbst wenn alle vereint hinter Schloss und Riegel landeten. „Wer unterschreibt, sei Russe, der bleibt Russe, den würden die Sowjets nie wieder rauslassen, darüber müsste man sich im Klaren sein", meinte er.

Ende April 1946 wurde er mit einem Jahr Verspätung endlich auf die Polizeistation beordert und erhielt die Ausreisegenehmigung nach Polen, und zwar für die ganze Familie, auch für die einsitzende Aja. Der Offizier, dem er gegenüber saß, versuchte ihn zunächst noch umzustimmen, erst gutmütig, dann zornig, dann wie man zu einem Kind spricht, bis er tobte, und nachdem er genügend getobt hatte, riss er seine Schreibtischschublade auf und warf die fertigen Reisedokumente auf die kahle Tischplatte, stand auf und ging. Alfred strich ohne ein Wort zu sagen sämtliche Papiere ein, steckte sie in die Manteltasche und verließ wie der hohe Offizier schweigend das kleine Büro.

Diejenigen, die Einbürgerungsurkunden unterschrieben hatten, mussten in Usbekistan bleiben, die Heimreise war ihnen für alle Zeit verwehrt, und wie im Ural gibt es auch heute noch kleinere Kolonien von Rumänen, Bulgaren, Deutschen und Polen, die der Krieg in diesen Winkel der Erde verschlagen hat. Sie leben in kleinen Dörfern, bilden eigene kleine Dorfgemeinschaften, der zweiten und dritten Generation erzählt die erste, wie es früher in der Heimat war.

Die Fahrt der Freigesetzten wurde gemeinsam angetreten, jeder hatte einen Sitzplatz, die Reisekosten übernahm die UDSSR, man reiste also wieder mal auf Staatskosten. Wie anders war dagegen die Reise von Lviv über Rostow nach Swerdlowsk gewesen, eine Reise ins Ungewisse mit unbekannter Dauer, es war Krieg und Alfred, Oberhaupt und Organisator, fehlte. Die Verpflegung war damals ausreichend aber schlecht, diesmal war sie besser, doch nicht ausreichend. Auch muss die Fahrt in den Ural ihre helleren Momente gehabt haben, denn, so erzählte Aja später voller Humor, man reiste ja in „guter Gesellschaft, nein, in bester Gesellschaft. Alles Juristen, Ärzte, Ingenieure, Lehrer und andere ehemals gutsituierte Bürger“. Denn in Rostow steckte man die Internierten nicht etwa wahllos in die Waggons, nein, sie wurden vielmehr nach Klassen sortiert, und so fuhr man in den Waggons der „Bourgeoisie“. Jetzt, auf der Rückreise in die Heimat fehlten Gesprächsthemen, alle blieben unter sich, eine gespannte Ruhe und nervöse Unduldsamkeit machten sich breit, man hatte trotz aller Freude über das glückliche Ende Angst, Angst vor der Zukunft.

Die Heimreise war zwar bequem, dauerte aber wieder fast ganze drei Wochen, drei Wochen im selben Abteil, eingepfercht, als der lange Zug durch unendliche Tiefebenen, über flache Höhen und entlang der Ufer breiter Flüsse rumpelte. Und immer wieder eilten die Gedanken voraus, wie wird es zu Hause sein, man konnte es sich nicht vorstellen, man sah immer nur das alte und schöne Krakau, die Königsstadt und man erwartete, dass sie eines Tages wie eine Fata Morgana am Horizont erscheinen würde.

Der Krieg war vorbei. Bald war alles vergessen, nur noch die tiefen Rillen, die jeder Gletscher im härtesten Stein hinterlässt, blieben erhalten.

Ende April 1946 traf Alfred mit Stiefmutter Bronja, Horowitzens und Oskar wieder in Krakau ein. Der Glaube an eine sichere Welt war erschüttert. Zwei Weltkriege hatte man erlebt, die Wirtschaftskrise überstanden, was würde die Zukunft bringen?

Krakau war unzerstört, wie früher floss die Weichsel in weitem Bogen um die Altstadt, das Königsschloss, der Wawel, thronte wie immer mächtig über der Stadt, das ehemals jüdische Stadtviertel Kasimierz war vollständig erhalten, wenn auch von nichtjüdischen Polen bewohnt, nichts hatte sich groß verändert.

Am 12. Januar 1945 hatte der sowjetische Großangriff von Warschau im Norden bis Kaschau südlich der Karpaten in breiter Front begonnen. Im Brückenkopf von Baranow stand im südlichen Weichselbogen die 1. Ukrainische Front unter Marschall Konjew. Der Abschnitt wurde von der deutschen Heeresgruppe A verteidigt. Bald hatten russische Voraustruppen den Fluss Nida überquert und stießen auf der Straße Kielce-Krakau weiter nach Westen vor. Konjew leitete ein Umfassungsmanöver ein und zog den Ring um Krakau ganz allmählich zu. Gleichzeitig drangen die Sowjets an Tschenstochau vorbei nach Westen vor und Kosakenpatrouillen überschritten die schlesische Grenze. In Krakau dauerten die Straßenkämpfe bis in die Nacht des 19. Januar an, dann nahmen die 59. und 60. russische Armee die Stadt um 20 Uhr ein, und Stalin verkündete schon in derselben Nacht in der Prawda, dass die tapferen Truppen der 1. Ukrainischen Front mit 24 Artilleriesalven aus 324 Geschützen in Moskau geehrt werden sollen und den Eroberern die Benennung „Krakowskich“ zusteht.

Es gibt natürlich auch eine romantische Version, warum Krakau der Zerstörung entgangen ist. Polen lieben die Romantik, romantisches Heldentum, schöne Frauen und die Ehre. Im Krakauer Widerstand kämpfte nämlich ein intelligentes, natürlich hübsches und selbstverständlich blondes Mädchen – blond galt auch damals schon als etwas Besonderes –, das dank seiner guten Deutschkenntnisse von den Deutschen angeworben worden war, ohne dass diese Dummen ahnten, dass die junge Schöne eigentlich zum polnischen Widerstand gehörte. Als sich die Russen näherten, gab die Wehrmacht dem Mädchen den Befehl, alle in der Stadt angebrachten Sprengladungen auf Knopfdruck zusammen mit den eingedrungen Russen in die Luft zu sprengen, während sie in Tagesmarschentfernung auf die Vollzugsmeldung warten würden. Das Mädchen griff zu gegebener Zeit zum Telefon, ließ sich mit dem kommandierenden General der abziehenden Deutschen verbinden und meldete, die Stadt fliegt soeben mit allen Bolschewiken in die Luft. Die Wehrmacht zog ab, obwohl sie keinen Knall gehört hat, die Stadt war gerettet, die Russen zogen ein, „das Mädchen ward eine Heldin“.

Wegen des schnellen Vormarschs der Roten Armee war Krakau also nur wenig, eigentlich gar nicht zerstört und glimpflich aus den Rückzugsgefechten mit der Wehrmacht hervorgegangen. Die Heimkehrer aus Samarkand brachten ihr spärliches Gepäck in die Grodzka Straße 12, aber Haus und Wohnung waren von Polen belegt. Niemand hatte mehr mit ihrer Rückkehr gerechnet, und hätte man das, hätte man sich wohl kaum um Erhaltung und Rückgabe jüdischen Eigentums geschert. Die wunderschönen, von böhmischen Kunsttischlern speziell für Alfreds Praxis angefertigten intarsierten Möbel mit der Seidenbespannung waren verschwunden, aber, welch Glück, kurze Zeit später bei einem Rechtanwaltskollegen aufgefunden. Alfred erwartete natürlich, dass es unter Kollegen keinen Streit gibt, aber da irrte er sich. Der polnische Rechtsanwalt klagte und gewann den Prozess gegen den polnischen aber jüdischen Rechtsanwalt Alfred Beckmann, und auch Wohnung und Praxis in der Grodzka blieben verloren. Was blieb anderes übrig, man suchte, man fand und man zog in die Garncarska Straße 2, Wohnung Nummer 7. Und da die angeschlossene Wohnung Nummer 8 der polnischen Verwaltung entgangen war, bezog man auch gleich die Nummer 8, Horowitzens landeten irgendwo in der Innenstadt.

Allmählich gewöhnte man sich wieder an ein Leben in der Heimat. Die Geschäfte waren zwar noch leer, zum Überleben reichte es aber allemal. Alfreds wunderbare Buchgeschäfte waren zwar so gut wie alle weg, stattdessen gab es jetzt überall Zeitungsbuden mit Journalen, die den glorreichen Sieg der tapferen Sowjetarmee im Großen Vaterländischen Krieg gegen Nazideutschland priesen und die Krakauer von den Wohltaten des Kommunismus zu überzeugen versuchten. Was man aber auch erfuhr war das schreckliche Schicksal, das Millionen von Juden, Polen und Russen unter der deutschen Herrschaft erlitten hatten, dass Millionen umgekommen sind, und dass es Lager gegeben hat, die man Konzentrationslager oder KZs nannte, in denen fabrikmäßig getötet wurde.

Alfred und Horowitzens kannten zwar die russischen GULags, in denen Erschießen, Erschlagen, Ertränken, Verhungern- und Erfrierenlassen zum normalen Tagesablauf gehörten, aber von deutschen Konzentrationslagern, die es nicht nur in Polen, sondern auch im Deutschen Reich in großer Zahl gegeben haben soll, hatten sie nichts gehört. Schwester Aja hat noch zwanzig Jahre später behauptet, dass sie von KZs nichts wussten, was viele nicht glauben wollten. Dass es Ghettos gegeben habe, ja, das habe man schon gehört, sogar im fernen Sibirien. In den ganzen acht Jahren, in denen sie in Sibirien und in Usbekistan war, habe sie noch nicht mal eine deutsche Uniform gesehen, noch nicht einmal auf Bildern.

„Es wird bescheinigt, dass in der Anwaltskammer der Dr. Alfred Beckmann, Rechtsanwalt, am 26.2.1937 in Krakau in die Anwaltsliste eingetragen wurde und die Kanzlei bis zum Kriegsausbruch betrieben hat. Mit Schreiben vom 9.5.1946 hat er der Kammer kundgetan, dass er seine Kanzlei in Krakau fortführen möchte und er wurde wieder unter der lf. Nummer L: 2964/46 am 24. September 1946 unter der Dienstadresse Garncarskiej 2 aufgenommen." Alfred praktizierte also wieder als Rechtsanwalt in seiner Heimatstadt Krakau.

Zygmunt Horowitz hatte es als Sportreporter im Nachkriegspolen nicht ganz so leicht, und um irgendwie Fuß zu fassen, trat er bald in die kommunistische Partei ein. Er brachte es zum leitenden Angestellten im Bereich der Lebensmittelversorgung in der Woiwodschaft Kraków-Katowice, da die ehemalige oberschlesische Stadt Kattowitz nach dem Potsdamer Abkommen unter polnische Verwaltung gestellt worden war und daher wieder Katowice hieß. Aus dieser Zeit erzählte Muś unendliche Geschichten, vom ständigen Kampf mit den „dummen Polen", den Erlebnissen mit den „scheenen Frrauen", von klugen Leuten, die ihn oft reingelegt hätten, die er aber nur wenig später wieder gründlich ausgetrickst hatte, aber meistens sprach er vom Wodka, oder Spiritus, der in der Nachkriegszeit und besonders in der Lebensmittelbranche zu einer Art Zweitwährung geworden war. Muś war keinesfalls Alkoholiker, er war nie betrunken, noch nicht mal beschwipst, aber er liebte das Getränk, vielleicht weil es ihm als flüssige Währung damals Tür und Tor geöffnet hat.

Ehefrau Aja meinte in der ihr eigenen kritischen Art, dass Muś viel daran schuld war, dass Polen nach dem Krieg wirtschaftlich nicht recht auf die Beine kam, alles hätte er durcheinander gebracht, und so hielt sie es nur für logisch, ja, sogar für gerecht, dass man ihren Ehemann eines Tages wegen Schädigung von Volkseigentum und Volkswirtschaft aus der Lebensmittelbranche entließ. Und da schrieb er wieder Gedichte und lebte auch weiterhin gut von seinen hervorragenden und dauerhaften Beziehungen zur Partei, deren Mitglied er blieb, und zur staatlich polnischen Lebensmittelindustrie, die ihn mit Zweitwährung versorgte.

Aja fand eine Beschäftigung im Büro eines Arbeitgeberverbandes. Im kommunistischen Polen gab es natürlich keine nach westlichem Muster strukturierten Gewerkschaften oder Arbeitgeberverbände. Der Verband war nur eine Art Aushängeschild oder ein gut finanziertes Versteck für arbeitslose ältere Parteigenossen. Was sie dort arbeitete, bleibt der Nachwelt verborgen, aber die Anstellung hatte ihre durchaus erfreulichen Seiten. Wie im Dritten Reich die beliebten Kraft-durch-Freude- oder KDF-Fahrten nach Norwegen, Italien oder Spanien, so organisierte der Verband nämlich kostenlose Fahrten in die Karpaten, an die polnisch gewordene deutsche Ostseeküste, sie organisierte Schiffsfahrten auf der Weichsel, Ski- und Wandertouren, und so gibt es zahlreiche Fotos von Aja und Muś im dunklen Anzug und im Sommerkostüm, elegant mit abenteuerlichem Hut, er lässig mit der Zeitung wedelnd, mit Parteigenossen auf Skiern, bemäntelt mit Trenchcoat in einer Ausflugsgruppe, wieder auf Skiern in die Sonne blinzelnd, oder mit Luftballon und Papierblume während einer Betriebsfeier. Es ging ihnen offenbar gut, man hatte sich arrangiert, man gehörte dazu – und das alles ohne richtige Arbeit.

Zygmunt und Aja wohnten zunächst in einem Mietshaus, nicht weit vom Stadtzentrum entfernt, sozialistische Nachkriegsarchitektur, bald aber im gleichen Haus wie Alfred, sogar im selben Stockwerk, nämlich in der Nachbarwohnung Nr. 8.

1947 lag im Briefkasten der Garncarska Straße ein Brief, der nur eine Zeile lang war: „Sucht nicht nach mir, wir werden uns niemals wiedersehen, Irka." Irena Renker, genannt Irka, eine Cousine Alfreds, Juristin und Dolmetscherin. Nach der Besetzung Krakaus durch die Russen musste sie in der Kommandantur als Dolmetscherin arbeiten. Eines Tages war sie verschwunden, sie wurde nie mehr gesehen. Fünf Jahre später ließ sie ihr Ehemann für tot erklären. Das einzige was von ihr blieb, war ein postkartengroßes Foto einer ernsten, sehr schönen jungen Frau.

Obwohl Polen Pogrome und Holocaust wie kein anderes Land hautnah miterlebt hatte, herrschte auch nach dem Krieg wieder ein unterschwelliger und zunehmender, bald sogar aggressiver und öffentlicher Antisemitismus, was den Rückkehrern natürlich nicht entging. Von den heute in allen polnischen, deutschen und manchen internationalen Zeitungen berichteten polnischen Morden, die 1942 in Jedwabne an Juden begangen worden waren, werden die meisten Polen damals wohl nichts gewusst und die Akteure sich nach Kriegsende bedeckt gehalten haben, aber der Pogrom von Kielce, der am 4. Juli 1946 zur Jagd auf Juden, zu Körperverletzungen und Mord geführt hat, ließ sich nicht mehr verheimlichen oder gar auf andere schieben, denn die Deutschen waren weg. Sicherheitsdienst und NKWD sollen die Aktion sogar provoziert haben, sagte man.

Die Erklärung, dass die Stimmung im Nachkriegspolen durch den Bevölkerungstransfer aus den jetzt russisch besetzten ehemaligen polnischen Ostgebieten und wegen der Angst, dass auch die aus anderen Ländern zurückkehrenden Juden ihren rechtmäßigen Besitz zurückverlangen konnten, stark aufgeheizt war und Fremdenfeindlichkeit und Antisemitismus schürten, dürfte wohl stimmen. Aber das rechtfertigt keine Pogrome.

Nachdenklich stimmte die heimgekehrten Juden auch, dass sich die polnischen Intellektuellen weder jetzt noch während der deutschen Besetzung zu Wort gemeldet hatten, oder dass man noch immer im Städtchen Olkusz zwar der paar ermordeten Nichtjuden, nicht aber der mehr als dreitausend umgebrachten Juden gedachte. Und so gibt es viele Quellen, deren Wahrheitsgehalt zwar nicht leicht überprüfbar ist, die aber, da trotz Veröffentlichung Widerspruch ausblieb, wohl richtig sein dürften. Was auch immer der Grund für den polnischen Antisemitismus gewesen sein mag, trug er doch dazu bei, dass viele Juden, die den Krieg in Polen oder der Sowjetunion überlebt hatten, das Land so schnell wie möglich verließen. Auch Beckmanns, Horowitzens und etwas später auch

Laufers kehrten eines Tages der Heimat, nach der sie sich so lange gesehnt hatten, den Rücken. Zunächst geschah aber nach Jahren von Mord und Totschlag noch ein Wunder, neues Leben entstand.

Neues Leben

Im Spätsommer 1946 war das Wartezimmer von Rechtsanwalt Beckmann im ersten Stock der Garncarska überfüllt. Beckmann schaute mal schnell nach, wie viele Mandanten noch auf ihn warteten, denn nach dem Krieg wollten viele Polen noch etwas erwerben, im Krieg übernommenen Besitz anwaltlich absichern lassen, oder ihn so bald wie möglich auf legalem Weg wieder loswerden, nachdem er wohl weniger legal erworben worden war. Da sah Alfred die blonde und blauäugige Karola Laufer. Sie stand wartend an der Wand, alle Plätze waren besetzt. Sofort bat er einen jungen Mann, sich doch bitte aus der neuen Errungenschaft, einem gebrauchten Clubsessel, zu erheben und der jungen Dame den Platz zu überlassen. Später erzählte Karola – „Undank ist der Welten Lohn" – dass der Sessel völlig verwanzt gewesen sei, wie sie bald spürte, aber die Liebe war stärker als die Wanzen.

Alfred war begeistert und lud Karola in ein Restaurant zum Abendessen ein, sie wollten sich in der Kanzlei treffen. Karola war aufgeregt, wollte sich besonders attraktiv machen und kam kräftig mit Rouge, Puder und Lippenstift verschönert ins Büro. Alfred bat sie, ins Badezimmer zu gehen und sich von der ganzen Kriegsbemalung zu befreien, danach gingen sie aus, und dann kam die Hochzeit. Karolas weißes Brautkleid ähnelte mit seinen aufgebauschten weiten Ärmeln zwar mehr einer Mönchskutte oder einem Arztkittel als einem modernen Hochzeitskleid, und selbst der handbreite Blumengürtel und das blumige Seidendiadem, beide von einer Freundin für das große Ereignis geliehen, konnten es nicht retten. Aber das Kleid war aus qualitativ hochwertiger sowjetischer Fallschirmseide gemacht, und die hatte nicht jeder.

„Odpis skrócony aktu małżeństwa, Auszug aus dem Traueregister. Republik Polen, Bezirk Krakau, Stadt Krakau, Standesamt I. Es wird bestätigt, dass Hartmann Beckmann, Advokat, geb. am 7. März 1906 in Krakau, wohnhaft Grancarska Nr. 2 und Karola Laufer, ohne Beruf, geb. 28. Mai 1921 in Krakau, wohnhaft Krasickiego Nr 14/2, die Ehe am 21. Oktober 1946 in Krakau geschlossen haben. Eltern des Bräutigams: Moses Beckmann und Sylvia Scheindl geb. Goldberger beide +. Eltern der Braut: David Laufer und Aurelia Laufer geb. Dröhling, wohnhaft, Krakau Krasiciego Nr. 14. Leiter des Standesamtes: Unterschrift unleserlich, runder Amtsstempel." Interessant sind die beliebige Schreibweise der Familien- und Straßennamen, und dass das + hinter den Bräutigams Eltern „verstorben" bedeutet, kann ruhig als Kuriosität in einem Dokument betrachtet werden. Alle waren glücklich, auch die Familie der Braut.

Kurz muss noch ein besonderes Hochzeitsgeschenk erwähnt werden, da es im Fortgang des Berichts eine wichtige Rolle spielt. Das schönste Hochzeitsgeschenk für Alfred und Karola kam von Karolas Freundin Ludmila, die auch den Brautschmuck geliehen hatte. Karolas Freundin besaß eine spitzartige weiße Hündin, angeblich ein sibirischer Spitz, die gerade in diesen Tagen geworfen und zwei kleinen weißen Welpen das Leben geschenkt hatte. Einer hieß Kajtusz, der andere Bajtusz. Bajtusz war der schönere, also entschied man sich für Baytusz. Als man nach getroffener Wahl die Wohnung gerade verlassen wollte, kam Kajtusz unter dem Tisch hervorgeschossen, versuchte sein erstes Kläffen und Knurren, hob sein linkes Hinterbein und entleerte den warmen Inhalt seiner noch jugendlichen Blase an Alfreds Hosenbein. Das führte zur endgültigen Entscheidung: Bajtusz wurde der erstaunten Besitzerin zurückgegeben, Kajtusz wird genommen, entschied Alfred, und das bedeutete eine lebenslange Freundschaft zwischen Herr und Hund.

Die tierliebende Ehefrau des befreundeten Anwaltes Geiger hatte große Ehrfurcht vor Akademikern, besonders vor promovierten, und so war es nur natürlich, dass sie diese Ehrfurcht auch auf den Hund des geschätzten Herrn Doktor Beckmann übertrug. Am liebsten hätte sie Kajtusz mit Herr Doktor Kajtusz Beckmann angesprochen, und vielleicht hat sie sich diesen sehnlichsten aller Wünsche, wenn sie mit Kajtusz alleine war, sogar erfüllt. Vor dem Pessachfest hat sich Frau Geiger einmal bereit erklärt den kleinen „Philosophen im weißen Hundepelz", Frau Geiger hielt Kajtusz nämlich für besonders intelligent, für ein paar Tage zu beaufsichtigen, was Kajtusz skrupellos dazu benutzte, sich den in der Küche auf das Festessen wartenden Rinderbraten einzuverleiben. Frau Geiger war entsetzt, das hätte sie, meinte sie abgrundtief enttäuscht, Kajtusz niemals zugetraut. Kajtusz musste den Zornesausbruch der Frau Geiger gespürt haben, denn von nun an entwickelte er sich zu einem kämpferischen Tier, das auf der Straße jeden Uniformierten anfiel, jeden Unliebsamen angriff und nur in seiner eigenen Familie fromm und liebenswürdig blieb.

Die Praxis lief weiterhin gut, und Alfred kaufte sich ein Auto, und zwar einen DKW, Vorkriegsware, leicht gebraucht. Die vorderen und hinteren Kotflügel waren etwas geknickt und hatten größere, jedoch zufriedenstellend ausgebesserte Lackschäden. Aber wer achtete damals schon auf solche Kleinigkeiten, der Wagen lief ja, und vor allem, das Gefährt hatte Vorderradantrieb. Das war ihm, dem homo technicus, besonders wichtig.

Nach Hund und Auto war eine weitere Errungenschaft eine prächtige Villa in Krynica, einem kleinen Kurort im Südosten von Krakau. Zweistöckig, weiß verputzt, am Wald gelegen, ein halbkreisförmiger Wintergarten ragte in das große baumbestandene Grundstück, das durch einen Jägerzaun vom genauso großen Nachbargrundstück getrennt war. Das Haus hatte den Namen „Echo" und stellte das wirklich noble Honorar eines wohlhabenden Mandanten dar. Dass Alfred als leidenschaftlicher Autofahrer sein Auto mehr als das Haus in Krynica liebte, lag auf der Hand, jedenfalls war das Haus ein ausgezeichneter Vorwand, sich immer wieder motorisiert auf den Weg zu machen.

Das Familienleben entwickelte sich zu aller Zufriedenheit. In Krynica wie in Krakau freute sich Alfred jeden Abend auf das gute Essen, das ihm Karola seit ihrer Hochzeit bereitete, und immer wieder hatte er sie dafür schon gelobt. Wirklich ein Genuss nach all den mageren Hungerjahren. In Krynica saß man an einem schön gedeckten Tisch, in den Gläsern funkelte der Wein in der polnischen Abendsonne, obwohl Alfred als großer Kaffeetrinker Alkohol immer mied und Karola Tee mit reichlich Milch bevorzugte, und die rotstämmigen Kiefern wiegten sich leicht knarrend in der Abendbrise. In Krakau freute man sich nach dem Essen auf den Besuch von Freunden oder einen gemütlichen Leseabend, während draußen der Ostwind den Regen gegen die Scheiben klatschte und der geliebte DKW vor der Haustür rostete. Das Leben hatte doch wieder seine schönen Seiten, es ging aufwärts. Über Kriegszeiten wurde nicht gesprochen. Kam man trotzdem irgendwie auf das Thema, lenkte Alfred ab, gelang ihm das nicht, erklärte er entschlossen, der Krieg sei vorüber, dazu gebe es nichts mehr zu sagen. Und dabei blieb es dann.

Aber nichts hat nur schöne Seiten, alles hat zwei. Als Alfred eines Tages vorzeitig nach Hause kam, traf er im Hausflur das Dienstmädchen Mainka von Schwiegermutter Aurelia mit einem Korb, über den ein Geschirrtuch gebreitet war, wie einstmals bei Rotkäppchen im tiefen Wald. Auf die Frage, Mainka, was hast du in dem schönen Korb, flüsterte Rotkäppchen verschüchtert, das Essen für den heutigen Tag, Herr Doktor, das ich doch täglich bringe. Auch für Krynica hätte sie doch immer pünktlich geliefert. Frau Aurelia wäre sehr enttäuscht, sollte es nicht geschmeckt haben.

Das platzte wie eine Bombe. Karola musste beichten, sie war keine große Köchin, und der sich getäuscht fühlende, in seiner Mannes- und Familienehre gekränkte Alfred beschloss, umgehend seine Haushälterin Andzina aus Katowice zu engagieren. Andzina hatte ihn schon in der Vorkriegszeit hervorragend bekocht, dann wird sie das auch jetzt tun. Die ist richtig. Jetzt erst recht. Außerdem war ihr die gute österreichisch-böhmische Küche vertraut, es konnte also nichts schief gehen.

Aber es ging schief, Andzina lehnte nämlich ab. Bei einer jungen Frau wollte sie als die wesentlich Ältere und sicherlich auch Erfahrenere nicht in Stellung gehen, das gäbe nur Ärger. Alfred fuhr kurzerhand persönlich nach Katowice, lud sie in sein schönes Auto und kehrte nach Krakau zurück. Seitdem wohnte auch Andzina in der Garncarska Straße und besorgte die Küche des jungen Paares. Da sie Alfred auf ihrer Seite wusste und in der Tat die größere Küchenerfahrung hatte, die sich Karola in der Küche des Auschwitz-Kommandanten Höß eben nicht aneignen konnte, bevormundete sie Karola in all den Jahren, in denen sie bei Beckmanns lebte.

Am 8. Februar 1948 hatte es kräftig geschneit, das Thermometer stand weit unter dem Gefrierpunkt, auf dem Balkon platzten die Wasserflaschen. Alfred und Karola, beide tanzten leidenschaftlich gerne und ließen keine Gelegenheit dazu aus, waren zu einem Ball geladen, worauf sie sich freuten. Da sehr viel Schnee lag, ließ man das geliebte Auto zu Hause und fuhr mit einer gemieteten Pferdekutsche. Um zwei Uhr nachts des 9. Februars beschlossen sie vom Tanz erschöpft, aber selig, nach Hause zurückzukehren und bestellten sich erneut einen Mietkutscher. Dieser war sternhagelvoll, fuhr seine Kutsche in den Graben, die Kutsche kippte auf die Seite, der Gaul wieherte herzzerreißend, Karola schrie, landete im Schnee und die Wehen setzten ein.

Alfred, der nicht unbedingt ein Kind begehrte, umso mehr aber seine Ehefrau liebte, fuhr sie sofort mit einer rasch herbeigewinkten zweiten Chaise in eine private Frauenklinik, die von einem Freund geleitet wurde. Da Karola wegen der ständig zunehmenden Wehen und des Abenteuers mit dem besoffenen Kutscher ohne Unterlass schrie, wurde auch die Hebamme nervös, das Chaos war komplett. Auch Alfred wurde jetzt laut und lauter und herrschte seinen Freund an, dass er das Kind sofort umbringen sollte, falls für seine Frau auch nur die geringste Gefahr bestünde. Er mache ihn für alles voll und ganz verantwortlich. Da gab ihm der Arzt ein nacktes Etwas in die Hand, und meinte, da, bring es selber um, Mirjam hatte nämlich im allgemeinen Durcheinander gegen drei Uhr morgens schon längst das Licht der Welt erblickt, und Alfred liebte sie bis zu seinem Tode. Wieder war es eiskalt, und diesmal platzten sogar die Milchflaschen wie Salutschüsse für den neuen Bürger.

„Wyciąg aktu urodzenia: Zaświadczam, że Beckmann Mirjam Sylwia – córka Alfreda u Karoliny małżonków urodziła się w Krakowie usw., Kraków, dnia 10. lipca 1948 r“, zu Deutsch, „Ich bescheinige hiermit, dass Beckmann Mirjam Sylwia, Tochter des Alfred und der Karola, der Eheleute Beckmann, am 9. Februar 1948 in Krakau geboren wurde. Krakau, den 10. Juli 1948.“ Der Leiter des Standesamtes, gez. unleserlich. Rundes Siegel des Standesamtes in Krakau.

Das Leben ging also weiter, die Familie wurde immer größer, und Alfred kümmerte sich um alles, besonders um das Neugeborene. Die wichtigsten medizinischen Untersuchungen wurden bei Mirjam daher auch nicht wie üblich von einem Kinderarzt durchgeführt, dem traute man nicht, sondern durch Doktor Alfred Beckmann persönlich, dem man schließlich im russischen GULag bescheinigt hatte, dass er, wenn er Doktor sei, auch ein guter Arzt sein müsste. Also besorgte sich Alfred eine kleine Taschenlampe, einen Reflexhammer, eine Nadel und ein Glöckchen und begann die fünf Sinne seiner neugeborenen Tochter zu prüfen.

Mit allem war er sehr zufrieden, nur nicht mit dem Gehör. Sie reagierte nicht und wollte nicht reagieren. Daher wiederholte sich tagelang dieselbe Prozedur. Erst klingelte er rechts, dann klingelte er links, aber nichts geschah. Er ging klingelnd um den Kopf herum, er klingelte am Morgen und am Abend, wieder nichts, aber ein Fachmann durfte nicht zu Rate gezogen werden, solche Kleinigkeiten erledigte man selbst. Irgendwann gab er dann auf, und siehe da, auch das beklingelte Gehör entsprach eines Tages den Anforderungen des täglichen Lebens und ermöglichte dem Neugeborenen in weiter fortgeschrittenem Alter sogar das Klavierspiel. Karola, die das Geklingel schon lange nicht mehr ertrug, drehte dankend ihre Augen zum Himmel, und Mirjam durfte jetzt ungestört aufwachsen.

Nicht ganz, denn kurze Zeit später ergab sich ein weiteres, bisher völlig übersehenes Gesundheitsproblem, Mirjam hatte krumme Beine. Ein Arzt durfte nicht geholt werden, die taugten ohnehin nichts, die Krakauer Ärzte seien alle schlecht, samt und sonders. Dr. Beckmann hatte außerdem selbst Medizinkenntnisse, das genügte, und er verordnete tägliche Massagen. Einmal Karola, einmal Andzina rieben jetzt die stämmigen Babywaden, dann Andzina und dann wieder Karola, aber auch nach Wochen und Monaten stellte sich keinerlei Besserung ein, die Beinchen behielten ihre leichte Biegung nach außen und formten ein kleines, längsgestelltes „O“. Man beschloss, sich in den Zug zu setzen und nach Warschau zu einem Spezialisten zu fahren, die Krakauer Pfuscher verstanden von alldem noch weniger als Dr. Beckmann. Der Spezialist warf nur einen müden Blick auf Mirjams fleischige Waden und meinte, Herr Doktor, den Terminus „Kollege“ mied er, Herr Doktor, fahren sie beruhigt zurück nach Hause, das wird schon werden, und so geschah es.

Doktor Beckmanns medizinische Einsätze sollten damit noch lange nicht beendet sein, denn als er viele Jahre später den Eindruck hatte, dass seine Tochter trotz dreimal täglicher Einnahme von drei Esslöffeln Lebertran nicht richtig gedeihen wollte, schickte er, damals schon von Frankfurt aus, einen befreundeten Kaufmann regelmäßig nach Basel in die Schweiz, weil es dort Vitamine gab, die kindgerecht in weiße Schokolade gepackt und schön zu kleinen Tieren geformt alle Gedeihstörungen im Handumdrehen heilten. Und sein letzter aktenkundiger Einsatz im Geiste Äskulaps war chirurgischer Art, wo ihm, wie noch berichtet wird, allerdings ein Veterinär zuvorkam.

David und Aurelia Laufer lebten damals mit Ewi in ihrem alten Haus in Podgórze, als Untermieter arischer Polen. Da Davids Bettfedernfabrik im Krieg ja nach Deutschland gereist war, lebten Laufers von einer kleinen Rente und vom gut verdienenden Schwiegersohn. Waldek kehrte nicht mehr nach Polen zurück, er war Amerikaner geworden, seine neue Heimat hieß jetzt New York, ja man muss sagen, er hielt sogar alle Europäer für zurückgeblieben, alles „idiots, idiots, idiots", die Zukunft gehörte doch Amerika, also auch ihm!

Kurz nach der Hochzeit von Alfred und Karola und Mirjams Geburt zogen auch Zygmunt und Aja Horowitz in die Ulica Garncarska ein, und zwar in die Beckmanns auf derselben Etage genau gegenüberliegende Wohnung Nr. 8. Denn als in den Nachkriegsjahren immer mehr Krakauer zurückkehrten und Neuzuzüge zu steigender Wohnungsnot führten, drohte man Beckmanns mit ihrer großen Doppelwohnung, besser Wohnetage, noch ein oder zwei kleinere Familien einzuquartieren. Dann lieber Familie als Fremde, und so landeten Muś und Aja in der Nachbarwohnung, genau gegenüber Wohnung Nr. 7.

Das ging nicht gut. Man teilte sich zwar Küche, Bad und Hausflur, aber Aja wollte nicht auch noch den Bruder mit Karola teilen. Alfred gehörte ihr. Und überhaupt, was wollte Alfred denn mit einer so jungen Frau, die noch nicht mal richtig kocht und zudem keinen Beruf hat. Wenn er schon unbedingt Ehemann sein will, dann hätte er sich eine andere suchen können, er hätte Besseres verdient. Und das Kind, ja es stammte doch von ihrem Bruder, das will sich Karola jetzt unter den Nagel reißen! Die Spannungen zwischen Beckmanns auf der einen Seite des Flures und Horowitzens auf der anderen nahmen zu, und die Familienbande drohten zu zerreißen.

Die Beziehungen gestalteten sich dann richtig problematisch, als die neugeborene Mirjam zum eigentlichen Zankapfel geworden war. Am Haushalt Beckmann partizipierten damals noch zwei weitere Personen. Einmal der Chauffeur Staczek, der Alfreds DKW aber nur putzen und Karola zum Einkaufen in die Stadt fahren durfte, sonst wurde der Wagen ausschließlich von Alfred bewegt, und „Fräulein". Fräulein teilte mit Beckmanns und Andzina die Wohnung. „Fräulein" war von Haus aus Kinderschwester und sollte die körperliche und geistige Entwicklung Mirjams fördern und überwachen. Da Alfreds Haushälterin Andzina „Fräulein" aber für überflüssig hielt und nicht leiden mochte und sie auch noch dabei ertappte, wie sie mit einem Bettlaken als Gespenst verkleidet hinter der Tür stehend Mirjam erschreckte, wurde „Fräulein" nach einem Jahr mit Schimpf und Schande wieder entlassen. Andzina triumphierte. Muś und Aja hatten aber zu „Fräulein" gehalten, hatte „Fräulein" doch gegen den Rest der Familie auf ihrer Seite gestanden, sie hatten von ihr also jede Unterstützung. Jetzt war sie weg, was sicherlich wieder auf Karola zurückging, kein Zweifel! Der gutmütige Staczek durfte bleiben, er kam immer nur zum Essen, er wohnte in der Stadt, und Andzina behauptete als Siegerin das Feld.

Andzina war jetzt die Hauptperson, deren Bedeutung sogar noch wuchs, als Horowitzens mit Beckmanns nicht mehr redeten. Warum und wie es dazu kam, wusste eigentlich niemand so genau. Einmal ging es natürlich um Besitzansprüche auf Mirjam, dann spielte sicherlich auch Zygmunts Zugehörigkeit zur kommunistischen Partei eine Rolle, was Alfred nicht ertragen mochte, dann die Reibereien zwischen Karola und Aja, alles eigentlich nur Kleinigkeiten, aber es summierte sich.

Andzina war neben ihrer Funktion als tragende Säule der Wohngemeinschaft jetzt auch noch eine Art Herold geworden, der

Gesprächsangebote der streitenden Parteien von Wohnung zu Wohnung übermittelte und die verfeindeten Burgherren über Verhandlungsinhalte auf dem Laufenden hielt. Sie pendelte ständig zwischen den Familien, überbrachte kurze Meldungen und längere Gesprächsinhalte, tauschte Zeitungen aus und gratulierte jeweils im Namen der anderen Partei zu Geburtstagen oder sonstigen Feierlichkeiten, zu denen man sich üblicherweise viel Glück und Gesundheit wünschte. Die zweite Etage war zu einer Art Ganerbenburg geworden, innerlich zerstritten, vereint nur gegen den äußeren Feind.

Das einzige Bindeglied war jetzt nur noch Mirjam, auf die Aja nach wie vor den gleichen Anspruch erhob, den sie auch ihrem Bruder, dem Erzeuger, zugestand, was nochmal klar gesagt werden musste. Also legte man das Kind einmal täglich in den Kinderwagen, öffnete die Wohnungstür, schob den Wagen in den Hausflur und schloss wieder ab. Kurz danach öffnete sich die Tür der gegenüberliegenden Wohnung, ein Arm erschien, der Wagen wurde reingezogen, die Tür wieder fest verschlossen. Nur Andzina durfte pendeln, sollte es mit dem Kind Probleme geben. Dann transportierte sie frische und gebrauchte Windeln, brachte einen neuen Schnuller, weil Muś den teuren ersten, den er persönlich für Mirjam besorgt hatte, nicht mehr fand, oder sie tauschte den unterdessen kalt gewordenen Flascheninhalt in eine wärmere Portion um. Abends wurde der Wagen wieder in den Flur geschoben, die Wohnungstür sorgfältig geschlossen, von der gegenüberliegenden Seite ergriff ein Arm die Wagendeichsel, und Mirjam war wieder zu Hause. Zugbrücke runter, Zugbrücke rauf, Fallgatter runter, Fanfare!

Als Aja Karola einmal gravierend beleidigt haben soll, niemand wusste so richtig wodurch, brach Alfred den Kontakt zu seiner Schwester endgültig ab, da war er konsequent, bis zur Sturheit, und hielt zu seiner Frau. Schweigen senkte sich über das gelbe Haus mit den weißen Jugendstilornamenten in der Ulica Garncarska, nur die geldbringenden Mandanten trippelten noch geräuschvoll treppauf und treppab, wie auf einem Ameisenpfad.

Eigentlich war es auch höchste Zeit, Ruhe war dringend erforderlich, denn außer Mutter Karola kümmerten sich anfangs noch Ewi, Andzina, für kurze Zeit noch „Fräulein", natürlich Alfred, Muś, Aja, die Großeltern Laufer und der Hund Kajtusz um Mirjams Wohlbefinden, die beim besten Willen nicht richtig gedeihen wollte. Selbstverständlich wollten alle nur das Allerbeste, jeder hatte die einzig richtige Aufzuchtmethode, und alle wussten genau, wie ein kleines Kind in diesen Notzeiten, nach dem schrecklichen Krieg, den Hungersnöten richtig zu behandeln sei, damit es überlebt. Das Leben war ein Wunder, und Wunder mussten bewundert, vor allem aber geschützt werden.

Aber alle Anstrengungen waren vergeblich. Ganz allmählich stellte Mirjam das Essen völlig ein, nahm nicht mehr richtig zu und spie den besorgten Pflegepersonen das Essen auf Pullover, Blusen, Röcke und Hosen. Daher beschloss man die Anschaffung eines Kaninchens, denn man hatte gehört, dass Tiere, und ganz besonders Kaninchen, für die körperliche und geistige Entwicklung von Kleinkindern günstig sind. Das Kaninchen mit dem schönen Namen „Hasi" lebte in einem kleinen Käfig auf dem Balkon und wurde während der Mahlzeiten in die Wohnung geholt, aber auch das half nichts. Man war verzweifelt, das Kaninchen landete im Topf, einer nach dem anderen stellte enttäuscht seine Aufzuchtversuche ein, man ließ das Kind einfach in Ruhe, und es geschah ein neues Wunder, Mirjam aß wieder und gedieh.

Geld war im Nachkriegspolen wertlos, es gab nämlich nichts, was man sich hätte kaufen können. Alle versuchten ihre Zlotys, Zloty heißt auch noch „der Goldene", in Gold oder Devisen umzusetzen, was allerdings streng verboten war. Ein Hinweis, eine Anzeige und man saß im Gefängnis, und davon hatte man gerade genug. Rechtsanwalt Steinau, bei dem Alfred und Jacek Sadkowski vor dem Krieg ihre juristische Ausbildung genossen hatten, hatte eine Goldquelle, echtes 999iger, und so konnte Alfred sein Katzengold in echtes Gold verwandeln, ähnlich wie im Märchen vom Rumpelstilzchen, in dem Stroh zu Gold wurde. Rechtsanwalt Steinau flog auf, und Alfred war in höchster Gefahr. Es gelang ihm, den Schatz gerade noch am sicheren Ort zu verbergen, als sich auch schon ein dreiköpfiger Trupp der Geheimpolizei für eine Hausdurchsuchung an der Wohnungstür meldete. Das Gold war weg, Papiere gab es nicht, also keine Verhaftung, die Geheimen zogen unverrichteter Dinge wieder ab.

Die Frage, wer die Polizei über den Beckmannschen Goldschatz informiert haben könnte, wurde nie beantwortet. Rechtsanwalt Steinau, das stand fest, hatte keinerlei schriftliche Unterlagen, das wäre ja Selbstmord gewesen, zumindest ein Berufsverbot für alle Zeiten. Karola meinte, dass könnte nur Muś gewesen sein. Alfred meinte, dazu sei er zu dumm, was man schon daran sieht, dass er in der Kommunistischen Partei sei. Das war überzeugend, also wer war es? Dass Muś außer seinen Gehversuchen als Sportreporter und einigen mehr der Not gehorchenden Aktivitäten in Lwów und Samarkand niemals ernsthaft gearbeitet und auch keinerlei Anstalten dazu gemacht hat, und dass er, Alfred, schließlich schon die ganze Familie alimentierte und bei Muś keinerlei Unterstützung fand, war dem arbeitsamen Alfred zwar schon lange ein Dorn im Auge, aber um Verrat zu üben, bedurfte es einer gewissen Intelligenz, und die sprach er Muś ganz einfach ab.

In kurzer Zeit hatten es die ehemaligen Hitler- und Stalinopfer also geschafft, sich wieder ein neues Leben aufzubauen, ein bescheidenes, aber ein bürgerliches Leben, in dem Arbeit bezahlt wurde, in dem es keine Sorgen um die Ernährung gab, in dem man eine gewisse Freiheit genoss und vor allem, in dem es keine Angst mehr gab, verhaftet, deportiert, gefoltert oder gar getötet zu werden. Man hatte eine Wohnung, ein Auto, ein Haus auf dem Lande und eine gutgehende Anwaltspraxis, die Familie war zusammen, wenn die zurückliegenden Jahre auch riesige Lücken gerissen hatten. Die kommunistische Diktatur nach sowjetischem Vorbild konnte man im täglichen Leben weitgehend ausblenden, und der verbreitete Antisemitismus würde ihnen aufgrund der jüngsten Geschichte sicherlich nichts antun, auch wenn er schon wieder mal für unangenehme Stimmung sorgte. Man musste ihn einfach ignorieren, und irgendwann würden sich die Zeiten auch wieder ändern. Außerdem hoffte man, dass die westlichen Demokratien allmählich auch auf Polen Einfluss hätten, und die Zeit bis dahin müsste man halt durchstehen.

Zichron Yaakov

Aber so einfach war es dann doch nicht. Der in Polen nach dem Krieg wieder vorhandene Antisemitismus, weit mehr aber noch die rasch voranschreitende Entwicklung zum kommunistischen Einheitsstaat, waren Gründe, warum Beckmanns das Land dann doch wieder verlassen wollten. Mehr und mehr hatten sie das Gefühl, dass man hier nicht zu Hause sei. An den Gerichten, so Alfreds Beobachtung, beeinflussten Politik und allgemeiner Parteienklüngel häufig die Rechtsprechung, Anwälte wurden nach Parteizugehörigkeit ausgewählt, dass Richter unbestechlich waren, hielt er für ausgeschlossen, und sogar Verträge konnten ohne weiteres gekündigt werden, passten sie nicht zur politischen Linie, kurz, dies alles widersprach seiner Vorstellung von Recht und Gerechtigkeit, die Arbeit wurde ihm zur Last.

Nach 1945 stand eine polnisch-national und katholisch orientierte Gesellschaft der zunehmenden Stalinisierung negativ gegenüber. Die Stalinisierung schob man unter dem Begriff der „Żydokomuna“, also einem von Juden unterstützen Kommunismus, Juden in die Schuhe, denn wie überall auf der Welt suchte man Schuldige.

Man sah in den Juden die Speerspitze des Sowjetkommunismus, den die meisten Polen aber ablehnten. Nach Kriegsende waren zudem viele Juden aus der Sowjetunion in die Heimat zurückgekehrt, was antisemitische Tendenzen weiter förderte und 1946 schließlich zum erwähnten Pogrom von Kielce führte. Kielce wurde bekannt, wenig bekannt ist aber, dass es in der Zeit von Juli 1945 bis Februar 1946 bereits zahlreiche Raubüberfälle auf Juden und über einhundert Morde gegeben haben soll. Und die Kirche: Kardinal Hlond tadelte die Juden dafür, dass sie für Animositäten sorgten, die solche Ereignisse zur Folge hätten, und Stefan Wyszynski, später Primas von Polen, empfahl Juden sogar die Auswanderung.

Aber besonders die zunehmend kommunistische Innenpolitik trieb nicht nur Juden, sondern auch nichtjüdische Polen aus dem Land. Verfolgung unliebsamer Personen, Wahlmanipulation und massive Beeinflussung der Bevölkerung durch polnische Kommunisten und Sowjets sollen unter Bolesław Bierut die Regel werden und erst im Oktober 1956, dem sogenannten polnischen Frühling, als Gomułka zum zweiten Mal Erster Parteisekretär war, erfolgte eine zaghafte Entstalinisierung. Damals waren Beckmanns aber schon längst in Deutschland, denn schon Bolesław Bierut hatte ihnen genügt.

Im Februar 1951 durfte die Familie, also Alfred, Karola und die dreijährige Mirjam, Polen offiziell verlassen, allerdings weder nach Deutschland noch nach Kanada, wie beabsichtigt, sondern nach Israel. Juden ließ man nur nach Israel. Ein weiterer wichtiger Reisebegleiter war der sibirische Spitz Kajtusz, der freche Spitz, der jeden Uniformierten, vom Briefträger bis zum Armeegeneral gnadenlos verfolgte. Kajtusz war immerhin ein Hochzeitsgeschenk, also durfte er nicht zurückbleiben, und so verließ er mit offiziellen Ausreisepapieren, für die sich Alfred die Hacken auf den Behörden abgelaufen hatte, seine polnische Heimat. Stiefmutter Bronislawa Beckmann, Bronja, die den Ural und Samarkand heil überstanden hatte, war schon vorher nach Palästina ausgereist, wo sie in Pardes Chana, was Garten der Hannah bedeutet, Altenpflegerin in einem gutsituierten Pflegeheim geworden war und wo sie auch starb. Horowitzens blieben in Krakau, wollten aber, wenn sich nicht doch noch alles zum Besseren wenden würde, später folgen. Andzina und Staczek nahmen tränenreichen Abschied für immer.

Wie alle kommunistischen Staaten verbot natürlich auch Polen seinen Bürgern die bedingungslose Ausreise aus dem sozialistischen Paradies, da sie sich ja auf Kosten des kommunistischen Staates ausgebildet, ihre Kinder auf staatliche Einrichtungen geschickt und natürlich von den Segnungen des Kommunismus profitiert hätten. Wollten sie das Land verlassen, müssten sie den Staat für die erhaltenen Wohltaten entschädigen, wobei die polnische Republik großzügig übersah, dass Alfred sein Studium schon vor der kommunistischen Ära abgeschlossen, dass ein polnischer Rechtsanwaltskollege sein Vorkriegseigentum bereits kassiert hatte, und dass Mirjam noch gar nicht schulpflichtig, also vom polnischen Staat noch gar nicht beschenkt worden war. Trotzdem, Alfred musste zahlen.

Jeder Ausreisende durfte nur das Allernötigste mitnehmen. Verboten waren Geld, Schmuck, Edelmetalle aller Art und andere Wertgegenstände, ausgenommen war nur der Ehering. Alfred höhlte die Absätze seiner Schuhe aus, bettete Geld und einen kostbaren Brillantring darin ein und nagelte die Absätze wieder sorgfältig auf. Karola versteckte noch etwas Schmuck in der Doppelwand des Kinderwagens, und Mirjam hängte man rasch noch ein Goldkreuz an einem goldenen Kettchen um den Hals, wofür die katholischen Polen sicher ein Nachsehen hätten. Außerdem musste sie ein Schock Eier hüten, das ihnen Andzina „für alle Fälle“ mit auf die Reise gab. Karola zog ihren schönen Breitschwanzpersianer an, und dann ging die Reise los in eine unbekannte Ferne. Am Ende der Reise hoffte man in Kanada zu sein, und dann käme der schöne Pelz so richtig zur Geltung.

An der polnisch-tschechischen Grenze, also der Grenze zwischen zwei „Bruderstaaten", hieß es aussteigen. Schnell, schnell, der Zug fährt nicht eher weiter, bevor nicht alle staatlichen Kontrollen zur Zufriedenheit der Behörden erledigt sind, und ihr wollt doch alle weg, ins gelobte Land, oder etwa nicht?

Die Eltern wurden zur Leibesvisitation in eine Bretterbude geführt, doch Alfreds Schuhsohlenschatz blieb unentdeckt. Als sie wieder raus durften, sahen sie bei Kinderwagen, Hund, Kind und Eiern eine erregte Menschentraube und eine keifende Polizistin. Es war klar, man hatte den sorgfältig versteckten Schmuck entdeckt, und die Reise war damit beendet. Wie konnte das nur passieren! Als Mirjam und Hund nämlich alleine waren, wollte die Polizistin den Kinderwagen filzen. Aber als sie ihre Hand ausstreckte, erkannte Kajtusz eine Uniformierte und biss in gewohnter Weise zu. Die Polizistin schrie, grinsende Reisende drängten sich um die verletzte Staatsmacht, der Hund kläffte, Geifer triefte aus seinem wutverzerrten Maul, erneut attackierte er die Polizei, die Augen traten ihm vor Hass aus den Höhlen, und Mirjam warf ungerührt eins der kostbaren Eier nach dem anderen auf die Gleise. Jetzt hielt man zu dem Kind, alle schimpften gemeinsam auf die Uniformierte, die sich ganz offensichtlich an einem kleinen Kind vergriff, mit seiner Trillerpfeife gab der Bahner das Zeichen zur Abfahrt, rasch kletterte man in den Zug und überquerte mit Kinderwagen, Schmuck und Hund, aber nur noch wenigen Eiern die Grenze; und die uniformierte Staatsmacht blieb mit langem Gesicht zurück.

Das Schiff, das die Familie von Genua nach Haifa brachte, hieß Negba, die Welle, und gehörte der ZIM, der staatlichen israelischen Schifffahrtsgesellschaft. Von Haifa ging die Fahrt weiter nach dem kleinen Dorf Zichron Yaakov, einem Weinbauerndorf in den Ausläufern des Karmelgebirges, unweit der Küste. Man wohnte zur Untermiete bei der Witwe Noemi Mandelzweig. Da das Häuschen kein Obergeschoss hatte, spielte sich das ganze Leben im Erdgeschoss ab. Beckmanns teilte man ein Zimmer mit Kochnische zu, vor dem Zimmer lag eine Art gemauerter Terrasse, geländerlos, davor ein vertrocknetes Gärtchen, dann die Straße mit streunenden Hunden und Katzen. Blies der Seewind durch das Dorf, puderte der aufgewirbelte Staub Terrasse, Hunde, Katzen und die Kochnische grau.

Beckmanns gehörten jetzt zu der Gruppe Neusiedler, die größtenteils aus Polen stammte. Bis jetzt hatte es aus Polen eine kleinere und eine größere Auswanderungswelle nach Palästina gegeben, das seit 1948 Israel hieß, eine weitere sollte noch folgen. In den Jahren 1945 bis 47 war die Zahl der Auswanderer noch klein, die Auswanderung fand aus den unterschiedlichsten persönlichen Gründen statt. Die Warschauer Politik gegenüber Juden war damals noch inkohärent, man improvisierte, mal hüh, mal hott. Öffentlich verkündete man zwar, dass im neuen sozialistischen Polen wieder jüdisches Leben wachsen sollte, tat aber nichts gegen den Antisemitismus, der besonders durch den Dauerstreit um die Rückgabe ehemals jüdischen Eigentums genährt wurde. Als die Regierung auch noch dazu überging, jüdische Parteien gleichzuschalten, ihre noch bestehenden kulturellen und karitativen Einrichtungen zurechtzustutzen, und als sich auch noch zunehmend Unzufriedenheit über die Wirtschaft ausbreitete, setzte in den Jahren von 1948 bis 1951 ein regelrechter Exodus ein, der von der Regierung sogar begrüßt wurde, da er ihr beim Aufbau eines homogenen Nationalstaates ohne irgendwelche Minderheiten behilflich war. Ende 1951 ließ die Massenauswanderung nach Israel, die Alijah, wieder allmählich nach.

Beckmanns landeten 1951 also in Zichron Yaakov, das seit 1882 Weinbautradition hatte. Zichron Yaakov liegt etwa dreißig Kilometer südlich von Haifa und besitzt das zweite von Baron Edmond de Rothschild gegründete Weingut Palästinas. Das erste war Richon le Zion, südöstlich von Tel Aviv. Zichron Yaakov liegt im Süden des niedrigen Gebirgszuges Karmel, der die Küstenebene von Haifa nach Südosten hin abgrenzt. Auf Hebräisch heißt Karmel das „Weingut“, der arabische Name lautet Dschebel Karma. Und Zichron Yaakov liegt nur etwa fünf Kilometer von der Mittelmeerküste entfernt. Beckmanns hatten sich weder das Land noch das Dorf ausgesucht, aber gut, wenn das Schicksal es so wollte, war das eben Zwischenstation.

Zunächst beschafften sie sich alle mal luftige Sommerkleidung, denn Sonne, Palmen und badende Kinder am Meer verlangten das. Die warmen und guten polnischen für Kanada bestimmten Kleider wurden bis zur baldigen Weiterreise sorgfältig verstaut. Hausrat musste man von der Wirtin borgen, Lebensmittel gab es auf Lebensmittelkarten im Dorf und im Nachbardorf, sonst gab es nichts, auch keine Spielsachen. Mirjams große männliche Zelluloidpuppe Andrzejek hatte die lange Reise von Krakau nach Zichron Yaakov nicht mitgemacht, jetzt gab es nur einen großen, dunkelblauen, aber heiß geliebten Teddybär, allerdings ohne Augen. So brauchte er zwar die polnischen Missstände nicht mehr zu sehen, aber er sah auch nicht die besseren Seiten Israels.

Die Bleibe der Familie war bescheiden, aber auch sonst gab es in Zichron Yaakov nichts Beschreibenswertes. Vielleicht nur eins. In der Dorfmitte befand sich ein großer Platz, der Hühnerrupfplatz, auf dem sich die Frauen zusammensetzten, um ihrem Federvieh den Weg in die Pfanne zu erleichtern. Natürlich war das auch der Zentralplatz zum Tratschen und um ausführlich alle Tagesereignisse durchzuhecheln, denn statt Lokalpresse gab es hier den Hühnerrupfplatz. Der Hühnerrupfplatz war auf allen vier Seiten von schmalen Wassergräben umgeben, in die man zwecks Reinhaltung die gerupften Federn warf. Aber eigentlich wurde der Platz niemals richtig federfrei, irgendwo stieß man immer wieder auf Federn, und selbst dem Wind von der nahen Mittelmeerküste gelang es nicht, das Dorf vom Gefieder zu befreien. In der Nachbarschaft befand sich nämlich ein arabisches Dorf mit Frauen, die unweit in einem Kibbuz arbeiteten, der sich auf Hühnerzucht spezialisiert hatte, und war der Rupfplatz mal irgendwann halbwegs sauber, brachte der Wind garantiert die Federn vom Kibbuz. Jüdische und arabische Frauen rupften also um die Wette, aber da die Sprachbarriere erheblich war, blieben Juden und Moslems meistens unter sich, oder verständigten sich mit Gesten und durch ihre Kinder.

Dann gab es noch eine Bäckerei, einen Kindergarten, einen Tierarzt und vielleicht noch ein paar Weinbauern. Mit dem vornehmen Weingut des Baron Rothschild hatte man nichts zu tun, und keiner seiner Leute hatte Kontakt zu den Dörflern. Wie ein Adeliger auf seiner Burg thronte der Verwalter zwischen seinen Reben, und huldvoll grüßend, fuhr er ab und an mal in die nahe Stadt.

Zichron Yaakov war hauptsächlich von deutschen und rumänischen Juden bewohnt. Polnische Juden waren hier und in der näheren Umgebung selten. Wurde ein Schaf, ein Huhn oder ein Brot gestohlen, so waren das selbstverständlich wieder mal die Araber, allenfalls die Rumänen, Deutsche und Polen taten das nicht. Dennoch, trotz kleinerer Reibereien und unterschiedlicher Lebensperspektiven, vertrug man sich, man ging freundlich miteinander um. Größeren Ärger gab es nicht, und Politik spielte keine Rolle, der Politik waren alle erst entronnen, darüber freute man sich und dafür dankte man Gott, jeder dem seinen oder auch keinem.

Ohne Arbeit und ohne festes Einkommen war die Beschaffung von Lebensmitteln natürlich schwierig, und man musste schon erfinderisch sein, um immer Essbares auf den Tisch zu bringen. Lebensmittel gab es nur auf Lebensmittelmarken, alles war rationiert, mit dem Ergebnis, dass Familie Beckmann längere Zeit Hunger litt. Nur Obst und Gemüse gab es reichlicher, sehr selten auch Fisch vom nahen Mittelmeer, die Versorgung mit Brot war ausreichend, aber Fleisch war eine Rarität.

Eines Tages wurde Karola ein Truthahn angeboten, zwar noch lebendig und außerdem im Nachbardorf, dessen unauffälliger Transport nach Zichron Yaakov bei den zahlreichen Polizei- und Militärkontrollen aber sicher nicht einfach wäre. Da von den Dörflern keine Hilfe zu erwarten war, war der einzige hilfsbereite Freund der aus Deutschland stammende Fahrer Seev der staatlichen Buslinie Eged. Ihn konnte man bedenkenlos ins Vertrauen ziehen. Karola beschaffte sich einen alten Kinderwagen, packte Wollmütze und Kleid von Mirjam ein, wurde mit der Ausstattung von Seev sicher zum Truthahn chauffiert und kam am Abend freudestrahlend mit dem lebenden Vogel zurück. Sie hatte das große Federvieh kurzerhand unter der Matratze im Wagen festgezurrt, ihm das Kinderkleid angezogen, seinen kleinen Kopf in die Mütze gepackt und in der Dämmerung alle Straßensperren unbeanstandet passiert.

Das, und die wiederholten Besuche auf dem Rupfplatz, brachten Karola aber auf die Idee, selber Hühner zu halten, zumal sich derartige Truthahnabenteuer nicht beliebig oft und schon gar nicht glücklich wiederholen ließen. Da Alfred in dieser Zeit mit kurzen Hosen, Sandalen und kräftig behaarten Beinen auf dem Sofa liegend Englisch lernte und sich in griechische Philosophen vertiefte, musste Karola alleine auf den Markt. Sie kam mit sechs braunen und weißen Hennen und einem etwas mickrigen Hahn zurück, ein aus losen Brettern notdürftig zusammengeschusterter Hühnerstall wurde besorgt, im Garten hinter dem Hause vor streunenden Hunden und Schlangen sicher auf langen Pfosten aufgebaut, und fortan gab es bei Beckmanns Eier und in großen Abständen auch einmal ein Huhn. Der mickrige Hahn rackerte sich redlich ab, und eines Tages vergrößerte sich die Familie durch acht kleine gelbe und später braune Küken.

Man half sich weiter, es ging mal wieder aufwärts. Ein trauriges Kapitel war aber die Geschichte mit Karolas kostbarem Brillantring, den Alfred im ausgehöhlten Absatz aus Krakau geschmuggelt hatte. Natürlich ließ sich ein solch kostbares Stück nicht ohne weiteres in Lebensmittel umsetzen, man wollte es auch nicht, es könnte ja noch schlechtere Zeiten geben, und so polierte es Karola von Zeit zu Zeit und bewunderte das Feuer des herrlichen Steines in der Sonne Israels. Vergleichbares hatte keine polnische Israelin und schon gar keine Rumänin, die hatten ja ohnehin nichts. Schon der Schliff, die kostbare Fassung, der Ring sprühte Funken, ein kostbarer Besitz!

Eines Tages löste sich der Stein aus seinen goldenen Klauen und fiel in den Staub des Fußbodens. Da, wie auf dem Lande üblich, gerade eine Schar von Hühnern auch im sandigen Boden der Wohnstube auf Futtersuche pickte, war die Kostbarkeit hochgradig gefährdet, und da man sie nicht wiederfand, war es klar, dass das gefräßige Federvieh den Stein entdeckt und gierig verschluckt hatte. Das bedeutete das Ende der Geflügelzucht. Ein Huhn nach dem anderen, zuletzt der Hahn, wurden von Alfred mit Hilfe eines Beiles geköpft, die Därme sorgfältig mit einer Schere aufgeschnitten und zwischen Zeigefinger und Daumen ausgestrichen. Der Stein blieb verschwunden, der größte Besitz war ein für alle Mal verloren. Ob die gebratenen Hühner noch geschmeckt haben? Kajtusz war unschuldig und freute sich über die vielen Knochen, der auf Stelzen ruhende Hühnerstall verfiel und wurde endlich vom Mittelmeerwind umgeblasen.

Wie schon erwähnt war Karola keine begeisterte und somit auch keine gute Köchin. Als noch vor dem Brillantenabenteuer eins der damals noch unverdächtigen älteren Hühner in die Suppe sollte, fragte sie eine Nachbarin nach einem guten Rezept. Man nehme das Huhn, Wasser, Salz und etwas Gemüse, gebe alles zusammen in einen großen Topf und koche es. Karola tat, wie ihr geraten wurde, fragte sicherheitshalber nochmal nach, wie lange man so ein Tier behandeln müsste, aber das Huhn wurde nicht richtig. Stattdessen schwoll es mächtig an, seine Farbe veränderte sich allmählich ins Blaue, dann ins Graue, und ein eigenartiger Geruch ging von ihm aus. Und irgendwann platzte es, und die grüne Galle ergoss sich in den Gemüsesud.

Da sie vergessen hatte, das Hühnchen von seinen Innereien zu befreien, wanderten Huhn und stinkende Därme, Herz, Lungen und Nieren in den Müll. Der Gemüsesud hinterdrein. Da beschloss Alfred mit seiner Frau gemeinsam zu kochen. Ab jetzt gab es Auberginen in allen Variationen, nichts als Auberginen, haschiert, paniert, als Brotaufstrich, gemahlen, gehackt, mit Öl und Zwiebeln oder Knoblauch, mit Brot und Oliven, oder auch roh. Das war Fleischersatz und hieß Hadzilim. Und natürlich Eierspeisen in jeder Form. Eier gab es im Laden nebenan. Eier ließen sich auch gut mit Hadzilim kombinieren, und so drehte sich die ganze Küche nur noch um das Ei und die Aubergine, die auch Eierfrucht heißt.

Die Ernährung der dreiköpfigen Familie war etwas einseitig, besonders wenn man sah, was bei anderen auf den Tisch kam. Mirjam hätte man eigentlich in den ortsansässigen Kindergarten schicken müssen, dann wäre sie abwechslungsreicher ernährt worden, aber es fehlte an Geld, also blieb sie bei Hadzilim, Eiern und Kajtusz. Und dabei lag der Kindergarten nicht mal weit entfernt, sie hätte ihn ohne Begleitung erreicht, vielleicht auch eine nette Freundin gefunden, selbst eine Rumänin wäre begrüßt worden, viel wichtiger wäre aber gewesen, dass sie an die noch warmen Rosinenbrötchen käme, die ein junger Bäcker jeden Morgen auf einem großen Blech hoch über seinem Kopf in den Kinderhort jonglierte. Die frische Ware verströmte einen herrlichen Duft, der wie ein Kometenschweif dem jungen Bäckersmann folgte. Im Laden waren die Brötchen nicht erhältlich. Der Staat tat etwas für seine Jüngsten, aber eben nicht für alle. Also blieb es morgens bei einfachem Brot und geronnener Milch, die man hier Lebenia nannte.

Kurz nach dem Untergang der Geflügelzucht trat ein weiterer Verlust ein. Aus der hintersten Zimmerecke drang ein muffiger, schimmliger an Intensität ganz allmählich zunehmender Geruch in den Raum, breitete sich kriechend über den Fußboden aus, kletterte an den Wänden hoch und war schließlich allgegenwärtig. Auch durch wiederholtes Lüften war er nicht zu verdrängen, Fegen und Scheuern blieben erfolglos. Der unangenehme Duft wurde zum Gestank. Dann war es allen klar. Der aus Polen mitgebrachte kostbare Breitschwanzpersianer, der im Klima Israels an Bedeutung eingebüßt hatte und daher in eine Plastikfolie gewickelt in der hintersten Zimmerecke zusammen mit anderen Erinnerungsstücken, wie Fausthandschuhen, Schals und Skipullovern auf bessere Zeiten und die Ausreise nach Kanada wartete, war verschimmelt und Heimat unzähliger Maden geworden. Kanada ohne Persianer, eine neue Herausforderung.

Und beinahe hätte es noch ein weiteres Unglück gegeben, nämlich Kajtusz, Mirjams Retter an der polnisch-tschechischen Grenze, musste dem Tod ins Auge sehen. Als schneeweißer Spitz hatte er es unter den überwiegend dunkelhaarigen Dorfkötern nämlich nicht immer einfach, und so wurde er eines Tages von einer Meute angefallen und schwer ramponiert. Tödlich verletzt, tauchte er unter, und der im Dorf ansässige Veterinär meinte, Kajtusz hätte sich zum Sterben zurückgezogen. Wahrscheinlich käme er nicht mehr wieder. Entsetzen und Trauer waren gleichermaßen überwältigend, die Tränen flossen. Der arme Kerl, der Philosoph, diese Schmerzen! Man fand ihn schließlich in einem Schuppen, wo er sich die heraushängenden Därme leckte, dadurch die Fliegenschwärme vertrieb und gleichzeitig mit dem Speichel den Heilungsprozess förderte. Der Veterinär reparierte ihn noch mit einigen Knopfnähten, und Kajtusz war wieder hergestellt. Jedenfalls bestand er den bald folgenden Kampf schon wieder mit Bravour und bewahrte dabei die überraschte Familie sogar noch vor einem giftigen Tod.

Als Beckmanns nämlich nichtsahnend beim Frühstück saßen, das Leben spielte sich in Israel ausschließlich auf der Veranda und im kleinen Garten ab, sprang der Spitz plötzlich hoch, knurrte, kläffte und versuchte mit seinem spitzen Maul den Kopf einer großen, grauen Schlange zu fassen, die sich ihrerseits erhoben hatte, böse züngelte und Kajtusz attackierte. Der Kampf wogte eine ganze Weile hin und her, Staub und Blätter flogen auf, der Hund knurrte, kläffte mit gesträubtem Nackenhaar, seine Stimme überschlug sich, die Vorderbeine flach auf den Boden gedrückt zitterten die hochgestellten Flanken vor Erregung, der Kopf schoss immer wieder zornig nach vorne, als wollte er das Reptil mit seinen gefletschten Zähnen greifen, sich dann festbeißen und ihm den Garaus machen. Aber auch die Schlange ließ ihren kleinen Kopf mit den bösen gelben Augen nach vorne schnellen, dann drehte sie sich wie gelangweilt zur Seite, griff erneut wie ein vorschnellender Pfeil an, ihre schwarze Zunge blitzte gegen den Feind, einen eindeutigen Sieger gab es nicht, und so musste ein Nachbar geholt werden, der das giftige Reptil mit einem gezielten Gewehrschuss tötete. Kajtusz war der Held des Tages, der Lebensretter.

Zumindest einmal während seines Israelaufenthaltes schien der wiederhergestellte Hund als Wachhund und Beschützer aber versagt zu haben. Da die Versorgung mit Lebensmitteln in Zichron Yaakov zwar nicht schlecht, aber wie erwähnt doch angespannt und jedenfalls sehr eintönig war, schrieb Alfred einen langen Brief an einen Freund in Paris und schilderte ihm seine und seiner Familie Situation. Besonders muss er dabei auf die Rationierung alles Essbaren eingegangen sein, denn eines Tages brachte ihm Freund Seev, der Busfahrer, eine Kiste mit einhundert Kilogramm französischer Hartwurst; Hartwurst in ein subtropisches Land, in dem man keine elektrischen Kühlschränke, sondern nur die damals weit verbreiteten weißen, hölzernen Eiskisten kannte. Zwar brachte der Eismann einmal wöchentlich mit seinem Eselskarren eine lange Stange Eis vorbei, aber leider waren die Lieferungen unregelmäßig, weswegen sich das Kühlen Pariser Hartwürste problematisch gestaltete und sich bald als echte Herausforderung erwies.

Karola hatte die zündende Idee, Schnüre im hinteren Teil des Zimmers von einer Wand zur anderen zu spannen und die Würste dicht bei dicht zum Trocknen aufzuhängen. So blieben sie von Mäusen, Ratten und anderem Getier verschont, Fliegen würden durch die Fliegenfenster abgehalten werden, zudem sind Hartwürste auch nicht sehr empfindlich, und so könnten die Prachtexemplare ganz allmählich vor sich hin dörren und würden sich dann sicherlich als Bereicherung der täglichen Speisekarte erweisen. Denn schließlich kennt man ja auch Dörrfleisch, warum sollte es nicht auch Dörrwurst geben. Eskimos und Indianer machten es genauso. Ein Jubel- und Dankesbrief ging nach Paris.

In der Nacht nach Eintreffen der Pariser Würste wachte Karola verstört aus dem Schlaf auf, da vor dem Haus ein herzzerreißender Katzenchor eingesetzt hatte. Aus allen Richtungen miaute, fauchte und jaulte es, und hörte man genauer hin, so jaulte es auch in unmittelbarer Nähe. Als sie langsam die Augen öffnete, funkelten ihr hunderte gelblich phosphoreszierende Katzenlichter entgegen, Katzenaugen an jedem der drei Fliegengitter, Schaben, Fauchen und immer die gelben Augen, Krallen, die kratzend am Drahtfenster abglitten. Kajtusz schlief fest. Entsetzt weckte sie Alfred und Mirjam, und jetzt starrten drei Paar Menschenaugen aus dem dunklen Zimmer in Dutzende von Katzenaugen, die ihre Gier nach französischer Wurst nicht laut genug in die schwarze Tropennacht hinausmiauen konnten. Dass Kajtusz als Wachhund versagt hatte, lag vielleicht daran, dass es sich um Wildkatzen gehandelt hat, die er wohl lieber aus sicherer Entfernung beobachten oder überhaupt ignorieren wollte. So erklärte sich das jedenfalls die liebende und nachsichtige Familie. Bei Sonnenaufgang verschwand dann eins der wurstgierigen Wüstentiere nach dem anderen, und statt Auberginen gab es bei Beckmanns jetzt jeden Tag Hartwurst, auch für die Nachbarn und den unaufmerksamen Hund, und was man nicht mehr essen konnte, fraß der Schimmelpilz.

Wie allgemein bekannt, versuchen sich polnische und rumänischen Juden voneinander fernzuhalten, geben sie sich in der Öffentlichkeit auch oft wie alte Freunde. Warum das so ist, weiß niemand. Niederländische Juden haben nichts gegen amerikanische, diese nichts gegen polnische, russische oder japanische, aber Juden aus Polen und Rumänien stehen sich oft wie Hund und Katze gegenüber. So erzählt man zumindest, vielleicht stimmt es auch.

Denn eines Tages tauchte in Zichron Yaakov das Gerücht auf, Karola Beckmann sei überhaupt keine Jüdin. Blonde Haare, blaue Augen und wie ein BDM-Mädchen runtergekrempelte weiße Kniestrümpfe oder Söckchen; das sprach für sich. Eine klassische Arierin, die einen Juden geheiratet hat, damit sie aus Polen rauskommt. Außerdem sprach sie ja auch kein Jiddisch, wie ihr Ehemann, und die eintätowierte KZ-Nummer war ja vielleicht gar nicht echt, vielleicht nur Tinte, und außerdem kamen ja auch Nichtjuden in KZs. Karola wurde von den rumänischen Juden im Ort geschnitten, mit den deutschen Juden hatte sie ohnehin keinen Kontakt, und Kontakte zu arabischen Frauen scheiterten an der Sprache. Und so war sie isoliert. Der einzig wirkliche Freund war halt wieder der Busfahrer Seev.

Und so kam eins zum anderen. Und dann kam auch noch die Seuche. Der Ausrufer mit der großen Glocke ging von Straße zu Straße, läutete laut und lange und warnte die besorgten Eltern vor der Kinderlähmung, die schon in der Nachbarschaft beobachtet worden sei und vor der jetzt auch seitens der Regierung gewarnt werde. Eltern sollten den Kontakt ihrer Zöglinge mit auffälligen Kindern sofort unterbinden, die Kinder sollten nicht im Straßendreck spielen, und jedes Anzeichen einer Krankheit müsste sofort einem Arzt, besser noch der Behörde gemeldet werden.

Die Katastrophe hatte auch Beckmanns erreicht, als Mirjam eines Morgens, als man sich gerade gemütlich zum Frühstück gesetzt hatte, weinerlich von hinten rief, sie könnte sich nicht bewegen, und schon gar nicht mehr laufen. Da stürzten beide Eltern an ihr Bett, das Kind hatte also die Polio, nichts anderes kam infrage, dieses schreckliche Land und seine schrecklichen Leute und das schreckliche Klima, alles war hier eigentlich schrecklich. Schrecklich, und auch das Dorf war nur noch schrecklich. Man atmete auf, als sich ein über die Vorderseite des Bettes ausgerolltes und jetzt verrutschtes und völlig verwursteltes Moskitonetz als Ursache der „Lähmung“ herausstellte. Aber nichts desto trotz, aus diesem Land müsste man endlich weg, es reichte.

Die Kinderlähmung war damals ständiges Thema, jeder hatte Angst, und jeder kannte die Machtlosigkeit der Medizin. In Amerika, in Frankreich und Deutschland soll es künstliche Lungen geben, Röhren, in denen man die armen Kinder beatmen konnte, wenn die Atemmuskulatur von der Lähmung ergriffen wurde, aber hier in Israel bedeutete Kinderlähmung den Tod. Die segensreiche Salk-Impfung war ja noch nicht erfunden. Es war höchste Zeit, Israel zu verlassen, man wollte doch schließlich nach Kanada, was wollte man denn hier noch, in diesem furchtbaren Land? Die Abreise müsste jetzt verstärkt betrieben werden!

Aber zunächst musste man halt noch bleiben, und damit der ganze Papierkram mal endlich erledigt wird, nahm Alfred die Sache jetzt persönlich in seine anwaltlichen Hände, denn von sich aus würden die Behörden ja doch nichts tun. Bis zur endgültigen Abreise würde noch viel Zeit vergehen, wohl noch Wochen, wenn nicht sogar Monate, er müsste jetzt Druck machen.

Viel Abwechslung gab es in Zichron Yaakov natürlich nicht, also fuhr man mit dem Bus nach Haifa oder Tel Aviv und manchmal zum Baden an den Strand. Aber Tel Aviv war nicht weniger langweilig als Zichron Yaakov, keine geistigen Anregungen, alles fremde Leute und langweilige Geschäfte. Die paar Kinos waren uninteressant, abgedroschene Filme über den glorreichen Aufbau des Landes, ein paar amerikanische Schnulzen, das war alles. Sich auf der Dizengoff ins Café zu setzen und sich die Geschichten der geflüchteten Polen und Deutschen anzuhören, die nur noch von zu Hause schwärmten und dabei immer wieder wiederholten, was sie alles mal besessen hatten, lag Alfred schon gar nicht. Am berühmtesten war hier das schon erwähnte Café Rowall in der Dizengoff Straße. Jeder hatte etwas anderes, größeres und schöneres als der Gesprächspartner, jeder träumte von seiner Vergangenheit und rührte dabei das Zuckerstückchen im „Gläsele Tee". Die aus Deutschland Geflüchteten hatten wenigstens noch ein gemeinsames Thema, nämlich den deutschen Wald, die Buchen- und Fichtenwälder, besonders aber die Mischwälder mit ihren uralten Bäumen, wo der Kuckuck rief und die Drossel sang, die es in dieser Einmaligkeit ihrer Meinung nach auf der ganzen Welt nicht mehr gab.

In Tel Aviv lebte Isaak Renker, der frühere Mann von Alfreds Cousine Irka, die die Russen in Krakau verschleppt und wahrscheinlich auch umgebracht hatten, falls sie nicht Selbstmord begangen hat. Isaak hatte wieder geheiratet und zwei Kinder in die Welt gesetzt, die auch heute noch in Israel leben. Nach den vielen Jahren, die man sich nicht mehr gesehen hat, meinte Alfred, müsste man doch mal Irkas Mann in Tel Aviv besuchen, schließlich gehört er ja zur Familie und auf die Reisepässe müsste man ohnehin noch lange warten. Also meldete er sich und seine beiden Frauen an, alle freuten sich, nach so vielen Jahren, nach all den Ereignissen.

Als man sich in Renkers Wohnzimmer mit der mit Reißzwecken befestigten Plastiktischdecke niedergelassen hatte, wurden eine Flasche Mineralwasser und drei Orangen serviert, sonst nichts. Aus Höflichkeit sagte man natürlich danke, aber die Geschichte mit den drei Orangen wurde zur Redewendung, und Alfred meinte lakonisch, wer den Boden Israels betritt, legt automatisch seine Erziehung und die guten Sitten ab. Wer Bildung und Kultur hat, könne hier nicht leben. Er hatte nicht ganz Unrecht, denn auch heute noch kommt man sich in Israel wie in einer großen Jugendherberge vor, in der Hemdsärmeligkeit zur Kultur erhoben wurde.

Alfred hatte Prinzipien, liebte klare Worte, und er war konsequent, und so konnte er auch Orangen und Wasser auf der Plastiktischdecke nicht vergessen. In Polen wäre das unmöglich gewesen. Man erinnere sich, dass er in Krakau den Kontakt zu seiner Schwester abgebrochen hatte, weil sie Karola beleidigt oder zumindest gekränkt haben soll, und man beachte, dass er Ewi zeitlebens nicht verzeihen wird, dass sie ohne ihrem polnischen Major „do widzenia“ gesagt zu haben, Heimat und Major den Rücken kehrte, worüber gleich noch berichtet wird, und dass er nach seiner Übersiedlung nach Deutschland auch keine engere Beziehung zu Frankfurter Juden wünschen wird, weil er sie für ungebildet hielt. Er war konsequent, vielleicht sogar stur, und meinte, die Intelligenteren, die Gebildeten sind schon alle in Amerika, Kanada oder auch im Krieg getötet worden, und hier lebten jetzt nur noch die, die die Lager überstanden hätten, also die Ostjuden mit den langen Bärten, die man zu Hause nur zum Hintereingang reingelassen hätte, die Altwarenhändler, die Hausierer und Scherenschleifer.

Man muss allerdings sagen, Alfred war ein wenig das, was man einen impulsiven oder auch schwierigen Menschen nennt, besonders was seine Gesellschaft anging, die er sich kritisch bis überkritisch aussuchte. Auch ein Schuss Überheblichkeit war ihm wohl eigen. Und so freundete er sich später in Frankfurt auch nur mit einer einzigen Dame an, die Abitur hatte und seiner Meinung nach hoch gebildet war. Leider wurde auch diese Beziehung durch ein kleines Missgeschick gestört, als nämlich der Ehemann der Gebildeten, offenbar weniger gebildet als die Frau Gemahlin, unter dem Beckmannschen Esstisch aus Bequemlichkeit seine Schuhe abstreifte. Damit reihte ihn Alfred sofort in die Kategorie der Hausierer und Scherenschleifer ein, und die Beziehung wurde beendet. Aber auch Karola war pragmatisch, als sie fragte, an wen sie sich in Frankfurt jetzt halten sollte, an die Nazimörder oder die Schrotthändler mit den langen Bärten. Die Antwort ließ Alfred offen.

Alfred war manchmal ein schwieriger Mensch. In Polen fuhr er leidenschaftlich gerne Auto, zum Leidwesen Karolas, am Ziel besichtigte er alles, was zu besichtigen war, was ihr auch nicht gefiel, zu Hause badete er oft und vor allem ausgiebig, was sie nicht störte, und er las seinen geliebten Seneca, neuerdings also auch die Römer, ganz besonders wenn er mit Karola Streit hatte. Karola schimpfte dann, zeterte und fuchtelte vor Aufregung mit dem Staubwedel in der Luft herum, Alfred lag ruhig lesend auf dem Sofa, er reagierte nicht mal, man konnte sich mit ihm nicht streiten. Es ging einfach nicht, und das reizte ganz besonders.

Auf der Durchreise

1951 kamen auch Aurelia und David Laufer mit Tochter Ewi in Israel an. Natürlich auf Alfreds Kosten, anders war das gar nicht möglich. Begleitet wurden sie von ihrem Irish Setter Selim, dem überlebenden Sohn von Mutter Tschika, Selim, dem die Polen im Rahmen der Homogenisierung der nationalen Hundewelt die Ausreise erlaubt hatten, dafür aber nicht von Ewis Ehemann. Die drei Laufers wohnten in Tel Aviv im ersten Stock eines Mehrfamilienhauses, immerhin mit Balkon, richtiger Luxus. Um Geld zu verdienen, nahm Ewi als Berufsfremde sogar die harte Arbeit einer Krankenschwester in einer psychiatrischen Klinik an. Wer die Arbeit in der Psychiatrie kennt, kann sie nur bewundern. Groß kann ihr Gehalt nicht gewesen sein, denn als die drei Laufers drei Jahre später nach Deutschland übersiedeln wollten, musste ihnen Alfred erneut unter die Arme greifen.

Alfred war entsetzt, dass Ewi alleine in Israel ankam. Ewi hatte nämlich 1947 in Polen den Major Ludwik Jonczyk geheiratet, und Major Jonczyk durfte als militärischer Geheimnisträger die Volksrepublik natürlich nicht verlassen. Also verließ Ewi den Ludwik, ohne dass eine ordentliche Scheidung stattgefunden hatte. Für einen Vollblutanwalt wie Alfred war solches Verhalten einfach nicht akzeptabel, und er hat es Ewi zeitlebens nie verziehen.

Erst in Deutschland löste sich Ewi durch Fernscheidung von Ludwik und blieb dann nicht lange unbemannt. Jetzt lernte sie den Ungarn Hans Jenö Wagner, gerufen Jenö, aus dem kleinen Ort Sátoraljaújhely, nahe der slowakischen Grenze kennen. Jenö war gleich nach dem Ungarnaufstand aus Budapest geflohen, nachdem im Oktober 1956 sowjetische Truppen den Aufstand mit Panzern niedergeknüppelt hatten. Als die neue Regierung unter János Kádár am 4. November bekannt gab, dass der enge Schulterschluss mit Moskau sowie der kommunistische Kurs beibehalten würden, war das für Jenö das Zeichen zum Aufbruch, denn mit wem er den

Schulterschluss beibehält, wollte er selbst entscheiden. Jenö war ein freundlicher, spendabler und äußerst charmanter Ungar, der, wenn er Geld hatte, alle und jeden großzügig aushielt. Jenö war nämlich Spieler und Kettenraucher und fuhr ein riesiges amerikanisches Auto, einen sogenannten Amischlitten. Er war allseits beliebt.

Jenös Großzügigkeit wird zum Beispiel durch folgende kleine Anekdote deutlich. Jenö und Ewi hatten bald eine gemeinsame Tochter, Lily. Zum dritten Geburtstag seiner kleinen Lily mietete der spendable Ungarnflüchtling das ganze Restaurant des Parkhotels Karlsruhe und feierte mit einer großen Gesellschaft das wichtige Ereignis. Tokayer und Türkenblut flossen in Strömen, Libermaiy, die wunderbare ungarische Variante französischer Gänseleber, Goulasch, Paprika und Zigeunermusik, alles so, wie man sich Ungarn, die schöne Heimat, vorstellte und wie sie es damals auch noch war. Für eine Dreijährige wirklich ein ungewöhnlicher Rahmen. Geld spielte keine Rolle.

Neben seiner Spielerleidenschaft übte Jenö aber auch einen richtigen Beruf aus, er besaß nämlich bald eine Lederwarenfabrik in Karlsruhe, nicht zu groß, nur für exquisite Lederprodukte. Als die Firma einging, eröffnete er mit Ewi eine Expressreinigung in Neu-Isenburg bei Frankfurt und eine Filiale in der Innenstadt Frankfurts. Da Alfred nicht gewillt war, in Jenös und Ewis Firma einzusteigen und zu investieren, kam es endgültig zum Zerwürfnis, und Alfred hat bis zu seinem Tode kein einziges Wort mehr mit Ewi gewechselt. Er war, wie gesagt, ziemlich konsequent.

Als brillanter Spieler geriet Jenö an irgendeine Mafia. Längere Zeit verdiente er sehr gutes Geld in Las Vegas, und schließlich wurde er in Hamburg von einem Mafioso in Ausübung seines Vergnügens erschossen. Bauchschuss. Und daran starb er. Der Mörder wurde nie gefasst.

Zehn Jahre später ging Ewelina zum dritten Mal den Bund fürs Leben ein, diesmal mit Janusz Altmann, einem Deutschen aus

Thorn in Westpreußen. Janusz war ein sehr ruhiger, gebildeter, überlegter und eleganter Ingenieur, der leider viel zu früh verstarb. Ewi überlebte ihn um viele Jahre.

In Krakau lebten jetzt nur noch Zygmunt und Anda Horowitz. Alfred, der mit seiner Familie jetzt schon in Deutschland wohnte, darüber später, wollte von beiden nichts mehr wissen, fest stand er zu seiner Frau, und nach wie vor hatte er etwas gegen Kommunisten, auch hielt er den Goldverrat vor seiner Abreise noch immer nicht für aufgeklärt.

Die weite Distanz zwischen Krakau, Israel und Deutschland, die Zeitspanne von mehreren Jahren und die Überzeugungskraft Karolas, dass er doch seine einzige noch im gefährlichen Polen lebende Schwester nicht einfach im Stich lassen könnte, führten dazu, dass der gute Alfred Muś und Aja den Ablösungsbetrag für die erhaltenen Segnungen des Kommunismus und die Reisekosten nach Krakau schickte, damit sie nach Israel auswandern konnten.

In Polen hatte sich die Situation in den letzten Jahren nämlich wieder mal verschlechtert, und so erreichte die Alijah zwischen 1955 und 1957 einen weiteren Höhepunkt. Trotz kurzfristiger Liberalisierung und dem Versuch einer Entstalinisierung in der Ära von Władysław Gomułka, dem sogenannten „Tauwetter“, blieb die Lage nämlich weiterhin ambivalent. Es gab antisemitische Ausschreitungen und sogar Morde. Juden hatten Angst, ihre Kinder in die wieder zugelassenen jüdischen Schulen zu schicken, da sie so als Juden identifiziert und benachteiligt werden könnten, und selbst in der Staatspartei, der Polnischen Vereinigten Arbeiterpartei, verstärkten sich antisemitische Tendenzen. Und so packten auch Horowitzens ihre Koffer, kehrten mit vielen anderen der kommunistischen Partei und dem Heimatland den Rücken, verzichteten auf die geliebten Karpaten, Dampferfahrten auf der Weichsel und die Sommerfrische am Frischen Haff und gingen nach Israel. Juden durften noch immer nur nach Israel.

Horowitzens verließen Krakau mit der Bahn. Pünktlich rollte der Zug auf dem Weg nach Genua auf dem Wiener Südbahnhof ein, wo er von allen drei Beckmanns erwartet wurde. Die Wiedersehensfreude war trotz früherer Dissonanzen groß, irgendwann müsste man das Kriegsbeil ja mal begraben, und man verabredete, dass Israel nur ein Zwischenaufenthalt sein soll, und Aja sofort schreiben wird, wo sie gelandet seien, und dass man dann umgehend die Umsiedlung nach Deutschland in Angriff nehmen müsste. Der Zug verließ den Bahnhof, Beckmanns winkten und fuhren wieder nach Frankfurt, Horowitzens winkten und dampften in den Hafen von Genua, und dort winkte schon der Erste Offizier, schnell, schnell, schnell, wir legen gleich ab, es geht ins gelobte Land.

Anda und Zygmunt wurden in eine Baracke in Beer Sheva in der Wüste Negev eingewiesen, was keinesfalls ihrer Vorstellung vom gelobten Land entsprach. Auf Hebräisch hieß die Stadt Be'er Schéva, das bedeutet „Brunnen der Sieben“. Hier soll Abraham mit Abimelech einen Vertrag über die gemeinsame friedliche Nutzung eines Brunnens geschlossen haben. Abimelech war ein üblicher Name unter den Philister Königen, um welchen es sich dabei handelte, ist unklar und letztlich auch egal. Egal war es aber eigentlich nur Muś, Aja, die genauer hinzusehen pflegte, war durch derartige Oberflächlichkeiten irritiert. Man müsste doch schließlich wissen, wo man wohnt. Und da im Bezirk Beer Sheva zu Abrahams Zeiten die Südgrenze des gelobten Landes gelegen haben soll, war es nur logisch, dass das Gebiet 1948 bei der Staatsgründung natürlich wieder zu Israel kam, genauso wie es logisch gewesen wäre, würde man Spanien den Almohaden und Almoraviden und Istanbul den Griechen zurückgeben. Also, meinte Aja, jetzt ist es Israel, basta. Zygmunt, wie lange wollen wir hier noch bleiben?

Die Stadt Bi'r as-Saba, wie sie auf Arabisch hieß, liegt im Süden Israels, etwa auf halber Strecke zwischen Ghaza im Westen und dem Toten Meer im Osten. Im Nordosten zogen damals flache Ausläufer des Hebron Gebirges bis in die Nähe der Stadt, heute zieht die

Stadt bis in die Ausläufer der Berge. Die Frage, was Horowitzens als Großstädter dort tun sollten, vermochte allenfalls die weise israelische Regierung zu beantworten. Anda wusste es nicht, und das heißt was! Zwar hatten sie im Ural fachgerechtes Fällen uralter Bäume erlernt, aber in der Wüste Negev gab es keinen einzigen Baum mehr, zwar konnte Aja aus ihrer Vorkriegszeit schöne Hüte entwerfen, aber in Israel trug man nur blau-weiße Käppis, und Muś wäre sicher ein guter Skilehrer geworden, hätte es nur Schnee gegeben. Vielleicht haben sie in ihrem Kibbuz Blumen, Erdbeeren und Salatköpfe gepflegt, sicher eine vergleichbar nützliche Tätigkeit.

Über Israel sprachen sie wenig. Wahrscheinlich dachten sie vom ersten bis zum letzten Tag nur an die Weiterreise nach Deutschland oder Kanada und versuchten zu verhindern, an Langeweile zu sterben. Aber Israel brauchte damals Menschen, und da kamen Horowitzens gerade recht. Und jetzt ist Beer Sheva eine der größten und wichtigsten Städte des Landes, wozu Horowitzens aber nicht das Geringste beigetragen haben.

Eigentlich hatten es Anda und Zygmunt in Beer Sheva besser getroffen als die Familie Beckmann einige Jahre zuvor in der Nähe von Haifa. Zichron Yaakov war ein Dorf, Beer Sheva war eine Stadt und hatte in den fünfziger Jahren schon etwa zwölftausend Einwohner und war gerade mit dem Zentrum des Landes durch eine Eisenbahn verbunden worden. Zwar hatten auch die Türken die Stadt bereits mit Ghaza verbunden, was sicherlich im israelischen Aufbaustolz vergessen worden wäre, gäbe es da aus türkischer Zeit nicht das schöne Viadukt über den Nahal Beer-scheba. Aber das zählte nicht, jetzt gab es einen Zug nach Norden, in das schöne Tel Aviv, und das zählte mehr.

In Israel lebte schon seit vielen Jahren Zygmunts ältere Schwester Esther mit Ehemann. Muś und Aja hätten ja versuchen können bei Schwester Esther in Tel Aviv zu wohnen, also in der Nähe von Zivilisation und Kultur, aber daraus wurde nichts, da der Antrittsbesuch etwas verunglückte.

Esther war mit dem Kinderarzt Dr. med. Shmarjahu Israel verheiratet, der gar nicht Israel hieß, aber den Namen in Israel zu Ehren Israels angenommen hatte, obgleich Israel bei seiner Ankunft noch Palästina hieß. Shmarjahu, oder Schmerek, wie er meist genannt wurde, stammte wie Muś aus Zakopane und war als Jugendlicher und glühender Zionist mit Muś' Schwester schon vor dem Krieg nach Palästina ausgewandert. Was in Palästina und Israel getan wurde, war daher grundsätzlich sakrosankt, er als Alteingesessener musste es wissen, in Israel machte man nichts falsch. Wie schon berichtet, stammte Schmerek aus einer ärmeren Familie, und damit seine Tochter Esther einen gutsituierten Arzt zum Ehemann bekäme, hatte Muś's Vater seinerzeit an Stelle der Mitgift für Esther das Medizinstudium Schmereks bezahlt. Das, und die Überheblichkeit Schmereks bezüglich Palästinas und Israels sorgten für gewisse Spannungen, ja, eigentlich fand Mús den Schmerek unerträglich.

Horowitzens haben Esther und Schmerek also in Tel Aviv besucht, aber das Wiedersehen verlief unglücklich. Als nämlich Muś darüber klagte, dass man ihn als Neuankömmling in eine Baracke in der Wüste gesteckte hätte, und er doch an anderer Stelle, zum Beispiel in der Wodka- und Lebensmittelbranche dem Staate viel bessere Dienste hätte leisten können, fuhr ihn Schmerek laut und in groben Ton an, dass die Regierung schon wisse, was sie tut, die Neuen sollten erst mal etwas für das Land tun. Dann könnte man weitersehen. Typisch, meinte er, ankommen und gleich wieder Forderungen stellen. Als er, Dr. Shmarjahu Israel, also als Akademiker – womit er klarstellte, dass Muś ja nur ein einfacher Mann war – nach Palästina kam, hätten sie erst mal die Straßen vom Sand freigeschaufelt, weil sie unter den Arabern total verkommen und nicht mehr erkennbar waren, und das war harte Arbeit. Tja, da wurde eben noch angepackt und noch nicht mal nach akademischen Graden gefragt. Und wenn doch in Polen alles so viel besser war – was Muś ja gar nicht behauptet hatte – na, warum seid ihr dann überhaupt hier. Ihr hättet doch bleiben können. Die üblichen Sprüche!

Israels verbrachten später mehrere Urlaube in der Schweiz, wo sie sich ab und an mit Horowitzens trafen. Schwester Esther war aber eine etwas kühle Person, man wurde mit ihr nicht richtig warm, und da beide Israels und Horowitzens in allen Dingen des privaten wie des öffentlichen und besonders des politischen Lebens grundsätzlich gegenteiliger Meinung waren, haben die Schweizreisen bald an Attraktivität verloren.

Jedenfalls hat Bruder Alfred seine Schwester samt Ehemann im Jahre 1958 wieder einmal gerettet und auf seine Kosten nach Deutschland geholt. Natürlich mussten wieder tausend Nachweise erbracht werden, zum Beispiel, dass man schon immer deutsch sprach, deutsch dachte und sogar deutsch fühlte, aber im Großen und Ganzen lief alles ziemlich reibungslos. Wäre Alfred nicht gewesen, würden Horowitzens vielleicht in der chemischen Industrie oder im Maschinenbau von Beer Scheva gelandet sein, in den fünfziger Jahren aber vielleicht auch in der Keramikproduktion. Aja hätte vielleicht wieder ihre Künste als Hutmacherin aktiviert und sich dann auf die Fabrikation von Burnussen, Turbanen und Kopftüchern spezialisiert, die im trockenen Sandsturm der Wüste Negev auch weitaus nützlicher gewesen wären als große Schwinger mit Federn und Hutnadeln mit Jugendstilmotiven, oder sie hätte eine Fabrik zur Produktion von blau-weißen israelischen Käppis hochgezogen, unter denen der israelische Pfadfindergeist besonders gut gediehen wäre. Aja hätte es geschafft, kein Zweifel.

Aus dem Brief eines Rechtsanwaltes an den Landrat des Oberlahnkreises: „Aus Ihrem o.a. Schreiben ist u.a. zu ersehen, dass sich die Eheleute Horowitz in Kuhdorf bei Wetzlar niederlassen. Eine Gemeinde dieses Namens ist im Kreis Wetzlar nach dem von mir eingesehenen Ortsverzeichnis aber nicht vorhanden. Weilburg a. L., den 2. Mai 1958.“ Horowitzens sind nie nach Kuhdorf und auch nicht nach Kuhbach, wie es richtig hieß, gelangt, sie wurden von Alfred abgefangen und nach Frankfurt geholt. Im Februar 1960 erhielten beide ihre Einbürgerungsurkunde für die Bundesrepublik Deutschland.

Von Krakau in den Ural, von dort nach Samarkand, zurück nach Polen, in die Wüste Negev und von hier in ein deutsches Dörfchen namens Kuhbach, das selbst der Landrat versehentlich aber vielleicht nicht unzutreffend als „Kuhdorf" bezeichnet hatte, stellte sicherlich eine einzigartige Zeitreise dar.

Frankfurt statt Montreal

Jetzt aber zurück nach Israel und in das Jahr 1952, zur Familie Beckmann.

Schon bald nach ihrer Ankunft in Zichron Yaakov hatte sich Alfred um die Ausreise aus Israel bemüht, sein Ziel war Kanada. Die Zeit verstrich, die Behörden schliefen wohl, aber endlich tat sich etwas!

Ende Oktober 1952 erhielt er ein Schreiben vom „Department of Citizenship and Immigration" aus Montreal zugestellt, in dem man ihm mitteilte, dass er und seine Familie nur dann nach Kanada einwandern dürften, wenn sie bei guter Gesundheit wären und „einen guten Charakter" hätten. Beides sollte in der Weymouth Street 42 – 46 in London überprüft werden, genauso wie die Gültigkeit ihrer Pässe. Wenig später schickte dann die „British Overseas Airways Corporation", damals besser bekannt unter dem Kürzel BOAC, aus ihrer Niederlassung in Tel Aviv die Bestätigung, dass für die ganze Familie Flugtickets von London nach Montreal bereit lägen, wenn sie gültige Ausreisevisa aus Israel vorlegten. Somit waren die wichtigsten Formalitäten und finanziellen Angelegenheiten geklärt und sie in der Lage, Israel zu verlassen. Allerdings müssten sie die Reise von Tel Aviv nach London für drei Personen und einen Hund aus eigener Tasche bezahlen. Na, endlich, jetzt geht es los.

Die Flugtickets nach Kanada lagen also in London. Aus Kostengründen buchte Alfred aber zunächst mal nur den Flug nach Zürich, zumal die vorgeschriebene Gesundheitsuntersuchung und die Überprüfung des Charakters, wie es behördlich hieß, auch im schönen Bern erfolgen konnte. Von Zürich nach London per Bahn und Kanalfähre wäre dann immer noch preiswerter als mit dem Flugzeug von Tel Aviv nach London.

Als sich die Propellermaschine langsam dem südlichen Alpenrand näherte, tauchte eine traurige Stewardess auf, die der Familie Beckmann vor der Landung nur noch sagen wollte, dass Kajtusz im unbeheizten Frachtraum wohl erfroren sein wird. Vorige Woche hätten sie für den Berner Zoo vier Schakale transportiert, und alle vier waren bei der Ankunft in Zürich tiefgefroren. Durch und durch, Auftauen hätte nicht geholfen. Da war nichts mehr zu machen. Alle waren traurig, und Mirjam weinte um den armen Sibirer.

Als man über die Gangway das Flugzeug verließ und Schweizer Boden betrat, schneite es, aber Mirjams Schrecken über das noch nie mit Bewusstsein gesehene weiße Wunder verflog, als Kajtusz schwanzwedelnd und bei bester Gesundheit angerannt kam und vor lauter Freude immer wieder an allen hochsprang, besonders auch an der Stewardess, seiner Todesbotin. Das musste ein gutes Zeichen sein, und außerdem, was war schon ein Schakal gegen einen sibirischen Spitz!

In Zürich bekam man ein Zimmer im nicht ganz billigen „Hotel Simplon" in einer Seitenstraße der Bahnhofstraße, also in der besten Innenstadtlage, alles andere war belegt. Zwar besaß Alfred nach Umtausch der Schekel in US-Dollar keine größeren Beträge mehr, aber für die paar Tage bis zur Untersuchung in Bern und für die Weiterreise per Bahn würde es reichen.

Es wurden aber mehrere Tage und schließlich auch Wochen. Wiederholt fuhr er mit dem Zug nach Bern, um sich einen Termin zu besorgen, aber selbst der Hinweis auf das allmählich zur Neige gehende Geld und die saftigen Preise in der schönen Schweiz erschütterten die Berner nicht im geringsten. Das Amt ist überlastet, Herr Doktor, ja, selbstverständlich, sie werden rechtzeitig benachrichtigt, alles wird schon irgendwie klappen. Karola und Alfred reduzierten ihre täglichen Mahlzeiten auf das Frühstück, da im Zimmerpreis inbegriffen, und besorgten eine kleine elektrische Kochplatte, um wenigstens für Mirjam und Kajtusz etwas Warmes zu haben.

Nach weiteren zwei Wochen hatte das Hotel Simplon den gesamten Reiseetat geschluckt, und noch immer kein Termin. Als Alfred wiedermal niedergeschlagen die Bahnhofstraße entlang trottete, rief jemand von hinten, Herr Doktor Beckmann, was machen Sie denn hier in Zürich? Es waren die Brüder Stanisław Rusek und Zygmunt Sielski, Halbbrüder mit großem Altersunterschied und alte Mandanten aus Krakau. Herr Doktor, Sie müssen nach Frankfurt kommen, wir brauchen Sie dringend. Wir trauen keinem deutschen Anwalt, wir trauen nur ihnen. Alfred erklärte ihnen, er sei nur auf der Durchreise nach Montreal, dass seine umfangreiche Bibliothek schon per Schiff in der Neuen Welt gelandet sei, und dass seine Frau Karola, nach allem, was sie von Deutschen erfahren hätte, unter keinen Umständen mehr deutschen Boden betreten will, zudem ein guter Freund aus Polen ihm eine Anstellung beim kanadischen Rundfunk besorgt hätte, wo er Redakteur einer polnischen Kultursendung werden sollte, da sich in Montreal schon vor, aber besonders während und nach dem Krieg eine größere polnische Gemeinde versammelt hätte.

Rusek und Sielski wollten Alfred natürlich nicht grundsätzlich an der Ausreise hindern, nein, nein Herr Doktor, baten ihn aber inständig, sie nur für kurze Zeit nach Frankfurt zu begleiten, denn bis ihm die Berner Behörden die erwünschte Audienz gewährten, verginge sicherlich noch einige Zeit, mit Bern hätten sie ihre eigene Erfahrung gemacht, und sie, Herr Doktor Beckmann, doch offenbar auch schon. Bis dahin könnte er sie juristisch in wichtigen Angelegenheiten beraten, und sie würden ihm selbstverständlich zusätzlich zu einem ansehnlichen Honorar auch die Reise für sich und seine Familie samt Hund von Zürich nach Frankfurt und von dort zurück nach Bern und weiter nach London bezahlen.

Da die letzten Dollars zur Neige gingen und auf der Kochplatte nichts Nahrhaftes mehr angerichtet wurde, trat man die Reise nach Frankfurt an.

„Als ich im Dezember 1952 an das Deutsche Konsulat in Zürich mit der Bitte um ein Visum für Deutschland getreten bin, habe ich ausdrücklich darauf aufmerksam gemacht, dass mein Pass den Vermerk „Gültig mit Ausnahme für Deutschland" hat. Man hat mir auf meine Anfrage erklärt, dass ich den Vermerk „mit Ausnahme für Deutschland" durch die israelische Behörde am besten streichen lassen sollte, in Deutschland hätte er keinerlei Bedeutung."

Und so wurde der israelische Pass nach Israel zwecks Streichung des Vermerks „à l'exception de l'Allemagne" übersandt, und auch Karolas Pass wurde gleichzeitig modernisiert, was erstaunlicherweise in wenigen Tagen erledigt war. Da gab es ein neues Problem. Kajtusz hatte nämlich nur Auswanderungspapiere für Kanada und nicht für Deutschland, und so musste Ruseks und Sielskis großer BMW-V8, neuste Produktion mit 65 PS und 135 km pro Stunde, in Karlsruhe Zwischenstation machen, bis Kajtusz seine einwöchige Quarantäne abgesessen und seine Deutschlandtauglichkeit bewiesen hatte. Kein Problem, Rusek und Sielski wollten alles erledigen und zahlten. – Aus Bern auch weiterhin keine Nachricht.

Einen Tag vor Heilig Abend erreichte die Kavalkade Frankfurt am Main. Man verließ die Autobahn und fuhr langsam am Messegelände und an der Festhalle vorbei. Die Straßen waren für das Weihnachtsfest mit Lichterketten überspannt, überall riesige illuminierte Pappsterne mit leuchtendem Kometenschweif, Nikoläuse mit Wattebärten, an jedem Laternenpfahl geschmückte Tannenzweige, ebenfalls aus Pappe, und Engelchen im Festgewand jubilierten. Alle waren beeindruckt, eine strahlende Stadt an einem trüben, nebligen Dezemberabend. Die Reise endete in der Pension Maler in der Beethovenstraße.

Die kleine Pension wurde von einer Frau Gerlinde Maler geführt. Da Herr Maler vom Krieg her einen inoperablen Granatsplitter im Gehirn hatte und unter Zorn- und Ohnmachtsattacken litt, war er leider geschäftsunfähig. Frau Maler hatte es nicht leicht, denn sie musste für den invaliden Mann, für sich und zwei Kinder sorgen, und da half ihr die Pension so gerade mal über die Runden. Alles strahlte Bescheidenheit aus, aber für die paar Tage, die Beckmanns nur bleiben wollten, war es ausreichend, und besser als die Hütte in Israel war es allemal.

Samt Hund bekamen sie ein einziges Zimmer. Auf demselben Flur lebten noch Gitta und Hermann Neumann, ebenfalls aus Polen, sie wurden später Beckmanns langjährige Freunde. Hermann hatte gerade sein Architektur- und sie ihr Medizinstudium abgeschlossen, und beide hatten auch gleich ihre erste Anstellung. Das klang zwar gut, das machte Mut, aber man wollte ja weiter nach Kanada, in Deutschland bleiben, käme überhaupt nicht infrage. Ein Zimmer weiter lebte das Ehepaar Dreisann, ebenfalls aus Polen, artige Leute, unauffällig, und im letzten Zimmer eine Prostituierte von der Kaiserstraße. Keine Polin, ihre Nationalität änderte sich von Kunde zu Kunde. Der Name Kaiserstraße stand damals wie heute für den gesamten Frankfurter Rotlichtdistrikt, einen Bezirk, der in den fünfziger Jahren aber keinesfalls so ordentlich, steril und gesundheitlich überwacht war wie heute. Mirjam hat auch jetzt noch beste Erinnerungen an die Lebedame mit den diversen Nationalitäten, da sie immer so vornehm duftete und ihr bei jeder Gelegenheit ein kleines aber feines Geschenk aus der verrufenen Unterwelt mitbrachte.

Alle anderen Flurbewohner hatten aber ein weniger gutes Verhältnis zur Dame. Alle Bewohner des Flurs teilten sich nämlich ein einziges Bad, weswegen Karola und Frau Dreisann ständig unter der Vorstellung litten, dass man sich von der Prostituierten mit Gonorrhoe oder Syphilis, der so berüchtigten „Franzosenkrankheit“, infizieren könnte. Ohne Sagrotan und einer gründlichen Vorbehandlung von Waschbecken und Toilettenschüssel durfte keiner ihrer Angehörigen die gemeinsamen sanitären Einrichtungen besuchen. Keinesfalls! Und die Geschenke aus der Kaiserstraße, oder wie die Straßen hier alle heißen, sollte man gar nicht erst annehmen. Schwer durchzuhalten, und alles mit Sagrotan zu behandeln, war schier unmöglich. Da war Zichron Yaakov eben ganz anders, dort gab es keine Gonorrhoe und schon gar keine Syphilis, da lebte man viel gesünder, waren ja auch alles anständige Leute.

Den Sagrotanritus hielt Karola noch viele Jahre bei, denn bei allen Frankreichreisen wurden die Toiletten der Hotelzimmer, gemäß gut-polnischen Ordnungssinns und polnischer Hygienestandards, zunächst von der Franzosenkrankheit befreit, denn wer wollte schon im Urlaub im Krankenhaus enden.

Rusek und Sielski honorierten Alfreds juristische Beratungen großzügig, und so lebte man gut und konnte sogar noch Geld für den Aufenthalt in Kanada zurücklegen. Die Halbbrüder hatten, wie sich herausstellte, von den US-Behörden die Lizenz erhalten, Nylon-Produkte zu vertreiben, also Hemden, Blusen, Herren- und Damenmoden aller Art, Gardinenstoffe und Lampenschirme, und so fiel einiges für Beckmanns ab. Nylon war in den Nachkriegsjahren ein Renner. Die US-Armee hatte Nylon in großem Umfang in der Bereifung ihrer Motorfahrzeuge verwendet, und als der Krieg zu Ende war, wurde Nylon für alle Wirkwaren freigegeben. Besonders beliebt war Nylon natürlich für die Herstellung von Damenstrümpfen, den berühmten „Nylons“, die einen anschmiegsamen und faltenlosen Sitz garantierten und außerdem viel länger hielten als die bisher verwendeten Seidenstrümpfe. Der ewige Kampf mit den Laufmaschen war endlich vorbei, und der neue US-Strumpf veredelte geradezu jedes Frauenbein. Perlon, das schon 1939 von IG-Farben entwickelt worden war, übrigens ebenfalls für Militärfahrzeuge, hatte damals noch keinen Markt. Alle mussten bei Rusek und Sielski Nylon kaufen, die Brüder wurden steinreich und Alfred, als Berater, sehr zufrieden.

Karola und Mirjam langweilten sich unterdessen in der Pension Maler. Die einzige Abwechslung bestand in kleinen Spaziergängen durch das Frankfurter Westend und zum Springbrunnen vor der Festhalle, wo sie Enten fütterten. Hier gab es Interessantes, Messegäste, Straßenbahnen, Autos, Reklame vom vorigen Sechstagerennen und vom kommenden Reitturnier, und es gab Grünanlagen, in denen ab und zu ein Polizist auf Streife ging, es gab sogar berittene Polizei auf schönen braunen Pferden, die aber meist vor der Festhalle stand, wo sie wohl hochrangige Besucher zu schützen hatte.

Als Karola mal den Polizisten, der vor Langeweile träumend auf den flutenden Verkehr schaute, mehrfach mit Mirjam an der Hand umkreiste und dabei verstohlen aus den Augenwinkeln musterte, fragte der Wachmann höflich, ob er ihr helfen könnte. Karola antwortete leise, nein, nein, sie wollte nur mal sehen, ob er ihr was antun könnte. Sie atmete auf, als der Uniformierte ohne gleich die Dienstwaffe gezogen zu haben, nur verständnislos den Kopf schüttelte und langsam davonging. Damals war Karola noch überzeugt, dass Deutschland, das Land der Nazis, der SS, der KZ-Aufseher und aller Uniformierter, nicht ungefährlich sei, denn wie konnten in nur sieben Jahren aus Nazis lauter gute Demokraten oder staatstreue Beamte werden? Ja, sogar bewaffnete Polizisten? Das war unvorstellbar. Da liefen doch tatsächlich Leute mit Waffen rum und benutzten sie nicht! Das war unheimlich. Nein, Deutschland konnte daher nur eine Zwischenstation auf der Reise nach Kanada sein. Sie müsste Alfred sofort daran erinnern, dass er sich mit der Weiterreise nach Montreal befasste, was will man denn hier in diesem Land!

Die Rusek und Sielski'sche Textilgroßhandlung befand sich in der Taunusstraße, im bahnhofsnahen Geschäftszentrum, das zwar noch schwere Kriegsschäden aufwies, aber sich neben der Bordellszene auch schon wieder durch immer mehr ehrbare Betriebe auszeichnete. Die Halbbrüder waren unzertrennlich, beide waren unverheiratet und konnten sich daher voll und ganz den Geschäften widmen. Gemeinsam mit ihrem ebenso tüchtigen Geschäftsführer Tschischka, einem Berufssoldaten der alten Wehrmacht, der später Ausbilder in der neuen Bundeswehr wurde, und der fleißigen Buchhalterin, Frau Mia Metzger, bauten sie die Firma immer weiter aus, bis sich die neuen deutschen D-Markscheine auf ihrem Konto häuften und bis sie den Ankauf von Häusern und Grundstücken und schließlich auch den Handel mit Immobilien wagten.

Sie waren begeisterte Kaufleute und wollten Alfred, der sie bei allen Geschäften so trefflich beraten hatte und den sie daher immer mehr schätzten, animieren, sich an den Immobiliengeschäften zu beteiligen. Sie waren bereit, ihm alles vorzufinanzieren, denn in Frankfurt würden die Immobilienpreise eines Tages explodieren und dann wäre er ein für alle Mal ein gemachter Mann, der sein Imperium ja auch von Kanada aus verwalten könnte. Wenn er dann wirklich noch nach Kanada wollte! Sicher, die Zeiten seien noch nicht stabil, vieles laufe noch über den grauen und schwarzen Markt, auch im Immobilienhandel, aber man könne ja förmlich zuschauen, wie sich alles von Tag zu Tag, nein, sogar von Stunde zu Stunde besserte. Jetzt zugreifen, ehe es zu spät, das heißt zu teuer wird. Jetzt oder nie, war ihre Devise, und schließlich wüssten sie auch gut Bescheid, sie kennten sich in Frankfurt aus. Herr Doktor, greifen sie zu, steigen sie ein, das ist ein sicheres Geschäft, bombensicher. Wir regeln schon alles, sie brauchen nur „Ja" zu sagen.

Also gut, Alfred gab nach und sagte „Ja", obwohl er seiner Skepsis nochmal deutlich Ausdruck verlieh und verkündete, dass in Deutschland keine großen Geschäfte mehr zu machen sind, das Land sei kaputt, fix und fertig, die Erholung würde Jahrzehnte dauern, falls sie überhaupt nochmal käme. Die derzeitige Entwicklung sei nur eine Seifenblase, da sollte man sich nichts vormachen.

Und sie kauften eine Immobilie auf der Frankfurter Zeil, unmittelbar neben dem damals allseits bekannten, heute aber nicht mehr existierenden „Café Tip Top“. Allerbeste Lage, ein Tortenstück mit Sahne, besser ging es nicht! Rusek und Sielski meinten es gut mit ihm und gaben ihm dreißig Prozent von Haus und Grundstück, obgleich er doch, wie er bescheiden meinte, nur sein juristisches Wissen, aber keinen einzigen Pfennig investiert hätte.

Trotzdem fühlte er sich unsicher, hier im Westen, er fühlte sich bei der ganzen Sache nicht wohl und wollte seinen Anteil so schnell wie möglich wieder abstoßen. Ja, er befürchtete sogar, als Jurist irgendwann mal im Schuldturm zu landen, mit Berufsverbot auf der ganzen Welt. Richtig, die Verantwortung tragen natürlich die Brüder, aber irgendwie hängt man bei einer Pleite oder gar bei Betrug immer mit drin. Der Traum wurde zum Albtraum. Die Brüder bedrängten ihn, der Wertzuwachs werde noch kommen, und dann hätte er einen Schatz in der besten Geschäftslage der aufstrebenden Metropole, er könnte weiter investieren und wirklich reich werden. Herr Doktor, hier liegt das Geld auf der Straße, meinten sie, oder besser gesagt, es steht neben den Straßen, zwar noch etwas ausgeglüht und lädiert, aber man muss jetzt zugreifen. Wir haben schon weitere Pläne, sie können mitmachen, alles ist sicher und legal. Aber Alfred verkaufte für vierzigtausend D-Mark. Die Brüder schlugen alle vier Hände über den Köpfen zusammen, aber verkauft war verkauft.

Die Frankfurter Zeil brodelte, Geschäfte und Kaufhäuser schossen wie Pilze aus dem Boden, Käufer drängten sich vor den mit Waren aus aller Welt gefüllten Auslagen, die Zeil wurde zur reichsten und umsatzstärksten Einkaufsmeile der neuen Bundesrepublik, und 1956, nur drei Jahre später, verkauften Rusek und Sielski Grundstück und Haus für mehr als zehn Millionen D-Mark, mindestens drei Millionen hätten Alfred gehört. Alfred erlitt im selben

Jahr seinen ersten Herzinfarkt und Arzt- und Krankenhauskosten fraßen den größten Teil seiner Vierzigtausend wieder auf. In den Nachkriegsjahren herrschte in Frankfurt Goldgräberstimmung, aber Juristen konnten wohl im Gestrüpp des dichten und dichter werdenden Paragraphenwaldes das Gold nicht richtig erkennen.

Damals war Alfred bei Rusek und Sielski mehr oder weniger fest angestellter Hausjurist, und so war er bald in der Lage, eine schöne Wohnung in der Brentanostraße zu mieten, später wollte er eine kaufen, die er allerdings mit immerhin sechstausend DM verlorenem Baukostenzuschuss vorfinanzieren müsste. Vorfinanzieren hieß, das Geld hinzulegen und dann geduldig zu warten und zu hoffen, dass der Neubau bald fertig würde. Aber das Geld verdiente er ja, und in Kürze wäre er bereit dazu.

Karola war enttäuscht, denn sie merkte allmählich, dass Kanada in immer weitere Ferne rückte, denn wozu brauchte man sonst eine neue Wohnung, und gleich eine Eigentumswohnung? Das heißt wohl, man bleibt hier! Sie wollte nicht daran denken. Nichts wurde mehr angeschafft ohne von dem Satz begleitet zu sein, „das ist für die neue Wohnung." Alles war jetzt für die neue Wohnung, sogar Dinge, die man sofort hätte nutzen können, wie zum Beispiel Tischdecken oder eine neue Handtasche, Sommerschuhe oder eine Kaffeekanne: Alles war für die neue Wohnung! Wie gerne hätte sie lieber nichts gekauft, außer einem Koffer für die Passage nach Kanada. Allmählich stellte sie sich auf einen langen Deutschlandaufenthalt ein. Kümmerte sich Alfred überhaupt noch um die Weiterreise? Ja, Alfred verdiente gut, aber das durfte nicht ihre Pläne stören, man wollte doch nach Kanada, nach Montreal und nicht nach Frankfurt in Deutschland. Und als sie dann die neue Wohnung bezogen hatten, sprach bald niemand mehr von Kanada.

Es wäre nun wichtig, dass Alfred wieder anwaltlich tätig würde, da größere Aufträge von den Brüdern immer seltener wurden, die sich nämlich überwiegend in dem von ihm verschmähten Immobiliengeschäft tummelten. Als Stanisław Rusek dann an einer schweren Leberkrankheit verstarb, wechselte Sielski endgültig aus dem Nylon- in das Immobiliengeschäft über, zumal jetzt auch das deutsche Perlon dem amerikanischen Nylon zur Konkurrenz wurde. Alfred meinte, Textilgeschäfte würden bald ganz auslaufen, und Immobilien seien nichts für ihn, er müsste wieder Anwalt sein, in seinem geliebten Beruf.

Geht man heute durch Frankfurt und sieht die Vielzahl von Modegeschäften, die alle paar Monate ihren Standort, ihren Besitzer, beides, zumindest aber ihren Namen in der ehemaligen „Stadt des Buches" und der „Stadt Goethes" wechseln, dann muss man leider sagen, dass Alfred sicher in der Einschätzung der Situation auch diesmal wieder Unrecht hatte. Mode, Schuhe, Mode und wieder Schuhe, wohin das Auge schaut, einen Buchhändler, der weiß, was er verkauft, findet man in Frankfurt nur noch auf Empfehlung älterer Herrschaften. Und neben den Modesalons klettern die Immobilien in Form gläserner Paläste und Türme in den Himmel, U-Bahnschächte durchwühlen den Untergrund und neue Wohnsiedlungen zerfressen die Peripherie. Immobilien und Mode waren nicht nur in den fünfziger und sechziger Jahren das große Geschäft, sie sind es auch heute noch, ein Ende ist noch nicht abzusehen.

Lukrative Aufträge von Zygmunt Sielski wurden also immer seltener, und Alfred musste sich nach neuen Geldquellen umsehen. Um als Anwalt in Deutschland arbeiten zu dürfen, müsste er deutsches Recht beherrschen, die deutsche Staatsangehörigkeit besitzen und dann die Zulassung für eine Kanzlei beantragen. Wie er anhand seiner Krakauer Zeugnisse zeigen konnte, beherrschte er zwar das deutsche Zivil- und Strafrecht, aber er war noch kein Deutscher, er war kein Pole und auch kein Israeli mehr. Aber er war Behördengänge gewöhnt, er war Warten gewöhnt, er kannte den Umgang mit Ämtern und Dienststellen, und so erhielt er endlich die deutsche Staatsangehörigkeit, und dann wurde er auch als Rechtsanwalt zugelassen.

1954 hatte Alfred die Schwiegereltern Laufer mit Schwägerin Ewi nach Deutschland geholt. Er zahlte ihnen die Reise und auch gleich den Baukostenzuschuss für die Parterrewohnung im Frankfurter Westend, direkt unter der eigenen Wohnung. Auch Ewi fand Arbeit bei Zygmunt Sielski und reiste in allerlei Geschäften zwischen Frankfurt und Berlin hin und her. Alfred zahlte weiter, er finanzierte David und Aurelia ein kleines Bettengeschäft in der Hasengasse hinter der Kleinmarkthalle, das Geschäft hieß „Betten-Schwan“ und ging mehr schlecht als recht. Aurelia nähte noch per Hand und mittels einer gebrauchten Singer-Nähmaschine Bettbezüge und Laken, David sorgte als Fachmann für qualitativ hochwertige Daunen, die er aus einem Dorf bei Bad Vilbel beschaffte, aber wen interessierten damals schon handgemachte Bettwäsche und kostbare Daunen, übliche Federn taten es auch und Kunststoff war auf dem Vormarsch. Aurelia starb im Frühjahr 1956, David zwei Jahre später.

Und endlich erschienen auch Aja und Zygmunt Horowitz auf dem Plan. Das war 1958. Mit Alfreds D-Mark konnten sie ihren Kibbuz unbehelligt verlassen und Kuhdorf umgehen. Damit waren alle Beckmanns, Laufers und Horowitzens samt Hunden wieder vereint, die Republik Polen hatte alle Ausreisegelder, Wohnungen und Häuser kassiert, und man war quitt.

Muś wurde jetzt Würstchenverkäufer in einer Imbissstube im Stadtzentrum. Muś arbeitete diesmal sogar schwer, ungewöhnlich für ihn, und als der Besitzer, Herr Wolf Edelmann starb, gab es Ärger mit dem Nachfolger, und so ging er in die Würstchenbude von Herrn Pomorski in die Mainzer Landstraße. Irgendwie musste es weitergehen, im Westen zählte nur Leistung, also leistete man. Es gab keine Wodkawährung mehr, keine schützende Partei und selbst die „scheenen Frrauen“ waren nicht mehr so „scheen“ wie zu Hause.

Natürlich war das Geschäft keine einfache Würstchenbude im landläufigen Sinn, sondern eher eine Imbissstube mit einer Glastheke, mit Auslagen und flachen, viereckigen silbernen Metallschüsseln, in denen die damals so beliebten Schaschliks und Nierenspieße in ihrer braunen Zwiebelsauce in der Hitze zitternd auf Käufer warteten. Nebenan zischten und fauchten Thüringer Bratwürste, und noch eine Abteilung weiter gab es die langen dünnen Frankfurter mit Kartoffelsalat und Brötchen, klassische Genüsse der fünfziger Jahre. Da der Betrieb eine Nachtkonzession hatte, hieß es für Muś bis vier Uhr morgens durchhalten, bis Aja vorschlug, dass er sich wegen seiner Herzprobleme vorzeitig berenten lassen sollte. Das tat er dann auch, das war die Erlösung, und wieder schrieb er Gedichte in polnischer Sprache, den dritten oder vielleicht auch vierten Band. Auf ständiger Suche nach dem besten Standort für eine eigene Trinkhalle – er wollte nicht nur untätig rumsitzen – durchkämmte er von jetzt an bis zu seinem Tode alle Frankfurter Zeitungen, alle Plätze und Straßen, aber vergeblich. Es gab keinen besten Platz, der es ihm recht gemacht hätte.

Kanada war endgültig vergessen, die Gegenwart hieß Frankfurt. Und als das Wirtschaftswunder in Deutschland so richtig blühte, Alfred wieder in eigener Praxis tätig war und sich das Leben allmählich verbesserte, fand sich auch Karola allmählich damit ab, dass man hier bleiben würde. Und eines Tages stand endgültig fest, sie bleiben in dem Land, in das sie nie wieder einen Fuß setzen wollte, die Koffer könnten für immer ausgepackt werden.

Die nächste Gruppe jüdischer Aussiedler aus Polen kam dann erst wieder zehn Jahre später nach Deutschland, nämlich in den Jahren 1968 und 69. Im Gegensatz zu Beckmanns, die nur nach Israel durften, konnten sie ihr Reiseziel frei wählen und auch Geld, Schmuck, Kleidung und Wertsachen mitnehmen. Und da kamen Krakauer Freunde und Bekannte, die man freudig begrüßte und denen man half, im Westen Fuß zu fassen. Doch wurden nicht alle mit offenen Armen empfangen, manche sogar mit Häme. Man nannte sie „die Gomulkas“, da Władysław Gomułka seinerzeit der Grund ihres Bleibens war, als sie auf bessere Zeiten hofften. Aber hatte man ihnen nicht gesagt, dass sich auch unter Gomułka nichts ändern würde! Man hatte sie doch gewarnt, aber sie wussten ja alles besser!

Und als dann der polnische Innenminister Mieczysław Moczar zur Macht drängte, nachdem es nach dem sogenannten „Tauwetter", oder „Frühling" noch immer keinen wirtschaftlichen Aufschwung gab, tauchten plötzlich Flugblätter auf, die gegen die Intellektuellen und die mit ihnen angeblich verbündeten Juden hetzten. Es kam zu Unruhen, die man den „Zionisten, Revisionisten und Trotzkisten" in die Schuhe schob, und viele Juden verließen das Land, und Polen – an den Universitäten nannte man die oft nichthabilitierten Nachfolger „Märzdozenten" – rückten überall zufrieden in die frei gewordenen Positionen nach. Wenngleich in Krakau alles ruhiger ablief als in Warschau oder Łódź, Wrocław und Gdansk, führten die mit Davidstern beschmierten Häuser, Transparente und Schmähungen schließlich dazu, dass Krakau fast völlig „judenfrei" wurde. Wie alle Menschen wollten auch „die Gomulkas" nur in Frieden leben und hielten ihr Bleiben seinerzeit für richtig, doch sie hatten sich getäuscht.

Als Bauunternehmer in Amerika

Waldemar, Karolas und Ewis kriegerischer Bruder und Mirjams Onkel Waldek, war 1946 als Besatzungssoldat in Berlin und später in München stationiert gewesen. 1950 traf er dort auf Olga Helms, Polin und Jüdin, die aber mit Mutter und Bruder schon als Vierzehnjährige nach Berlin gekommen war. Eine echte Berlinerin. Olga hatte damals keinen festen Beruf, aber sie war sehr aktiv und erfolgreich auf dem Schwarzmarkt. Sie handelte mit allem, was zu kaufen und zu verkaufen war, hauptsächlich natürlich mit Zigaretten, Seidenstrümpfen, Milchpulver, Schmuck, Pelzen sowie Damen- und Herrenbekleidung.

Waldek nahm Olga Helms nach Amerika mit und zur Frau. Später holte er ihren kleinen Bruder und ihre Mutter nach. Olga gehörte damit wohl zu den Letzten, die noch ihren Weg über Ellis Island in die Vereinigten Staaten machten, denn im November 1954 war „The Gate to America“ endgültig geschlossen worden, nachdem es von etwa zwölf Millionen Einwanderern durchschritten worden war. Sie ließ mehrere Gesundheitsinspektionen, darunter auch die berühmte „six-second physical“, über sich ergehen, beantwortete die üblichen neunundzwanzig Fragen zur Prüfung ihrer Intelligenz, durfte die große und mit Menschen vollgepfropfte „Passenger Hall“ verlassen, um dann endlich von Waldek in Manhattan vom Fährschiff abgeholt zu werden. Zwar hatte der Staat die Einwandererzahlen schon mehrfach begrenzt, aber nach dem Krieg schuf man noch schnell und unkonventionell die GI-Akte, wonach Soldaten ihre Beutebräute importieren durften.

Ein schönes Hochzeitsbild ist erhalten, es strahlt den Charme und die Atmosphäre der Nachkriegszeit aus, sehr artig, sehr ordentlich, nach all dem Chaos der vergangenen Jahre. Waldeks Blick ist fest in die Zukunft gerichtet, sportlich, durchtrainiert, leicht gelocktes dunkles Haar, als ehemaliger Soldat einer siegreichen Armee. Olga in weißem Kleid, kein großes Hochzeitskleid, knielang, und weiße Riemchenschuhe mit flachen Absätzen. Sie trug immer flache Absätze, da sie größer war als ihr Krieger, und in den Händen ein ordentliches Blumensträußchen. Olga war also eine Soldatenbraut, wie es sie damals zu Tausenden gab und gehörte selbst als gebürtige Polin zum „deutschen Fräuleinwunder“, das in der ganzen westlichen Welt bekannt und berühmt war und sogar von Elvis Presley besungen wurde. Sie hatte Glück gehabt.

Zurück zu Waldek in die Zeit vor seiner Hochzeit. Nachdem die Kampftruppen nach Hause geschickt waren, und wie so häufig die Reserveeinheiten die Siegesparaden in Deutschland und die Konfettiparade in Manhattan absolviert hatten, nahm Waldek in den USA Kontakt zu Aurelias Cousin Charlie oder Kalman Schlachet auf, der an der Seite seiner Frau Thea als Handelsvertreter mehr schlecht als recht dahinlebte. Charlie wurde nie bedeutend, während Frau Thea, in Berlin als Thea Rittmeister geboren, den Künstlernamen Teri annahm, und bald eine der bekanntesten amerikanischen Bildhauerinnen war, mit Werken in den bedeutendsten amerikanischen und europäischen Museen.

Waldeks Kontakt zu Charlie Schlachet war erfolgreich. Charlie vermittelte ihn in die schon seit Jahren in den USA ansässige italienische Nähmaschinenfabrik „Necchi-Nähmaschinen“. Hier hat er gut verdient und war daher lange für die Nähmaschine tätig. Nach der Hochzeit wohnten Waldek und Olga in New York, Riverside Drive, und sie lebten gut. Aus der Ehe ging ein Sohn hervor, den sie Henryk nannten. Henryk stand mit Vater Waldek immer auf Kriegsfuß, weil der sportliche Aktivist und Kriegsheld Waldek aus seinem Sohn natürlich einen ihm ähnlichen Aktivisten und Helden machen wollte, was ihm aber nicht gelang. Henryk, ein ruhiger, ausgeglichener, gut aussehender Mann wurde Rechtsanwalt in New York, vertrat dort über Jahre die Rechte der Schallplatten- und später CD-Hersteller und hatte keinerlei Absichten, amerikanischer Kriegsheld zu werden.

Ganz anders Waldek. 1950 hatte er Necchis Nähmaschine sofort freudig in die Ecke geschoben und war erneut in den Krieg gezogen, diesmal nach Korea. Korea war nach Ende des Weltkrieges entlang des 38. Breitengrades geteilt worden, im Norden von Russland und im Süden von den USA beeinflusst, aber schon 1948 wurden beide Teile unabhängige Republiken. Als Nordkorea im Juni 1950 in Südkorea einmarschierte, unterstützten die USA, mit Zustimmung der United Nations, die Republik im Süden, und nachdem sich der Kommunismus im China Mao-tse-tungs fest etabliert und somit freie Hand bekommen hatte, griff China zugunsten Nordkoreas ein. Im Juni 1953 kam es zum Waffenstillstand von Panmunjon, der 38. Breitengrad wurde wieder zur Grenze zwischen Nord- und Südkorea und ist es auch heute noch. Die vielen Menschen, die zerstörten Dörfer und Landschaften waren also vergeblich geschlachtet und vernichtet worden und wurden, wie üblich, von der Welt schnell vergessen.

In Korea war Waldek zunächst wieder Flieger in der U.S. Air Force gewesen, dann in der Etappe. Er war Major und wurde später mit dem nächst höheren Dienstgrad eines Oberstleutnants ausgemustert. Der Koreakrieg war sein letztes Kriegsabenteuer, in Korea lagen seine letzten Schlachtfelder. Waldek war sicher ein richtiger und auch guter Soldat, der alle Europäer, besonders aber die Deutschen, wegen ihrer krankhaften und wirklichkeitsfremden Friedensliebe für „mentally sick" hielt, bis die USA 1965 in den Vietnamkrieg zogen und sein Sohn Henryk Gefahr lief, eingezogen zu werden. Da wurde er milder, dachte mehr an den Frieden und war glücklich, als der Kelch an Henryk vorüberging.

Zur militärischen Karriere Waldemars noch eine kurze Anmerkung aus späterer Zeit: Die europäischen Familienmitglieder, besonders seine beiden Schwestern Karola und Ewi, standen dem Wahrheitsgehalt von Waldeks Kriegserzählungen immer skeptisch gegenüber, ohne ihm aber Geflunker nachweisen zu können, doch ohne Argumente ließ es sich umso trefflicher zweifeln und streiten. War er wirklich der große Kämpfer, der Held der Schlacht im Leyte-Golf, der tollkühne Kampfflieger über dem Pazifik, der Bomber in Monte Cassino und der Koreaheld? Seine Verwundungen konnte er vorzeigen, auch seine Auszeichnungen, die waren echt!

Ewi Laufers dritter Mann, der erwähnte Janusz Altmann aus der bedeutenden Stadt Thorn, liebte weite und luxuriöse Schiffsreisen, die er meist alleine unternahm, da Ewi Angst vor der See hatte. Und er berichtete Erstaunliches, was Waldeks Militärkarriere in den Augen seiner Schwestern aufwertete. Eines Tages durfte Januszs Luxusliner wegen einer an Bord ausgebrochenen Krankheit nämlich nicht in New York anlegen, sondern musste auf Reede ankern.

Janusz, der sich mit Waldek zu einem gemütlichen Abendessen in dem von Waldek so geliebten Restaurant „Russian Tearoom" in der Nähe des Central Park in Manhattan verabredet hatte, war enttäuscht. Er rief Waldek vom Schiff aus in seiner New Yorker Wohnung an, erklärte ihm die misslichen Umstände und Waldek meinte, das sei kein Problem, er komme auf das Schiff, gegen 17 Uhr sei er da. Janusz hielt das für unmöglich, die Bestimmungen in den USA sind doch bekanntermaßen übertrieben streng, aber Waldek insistierte, er würde pünktlich sein, er bekäme jederzeit eine entsprechende Passage.

Und tatsächlich, pünktlich um 17 Uhr näherte sich mit rasanter Fahrt ein Motorboot, das von drei Marinesoldaten in weißer Uniform gesteuert wurde, und hinter der Windschutzscheibe stand Waldek in der Uniform eines Luftwaffenoffiziers. Janusz und Waldek verbrachten einen gemütlichen Abend an Bord, dann stieg Waldek wieder in die Barkasse, brauste salutierend dem Lande zu und war verschwunden. Da Janusz ein ruhiger und absolut seriöser Herr war, verstummten in Frankfurt die Gerüchte

Aber auch später sollte der ehemalige Marineflieger seine Schwestern in Erstaunen versetzen. Im Jahre 1979 kam ein Anruf aus Amerika: „Karola, Ewi, kauft Gold, viel, so viel wie ihr konnt, der Goldpreis wird explodieren." Karola und Ewi kauften natürlich nichts, Bruder Waldek nahm den Mund mal wieder zu voll, das kannte man ja. Nur wenig später erfolgte der Umsturz im Iran, die Russen marschierten in Afghanistan ein und die Unze Gold verdoppelte sich auf sechs bis siebenhundert Dollar. In Frankfurt lange Gesichter. Sollte man dem närrischen Bruder doch öfter mal glauben?

Nach dem Koreakrieg ließ Waldek die Nähmaschinen für immer im Stich, stieg ins Baugeschäft ein und beteiligte sich an Projekten des „Housing and Urban Development" der Stadt oder des Staates New York, das nach vielen Häutungen aus der 1934 gegründeten „National Housing Act" hervorgegangen war. Er verdiente gut und schon nach kurzer Zeit war er in der Lage, sich ein schönes Haus in Kernsey, Upstate New York, leisten zu können, mit dem Omnibus nur fünfundvierzig Minuten von der George Washington Bridge entfernt. Besonders beliebt waren natürlich Seegrundstücke, weil sie mit einem Anteil an dem im Sommer kühlenden und im Winter zugefrorenen und zum Schlittschuhlaufen einladenden Gewässer verbunden waren. Waldek und Olga waren glückliche Besitzer einer romantischen Seeparzelle.

Waldek war jetzt Unternehmer, der für den Bau der Wohnhäuser, bald aber auch für das gesamte Straßen- und Kanalisationssystem, für die Einrichtung von Geschäften und Kleinbetrieben verantwortlich oder mitverantwortlich war, nur mit der Vermietung und dem Verkauf hatte er nichts zu tun. Um vier Uhr morgens war er auf der Baustelle, spät abends oder in der Nacht kam er nach Hause, er arbeitete wie ein Berserker und verdiente entsprechend. Er war ein Anpacker, ein Organisator, dem Arbeit Freude und Zufriedenheit bereitete, je mehr Stress desto besser und das blieb so, als er alles nur vom Büro aus leitete.

Waldek hielt alle Bautermine ein, seine Arbeiter stöhnten, aber mochten ihn, er war für Tempo bekannt, das brachte Geld, auch den Arbeitern. Doch er wurde auch von Terminen getrieben. Immer häufiger klagte er dann über Magenbeschwerden, er begann Alka-Seltzer zu schlucken, die Beschwerden wurden weniger, und es gab sogar Intervalle, in denen er völlig beschwerdefrei war. Dann packte er wieder zu, und die Häuser und Geschäfte schossen wie Pilze aus dem Boden. Waldek stand im Bauschutt zwischen Lastwagen, zwischen Maschinen, die heißen Asphalt abluden, Zement rührten, er stand zwischen Baukränen und Planierraupen, eingehüllt in graue, gelbe und weiße Staubwolken, bis sein Magen wieder rebellierte.

Mirjam kam zwar erst Jahre später nach Kernsey, soll aber schon jetzt etwas zur Beschreibung der amerikanischen Laufers beitragen, damit das Bild ihres Onkels und seiner Familie etwas abgerundeter erscheint.

Das Haus, der See, das riesige Auto, der ganze Lebensstil der Amerikaner und besonders die unermüdlichen Aktivitäten von Onkel Waldek beeindruckten sie sehr, alles war genauso, wie man sich in Frankfurt Amerika vorgestellt hat. Olga war äußerst aufmerksam, hilfsbereit, freundlich und war ihrer Nichte aus Deutschland auch wirklich zugetan, aber mehr tat sie eigentlich nicht, sie war halt die Frau eines erfolgreichen Bauunternehmers.

Wenn Waldek nach Hause kam, war nur selten ein gemütliches Essen gerichtet, es gab keinen Wein und auch kein Bier, ein Cola musste man sich selber am Automaten ziehen oder aus dem Fridge in der Küche holen. Wenn Olga Hunger hatte, oder dachte, dass ihre Nichte aus Deutschland und ihr kleiner Sohn Henryk Appetit haben könnten, empfahl sie, zum Chinesen zu gehen. Dafür blitzte die amerikanische „Schöner-Wohnen-Küche" wie aus einer Reklamezeitschrift auf Hochglanzpapier. Jeder Fleck und jedes Stäubchen wurden von Olga sofort aus dem amerikanischen Paradies gewischt, Putz- und Poliermittel standen in den Regalen in der vordersten Reihe, Lebensmittel musste man dagegen suchen, meistens vergeblich, allenfalls standen sie verstört ganz hinten.

Dass Henryk trotzdem groß, stark und gesund wurde, verdankte er sicher nur seiner gesunden, vom Vater ererbten Natur. Henryk wurde nicht nur körperlich stark, auch sein Gehirn entwickelte sich trotz Sparkost sehr erfolgreich: „Henryk Charles Laufer: The Johns Hopkins University degree of Bachelor of Arts. 1978", und weiter: „Gradum juris Doctoris", der „Universitas Harvardiana". Henryk hatte also trotz vending maschines, fast food und refrigerator auch geistig überlebt und auch Waldek hatte es damit geschafft, endlich ein Akademiker!

Olgas größte Sorgen waren nicht die Kinder und der Ehemann, sondern die Nachbarn. Was werden die Nachbarn sagen, fänden sie im Papierkorb einen zerknüllten Brief oder ein Stück Zeitung, eine Hausfrau, so jedenfalls Olga, die so etwas zulässt, hat den Haushalt einfach nicht im Griff. Und einer Hausfrau aus dem ordentlichen

Europa hätte man das nie verziehen. Sie war schon etwas Besonderes, denn Olga lernte auch zeitlebens nicht Autofahren, und das in der größten autofahrenden Gesellschaft der Welt, für die Autofahren zum Briefkasten an der Ecke eine Selbstverständlichkeit war. Dafür spielte sie bis zu dreimal in der Woche mit ihren Freundinnen Bridge. Damit sie durch die Vorbereitungen solcher Nachmittage aber nicht zu sehr belastet würde, traf man sich jeweils reihum bei einer anderen Freundin, und war Olga dran, dann verabschiedete sie ihre Bridgepartner schon mit dem Staubwedel in der Hand. Bis auf die paar Eigenheiten war sie aber eine intelligente, freundliche, stets hilfsbereite und gutmütige Amerikanerin.

Soviel zum amerikanischen Teil der Familie Laufer, auf den weiter unten nochmal eingegangen werden muss, und jetzt zurück nach Frankfurt in die fünfziger und sechziger Jahre.

Die Vergangenheit kehrt zurück

Mit fünf Jahren kam Mirjam in einen Kindergarten in der Savignystraße, der von Anna Schwarz geleitet wurde. Damals hießen die Kindergärtnerinnen noch Kindergärtnerinnen und nicht „Erzieherinnen“, erzogen wurden die Kinder in der Familie. Da sie damals noch kein einziges Wort Deutsch sprach, blieb sie stumm. Das fiel aber niemandem richtig auf, auch nicht dem Lehrer im ersten Volkschuljahr der Westendschule. Sie schwieg beharrlich und hörte zu. Als sie am Ende des Jahres zwei deutsche Freundinnen hatte, sprach sie, und zwar von heute auf morgen, fast genauso viel, aber wesentlich besser als alle anderen, nämlich druckreif.

Alfreds Tage waren in den fünfziger Jahren mit Anträgen auf Entschädigungen und Wiedergutmachung von Verfolgungsschäden ausgefüllt. Jahrelanger Papierkrieg. Neben dem deutschen

Wirtschaftswunder stellte damals das weitaus größere Wunder die geordnete soziale und wirtschaftliche Integration der Abermillionen hilfesuchender Menschen in das vom Bombenkrieg noch immer vernarbte und flächenmäßig verkleinerte Land dar. Hierzu ging nur wenig in die üblichen Geschichtsbücher ein, und dabei sind beide Vorgänge, Integration und Wirtschaftswunder, untrennbar miteinander verknüpft. Der Staat, die Kirchen, was oft vergessen wird, und allerlei soziale Einrichtungen gaben sich größte Mühe, aber die Wege waren lang, mühsam und ermüdend, aber Alfred hielt durch.

Im April 1951 sollte David Laufer, damals noch in Israel, von einer Münchner Lebensversicherungsgesellschaft für eine im Jahr 1931 über 2.000 US-Dollar abgeschlossene Versicherung 41 DM bekommen. Wegen der bestehenden Devisenbestimmungen konnten die 41 DM aber nur auf ein Sperrkonto in Deutschland überwiesen werden, was es aber nicht gab, die 41 Mark waren damit perdue.

„Februar 1956. An den Internationalen Suchdienst in Arolsen. Die Entschädigungssache meiner Frau Karola Beckmann, geborene Laufer, welche in dem Entschädigungsamt München unter der Nummer 027434 ...“ – „September 1958. Herrn Dr. A. Beckmann ... In Ihrer Wiedergutmachungssache ist Ihre Akte nunmehr über das Ministerium des Inneren an den Regierungspräsidenten nach Darmstadt ...“ – „Oktober 1959 ... übersende ich Ihnen nochmals eine Ablichtung des Schreibens der Landesrentenbehörde. Ich empfehle Ihnen in erster Linie einen Erbschein vorzulegen ...“ Wo die Millionen Flüchtlinge die geforderten Bescheinigungen alle herhaben sollten, niemand wusste es! – „November 1959. Betrifft: Berufsschaden Dr. Alfred Beckmann-47614. Ich darf darum bitten, das Entschädigungsverfahren des Herrn ... zu bearbeiten, er ist auf eine Entschädigung beim Aufbau seiner Anwaltspraxis angewiesen.“ – „Dezember 1959. Betrifft: Haftschaden des Dr. Alfred Beckmann ...“ Irgendwann wurde Alfred auch noch aufgefordert, zweitausend DM für die Zulassung als Anwalt aufzubringen. –

„Juli 1961. Sehr geehrte Frau Beckmann ... bitte ich Sie auch, mir eine Bescheinigung der Synagogen-Gemeinde vorzulegen, aus der hervorgeht, dass Ihr Ehemann Jude ist ..."

Neben der Erledigung seiner eigenen Ansprüche, erledigte Alfred auch die Angelegenheiten seiner Frau und seiner Schwiegereltern Aurelia und David Laufer. Im Juni 1957 Antrag auf Entschädigung für die ehemalige Medizinstudentin Karola Beckmann, geborene Laufer, 1959 Antrag in der Entschädigungssache des verstorbenen David Laufers, 1960 Unterstützungsangelegenheit der verstorbenen Aurelia und David Laufer, 1961 Schriftwechsel über den Gesundheitszustand von Karola Beckmann, der sich bis in den Oktober hinzieht und wofür sämtliche Gesundheitszeugnisse vom Jahre 1946 an vorgelegt werden sollten. 1962 erneuter Schriftverkehr zu den Entschädigungsverfahren in Sachen David Laufer und im August 1963 Klage gegen das Land Hessen zur Nachzahlung einer Kapitalentschädigung und zur Zahlung einer Rente an Karola Beckmann und Waldemar Laufer.

Endlich gab es ein paar größere Beträge: Im Mai 1956 erhielt David Laufer „... wegen Freiheitsentziehung durch Zwangsaufenthalt und wegen Tragens des Judensterns in Krakau, Plaszow, Groß-Roszen und Waldenburg in der Zeit vom 18.11.1939 bis 7.5.1945 nach dem Bundesergänzungsgesetz zur Entschädigung für Opfer der nationalsozialistischen Verfolgung (BEG) vom 18.09.1953 eine Entschädigung von 9750 Deutsche Mark zuerkannt. Der Betrag ist sofort fällig. Die Entschädigung ergeht gebührenfrei. Unterschrift."

Mai 1963, Deutsche Effekten- und Wechselbank an Herrn Dr. Alfred Beckmann: „... teilen wir Ihnen höflich mit, dass uns von der Staatskasse Darmstadt für die Erbengemeinschaft nach David Laufer, ... als Entschädigung für Schaden im beruflichen Fortkommen – Wiedergutmachung in Höhe von DM 35.113,80 überwiesen wurden." Der erwähnte Prozess um Rente ging allerdings verloren, also gab es keine Rente, aber auch keine Lebensversicherung und auch keine Krankenversicherung, da Alfred ja in

Polen statt in Deutschland eingezahlt hätte. Die Rechtsanwaltskammer überwies monatlich 150, später 300 DM bis zur Volljährigkeit Mirjams. Das war alles. Aber immerhin, die Mühlen der Bürokratie mahlten, wenn auch langsam und außerdem verdiente Alfred ja als Rechtsanwalt.

Nachdem die Gebrüder Sielski und Rusek das Haus in der Frankfurter Zeil für zehn Millionen DM verkauft hatten – Alfred hatte, wie berichtet, seinen Anteil unglücklicherweise kurz zuvor abgestoßen –, erlitt er im fünfzigsten Lebensjahr seinen ersten Herzinfarkt, zwei weitere sollten folgen. Nach anfänglich guter Rekonvaleszenz verschlechterte sich sein Gesundheitszustand aber bald wieder. Er wurde müde und kraftlos, schon bei geringer Belastung trat Atemnot auf. Wie immer kam er mittags nach Hause, aß eine Hühnersuppe oder etwas Geflügel mit Kartoffeln und hielt Mittagsschlaf. Kajtusz sprang aufs Sofa, schmiegte sich in den Winkel zwischen Bauch und Oberschenkel und schlief ebenfalls. Zehn oder fünfzehn Minuten später sprangen beide wieder auf und waren frisch.

Trotz seiner Herzprobleme fuhr Alfred zweimal im Monat als begeisterter Autofahrer mit eigenem Citroën nach Paris, wo sein ehemaliger Studienkollege Henri Darmstadter einer Anwaltskanzlei vorstand, die er nach seiner Flucht aus Krakau, als er noch Henryk statt Henri hieß, eröffnet hatte. Als nämlich durch Nazis geschädigte Franzosen und aus Deutschland geflohene Juden ihre Wiedergutmachungsansprüche bei der Bundesrepublik Deutschland als Rechtsnachfolgerin von Nazideutschland geltend machten, benötigten sie zwei Anwälte, einen in Frankreich, einen in Deutschland, und das war Alfred.

Häufig begleitete ihn Mirjam auf seinen Reisen, eine Schulentschuldigung war schnell gefunden, und da besichtigten sie den Louvre, die Madelaine, den Eifelturm und die Kirche Notre Dame, und da Alfred leidenschaftlich gerne französischen Käse aß, suchte man schließlich noch ein paar Feinkostläden auf, kaufte auch

Wildpastete, etwas Foie gras, verschiedene Fischterrinen und zum Abschluss noch etwas Konfekt. Man liebte das Leben, zu Hause würde man staunen, die Krankheiten waren vergessen, das Herz klopfte vor Freude, was kostete die Welt! Zwei Dinge kamen bei Alfred nie auf den Tisch: Zwiebeln und Knoblauch. Die isst das Proletariat, der Gebildete isst französisch!

Da schlug die französische Polizei im Amtshilfeverfahren völlig unerwartet aber kräftig zu, und Alfred musste wegen monatelangen Falschparkens ein oder zwei Bündel sorgfältig gesammelter alter Strafzettel mit ein oder zwei Bündeln neuer deutscher Banknoten quittieren. Das tat weh, viel mehr, es kränkte ihn. Was mischte sich die französische Polizei in seine Parkprobleme ein! Das ist Privatsache! Weitere Käsefahrten nach Paris wurden, falls nicht aus beruflichen Gründen notwendig, sofort gestrichen, Strafe musste sein, und durch kürzere Reisen nach Straßburg ersetzt. Sollten doch die Pariser sehen, wie sie ihren Quark loswürden, Straßburg ist genauso gut, wenn nicht sogar besser. – Von deutschem oder schweizer Käse hielt er nicht viel, für französischen Käse tat er dagegen alles. Italienische Käsesorten stellten einen Kompromiss dar, während das herrliche italienische Obst, das während eines längeren und vollpensionierten Aufenthaltes in Riccione serviert wurde, vollständig an Karola ging.

Nach den karelischen, sibirischen und kommunistischen Jahren genoss Alfred das gute Leben im freien Westen in vollen Zügen, und so fuhr die Familie Ende der fünfziger und Anfang der sechziger Jahre auch regelmäßig nach Meran zur Traubenkur. Wieder mit dem eigenen Wagen, denn Autofahren war schön und strengte ihn überhaupt nicht an, ja, es entspannte ihn sogar, wie er sagte, je weiter desto besser, wie er meinte. Und da er die Gesellschaft liebte, traf man sich dort mit Freunden und Bekannten und machte kleinere und auch mal größere Ausflüge in die nähere Umgebung. Was seiner Mentalität aber völlig zuwider war, war sein Herz zu schonen, krank zu sein, das gab es in seinem Leben nicht.

Leider verschlechterte sich sein Gesundheitszustand weiter. Der Hausarzt, der in Frankfurt gerade um die Ecke wohnte, schlug die Behandlung mit Strophantin vor, und es muss dem Patienten schlecht gegangen sein, denn er stimmte zu. Intravenös verabreicht, wirkte Strophantin schon nach wenigen Sekunden, die Wirkung hielt aber nicht lange an, und so wurde die Behandlung Tag für Tag über mehrere Wochen fortgesetzt.

Wieder wurde Alfred arbeitsfähig, er fuhr nach Paris, nach Holland, wo ihm des deutschen Nummernschildes wegen alle vier Reifen aufgestochen wurden, macht nichts, die kann man ersetzen, nach Italien und Österreich, natürlich immer mit eigenem PKW, nach Venedig und an die Adria, und damit der Urlaub auch wirklich schön würde, bepackte er das Fahrzeug mit Koffern, Badesachen, Reiseliteratur und Mirjams Freundinnen bis unters Dach, so dass er den damals allerdings noch spärlichen Verkehr nur noch im Seitenspiegel sah. Er schonte sich nicht.

Und schließlich durfte auch auf Skifahren nicht verzichtet werden. Alle Familienmitglieder waren ausgezeichnete Skiläufer, dafür konnte keines richtig schwimmen. Als Mirjam im schönen Waldschwimmbad im Taunus an der Angel eines ausgebildeten Schwimmlehrers die Kunst des Überlebens im Wasser erlernte, durfte sie nur an die Rute, wenn Alfred die Sicherheit seiner Tochter persönlich vom Beckenrand aus überwachte. Zwar war Alfred Nichtschwimmer, aber stets bereit, Verantwortung zu übernehmen.

Karola rief ihre Schwester Ewi an, ob sie bereit sei, als Zeugin vor Gericht auszusagen. Es gehe um die Frau des Lagerkommandanten von Auschwitz, Frau Hedwig Höß, und ganz allgemein auch um die Lebensbedingungen im Lager. Ewi lehnte ab, sie wolle mit KZs nichts mehr zu tun haben und rate Karola das Gleiche. Als Zeichen, dass sie ihre Vergangenheit mit Gewalt vergessen wollte, hätte sie sich nach der Befreiung sofort ihre Häftlingsnummer entfernt, das Kapitel sei für sie ein für alle Mal abgeschlossen. Karola hatte ihre Nummer behalten und bezeichnete sie als ihren „Adelstitel". Karola besprach die Sache mit Alfred, der die Angelegenheit als Jurist natürlich ganz anders sah und eine Aussage empfahl. Wegen wichtiger Termine könnte er sie aber leider nicht begleiten, schon gar nicht bis ins ferne Kiel.

Also zog Karola ihr bestes Kostüm an, Koffer, Mantel und Regenschirm, und fuhr zum Frankfurter Hauptbahnhof. Die Fahrkarte Frankfurt-Kiel und zurück in der 2. Klasse war teuer, wurde aber ersetzt, und in Göttingen fing sie an zu zweifeln, ob ihre Entscheidung richtig war. Aber jetzt saß sie im Zug und jetzt musste es beendet werden.

Durch die Diskussion über die Notstandsgesetzgebung und den schon seit April 1958 geführten „Ulmer-Einsatzgruppenprozess" angeregt, fing man in der Bundesrepublik an, die Verbrechen im Dritten Reich gründlicher unter die Lupe zu nehmen. Auch waren durch die aus Russland heimgekehrten Kriegsgefangenen und die damit verbundenen Entschädigungsverfahren immer häufiger Hintergrundinformationen an die Öffentlichkeit geraten und Zusammenhänge aufgedeckt worden, für die Quellen bisher gefehlt hatten, keine sicheren Beweise vorlagen oder die aus anderen Gründen, zum Beispiel Überlastung von Behörden und Gerichten, unbeachtet geblieben waren.

Beim Einsatzgruppenprozess ging es um insgesamt zehn Angeklagte der „Einsatzgruppe Tilsit", insbesondere um den ehemaligen SS-Obersturmführer und Polizeichef von Memel, Bernhard Fischer-Schweder, der 1941 Massenerschießungen angeordnet haben soll. Nach Kriegsende blieb er unerkannt, bis er ein Verfahren auf Wiedereinstellung beim Land gegen Baden-Württemberg anstrengte, wodurch das Ganze aufflog. Eingeschoben sei, dass von den zu mehreren Jahren Zuchthaus verurteilten Angeklagten des Ulmer Prozesses 1960, sechs schon wieder frei waren, da man

Himmler, Hitler und Heydrich zu Haupttätern erklärte und die Angeklagten nur der Beihilfe bezichtigte.

Jetzt schaute man aber immer mehr auch auf die sogenannten Schreibtischtäter, auf die Mitläufer, die ebenfalls direkt oder indirekt in Verbrechen verstrickt gewesen sein könnten. Um die Strafverfolgung dieser noch unbehelligten Gruppe besser zu koordinieren, war 1958 in Ludwigsburg die „Zentrale Stelle der Landesjustizverwaltung zur Aufklärung nationalsozialistischer Verbrechen" gegründet worden. Sie sammelte Unterlagen, stellte den Verbleib möglicher Täter fest und gab ihre Ermittlungen an die jeweils zuständige Staatsanwaltschaft weiter; sie selbst konnte ja nur informativ, aber nicht juristisch tätig sein.

Karola folgte also dem Aufruf, dass sich für Verfahren gegen ehemalige Nazis Zeugen melden sollten, insbesondere deshalb, weil es auch die Ehefrau des Lagerkommandanten beträfe. Einige der größten Verbrecher, wie zum Beispiel Ehemann Rudolf Höß, Lagerkommandant, oder Frau Mandel, Oberaufseherin in Auschwitz, waren schon 1948 von Polen zum Tode verurteilt und gehängt worden.

Der Gerichtssaal war voll, Anwälte, Richter, Schreibkräfte, Polizei, Gerichtspersonal und Publikum. Karola hat Frau Höß sofort erkannt, ob das auch umgekehrt der Fall war, wusste sie nicht, aber wahrscheinlich nicht. Anfangs hatte Frau Höß sie zwar immer wieder mal angeschaut, das ließ sich ja nicht vermeiden, aber mit keiner Miene zu erkennen gegeben, ob sie sich an ihr ehemaliges Dienstmädchen erinnerte.

Ob die nun folgenden Angaben und Aussagen von diesem oder einem der späteren Frankfurter Auschwitz-Prozesse stammen, lässt sich nicht sagen, da Karola die Ereignisse zeitlich verwechselt haben könnte und bei beiden Prozessen, also auch in Frankfurt, sehr aufgeregt war.

Zunächst wurden wie üblich einige Daten zur Person verlesen, dass Frau Hedwig Höß, geborene Hensel, 1929, damals einundzwanzigjährig, den Rudolf Ferdinand Höß geehelicht hat, den späteren Lagerkommandanten des Vernichtungslagers Auschwitz. Man beschrieb ihren weiteren Lebenslauf, dass sie fünf Kinder habe und kam dann auf Auschwitz zu sprechen. Jetzt berichtete Frau Höß, dass sie in Auschwitz in einer schönen Villa gewohnt hätte, sie berichtete, dass das Lagerorchester ab und zu vor ihrer Villa aufmarschiert sei und musizierte, dass ihre Kinder im Garten spielten und die Nähe des Krematoriums bald nicht mehr bemerkt hätten, da Kinder ihr Umfeld doch anders als Erwachsene erlebten, und dass es den Kindern dort wirklich gut ging. Überhaupt müsse sie sagen, es war so schön, und dann soll sie gesagt haben: „Hier möchte ich sterben, so gut wie in Auschwitz wird es uns nirgends mehr gehen." Ob dieser Satz wirklich aus ihrem Mund stammte, ist nicht ganz sicher, doch vorstellbar. So oder so ähnlich hat sich Frau Höß jedenfalls geäußert, Karola konnte sich nicht genau erinnern.

Frau Höß berichtete auch, dass sie im Stabsgebäude des Lagers ein Modeatelier eingerichtet hätte, und mehr als zwanzig junge Frauen hätten hier Kleider entworfen und genäht. Ja, es sei richtig, sie konnte sich unter den Häftlingen Arbeitskräfte aussuchen, sie hatte freie Hand. Und die Arbeitsbedingungen, meinte sie, seien doch nicht schlecht gewesen, jeder Lagerinsasse musste pro Woche nur zwei schöne Kleider nähen, also totgearbeitet hätte sich dort niemand. Karola konnte sich nicht genau erinnern, aber sie glaubte es so gehört zu haben.

Karola machte ihre Aussage. Es sei ihr gut bei Frau Höß gegangen, Frau Höß habe ihr geholfen Kontakt mit Mutter und Schwester zu halten, auch die Verpflegung im Haus des Kommandanten sei gut und ausreichend gewesen, und sie konnte sogar etwas ins Lager schmuggeln, damit es auch Mutter und Schwester zugute käme. Das hätte Schwester und Mutter vielleicht sogar das Leben gerettet. Mithäftlinge seien oft verhungert und auch die paar anderen Angestellten, die zudem häufiger wechselten, seien sehr dünn, klapperdürr gewesen. Auf die Frage, wann und wo sie denn die

Dinge ihren Angehörigen übergeben konnte, meinte sie, dass man ja im selben Block geschlafen hätte und sie jeden Morgen alleine in das schöne Haus des Kommandanten gebracht wurde. Warum sie Frau Höß besser als die anderen behandelte, konnte sie nicht beantworten, woher sollte sie das wissen.

Dann war wieder Frau Höß dran, sie sollte berichten, wo sie von den Engländern aufgegriffen wurde und warum sie die Bleibe ihres Ehemanns verraten habe. Zunächst hätte sie wohl geschwiegen, aber als man ihr androhte, sie samt ihren Kindern den Russen auszuliefern, verriet sie sein Versteck.

Andere Fragen, zum Beispiel zu den Appellen, über Krankheiten oder die Ernährung, über den Einsatz bei Lagerarbeiten, über ihren Einsatz in Auschwitz III und zu Mutter und Schwester wurden Karola nicht gestellt, man hatte sie ausschließlich zu Frau Höß geladen. Einer der Anwälte hätte sich dann bedankt, sie könnte den Saal jetzt verlassen, wenn sie nicht noch Wichtiges über Frau Höß zu berichten hätte. Sie war erleichtert. – Vieles was an diesem Tag gesagt und gefragt worden war, konnte sie sich aber gar nicht merken, so viele Fragen, so viele Antworten, so viele Robenträger, so viele Menschen, die sie alle anschauten und so viele Erinnerungen.

Unmittelbar nach der Zeugenaussage fuhr sie jedenfalls direkt nach Frankfurt zurück, wo sie völlig verstört ankam und tagelang weinte. Als sie ihrer Familie berichtete, meinte sie, sie habe sich auf der Rückfahrt zwar alles nochmal in Erinnerung gerufen, so gut es ging, aber es sei ihr schwergefallen. Aufgeschrieben habe sie sich nichts, stattdessen aber über Auschwitz gelesen, nicht viel und fast ausschließlich über Frau Höß, was das Erinnern und Nacherzählen aber nur erschwerte.

Die Anklageschrift für zweiundzwanzig Nazitäter wurde im April 1963 bei der Staatsanwaltschaft eingereicht, und im Dezember begann der erste von drei Frankfurter Auschwitz-Prozessen. Die Verhandlungen begannen im Plenarsaal des Frankfurter Rathauses, dem Römer. Da das internationale Interesse aber groß war, die ausländische Presse ständig berichtete, da Schulklassen, Jugendgruppen und Bundeswehrsoldaten als Zuhörer die Prozesse verfolgten, reichte der Platz nicht mehr aus und so zog man ins Bürgerhaus Gallus um. Der Saal war groß, nüchtern und wird jetzt als Turnhalle, für Tanzveranstaltungen und Faschingssitzungen genutzt. Vor dem Bühnenvorhang saßen die Richter, an der rechten Längsseite Staatsanwälte und Nebenkläger – über ihnen hing eine große Tafel des Lagers Auschwitz II-Birkenau – den Staatsanwälten gegenüber die Angeklagten und ihre Verteidiger. Dahinter eine Kette von Polizisten. Beim Zeugenstand handelte es sich um einen einfachen Tisch mit einem Stuhl.

Mirjams Schulklasse besuchte den Auschwitzprozess, als es um einen gewissen Wilhelm Boger ging. Für Mirjam, die damals sechzehn Jahre alt war, war es das erste Mal, dass sie mit dem Thema konfrontiert wurde, denn in der Familie wurde auf Alfreds Wunsch nie darüber gesprochen. Nicht über Krieg und nicht über KZs. Wilhelm Boger, in Auschwitz neununddreißig Jahre alt, war seinerzeit Leiter des „Fluchtreferates" der „politischen Abteilung". Er wurde wegen Beteiligung an Selektionen, sogenannten Bunkerentleerungen, Erschießungen und Tötung von Häftlingen bei Verhören angeklagt.

Mirjams Klasse war über den Ablauf geteilter Meinung. Einige wollten, wie es sich für einen Rechtsstaat gehörte, einen den Rechtsgrundsätzen verpflichteten regulär durchgeführten Prozess, andere waren aufgebracht, von der Schuld des Angeklagten überzeugt und wollten Boger sofort zur Höchststrafe, lebenslänglichem Zuchthaus, verurteilt wissen. Der ganze Aufwand an Richtern, Zeugen und Anwälten sei doch völlig überflüssig. Für Wilhelm Boger, der auch der „Teufel des Lagers", die „Bestie von Auschwitz" oder der „Schwarze Tod" genannt wurde, kam nur die Höchststrafe infrage, was denn sonst! Am besten wäre natürlich die Todesstrafe gewesen, aber die gab es ja nicht mehr. Leider. Also, wozu die langen Vernehmungen, wozu die ewigen Streitereien zwischen

Zeugen und Anwälten, und wenn die Richter nicht immer die gleichen Fragen gestellt hätten, die im Saale doch jeder beantworten konnte, wäre alles schon längst vorbei.

Haarsträubend fanden die Schülerinnen auch, dass Boger solange bescheiden im Raume Stuttgart leben und arbeiten konnte, wie der Staatsanwalt berichtete. Die Amerikaner, so ging aus den Akten hervor, hatten ihn doch schon gefasst gehabt, warum ist man der Sache damals nicht nachgegangen? Er soll in oder bei Stuttgart sogar unter seinem regulären Namen mit Frau und Kindern gewohnt haben. Er hatte sich noch nicht mal versteckt!

Mirjam und ihre Mitschülerinnen waren beeindruckt, zum einen von der Härte, mit der Bogers Verteidiger die Zeugen angriffen, als seien die Zeugen alle nur Lügner, Rachsüchtige, die sich jetzt für die Haft in Auschwitz entschädigen wollten, zum anderen von der Erschütterung, die bei vielen Zeugen zutage trat, als sie mit ihrem ehemaligen Peiniger konfrontiert wurden. Bogers Anwälte schien aber auch das nicht zu beeindrucken, sie würdigten die Zeugen noch nicht mal eines Blickes, sie standen fest hinter ihrem Klienten.

Besonders fiel auch auf, dass alle Zeugen, wurden sie befragt, nur mit „ja“ oder „nein“ antworteten. Sie gaben sachliche Informationen, ja, damals hätte man ständig Hunger gehabt, nein, die hygienischen Verhältnisse seien nicht ausreichend, sondern furchtbar gewesen, doch, man habe Boger wiederholt gesehen und vermieden, ihm zu begegnen. Kein einziger forderte Rache, beschimpfte den Angeklagten, forderte das Gericht zu besonderer Strenge auf. Das Erlebte schien sie gebrochen zu haben, die geweckten Erinnerungen machten sie schweigen.

Und noch etwas beeindruckte alle, nämlich dass Boger keinerlei Reue zeigte, wo er doch als die „Bestie von Auschwitz“ galt. Während des Verhörs wurde er sogar böse, er schimpfte auf Zeugen und schrie, manchmal grinste er auch. Ja, man hatte sogar den Eindruck, dass er sich unschuldig und zu seinen Taten durch

Vorgesetzte genötigt fühlte und sogar mit seinen Opfern mitgelitten hätte. Er beherrschte die ganze Klaviatur der Rechtfertigung und Selbstverteidigung, genauso wie die Schuldzuweisung an seine angeblichen Vorgesetzten. Er sei ja nur Befehlsempfänger gewesen, war eins der am häufigsten gehörten Argumente, er hätte durchgreifen müssen, sonst wäre er, er selbst, er Wilhelm Boger, zur Rechenschaft gezogen worden. Und ähnlich verhielten sich auch andere Angeklagte, wie man in der Presse lesen konnte. Alle führten nur Befehle aus, durch ihre persönlichen Anordnungen sei in Auschwitz niemand zu Tode gekommen, nein. Der eine oder andere spielte sich sogar als Retter bei der Selektion auf der Rampe auf, wo er alles getan hätte, um jüdisches Leben zu retten.

Mittags war eine ein- oder zweistündige Unterbrechung angesagt, der Saal entleerte sich bis auf wenige, die das Gehörte stumm gemacht hatte. Sie saßen auf ihren Plätzen und blätterten verlegen in irgendwelchen Aufzeichnungen, Presseleute lehnten sich über ein oder zwei Sitzreihen hinweg und tauschten Informationen aus, und dann kehrten die Ersten aus der Pause zurück.

SS-Oberscharführer Wilhelm Boger sollte schildern, was die von ihm erfundene und nach ihm benannte „Boger-Schaukel" bedeutete und wie sie eingesetzt wurde. Er erklärte es freimütig und rechtfertigte den Einsatz seiner Methode damit, dass viele der von ihm Verhörten verstockt und zu keinerlei Kooperation bereit gewesen wären. Sonst hätte man sie ganz anders behandelt, sie hätten doch nur aussagen sollen, fertig. Das war doch nicht zu viel verlangt? Ja, richtig, man nannte seine Schaukel auch seine „Sprechmaschine".

Bei der Boger-Schaukel wurden dem Häftling die gefesselten Hände an die Beine gebunden, dann wurde ihm zwischen Beine und Arme eine Eisenstange geschoben, die durch zwei Ketten an der Decke des Raumes befestigt war. So verstanden das jedenfalls die Schüler. Die Stange wurde jetzt an beiden Enden aufgehoben und hochgezogen, und der Häftling hing dann mit dem Kopf nach unten. Boger höchst persönlich schlug dann mit einem Knüppel so lange auf den pendelnden Häftling ein, bis er das sagte, was Boger hören wollte. Meistens hätten aber irgendwelche Aufseher seine Schaukel bedient, und er hätte dann nur dabeigestanden, um das Bekenntnis des Delinquenten zu vernehmen, erläuterte der Angeklagte. Zeugen sagten, die Gefolterten hätten nach der Prozedur nicht mehr wie Menschen ausgesehen, man hätte sie nicht mehr wiedererkannt. Fleischklumpen.

Bei Mirjam entwickelte sich allmählich Hass, Hass auf die Henker von Auschwitz, denn sie hörte zum ersten Mal Dinge, über die man zu Hause schwieg. Sie hasste aber nicht nur die Täter, sondern auch die Verteidiger, weil sie Zeugen unnötig angriffen und rücksichtslos ausfragten, was manche erschütterte, dass sie bei ihren Aussagen stockten oder überwältigt von Erinnerungen sprachlos wurden und schwiegen. Und sie entwickelte auch Wut gegen die eigenen Eltern, die ihr zumuteten, in Deutschland leben zu müssen, in dem Land, aus dem die Schwerverbrecher, diese Mörder stammten, die jetzt mit gleichgültiger Miene, so als ginge sie das alles gar nichts an, auf der Anklagebank saßen, während sich die Zeugen auf ihren Stühlen krümmten. Wussten das die Eltern nicht, kannten sie die Verbrechen gar nicht, warum haben sie alles verschwiegen, warum hatten sie alles verdrängt? Oder hatten sie es gar nicht verdrängt, denn das kann man doch nicht einfach ausblenden, wegstecken, man hätte doch darüber sprechen müssen, man hätte sie doch informieren müssen, es ging doch um die eigene Familie.

Für den ersten Auschwitz-Prozess waren für zweiundzwanzig Angeklagte über dreihundert Zeugen geladen worden, davon waren die meisten Überlebende von Auschwitz. Auch Angehörige der SS traten als Zeugen auf. Aber ihre Aussagen waren wertlos. Nach den vielen Jahren konnten sie sich nämlich an nichts mehr erinnern, waren bei dem einen oder anderen Ereignis zufällig abwesend oder wegen Krankheit auf Heimaturlaub, und wenn sie aussagten war allen Anwesenden klar, dass die Zeugen die Angeklagten deckten, wann immer sie nur konnten. Das Publikum war erschüttert, bestürzt, Häftlinge, die als Zeugen auftraten, verloren die Fassung, so dass immer wieder längere Pausen eintraten, in denen auch alle anderen Anwesenden schwiegen.

Auch Karola wurde irgendwann in den Zeugenstand gerufen. Sie wiederholte aber nur, was sie schon in Kiel zu Protokoll gebracht hatte. Damals, in Kiel, oder war es doch in Frankfurt, wurde auch einer Aufseherin der Prozess gemacht, bei der es sich nach einhelliger Meinung aller Zeugen um eine Sadistin gehandelt hat. Karola hatte nur wenig Kontakt zu ihr gehabt und konnte daher nichts beitragen. Die Aufseherin wurde verurteilt, wie die Strafe lautete wusste Karola nicht, es war ihr auch egal, während Hedwig Höß, vielleicht auch wegen ihrer positiven Aussage, straffrei blieb.

Die Schulklasse besuchte den Prozess zwei volle Tage, wochenlang war er Diskussionsthema und Thema von Klassenarbeiten. Wilhelm Boger wurde wegen Mordes und gemeinschaftlichen Mordes sowie wegen Mithilfe im Rahmen der Endlösung zu lebenslanger Haft plus fünfzehn Jahren Zuchthaus verurteilt, obwohl er sich in vollem Umfang für unschuldig erklärt hatte – mit zwei kleinen Ausnahmen vielleicht, das räumte er ja bereitwillig ein. An irgendeinem Tag wurde er nämlich zu einer Erschießung befohlen, und so habe er, nur weil man es befohlen hätte, zwei Häftlinge mit dem Gewehr erschossen. Boger starb 1977 im Alter von dreiundsiebzig Jahren in der Haft.

Werner Renz, wissenschaftlicher Mitarbeiter des Fritz Bauer Instituts und Leiter der Abteilung Dokumentation schrieb im Jahre 2000: „… tat der deutschen Öffentlichkeit die historische Wahrheit kund und zu wissen“, gemeint war der Auschwitz-Prozess. Und weiter: „Durch umfassende Ermittlungen hat die Staatsanwaltschaft“, also Fritz Bauer und Mitarbeiter, „alles getan, Beweise für die gegen die Angeklagten vorgebrachten Schuldvorwürfe zu erbringen.“ Auch die Vertreter der Nebenkläger wurden positiv erwähnt und über die Verteidigung, die Mirjam und ihren Klassenkameraden besonders unangenehm aufgefallen war, schreibt der Autor: „In Erfüllung ihrer gesetzlichen Pflicht unternahm die Verteidigung alle Anstrengungen, die erhobenen Anschuldigungen zu entkräften.“ Und weiter: „Der Auschwitz-Prozess ist ohne Zweifel beispielhaft für die strafrechtliche Bewältigung des nationalsozialistischen Unrechts durch die bundesdeutsche Justiz.“

Zu den Auschwitz-Prozessen ist viel geschrieben und noch mehr gesagt worden, über die in der jungen Bundesrepublik bestehende Rechtsform, über die per Grundgesetzt abgeschaffte Todesstrafe, die 1950 per Gesetz eingeführte Aufhebung der Einschränkung der Verfolgung von NS-Verbrechen und später auch über die im Juli 1979 im Bundestag endgültig aufgehobene Verjährung für Mord und Völkermord. Die Akten sind voll, Kommentare gehen in die Tausende.

Nach dem jüdischen Staatsanwalt Dr. Fritz Bauer, der die Verfahren geleitet hat, liegt die eigentliche Bedeutung der Auschwitz-Prozesse aber nicht in den individuellen Strafen, sie konnten die Verbrechen nicht sühnen, sondern darin, dass die deutsche und die Weltöffentlichkeit endlich, nämlich achtzehn Jahre nach Kriegsende, über das ganze Ausmaß der Verbrechen informiert wurde

USA und die Dollarmillionen

Mirjam bekam ihre ersten Ski in Garmisch Partenkirchen, aus Holz mit Stahlkanten und Kandahar-Sicherheitsbindung, die im Falle eines Unfalls den ledernen Skischuh sofort freigab. Ein großer Fortschritt. Anfangs hatte sie Angst, denn alle, die Onkels Muś und Waldek, Tante Aja und die beiden Eltern waren exzellente Läufer, die Skifahren noch in den Karpaten ohne Skilifte, bergauf mit untergeschnallten Fellen erlernt hatten, und die die von der FIS, der „Federation Internationale de Ski“ ausgesuchten Bahnen in Zakopane, Chamonix oder Kitzbühel abgefahren waren. Mutter Karola war sogar jüngste Olympiateilnehmerin der polnischen Mannschaft gewesen.

Also Ski-Asse in der Familie, denen nachzueifern sich Mirjam bemühte. Dann hatte sie aber ein unangenehmes Erlebnis in den verschneiten Winterbergen, besser gesagt im Krankenhaus „Maria zum Finsteren Walde“ in Einsiedel, Schweiz, in das sie während eines Skiurlaubs wegen krampfartiger Bauchschmerzen eingeliefert worden war, und für die der zum Jahresende diensttuende Veterinär die Diagnose einer akuten Appendizitis stellte. Der Tierarzt, ein Humanmediziner war nämlich nicht greifbar, rief Doktor Beckmann in Frankfurt an, der die Operation natürlich sofort verbot, bis er persönlich in Einsiedel eingetroffen sei. Der Veterinär machte ihn darauf aufmerksam, dass es sich hier um einen Notfall handele, der den Eingriff jetzt und sofort erfordere, so dass man auf die sicherlich hilfreiche Überwachung der Operation durch einen Juristen leider verzichten müsste.

Das war Alfred ja noch nie passiert! Sofort brach er gen Süden auf. In der Silvesternacht entfernte der Tierarzt fachkundig Mirjams Blinddarm, für die Äthertropfnarkose sorgte eine beleibte Gestalt im frommen Habit, und die Nachsorge erfolgte in Form langer Gespräche mit einem in eine schwarze Kutte gehüllten Mönch, der lebhaft über seine Studienjahre in Rom zu berichten wusste. Alfred kam erst einige Tage später im Finsteren Walde an, da er wegen heftiger Schneeverwehungen auf die Bahn ausweichen musste, was natürlich mit Verspätung einherging. Durch die große Glasscheibe des Krankenzimmers bewunderten dann Vater und Tochter die weiße, tief verschneite, schweizer Bergwelt, aber das Interesse am Skilaufen hatte seinen ersten Dämpfer. Einige Jahre später beendete ein kleiner Unfall am aufrechten Stamm einer italienischen Kiefer in Madonna di Campiglio Mirjams weitere

Karriere als Skiläuferin, ein letztes Aufflackern brachte vielleicht nochmal der Skilanglauf im Engadin, das aber kürzer anhielt als die Zeit, in der ein Streichholz abbrennt. „Maria zum Finsteren Walde“ war zudem Alfreds letzter, wenn auch erfolgloser Einsatz im Namen Äskulaps und sportliche Aktivitäten spielten in der Familie fortan keinerlei Rolle mehr.

Stattdessen war sie eine ausgezeichnete Schülerin, Schule war ihr Vergnügen. Zum ersten Mal fiel jetzt ihr fotografisches Gedächtnis auf. Ihr Lieblingsfach war Deutsch. Sie verschlang die deutsche Literatur und liebte sie. Und schon bald zeigte sich eine besondere Begabung, sie war Schnellleserin. Ein Buch von drei-, vier- oder fünfhundert Seiten schaffte sie an drei oder vier Tagen, das Abitur schien ein Fest zu werden, Alfred war stolz.

Alfred sollte ihren Schulabschluss aber nicht mehr erleben. Sein Gesundheitszustand hatte sich in der letzten Zeit ständig verschlechtert, und die ganze Familie litt unter den immer häufiger auftretenden Herzanfällen. Die allgemeine Leistungsfähigkeit ließ nach, die Treppe in den ersten Stock wurde zur Herausforderung. Der Hausarzt schlug erneut eine Strophantinkur vor, sechs Wochen wurde er täglich mit Injektionen behandelt, und es half. Nachts kam es aber bald wieder zu Atembeschwerden und Erstickungsanfällen. Erleichterung beobachtete er im Sitzen. Eines nachts hörte man beim Atmen Rasselgeräusche und Pfeifen und man dachte an Asthma, aber der Hausarzt meinte, das käme vom Herzen, man nenne es „Asthma cardiale“, oder Herzasthma. Der Notarztwagen wurde gerufen und Alfred wurde ins Krankenhaus gebracht, das er wieder rekompensiert verließ. Dann verbrachte er einige Zeit in Bad Nauheim, in der Kerckhoff-Klinik, dann wieder im Krankenhaus Bad Homburg und in Frankfurter Häusern.

Die ganze Familie fürchtete sich vor der Nacht. Alfred konnte und wollte aus Angst nicht mehr schlafen, und so führte er stundenlange Gespräche mit seiner Tochter, Nacht für Nacht, Woche für Woche. Man sprach über alles, über die aktuelle Tagespolitik, über verschiedene Berufe und Berufsaussichten, natürlich über Fußball und über Autos sowie Themen der Geschichte, alle griechischen und römischen Philosophen mussten herhalten, immer und immer wieder, bis Mirjam in den frühen Morgenstunden einnickte und dann in die Schule ging. Und obwohl sie von den langen Gesprächen übermüdet war, hielt sie durch und war auch noch eine der besten Schülerinnen.

Das Konto schmolz dahin, verfügbares Geld wurde immer weniger, neues floss nur noch spärlich zu. Karola war neuerdings Teilhaberin einer Imbissstube in der Leipziger Straße. Die Imbissstube lief gut. Sie kam erst gegen Mitternacht nach Hause, oft wurde es später. Da das Geld aber nicht reichte, nahm sie einen Kredit auf und kaufte mit einem Partner eine zweite Imbissstube in Bad Homburg. Auch hier lief es ganz gut, aber jede Nacht nach Geschäftsschluss mit der Straßenbahn zurück nach Frankfurt war zu anstrengend, und so mietete sie sich über dem Laden eine kleine Wohnung. Doch sie verkaufte nach einiger Zeit wieder ohne Gewinn, da sie sich um Alfred kümmern musste. Zuletzt arbeitete sie bei einer guten Bekannten aus Riga in einem Modesalon, von wo aus sie notfalls zu Fuß nach Hause eilte.

Wegen Alfreds Herzkrankheit suchte man Professor Roulment in Paris auf, und Professor Mehringer in Wien, beides berühmte Kardiologen, und beide bestätigten, dass Strophantin die einzige und richtige Therapie sei, dass er viel liegen, kochsalz- und wasserarm leben müsste und sich nicht übermäßig belasten dürfte, wobei eine gewisse körperliche Aktivität für den Erhalt der Herzkraft natürlich essentiell sei. Die nächtlichen Erstickungsanfälle wurden häufiger, immer wieder rasselte das Wasser in den Lungen, wiederholt musste er in die Klinik, wo man den Erguss wieder abpunktierte. Das schaffte Erleichterung. Ein weiterer Infarkt verschlechterte die Situation dramatisch.

Mirjam hatte schon immer den Wunsch gehabt, für einige Zeit nach Amerika zu gehen. Damals bot sich die verlockende Gelegenheit, die Hilfe des „American Field Service" in Anspruch zu nehmen, der deutschen Schülern die Chance bot, in den USA in Gastfamilien zu leben. Die Auserwählten wurden nach Berlin geschickt, wo sie täglich Unterricht zu politischen Fragen hatten, es wurden soziale, historische und naturwissenschaftliche Themen diskutiert, sie wurde angenommen, sie freute sich, es wurde in der Tageszeitung publiziert, und dann sagte sie ab. Der Gesundheitszustand ihres Vaters hatte sich gerade stark verschlechtert, und er wollte, dass sie zu Hause in der Familie bliebe. Er ahnte wohl, dass es zu Ende geht.

Eines Tages kam er von einem Arztbesuch in der Nachbarschaft zurück. Auf der Treppe zum ersten Stock rief er nach seiner Familie, dann brach er zusammen und war tot. Er war nur neunundfünfzig Jahre alt geworden.

Erneut bot sich die Gelegenheit, die USA zu besuchen, ein Jahr später, als sie nämlich von Onkel Waldek nach New York gerufen wurde. Hierüber wurde schon kurz berichtet. Waldek stellte sich vor, dass Mirjam sich zunächst mal in New York umsieht, dass sie dann überhaupt in Amerika bleibt, und dass dann auch Mutter Karola für immer in die USA folgt.

Mirjam wurde sehr herzlich empfangen, und auch für Schwester Karola hatte der umtriebige Waldek bereits feste Pläne. Er wollte ihr nämlich einen Liquor-Store kaufen, der sie ganz sicher reich machen würde, zumindest ein gutes Auskommen böte. Wenn man an Waldeks zupackende Aktivität, Karolas selbst in schweren Zeiten große Belastbarkeit und an Waldeks und ihre praktische Intelligenz dachte, konnte man von Waldeks Idee nur begeistert sein. Die beiden hätten mit Sicherheit aus dem Liquor-Store bald einen Getränke-Vertrieb und später einen Großhandel gemacht, der von Alaska bis Feuerland expandierte und Karola mit Dollars und jeden Eskimo und Patagonier mit cold drinks versorgt hätte.

Aber es sollte anders kommen. Mirjam war von New York und von Kernsey zunächst mal begeistert, denn Amerika war eben ganz anders als Frankfurt, Amerika war Amerika. Da sie in dem um fünf Jahre jüngeren Cousin Henryk und seinen Freunden aber nicht die richtigen Ansprechpartner hatte, begann sie sich zu langweilen. Waldek hatte sofort eine neue Idee, Waldek war stets voller Ideen! Mirjam muss das College besuchen, dort würde sie Anschluss finden und könnte ihr Englisch perfektionieren.

Also fuhr sie jetzt regelmäßig mit dem Bus zum College, aber das Niveau war ihr zu niedrig. Für Waldek kein Problem. Vom Krieg her kannte er noch einen Dekan der Columbia University in New York, ein Telefonat, ein Gespräch, was sollte man mit der gelangweilten siebzehnjährigen „niece from Germany" nur machen, und so fuhren Waldek und Mirjam zum Rektor der Columbia University. Das kurze Gespräch war erfolgreich, Mirjam sollte doch probeweise als Externa einige Vorlesungen belegen, und dann könnte man weitersehen. Sie belegte Englisch, englische Literatur und die „Kunst der italienischen Renaissance". Von einer Mitschülerin der Bettinaschule ließ sie sich den jeweiligen Frankfurter Schulstoff schicken, denn schließlich wollte sie in wenigen Monaten das deutsche Abitur machen.

Die Vorlesungen an der Columbia gefielen ihr gut, der Busfahrer begrüßte sie jeden Morgen mit: „Hi, you are Waldeks niece", und alle waren zufrieden. Waldek baute Siedlungen, Olga putzte die Küche und spielte mit ihren Freundinnen Karten, Henryk war in der Schule und Mirjam an einer der renommiertesten Universitäten der Vereinigten Staaten von Amerika. Das Leben nahm einen interessanten Lauf.

Plötzlich tauchten Frau Dora Helms, eine Art „Königin der Nacht", und ihre Tochter Olga, Waldeks bessere Hälfte, auf. Olga und Frau Helms stellten fest, dass Waldek hochgradig herzlos sei, seine Nichte alleine von Kernsey aus in das gefährliche New York zu schicken, was sofort zu ändern sei. Und ab jetzt fuhr Waldeks Niece jeden Morgen im Geleitschutz von Oma Dora und ihrer Tochter Olga an die Columbia Universität. Nach jeder Vorlesung standen beide vor der Hörsaaltür und führten die ihrer Meinung nach völlig überforderte und erschöpfte Studentin ab. Wollte Mirjam die beiden überreden, mal besser in der Stadt zum Shoppen oder vielleicht auch essen zu gehen, winkten sie freundlich lächelnd ab, nein, nein, nein, sie sollte sich keine Sorgen um sie machen, sie hätten Zeit und hätten doch auch Verantwortung. War Olga mal nicht in der Lage Geleitschutz zu geben, dann stand an der Washington Bridge, wo Mirjam auf dem Weg in ihre Uni in die Subway steigen musste, schon Dora Helms bereit, die von ihrem Wohnort in Jackson Hights pflichtbewusst herbeigeeilt war, um die Nichte in Empfang zu nehmen. Mirjam fühlte sich durch die ständige Observanz eingeengt, der Freiheit beraubt, sie beneidete ihre Kommilitonen und als man dann auch noch regelmäßig an der West Side das preiswerte Restaurant „Napkin Burger" zum Snack aufsuchte, dachte sie zum ersten Mal an Flucht in ihr geliebtes, fernes Frankfurt.

Eines Tages tauchte auch noch Marek Kronauer aus Frankfurt auf. Marek wollte Mirjams Ehemann werden, was ihm schließlich auch gelang. Da er nur für zwei Wochen eine Ausstellung über Radiotechnik im Stadtteil Queens, Flushing Meadows, besuchte und Familienkontakte nicht unbedingt wünschte, wohnte er auch nicht in Kernsey, sondern in einer billigen Herberge in der 48th Street, und so war die Anreise für jedes Rendezvous ziemlich zeitraubend und bei der in diesem Jahr herrschenden großen Hitze äußerst quälend. Als Marek sie eines Tages auch noch zwei geschlagene Stunden ohne einen Cent in der Tasche, ohne Sonnenhut oder Sonnenschirm in der glühenden Sonne warten ließ, bekam die Beziehung einen ersten Dämpfer. Kurzum, alle drei, Frau Helms, Olga und Marek ließen bei Mirjam den Gedanken keimen, dass es an der Bettinaschule in Frankfurt vielleicht schöner sei als in Amerika mit seinem Schwarm von Verwandten und ihrem zwar immer fidelen aber stets unpünktlichen Unruhegeist Marek. Und wieder dachte sie an Flucht, diesmal bis in den fernen Westen, vielleicht gleich bis nach Australien oder China.

Und da tauchten auch schon zwei weitere Gestalten auf. Zwei weitere Aufpasser, nämlich Sonja und Bobby Brodheim. Brodheims hatten ja in der Annahme, dass die USA nach Pearl Harbour an der Seite Groß Britanniens in den Krieg gegen die Achsenmächte ziehen würden, ein Geschäft für Brautschmuck aufgemacht, die Rechnung war aufgegangen, und jetzt besaßen sie eine prosperierende Firma im Garment District, Midtown New York, zwischen der 5th und 7th Avenue, wo die Mode damals schon richtig boomte. Die Firma dehnte sich über zwei geräumige Etagen eines großen Gebäudes aus, Sonja war das aktive und denkende Haupt und leitete das operative Geschäft, Bobby markierte im Einvernehmen mit Sonja den Direktor. Er residierte in einem geräumigen Büro mit prächtigem Schreibtisch, hatte ein Vorzimmer mit Empfangsdame und Sekretärin, aber nichts zu tun. Mit dem Geld, das ihm seine Sonja zur Verfügung stellte, spielte er ein wenig an der Börse und gewann, mal verlor er, aber Schaden fügte er weder seiner Frau noch der Firma zu.

Eines Tages klopfte dann ein junger Mann an die Tür seines Direktorzimmers und behauptete, er sei Russe oder russischer Abstammung und besitze ein interessantes Patent mit dem Geld, vielleicht sogar sehr viel Geld, zu verdienen sei, wozu er aber erst mal zehn- bis fünfzehntausend Dollar Startkapital benötigte. Ehrlicherweise fügte er hinzu, wollte ihm keine Bank mehr etwas geben, keinen einzigen Cent. Bobby hatte Spielgeld und gab einen zinslosen Kredit. Da er aber Sonjas Proteste fürchtete, verschwieg er, dass er dem Russen die Fünfzehntausend hingeblättert hatte, natürlich nur geliehen, denn er kannte ihn ja gar nicht und man müsste doch vorsichtig sein. Der strahlende Russe nahm das Geld und verschwand, Schriftliches gab es nicht, damit Sonja es nicht zufällig entdeckte. Sonja merkte und Bobby hörte nichts mehr von seiner Investition.

Die Zeit verging, der Krieg begann und ging zu Ende. Jahre später stand der Russe wieder vor Bobbies Tür und wollte ihm sein

Investment zurückzahlen, das jetzt etliche Millionen harte Dollars betrug. Brodheims waren nicht nur durch Brautschmuck reich geworden, sondern jetzt auch noch durch den plötzlichen Dollarsegen eines völlig unbekannten und grundehrlichen Erfinders. Ein Märchen, von dem jeder träumt, oder eine gute Tat, die sich ausgezahlt hat.

Die Geschichte ist interessant, zeigt sie doch, dass Gutgläubigkeit nicht immer mit Bösem vergolten wird, zumindest Wissenschaftler, üblicherweise ungeübt im Umgang mit Geld, sind wohl ehrliche Zeitgenossen. 1926 hatte der siebzehnjährige Student Edwin Herbert Land, russischer Abstammung, Polarisationsfilter aus Kunststoff herstellen wollen, worüber er 1932 an der Harvard Universität berichtete, sie aber gleich danach wieder verließ, um mit dem Physiker Wheel Wright ein Laboratorium zur Anwendung von Polarisationsfiltern für Sonnenbrillen und Fotoapparate zu gründen. 1947 entwickelte er die erste Polaroid-Kamera, oder Sofortbildkamera, wie man sie auch nannte, und das erste Modell wurde schon ein Jahr später in einem Supermarkt in Boston zum Kauf angeboten.

Land benötigte seinerzeit dringend Startkapital, da er das Patent unter allen Umständen mit Wright behalten und alles in eigener Regie entwickeln und aufbauen wollte. Daher hatte er sich an potentielle Sponsoren gewandt, einer war Robert Brodheim in der Modebranche in New York. Die Adresse roch nach Geld, die hatte ihm gefallen, zumal sie in einem Bezirk lag, in dem schon viele Russen und Polen erfolgreich arbeiteten, und ein Jude wird dem anderen doch helfen! Bobby Brodheim half Edwin Land, und Edwin Land zahlte Bobby aus, nachdem elf Jahre später die einmillionste „Land-Kamera“, wie man sie damals noch nannte, das Montageband verlassen hatte. Was Sonja zu diesem Volltreffer ihres durch eine dicke Brille in die Welt blinzelnden Ehegatten gesagt hat, ist nicht überliefert, aber da sie selbst ein Erfolgsmensch war, wird sie dem Exjuristen den Erfolg von Herzen gegönnt haben.

Karola Laufer war Bobby Brodheims Lieblingscousine, und so schickte er Karola Flugtickets, damit sie ihn und Sonja besuchen käme, es ginge um die Erbschaft, denn schließlich könnte ihnen mal was passieren. Brodheims waren kinderlos. Also flog Karola mit der Super Constellation der TWA über Gander in Neu Fundland nach New York. Sie schwärmte von der Reise, ein richtiges Bett im Flugzeug, ausgezeichnetes Essen, Champagner und freundliche Bedienung. Bobby zeigte ihr seine Firma, stellte ihr alle Mitarbeiter vor, Bobby und Sonja führten Karola in die besten Restaurants der Stadt, auf den Broadway, ins Theater, sie war von Brodheims beeindruckt, sagte auf Wiedersehen und flog wieder nach Hause.

Da übertrugen die etwas enttäuschten Brodheims ihre ganze Liebe zu Karola auf Karolas Kind, nämlich Mirjam. Da Mirjam bei Olga und Waldek in Kernsey wohnte, also nicht allzu weit entfernt, wurde sie an vielen Wochenenden im eleganten Wagen abgeholt. Man führte sie zum Essen in Country Clubs, in Golfrestaurants, ins Theater, wieder in Country Clubs, in die Met, ins Kino und in deutsche Einwandererfamilien, die wie Brodheims noch den Lebensstil der Wilhelminischen Ära in vollendeter Reinheit repräsentierten.

Bobby und Sonja boten der verwitweten Karola sogar an, Mirjam an Kindes statt anzunehmen und ihr eine erstklassige Ausbildung in den Vereinigten Staaten und ein Leben in größtem Wohlstand angedeihen zu lassen, bis sie sie später beerben könnte. Schon während der Besuche der Country Clubs versuchten sie, Mirjam hinsichtlich ihrer Karriere und einer künftigen Familiengründung zu beeinflussen, sie immer stärker unter ihre kinderlosen Fittiche zu nehmen, sie schmiedeten sogar schon ernsthafte Heiratspläne und versuchten, sie in das gute Leben der New Yorker Gesellschaft einzuführen, bei ihnen verkehrten nur gute Menschen aus den besten Familien, alle politisch sauber, da brauchte man sich nicht zu sorgen.

In diesem Alter schmiedet man aber keine Pläne mit alten Leuten, und Mirjam wollte, doch konnte dem Druck kaum noch widerstehen, bis Marek Kronauer aus Frankfurt auftauchte, der Zukünftige, der Retter.

Brodheims rochen den Braten, sie hielten Marek für den ungeeignetsten Ehemann, den sie sich für ihre geliebte Mirjam denken konnten, er war ihnen zu quirlig, zu progressiv, und machte vor allem einen unsteten, ja fast ruhelosen Eindruck. Kein Mann für eine Ehe, eher ein Zigeuner. Hatten sie denn Mirjam nicht potenzielle Ehemänner nach ihrem Geschmack genug vorgestellt, alles anständige Jungs? Ihre Kandidaten spielten doch Tennis, Golf und besaßen prächtige Autos, und das schon in so jungen Jahren. Die meisten waren zudem schon persönlich und nicht nur dank ihrer Eltern wohlhabend oder sogar schon reich, wie kann man da nein sagen! Sie waren auch gebildet, hatten die Universität besucht, manche zumindest, oder arbeiteten schon fest in der einen oder anderen Firma ihrer Eltern mit. New Yorks beste Gesellschaft also. Aber Mirjam biss nicht an, Marek aus Frankfurt musste es sein.

Bobby und Sonja zogen sich langsam in ihr komfortables Schneckenhaus zurück, und nachdem Mirjam wieder abgereist war, brachen die Kontakte allmählich ab. Das Leben einer Millionenerbin hatte sich für Mirjam ein für alle Mal, oder genauer gesagt, beinahe ein für alle Mal, erledigt. Bobby und Sonja zogen in fortgeschrittenem Alter nach Südfrankreich, kauften noch eine schöne Wohnung in Nizza, eine zweite in Cannes, Bobby starb in Amerika, Sonja lebte noch eine Weile weiter, ihre Millionen wurden sicherlich, wie in den USA üblich, in eine Stiftung für gestrauchelte Deutsch-Amerikaner oder andere Benachteiligte im Indianerland gesteckt. Jedenfalls war die Familie enttäuscht, nichts wurde vererbt.

Und Waldek baute weiterhin Wohnsiedlungen in Upstate New York. Schon vor Mirjams Rückreise nach Deutschland klagte er wieder häufig über Magenbeschwerden als Folge seiner schweren

Kriegsverletzung, und im Jahr 66 kam plötzlich ein Anruf aus Amerika, Waldek liegt im Sterben und wünscht dringend den Besuch seiner beiden Schwestern, um sich zu verabschieden. Karola und Ewi setzten sich ins nächste Flugzeug und trafen auf einen schwerkranken Mann, der nicht mehr arbeiten, sondern lieber sterben wollte. Seiner ständigen Schmerzen wegen hatte er in den letzten Monaten nur noch von Alka-Seltzer gelebt, jetzt wirkungslos, aber Karola, Ewi und Olga brachten ihn mit vereinten Kräften wieder auf die Beine, er starb nicht, wollte aber auch nicht mehr leben. Der aktive Erfolgsmann wirkte depressiv und abgespannt.

Wenige Monate später wiederholte sich das Ganze, Olga hol' mir meine Schwestern, ich sterbe jetzt, jetzt oder in paar Tagen, egal, sie müssen kommen. Die Schwestern kamen, Waldek ging es wieder besser, beschimpfte immer häufiger seine Ehefrau, und begann sich wieder mit Geschichte zu befassen, die er ja zu Hause, sein Zuhause war wieder Krakau, zu studieren begonnen hatte. Seine Schwerpunkte waren natürlich der Pazifikkrieg gegen Japan, später die englische Flotte unter Admiral Nelson, und noch etwas später die Kämpfe des Deutschen Ritterordens in Ostpreußen und Polen. Auch hier eine Rückkehr in die Heimat? Seine größte Spezialität war aber die Identifikation und Klassifizierung von Orden aller Art und aus allen Zeiten. Heute würde man sagen, er war ein verrückter Typ, vollgestopft mit Details aus der frühen Neuzeit und der neuesten Geschichte, immer politisch interessiert und ausgesprochen unterhaltsam. War er nun ein Flunkerer, ein Geschichtenerzähler, oder war doch alles echt?

Man weiß nicht, wie oft Waldek in diesen Jahren noch starb und wie oft sich seine beiden Schwestern bei ihm verabschiedeten, jedenfalls verabschiedete sich Olga. Olga behielt bei der Scheidung das schöne Haus in Kernsey samt Seeanteil und Sohn Henryk, und danach ging es Waldek wieder besser.

Und bald gestand er dann, dass er sich wegen seiner chronisch gewordenen Schmerzen schon jahrelang vom Hausarzt mit dem

Präparat Demerol behandeln ließ, weil nichts anderes mehr half. Demerol, oder Meperidine, gehört mit Morphin und Methadon in die gleiche Stoffklasse und macht wie diese abhängig und sogar süchtig.

Waldek war und blieb auch während seiner Krankheit ein Faktotum. In New York zog er jetzt in eine Wohnung in der Nähe des Central Parks. Eine Zeit lang lebte er hier mit einer jungen Dame namens Lea, die bei der National Broadcasting Company, der NBC, angestellt war, und von der alle glaubten, er werde sie eines Tages heiraten. Und das tat er dann auch. Der Hochzeitstermin wurde festgelegt, alle Freunde und Bekannten freuten sich mit dem Paar, die in den USA üblichen medizinischen Untersuchungen zum Ausschluss von Syphilis, Geistes- und Erbkrankheiten wurden ordnungsgemäß erledigt, ein Friedensrichter wurde bestellt, der Justice of Law, der die zivile Trauung nach herkömmlichem Ritus vollzog und die Heiratsurkunde unterzeichnete und abstempelte, was noch viel wichtiger war. Lea ging zum NBC und ließ die Namensänderung eintragen, fortan war sie Mrs. Lea Waldemar Laufer.

Mrs. Lea Waldemar Laufer musste eines Tages im Auftrag des Radios nach Mexiko reisen, und da ihr alter Pass gerade abgelaufen war, ging sie auf die Behörde und bestellte einen neuen, in den man dann gleich den neuen Namen eintragen sollte. Der Offizielle sah sich die Heiratsurkunde an, dann Lea, er telefonierte, wälzte ein oder zwei dicke Bücher, telefonierte wieder und teilte Mrs. Lea Laufer schließlich mit, dass sie überhaupt nicht verehelicht sei, da es sich bei der Urkunde ganz offensichtlich um eine Fälschung handelt. Waldek, so stellte sich heraus, hatte nämlich einen guten Freund, einen Schauspieler, engagiert, der die Rolle des Friedensrichters so perfekt gespielt hat, dass niemand etwas zu beanstanden hatte, und am Nachmittag eine fröhliche Hochzeitsfeier stattfinden konnte, die sich bis in die späte Nacht hinzog.

Lea fiel aus allen Wolken, zog aus Waldeks Wohnung aus und wurde Alkoholikerin. Waldeks Sohn Henryk erhielt eines Tages einen Anruf, und es meldete sich Lea, die ihm mitteilte, dass sie bei den Anonymen Alkoholikern gelandet sei. Alle Mitglieder müssten bei Eintritt in den Verein, der für sie neues Leben bedeutet, allen Menschen verzeihen, von denen ihnen jemals Böses widerfahren sei. Und da Waldek damals bereits verstorben war, war Henryk der nächste, der die Nachricht empfangen musste, obwohl er ja nichts Böses getan hat. Vergangen, vergeben.

Stattdessen heiratete der Aktivist Waldek eine Koreanerin, diesmal völlig legal, die am 9. November 2001 das Attentat auf die Twin Towers des World Trade Centers wie durch ein Wunder überlebte. Sie hatte sich ein paar Stunden frei genommen und, was sie eigentlich niemals tat, verließ gerade das Gebäude, als sie es über sich krachen und knirschen hörte und voller Entsetzen sah, wie ein riesengroßes Flugzeug im Turm verschwand und ein Schauer von Splittern und Trümmern auf die Straße herniederprasselte. Sie rannte, sie rannte in einen Hauseingang, dann in ein Geschäft und dann mit vielen anderen weg, nur weg, weit weg.

Waldemar Laufer, Korpsstudent, Jagdflieger, Kriegsgefangener, Nähmaschinenvertreter, Baulöwe, Privatgelehrter und Heiratsschwindler starb im zweiundachtzigsten Lebensjahr in seiner Wohnung in New York. Das war im Jahr 2000.

War Waldek manisch-depressiv oder hatten ihn Krieg, Verletzungen und Operationen, die jahrelange Therapie mit Morphinderivaten, das aufreibende Berufsleben als Bauunternehmer kaputt gemacht? Die US-Armee war beim Einsatz wirksamer Medikamente, auch wenn sie zu Abhängigkeit und Sucht führten, niemals zimperlich gewesen. Man erinnere sich nur an die vielen Drogenabhängigen nach dem Vietnamkrieg, die als Kriegsverletzte zunächst mit starken Analgetica behandelt wurden, bevor man wegen Unwirksamkeit auf Morphinabkömmlinge überging. Ob ihm vielleicht auch das Schicksal seiner Familie im Ghetto, in den Lagern zugesetzt hatte, seiner Eltern, der Schwestern, man weiß es nicht, nie hat er darüber gesprochen. Er war ein Anpacker, zudem ein erfolgreicher, aber er hatte einen weichen Kern.

Henryk hatte seinen Vater nach der Scheidung der Eltern nur selten besucht, aber wenn er in sein Appartement in New York kam, traf er auf die seltsamsten Gestalten. Da war ein hoher kirchlicher Würdenträger, vielleicht ein Bischof, es gab Professoren von der Columbia University, von Harvard, da waren Rabbiner, Autohändler, ein Oberst, Maler und Veteranen, Waldek konnte alle verzaubern. Er war ein engagierter, mitreißender und charmanter Gesprächspartner. Zuletzt muss Waldek aber auch Geschäfte getätigt haben, die wohl nicht mehr ganz astrein waren, und Henryk hielt jedes Mal die Luft an, wenn jemand auf ihn zutrat und sagte, ach, sie sind doch der Sohn von Waldek Laufer. Schon dieses „Ach" ließ ihn das Schlimmste befürchten.

Vier Wochen vor Waldeks Tod hatte man in Frankfurt Schwester Ewelina beerdigt, die in den letzten Jahren deutlich depressive Züge zeigte. Sie sprach nur noch wenig, und wenn sie etwas sagte, dann sehr leise. Sie sprach von Krakau, vom Krieg und vom Lagerleben, was sie ihr Leben lang nicht getan hatte.

Mottenfraß

Voller neuer Eindrücke kehrte Mirjam nach Frankfurt zurück. Alles erschien ihr hier winzig, wie im Dorf, die Entfernungen kurz, die Häuser niedrig und die Menschen bieder. In den ersten Wochen hing sie ihren amerikanischen Erinnerungen nach, der amerikanischen Familie, und alles was ihr dort auf die Nerven ging, wurde hier von Tag zu Tag schöner, heller und vor allem bunter. In Deutschland waren nicht nur die Autos schwarz oder grau, sondern auch die Gebäude und besonders die Menschen. Sollte sie vielleicht doch zu Onkel Waldek zurück, in das lebendige und farbenfrohe Amerika mit seinen verrückten Menschen?

Aber es dauerte nicht lange, da trat die Schule wieder in ihr Leben, es ging aufs Abitur zu. Da waren die Freundinnen und die Familie, und da gab es ja auch noch den englischen Pullover! Den schlabbrigen Pullover, das gute Stück, das den Weg durch ganz Europa und halb Asien zurückgelegt hatte, sie würde ihn wieder raussuchen. Sie suchte, er lag im Schrank wieder hinten und nicht vorne, aber sie fand ihn. Und auch die Kette mit den großen Holzperlen musste noch da sein.

Vorsichtig zog sie ihn unter dem Berg anderer Kleidungsstücke hervor, unter denen er monatelang zerdrückt gelegen hatte. Zwei grüne Blätter gegen Mottenfraß fielen auf den Fußboden, sie ließ sie liegen, und dann breitete sie ihn vorsichtig, schon bald weihevoll auf der Kommode aus. Der Schreck war groß, denn trotz Mottenschutz, der offenbar schon lange nicht mehr erneuert worden war, fanden sich überall kleine Löchlein und größere Löcher, unregelmäßig konfiguriert, wie in altem Schweizerkäse, nein, er war nicht mehr schön und zu gebrauchen. Sie war traurig, aber das Leben ging weiter.

Enttäuscht ließ sie ihren ehemaligen Stolz auf der Kommode liegen und verließ postwendend den Raum. Sie sollte ihn niemals wiedersehen. Karola musste ihn irgendwann mal weggeworfen haben, denn auch stopfen hätte hier nicht mehr geholfen. Schlimm wäre nur gewesen, hätte er als Putzlappen dienen müssen, denn das hatte er wirklich nicht verdient. Ein neuer Abschnitt sollte beginnen.

Versprechung und Hochzeit

Sofort nach ihrer Rückkehr aus New York legte Mirjam das Abitur ab, Zeit durfte nicht verloren gehen. Sie wollte etwas werden. In allen Arbeiten ein „Sehr gut", Gesamtnote „sehr gut", das konnte sich sehen lassen!

Das Abitur war also geschafft und jetzt freute sie sich auf das Studium. Die Zukunft und die ganze Welt standen ihr offen.

Und so schrieb sie sich sofort an der Frankfurter Universität für Anglistik, Slawistik, englische und deutsche Literatur ein. Sie dachte an eine Laufbahn als Theaterkritikerin, als Lektorin in einem großen Verlag oder Journalistin bei einer international bedeutenden Zeitung. In kurzer Zeit machte sie einen Schein für Altkirchen-Slawisch, einen für Altenglisch, für Mittel- und Neuenglisch und fiel besonders durch Referate zu John Donne, einem metaphysischen Dichter des sechzehnten, siebzehnten Jahrhunderts auf.

Aber es dauerte nicht lange, bis sie merkte, dass sie sich ein Literaturstudium anders als einen bequem asphaltierten Weg zum Englischlehrer vorgestellt hatte, den offenbar ihre Konsemester klaglos langtippelten. Im Anschluss an eine desillusionierende Vorlesung erklärte ihr der Dozent frank und frei, dass sie unterfordert sei und dass sie besser nach England ginge, um wirklich in die Literatur einzudringen. Doch das scheiterte an der finanziellen Situation der Familie.

Mirjam dachte nach, dann brach sie das Studium kurzerhand ab und beschloss, wie Marek Kronauer Medizin zu studieren. Ihr Dozent fiel aus allen Wolken, „ausgerechnet eine Naturwissenschaft" war das Letzte, was man ihn sagen hörte. Er wurde später an die Oxford University berufen und als Wissenschaftler einer der führenden Kenner der Werke William Shakespeares.

Und jetzt schauen die Kommentare zu Chaucer's Dichtungen mit ihren braunen Rücken und den Goldbuchstaben, die Interpretationen zu Shakespeares Dramen, neunhundertfünfzig Seiten

„The Complete Bernhard Shaw Prefaces“ und tausendvierhundert Seiten „The Complete Bernhard Shaw Plays“ in ihren roten Leinenrücken aus großer Höhe auf sie hernieder, während die purpurroten Thackerays und die langen Reihen grauer Brecht-Buchrücken noch von einer Chance träumen, wieder in die Hand genommen und zum Leben erweckt zu werden.

Im folgenden Semester begann sie mit dem Studium der Medizin und war vom ersten bis zum letzten Tag begeistert. Ginge es nach ihr, hätte es niemals enden müssen.

Von welchem Elternteil Marek, ihr künftiger Ehemann, seine Unruhe oder Umtriebigkeit geerbt hat, lässt sich nicht sagen. Sein Vater, Artur Kronauer, war vor dem Krieg Holzkaufmann in Novy Sącz, Neusandez, gewesen. Da er sich aber genierte, aus einer Kleinstadt wie Novy Sącz zu sein, einem galizischen Städtchen von zwanzigtausend Einwohnern, erzählte er, er stamme aus Neusandez bei Wien, das aber niemand kannte. Alle kannten nur das Städtchen in den Beskiden. Trotz dieser kleinen Übertreibung war Artur aber ein ruhiger, freundlicher, wie Yves Montand sehr gut aussehender gutmütiger Mann, der sehr viel, viel zu viel rauchte. Also, vom Vater hatte Marek die Umtriebigkeit wohl nicht.

Arturs Ehefrau, Mareks Mutter, Halina, genannt Hanka, war charmant, immer freundlich, eine typische Großstädterin aus Warschau, und da das Holzgeschäft in der Großstadt Frankfurt wenig Sinn machte, eröffnete sie im ersten Stock eines Hauses in der Neuen Kräme ein Café namens „Lido“, oder besser gesagt, eine Art Club, in dem sich die Kartenspieler der damals noch kleinen jüdischen Gemeinde sammelten. Viel wurde nicht konsumiert, mal ein Kännchen Kaffee, meistens Tee, ganz selten etwas Alkohol, ein paar Kekse, aber der Club lief ganz gut, da jeder Spieler, sei er ein Bridge-, Poker- oder Romméfreund, jedes Mal neue Karten erhielt, und dafür zahlte. Gezinkte Karten waren streng verboten, Ärger musste vermieden werden. Man spielte zwar um Geld, meist kleinere Beträge, aber es wurde nie richtig laut. Hier war es auch, wo Artur Kronauer eines Tages vom Stuhl fiel und sofort tot war. Als Kettenraucher verstarb er an einem Herzinfarkt, noch nicht mal sechzig Jahre alt.

Als die jüdische Gemeinde größer wurde, überredete man Hanka, doch ein koscheres Restaurant zu eröffnen, Frankfurt brauche das, und sie tat es. Das Restaurant hieß „Hebraica" und lag in der Brönnerstraße. Küchenpersonal, das wusste, was koschere Küche ist, gab es nicht. Hanka hatte das Sagen, war aber nicht kochkundig. Also bestimmte sie nur Speiseplan und Rezepte, und in der Küche regierte eine dicke Jugoslawin, die nicht richtig Deutsch verstand. Damit die servierten Speisen dann aber den strengen Bestimmungen des Rabbinats entsprachen, wurde von der jüdischen Gemeinde ein Kontrolleur gestellt, ein „Maschgiach". Das war Herr Günter Speicher, der unsterblich in Hanka verliebt war, weshalb dann doch letztendlich garantiert war, dass man hier koscher aß. Also, Mareks Eltern waren eigentlich ganz solide Leute, Mareks Unruhegeist ließ sich genetisch nicht erklären.

Mirjam wäre jetzt beinahe zum zweiten Mal Millionärin geworden, beinahe! Hätte sie nur zugegriffen. Mit Mutter Karola machte sie eine Reise nach Las Palmas auf Gran Canaria, wo sie sich in einem guten, nicht gerade billigen Hotel einquartierten. Bei einem Stehempfang fiel ihr ein sehr gut aussehender Kellner, vielleicht sogar Oberkellner auf, der in seinem Frack eine stattliche und elegante Figur machte. Der Oberkellner schaute zu ihr, dann zu Karola, und dann wieder zu ihr, und nach einigen Minuten kam er näher, um ein paar freundliche Worte zu wechseln. Es dauerte nicht lange, da hielt er bei der erstaunten Karola um die Hand ihrer hübschen Tochter an. Zu seinem Bedauern erfuhr er, dass Mirjam leider schon vergeben sei und in drei Wochen heiraten würde. Der Kellner stellte sich als Amar Suwani aus Bombay vor und bat dann um die Ehre, wenigstens Trauzeuge sein zu dürfen, was man ihm gewährte, obgleich man schon zwei andere zum Ehrenamt gebeten hatte. Macht ja nichts, dann hat man eben drei. Dann fuhr man wieder nach Hause, traf Vorbereitungen für den großen Tag und wartete auf den Termin.

Jetzt wurde aber zunächst mal Mirjams und Mareks Verlobung richtig groß und üppig gefeiert, und zwar in der Beckmannschen Wohnung. Im besten Feinkostgeschäft Frankfurts besorgte man die schönsten Pasteten und Salate und einen ganzer Truthahn, der mit Kirschen, Mandarinen, Artischocken und allerlei Grünzeug bewundernswert herausgeputzt war, zierte die Tafel, so wie es sich für eine gute jüdische Versprechung gehörte. Wer nicht kam, waren Marek und Hanka, der künftige Verlobte und die künftige Schwiegermama. Und als sie sich dann mit großer Verspätung doch noch zu der feingekleideten und schon etwas strapazierten Gesellschaft gesellten, hatten sie eine interessante Entschuldigung.

In Hankas Restaurant hatte sich gerade wieder eine Runde von Mittagsgästen und Kartenspielern versammelt, darunter auch ein Spieler, von dem alle wussten, dass er eine nicht ganz reine Weste trug, allenfalls ein Kleinkrimineller, mehr war er nicht. Aber was konnte man machen, in einem Restaurant muss eine gewisse Toleranz gewahrt und manchmal auch ein Auge zugedrückt werden, besonders natürlich, wenn man keine Beweise in der Hand hat.

Der Mann mit der grauen Weste spielte mit zwei seiner Freunde Karten, das konzentrierte und brütende Schweigen ging in ein an- und dann aufgeregtes Gespräch über und endete in einem handfesten Streit. Da zog der Graubewestete eine Pistole und schoss seinem Gegenüber in den Bauch. Es dauerte eine Weile, ehe sich die anderen Gäste vom Schrecken erholt hatten, also musste die Verlobungsgesellschaft warten. Der Angeschossene schnappte nach Luft, bald ging es ihm wieder besser, und er bezeugte und beschwor, dass alles nicht so ernst gemeint war, und der Graubewestete nicht ganz zurechnungsfähig sei. Und so endete die Angelegenheit vor Gericht noch irgendwie glimpflich.

Als der Schuss gefallen war, der Pulverdampf zog gerade als weißes Wölkchen durch das geöffnete Fenster, erhob sich am Nachbartisch ein schwarz gekleideter Herr im Bratenrock, mit riesigen schwarzen Schuhen, wallendem Bart und Homburger, legte seine Serviette zusammen und ging. Dem Vorstand der jüdischen Gemeinde teilte er schriftlich mit, dass er sich in einer Stadt, in der man mittags noch nicht mal ruhig suppen könnte, nicht um die Stelle eines Rabbiners bewerben möchte, er sei es nicht gewöhnt und schätze es zudem nicht im Kugelhagel zu speisen, er bliebe dann doch lieber in London.

Dann haben Marek und Mirjam geheiratet. Die standesamtliche Trauung fand im Frankfurter Rathaus statt, doch es fehlte Amar, der dritte Trauzeuge, als plötzlich ein Taxi mit quietschenden Bremsen vorfuhr und Amar im indischen Festgewand die Treppe heraufgestürmt kam. Die Freundschaft zu Amar Suwani hielt viele Jahre, bis man sich, wie das so ist, aus den Augen verlor. Amar aus Bombay war Inhaber von Indian Electronics International, IEI, mit Niederlassungen in allen großen Häfen der Welt und Multimillionär. Jetzt war er zwar Trauzeuge, aber eben nicht Bräutigam. Zum zweiten Mal war die Chance, Millionärin zu werden, verpasst.

Wenige Jahre später verschlechterte sich der Gesundheitszustand von Mirjams Mutter Karola, denn sie litt seit einiger Zeit an einem bösartigen Tumor. Lange hat man ihr nichts angemerkt, und so geriet die Angelegenheit etwas in Vergessenheit, oder besser, sie wurde verdrängt, eine Gnade der Natur.

Karola war lebenslustig und temperamentvoll wie immer und hat wie immer alle an den Feiertagen bekocht, da sich ihre Kochkunst seit dem Haus des Auschwitz-Kommandanten und seit Zichron Yaakov um Welten verbessert hatte. Und eines Tages wurde sie immer stiller und verlor an Körpergewicht, was man wegen ihrer Molligkeit noch nicht mal richtig merkte. Da sie kein großer Freund von Ärzten war, ging sie auch nur selten zur Untersuchung, und als man dann wegen Kurzatmigkeit eine Röntgenaufnahme anfertigte, war die Lunge voller Metastasen.

Zwei- oder dreimal brachte Mirjam sie noch an den Starnberger See, um noch einige Tage mit ihr zu verbringen. Mit einem Ausflugsschiff kreuzten sie auf dem Wasser, suchten die Stelle, an der König Ludwig mit seinem Arzt in den Tod gegangen war, fuhren nach Schloss Neuschwanstein, nach Linderhof und Herrenchiemsee, und der Zustand verschlechterte sich weiter.

Im folgenden Jahr war sie nicht mehr reisefähig, sie wurde in die Universitätsklinik in Frankfurt aufgenommen, ein letzter Versuch, das Allgemeinbefinden erträglich zu gestalten. Schließlich starb sie, da war sie achtundfünfzig Jahre alt. Bis zum letzten Augenblick ertrug sie ihr Leiden mit Fassung und großer Ruhe. Das war 1979.

Mirjam

Nachdem Mirjam ihre Laufbahn als Philologin an den Nagel gehängt und sich der Medizin zugewandt hatte, und nachdem sie frisch verheiratet war, kaufte sie sich einen Hund, einen cremefarbenen englischen Mini, abonnierte eine Zeitung und bekam eine Tochter. Sie beendete ihr Studium termingerecht, promovierte zum Doktor der Medizin, kein einziger Tag wurde verbummelt, und begann ihre ärztliche Tätigkeit am Universitätsklinikum. Eins stand für sie fest, arbeitslos würde sie niemals werden, und müsste sie putzen gehen!

Jüngste Ärztin im Krankenhaus zu sein, hieß Patientenversorgung am Tag, dazu mehrfach wöchentlich Nachtdienste, Assistenz bei Vorlesungen und Kursen, Arbeiten im Labor und alles bei nur kleinem Gehalt. Und da auch Kind und Hund versorgt werden mussten, ließ sich nicht vermeiden, dass Dienste an manchen Feiertagen auch mit beiden im Dienstzimmer verbracht wurden, wobei dem Hund unter Androhung höchster Strafen geraten wurde, keinesfalls zu bellen, da Hunde in einer Klink unerwünscht sind. Aber sie war jung, wollte etwas leisten und freute sich an ihren Erfolgen, auch an den kleinen.

Eines Tages entdeckte sie dann eine Substanz, die als einfache Kapsel verabreicht, eine bestimmte Leberkrankheit heilte und damit zur Lebensverlängerung der Patienten führte. Und da die Entdeckung nicht nur die klinische Wissenschaft sondern auch die Grundlagenforschung stimulierte, wurde sie in der ganzen Welt zu Vorträgen geladen.

Und so reiste sie immer wieder auf die bedeutendsten Kongresse ihrer Fachrichtung in New York, Boston, Dallas, New Orleans, auf Weltkongresse, auf Veranstaltungen in Peking, St. Petersburg, Moskau, Sidney, Kairo, Hong Kong, Auckland, sie bereiste Ostasien von der Mandschurei bis Bangkok, ja, sie kam sogar nach Swerdlowsk, das allerdings schon wieder Jekaterinenburg hieß und in dessen Nähe ein Teil ihrer Familie Kriegsjahre im GULag verbracht hatte. Aber ihr Programm war vollgespickt, so dass ein Abstecher in den Ural auf der Suche nach dem Lager leider nicht möglich war. Mexiko, Argentinien, Chile und Toronto waren häufigere Ziele, und obwohl ihr Amerikaaufenthalt bei Onkel Waldek jetzt schon Jahre zurück lag, hielt man sie noch immer für eine Amerikanerin, ja, Amerikaner waren sogar überzeugt, sie stamme aus New York. – Nie kam sie aber nach Krakau oder Samarkand, und Płaszów, Auschwitz oder Groß-Rosen hätte sie nie besucht.

Mirjam, wenn ich einmal sterbe, denke daran, im Kleiderschrank, im zweiten Fach von oben, liegen ganz hinten fünfzigtausend Euro. In einem braunen DIN A5 Couvert, also beim Ausräumen nicht wegwerfen! Aber Aja, alias Anda, eigentlich Hannah, starb noch nicht. Hannah erfreute sich trotz ihres hohen Alters von jetzt schon neunzig Jahren bester Gesundheit, ging noch immer auf Schnäppchensuche an ihrem Krückstock in die Stadt, von dem niemand so recht wusste, ob er nötig oder nur Schmuckstück, oder vielleicht auch nur Ausweis ihres langen Lebens war, sie redete wie ein Wasserfall, regte sich über alles auf, hatte fast immer recht, aber am liebsten stritt sie mit ihrer Vermieterin. Warum hat das Haus denn keinen Fahrstuhl, Frau Horowitz, das Haus wurde ja nach dem Krieg gebaut, da freuten wir uns, ein Dach über dem Kopf zu haben, ja, aber in Krakau hatten wir alle einen Fahrstuhl, auch war unsere Wohnung in Krakau viel größer, wir lebten doch nicht in Puppenstuben. Ja, ja Frau Horowitz, heute ist eben alles anders, alles ist teurer geworden, da kann man nicht so großzügig wie in Krakau sein.

Lange blieb die Vermieterin nicht mehr ruhig, und dann war sie Ajas beste Feindin. Die einzige Freundin, die sie dann noch hatte, war eine graue Taube, die auf ihrem Balkon wohnte. Zunächst hatte sie sie gar nicht bemerkt, da sie ihr Nest zwischen alten Blumentöpfen, ausrangiertem Geschirr und zerknickten Kartons gebaut hatte, aber als sie sie dann entdeckt hatte, freundeten sich die beiden richtig an. Doch als der friedliche Vogel dann ständig Besuch von einem Täuberich erhielt und sich schließlich zwei Eier einstellten, kamen Aja Bedenken, und sie verjagte ihre letzte Freundin, die Friedenstaube. Da war sie ganz alleine. Und im Oktober 2003 war sie dann schließlich tot.

Die Wohnung hinter der Alten Oper war wie immer vollgepfropft mit Schneiderwaren, Stoffen, Wolle und Nähzeug, Stoffballen, Hüten, Winter- und Sommermänteln, Handschuhen und Schuhen und natürlich mit Muś's Ordnern polnischer Gedichte. Das braune Couvert mit dem Geld war unauffindbar, aber es gab Wertvolleres. In einer großen Schachtel fanden sich nämlich noch weitere Dokumente, Dokumente aus Krakau, ein paar Fotos mit unbekannten und bekannten Gesichtern, Urkunden, Heirats- und Sterbeurkunden, Bescheinigungen aus Israel, Briefe, Postkarten und Fotos aus Hannahs und Zygmunts Zeit im kommunistischen Krakau und im verschneiten Gebirge, und sogar die Geburtsurkunden ihrer Geschwister Alfred und Celina tauchten wieder auf.

Und nachdem Alfred und Karola verstorben waren, hatte Aja auch die letzten Dokumente der Familie Laufer gesammelt, ungeordnet wie ihre Stoffballen im Schneiderzimmer, fanden sie sich zwischen allen anderen Papieren.

Im September hat sie Mirjam noch von Krakau erzählt, und solltest du mal nach Krakau kommen, dann geh in die Garncarska, sieh dir alles genau an, dort bist du schließlich geboren, dort haben wir alle zusammen gewohnt, dein Vater, deine Mutter Karola und Zygmunt, wir alle. Es ist jetzt niemand mehr in Krakau, wir sind alle weg, auch von der Familie deiner Mutter ist niemand mehr da. Isydor, Marcus und Josef, Brüder deiner Großmutter Aurelia wurden umgebracht, von den sechs Geschwistern deines Großvaters David hat nur Leonora, genannt Leoni, den Krieg überlebt, und dass Großvater David und Tante Celina in Usbekistan blieben, weißt du ja, das habe ich dir alles erzählt. Es gibt nur noch ein einziges Grab in Krakau, das Grab meiner Mutter Salomea, deiner Großmutter.

Kiesel auf deinen Grabstein

Das Hotel „Forum", in dem sie vor polnischen Kollegen einen Vortrag halten sollte, liegt als typischer Plattenbau des sozialistischen Paradieses direkt an der breiten Weichsel mit einem großartigen Blick auf den Wawel, das ehrwürdige Königsschloss, und die Krakauer Altstadt, die sich mit ihren Türmen, Toren und Kirchen im Hintergrund aufbaut. Rechterhand liegt das ehemalige Judenviertel Kazimierz, noch weiter rechts, fast im Rücken des Betrachters der Stadtteil Podgórze, etwas abseits die Fläche des ehemaligen Lagers Płaszów.

Auf dem Markt mit seinen breiten Tuchhallen pulsiert das Leben, ein Café neben dem anderen, alles sitzt im Freien und erfreut sich des milden Wetters und der wärmenden Sonnenstrahlen des anbrechenden Frühlings. Ein Friedensbild. Pferdedroschken ziehen Familien und Touristen in bunten Kleidern um den großen Platz und durch die engen Straßen der Altstadt. Alle Buchgeschäfte sind überfüllt, und die Stadtmauer dient großen und kleinen Malern als Ausstellungsgelände.

Bei ihrer Wanderung durch die Stadt sucht und findet sie mühelos das Haus mit der Praxis des Vaters in der Grotzka, das Gebäude der juristischen Fakultät mit seinem schönen Innenhof und ihr ehemaliges Wohnhaus in der Garncarska Straße, das zwar schon von seiner früheren gelben Farbe kräftig eingebüßt hat, aber noch immer von seinem weißen Jugendstil-Blütenkranz umgeben ist. Sie klingelt nicht, sie will die Praxis nicht sehen, sie will die Wohnung nicht sehen, was soll's. Auch das Ghetto im Stadtteil Podgórze und das Lager Płaszów besucht sie nicht und auch nicht die Ulica Krasickiego der Großeltern.

Vergeblich bleibt die Suche nach einem Grab, nämlich nach der Ruhestätte von Salomea Beckmann, gestorben im Jahre 1929, beerdigt auf dem neuen jüdischen Friedhof in der Ulica Miodowa, in der Honigstraße, des einzigen Familienmitglieds, das in Krakau geblieben ist.

Der Friedhof war vor zweihundert Jahren im Stadtteil Kazimierz angelegt worden, daher der Name „Neuer Friedhof" oder cmentarz zydowski, das heißt „Jüdischer Friedhof". Hinter einer Eisenbahnunterführung stößt sie unverhofft auf das Gräberfeld. Umgeben von einer hohen Mauer betritt sie es durch einen einstöckigen Ziegelbau mit weißgefassten Rundbogenfenstern.

Aja hatte noch gesagt, das Grab befände sich gleich hinter dem Eingang rechts, aber da ist es nicht. Wahrscheinlich hatte man den Eingang in der Nachkriegszeit längst verlegt, so dass rechts eben nicht mehr rechts neben dem Eingang ist. Da jüdische Gräber bis in alle Ewigkeit erhalten werden, drängt sich Grabstein an Grabstein, kleine Tafeln mit längst verwitterter Schrift, große Stelen aus Granit, vom Moos überzogene schwarze Steine, die im Boden zu versinken drohen und Steine, Marmor, die sich müde und altersschwach an ihre Nachbarn lehnen oder ihre Stütze in einem Baum finden, der sie mit einem dicken Wulst seiner uralten Rinde festhält, ja, fast liebevoll umarmt.

Ein nicht allzu breiter und regennasser Mittelgang, der mit löchrigem Asphalt belegt ist und immer wieder durch dickes Wurzelwerk zerrissen und vorgebuckelt wird, führt vom Eingangsgebäude schnurgerade bis zu einer Baumgruppe mit zerzausten Wipfeln, die den Abschluss bildet. Überall stehen auch schon junge Bäume zwischen den Gräbern, Farnkraut, Büsche, auf dem Boden wie auf vielen Grabsteinen dunkelblättriger Efeu, schwarzes, altes Moos, hellgrünes junges und wieder Bäume, wie in einem verwilderten Park, in dem ein Steinmensch neben dem anderen steht, schweigend auf seinen Nachbarn blickt und wartet. Nur auf wenigen Grabsteinen waren Kieselsteine gehäuft, die den Toten sagen, dass man ihrer gedenkt, dass sie nicht vergessen sind.

Sie folgt dem Weg durch die modrige Kühle, auf den es nochmal kurz geregnet hat, sie klettert über umgestürzte Grabmäler und folgt schmalen Pfaden, wo ihr das Kraut die Schuhe netzt, aber sie kann den Stein nicht finden. Natürlich hätte sie die Friedhofsverwaltung aufsuchen und sich erkundigen können, man hätte die Pläne der Ruhestätten studieren können, aber die Stille, die Einsamkeit, der grau verhangene Himmel und die triefenden Blätter im Unterholz verlangsamten den Schritt.

Noch einmal macht sie kehrt und legt einen Kiesel auf den rauhen Stein eines unbekannten Toten. Sie kennt ihn nicht, aber sie tut es auch für die fünfzehn Familienmitglieder, die sich nach Kriegsende nicht mehr gemeldet haben. Vom Baum schüttelt ein Windstoß den Regen.

Am Ausgang trifft sie auf den Wärter, er fragt, ob sie erfolgreich war, dann hebt er die Schultern, dreht die Hände nach außen, als wollte er sagen, schade, vielleicht ein andermal.

Hannah

Gegen Mitternacht nimmt der Wind zu, er heult um die Hausecke. Die großen Bäume schütteln sich, stellen sich wieder aufrecht hin, als ordneten sie ihr kahles Gestrüpp zu richtigen Ästen und Zweigen. Aber nur für Sekunden, dann fasst sie erneut eine Bö und beugt ihre dicken Arme mit großer Gewalt zur Seite, weit nach unten, für Sekunden erscheint dazwischen der Nachthimmel. Ein Fenster knallt, eine Tür, auf der Straße hört man Autos, die Straßenbahn schleicht auf die Haltestelle zu. Es beginnt zu regnen.

Im Radio Sturmwarnung, ein Orkan naht, er kommt aus Neufundland, hat den Atlantik schon überquert, fast nichts an seiner Stärke eingebüßt, am Nachmittag hatte er Norddeutschland erreicht, am Abend und in der Nacht wird er in der Mitte toben. Vorsicht, am Boden kann die Sturmstärke hundertfünfzig bis hundertachtzig Kilometer pro Stunde erreichen, auch mehr als zweihundert Stundenkilometer sind möglich. Davor und danach starke Regenfälle. Achtung, Überschwemmungsgefahr, meiden sie Bäche und kleinere Flüsse.

Bereits am Vormittag des 18. Januars hatten einige Kindergärten geschlossen, im Westen einige Betriebe, die Schulen hatten gegen Mittag ihre Schüler nach Hause geschickt, die Bahn meldete erste Störungen, Bäume sind auf die Geleise gestürzt, aber man arbeite daran. Vorsicht! Gegen Abend und in der Nacht zum 19. hatte der Sturm die großen Städte erreicht, man soll zu Hause bleiben und sich vor herumfliegenden Trümmern schützen.

Es ist zwei Uhr nachts. Keine Wetteränderung, wie hoch mag die Windgeschwindigkeit jetzt sein, gab es schon Tote, Verletzte sicherlich in großer Zahl. Wenn der Sturm nur etwas nachlässt, hört man das Rauschen der Sintflut.

Mirjam sitzt am Radio, sie muss wissen, wie es weitergeht. Morgen soll sie zum Vortrag nach Bremerhaven, immerhin fünfhundert Kilometer. Zwei Uhr nachts. Kyrill hat man den Orkan getauft, na meinetwegen, was wird der Organisator der Tagung machen, wenn seine Redner ausbleiben, vielleicht auch die Hörer. Das Krachen und Splittern im Garten ist hoffentlich nicht die alte Birke. Man wird morgen nachsehen.

Draußen das Tatütata der Feuerwehr. Wahrscheinlich sind wieder Keller vollgelaufen, vielleicht ist auch Ernsteres passiert.

Fünf Uhr fünfundvierzig, Anruf aus dem Marienkrankenhaus, sie soll gleich kommen, alles sei in Ordnung. Sechs Uhr zehn, sie hält ihr erstes Enkelkind im Arm, nach ihrer verstorbenen Tante erhält es den Namen Hannah. Das war 2007.

Stammbaum der Familien

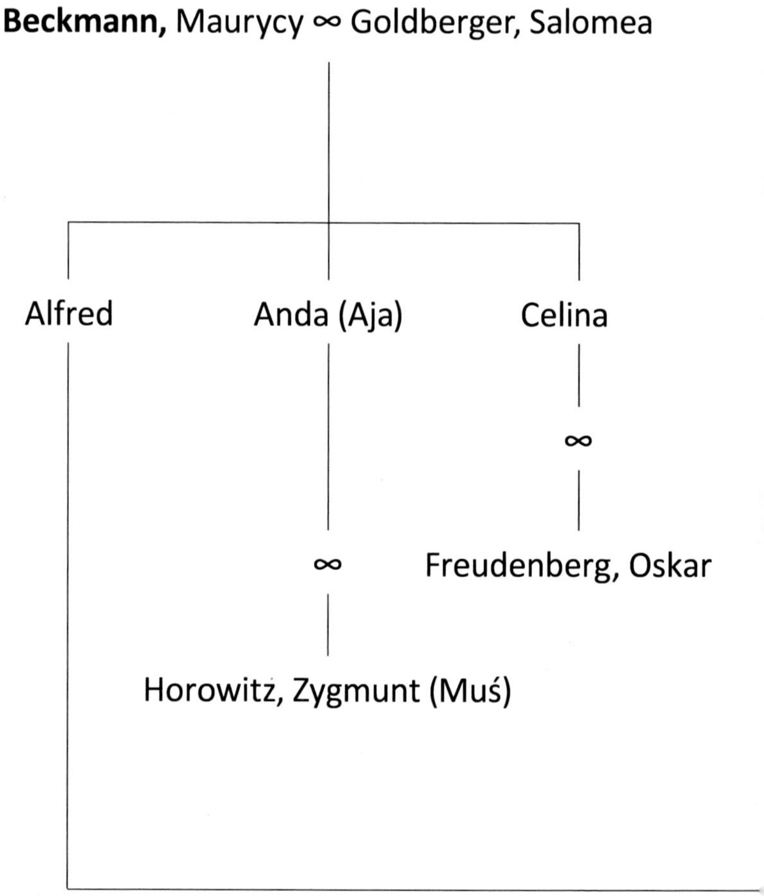

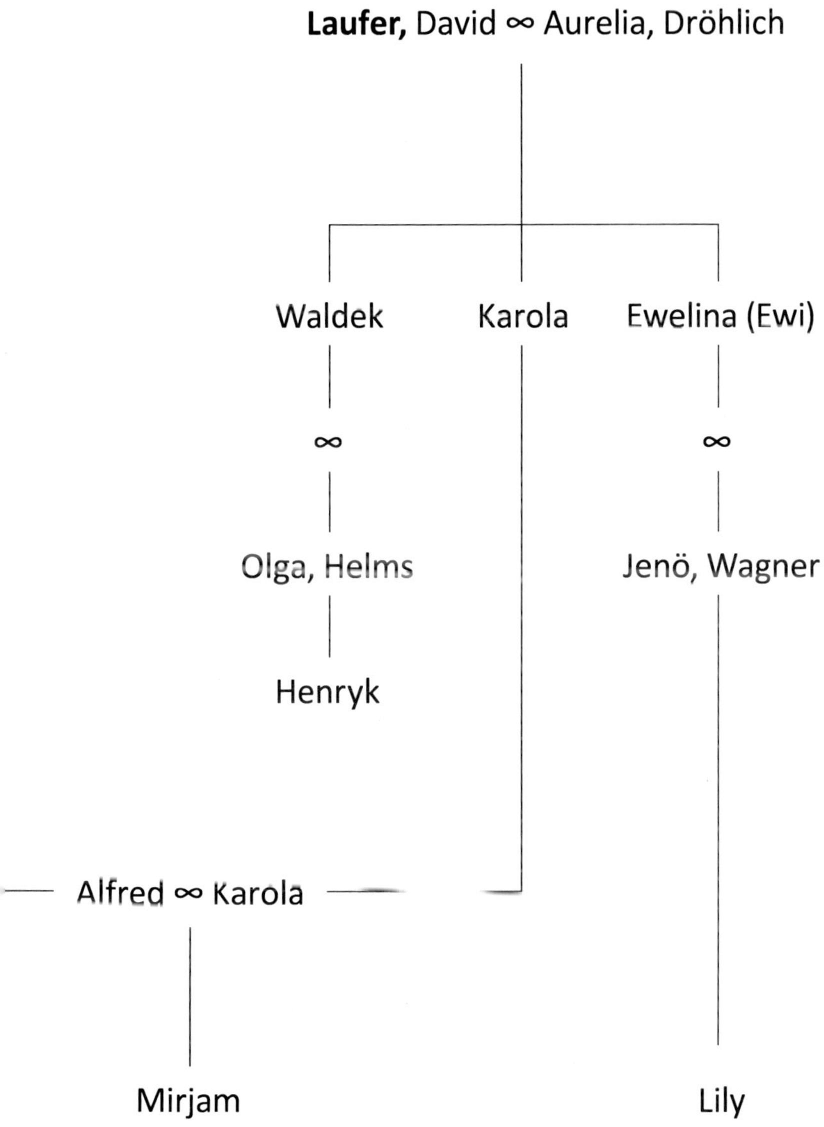
Laufer, David ∞ Aurelia, Dröhlich
Waldek
Karola
Ewelina (Ewi)
∞
∞
Olga, Helms
Jenö, Wagner
Henryk
Alfred ∞ Karola
Mirjam
Lily

Ulrich Leuschner, Studium der Medizin, Philosophie. Professor für Medizin, Autor un d Herausgeber von mehreren Fachbüchern und wissenschaftlichen Publikationen. Sein besonderes Interesse gilt der europäischen Geschichte: „Irgendwie nach Westen" ist eine historisch basierte Erzählung, die 2013 bei Henrich Editionen in Frankfurt erschien.

IRGENDWIE NACH WESTEN

von Breslau nach Frankfurt

Aus der Heimat zu flüchten, aus dem angestammten Lebensumfeld vertrieben zu werden – rund 14 Millionen Deutsche mussten diese Erfahrung am Ende des Zweiten Weltkriegs machen. Dabei wurden monatelang Durchhalteparolen ausgegeben und der Rückzug in sicheres Gebiet verboten. Die „Große Flucht" begann im Oktober 1944 und wurde im Januar und Februar 1945 auch in Schlesien zu einer Massenbewegung, die Tausende in den Tod führte. Ulrich Leuschner beschreibt mit fundiertem historischen Hintergrundwissen in beeindruckender Weise die Fluchterlebnisse und jahrelange Heimatlosigkeit der Familie Loschwitz. Er schildert nüchtern und zugleich leidenschaftlich die Erlebnisse des jungen Georg Loschwitz. Das Leben im eigenen Land erweist sich als fremd, die Unwissenheit über den Verbleib der restlichen Familienmitglieder belastet das Familienleben. Nach jahrelanger Flucht findet die Familie in Frankfurt am Main 1950 eine neue Heimat. Die Zeit von Trümmern, Hunger und Not nimmt dennoch erst im Oktober 1952, fast acht Jahre nach dem Weggang aus Breslau, mit einer eigenen Wohnung ein vorläufiges Ende. Endlich waren sie im Westen angekommen.

Auch als **eBook** erhältlich.

Irgendwie nach Westen von Breslau nach Frankfurt

Autor: Ulrich Leuschner
21,5 × 14 cm, Hardcover
312 Seiten
ISBN 978-3-943407-10-5
19,95 € (D)